有一种力量，叫文学；

有一种美好，叫回忆；

有一种感动，叫青春；

有一种生命，在鲁院！

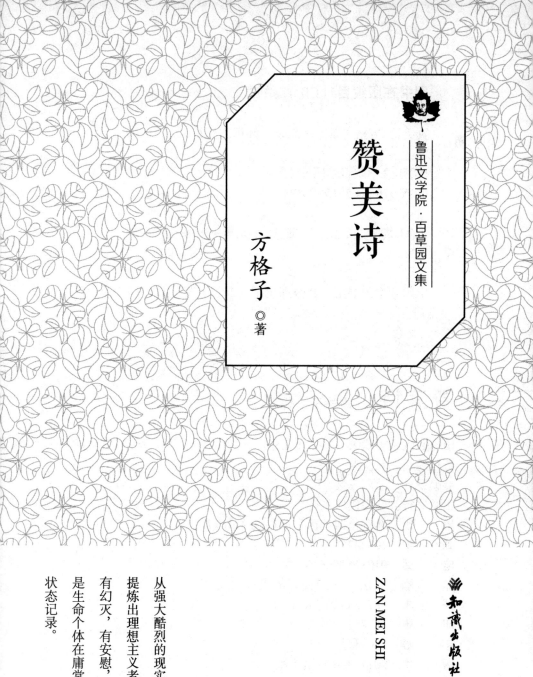

鲁迅文学院·百草园文集

赞美诗

方格子 ◎ 著

ZAN MEI SHI

知识出版社

从强大酷烈的现实生活中，提炼出理想主义者对梦想和真理的追寻有幻灭，有安慰，是生命个体在庸常现世里的状态记录。

图书在版编目（CIP）数据

赞美诗/方格子著．--北京：知识出版社，
2017.5
（鲁迅文学院百草园文集）
ISBN 978-7-5015-9487-0

Ⅰ.①赞… Ⅱ.①方… Ⅲ.①小说集-中国-当代
Ⅳ.①I247

中国版本图书馆 CIP 数据核字（2017）第 094548 号

赞美诗　　方格子　著

出 版 人　姜钦云
责任编辑　易晓燕
装帧设计　君阅书装
出版发行　知识出版社
地　　址　北京市西城区阜成门北大街 17 号
邮　　编　100037
电　　话　010-88390659
印　　刷　北京一鑫印务有限责任公司
开　　本　787mm×1092mm　1/16
印　　张　16.75
字　　数　280 千字
版　　次　2017 年 6 月第 1 版
印　　次　2020 年 2 月第 2 次印刷
书　　号　ISBN 978-7-5015-9487-0

定　　价　46.00 元

凋　殇

1

当我重新回忆起那段时光，真的是百感交集，我其实没有那么崇高，我只是为了一份爱。是的，直到今天，我依然能够回忆起当年，我是如何为他牵肠挂肚，当后来我们不得不分别之际，我又是怎样的万念俱灰。现在，报纸、电视，一遍遍地报道我的传奇经历，我总是深感不安，作为一个历经战事的人，我深切理解当下缺乏一种怎样的精神。然而，他们，他们只看到了我的外在，他们怎么会知道我有过的那些百般纠结呢。

姑娘，像你一样年轻时，我的额头也曾那样光洁，富有弹性，紧致像新鲜采摘的苹果。那一年，我遇见了他。父亲说，我出生的那一天，就是母亲离开我的那一刻，母亲因为失血过多离开了人世，父亲说，母亲在生下哥哥后，就被医生告知再也不宜生育。有个晚上她做了一个梦，梦里一个小女孩，穿着红底大朵牡丹花的小布褂，两个小辫子垂在两肩，一声一声喊妈妈。母亲说："她已经来到我的心里了，我得把她带到人世。"母亲是那样固执，以至于医生亲自上门说服父亲，让父亲配合不再娇纵母亲，不再由着她的性子来。而他们又怎么知道父亲对母亲那百般呵护呢？母亲是父亲的挚爱。外人都认为父亲和母亲不般配。母亲的鹅蛋脸，笑起来左边脸颊的酒窝就闪动，而父亲身材瘦弱且矮小，脸上因为幼时出过天花而变得坑坑洼洼，母亲之于父亲，仿佛是天上的仙女下嫁。尽管他们的外形是如此的千差万别，他们却是那样地相爱，父亲怎么忍心违逆她呢？

然后有了我——后来，父亲说："原来一切都是命定的，你注定了要到这个世界，在这个汪洋一般的人世，该有你入水时溅起的水花。"

我于是成了冷家最最贵重的一个生命。母亲临终前只是看着我流泪，她已经不能开口说话，微张着嘴，父亲俯下身，听母亲说了六个字："她是一朵蔷薇。""一朵蔷薇。"父亲重复着母亲的话，一遍遍。那两个字后来成了我的名字，我叫冷蔷薇，但是，读书后，我就再也不愿意用这个名字，我自作主张改了名，我叫冷易初。母亲离世后，我成为父亲的掌上明珠。而我又是哥哥最怜惜的一朵冰凌花——哥哥留学回来后在洋行做事，闲时喜欢咬文嚼字卖弄优雅。

在我们家，按父亲的话来说，是文曲星和武曲星经过激烈的斗争，才有我们兄妹截然不同的性情和喜好。哥哥爱看书，他总是喜欢捧着父亲早年的线装书读，《红楼梦》《隋唐演义》《史记》，哦，还有《诗经》。他能把整个三百零五首诗歌背出来，并且，在不同的场景，哥哥很快能用一句诗经里的诗来诠释。比如，"既见君子，云胡不喜"。比如，"昔我往矣，杨柳依依"。哥哥因为满腹才华，深得上司喜欢，薪水不菲。

而我却是一个乱性情的女孩，喜欢疯玩，不爱受束缚，向往一种自由自在的生活，如果是风筝，最好不要有一根细线牵绊。因为父亲是裁缝，在上海这个十里洋场，他凭自己的手艺在静安寺路站稳了脚跟，母亲怀了我后，父亲就从富阳乡下请了一个娘姨过来照料，母亲猝然离世，娘姨本来也要回到富阳乡下，但父亲挽留了她，因为我需要一个人照料，娘姨唏嘘着留了下来。

2

那时上海刚流行旗袍，据说周璇繁复的发型配上陡峭的高领子，引领了着装潮流，父亲的活计忙不过来，收了一个学徒，是娘姨在富阳乡下的亲戚，因为瘦弱做不了农活，原来在镇上富春路一个酱油铺做伙计。他到我家来的时候，身上散发出咸咸的味道，每每我吃饭，总要想起他的酱油味。那一年我16岁，父亲那天把他叫过来，介绍说："这是小富。你喊小富哥哥。"我看着他梳理得齐整的三七分头发，觉得他仿佛隐藏了阴谋，我拒绝喊他哥哥，我说："父亲，我喊他小裁缝可以吗？"

父亲尽管疼爱我，这一天却是出奇的严肃，说："女孩子家要有规矩，让你喊你就喊。"我于是很勉强地："小富哥哥。"我别扭死了，又觉得很委屈，居然想哭，我背转身子，看着墙上的画，那是我画的，一幅池塘月色，是水墨的，娘姨过来打圆场："老爷，易初她不已经喊了吗？就算认识了，小姐，你先回房吧。小富，你给师傅鞠躬。"

自从小富哥哥来到我家后，我就不怎么愿意回到家里，我本在圣玛丽亚女子中学读书，但是，因为受了风寒，又感染了肺部，咳嗽得厉害，父亲舍不得，就这样，我休学在家。父亲帮我找了个老师，教我画画——父亲怕我整天无所事事在街上闲逛，倒不是担心我学坏，而是怕我放任自己的性格，以后难找到如意郎君，这是娘姨告诉我的。

日子一天一天过去，我有些厌烦整天和纸墨在一起，在我的纠缠下，父亲又设法帮我找了一个油画老师，我开始接触油画。从那个时候开始，我的内心安静下来。先生很喜欢我的画，他觉得我是有天赋的，所以他曾两次上门，试图说服父亲，让我留学去攻油画。父亲大约觉得女孩最终还是得嫁人，而且，那一年，我已经18岁了，在那个时代，18岁的女子是可以谈婚论嫁了的。

因为父亲不同意我出去留学，加上哥哥总是很忙碌的样子，我很快觉得孤独起来，这期间，我开始读一些书，你知道那个时候，革命浪潮已经风起云涌，日本人偷袭珍珠港，局势很快波及中国，很多人都在担心战事会殃及上海，在我眼里，上海是过好日子的地方，还是莺歌燕舞的好。

3

有个春天，我记得很清楚，那是午后的闲散时光，先生去了内地，我不必再去画室，只能待在家里，哦对了，那个时候，我对西洋画也已经有了倦意，因为我觉得每天对着油彩其实也很无聊，更重要的是，我的画得不到欣赏。父亲是个裁缝，他的衣服已经做到了上海各个领域，军阀、学府、洋人，都会慕名而来，要求父亲上门去做。父亲在这点上很随和，客户有要求，他都会拎了裁剪箱子，轻声说，"先生，我这就跟着您去。"

那一天是多么庸常啊，我待在家里闷得慌，父亲正在午休，我和小富哥哥有一搭没一搭地说话。小富学得很快，两年时光，他已经能够用画粉打衣样了，我知道，一个裁缝要出师，三年是必修的。而小富才学了两年就可以打衣样，可见父亲是极度信任他的。这个时候，娘姨从楼梯上来，轻轻对我说："他来了。"

我问："谁来了？哦，谁来了也不行啊。娘姨你告诉那个人，父亲在午休，让那个人下午来。"

娘姨说："小姐，不行的，这个人老爷是一定会接待的。"她说完就去看父亲，我看见她走到父亲的卧房门口，轻声喊："老爷，老爷，樊先生来了。"

哦，樊先生。我隐约听父亲说到过这个姓，我只记得父亲对娘姨说："以后，樊先生来了，不管我在哪里，你都要找到我。"

我有点好奇，悄悄地下来——你知道那个时刻吗？姑娘，我看到一个青年，模样很俊俏，哦，不能说俊俏，是冷峻的，怎么形容呢？明亮，哦，对了，是明亮。你懂我说的意思吗？就是说，我一见到他，就感到整个屋子都明朗起来了，他像是一团温和的阳光，把我的内心给点亮了。

父亲的速度很快，我极少看到父亲那样恭敬地对待一个客人，他让座看茶并且还让娘姨上了点心。我疑惑，他为什么有如此巨大的能量，能使我一向孤傲的父亲愿意放下身段，给予他恰如其分的尊重。

而这个年轻人似乎有点心不在焉，他的眼光始终是游离的，我这才发觉，我的一幅油画被娘姨搁在客厅，因为是布面画，还未干，我本来是放在厢房画室的，娘姨说，客厅有阳光，可以干得快些——青年说："先生，这幅画是哪位画家的手笔？"

"不敢当，"我父亲说，"有碍观瞻，有碍观瞻。"他遂喊我娘姨把画收起来，娘姨赶紧过去，谁知青年摆摆手，说："先生，能不能等一等？让我再看一看。"

你知道，我当时那个欣喜啊！我是多么喜欢看他干净的下巴，他微微凸起来的喉结，他那着西服佩领带的帅气啊。我一直等待他能问一下，画的作者是谁。然而，在父亲的敦促下，娘姨很快就收走了我那幅叫做《琉璃脆》的油画。我清楚地记得，他的眼神黯淡起来，精神也落寞了一些，这多么吻合我当时的心境啊！他和父亲寒暄了几句，仿佛要走的样子，父亲这下才醒悟过来，我听到父亲轻声问那位青年："樊先生这次要定做的依旧是旗袍吗？"

"是的。只是，春天了，我想选软和一点的料。"青年说。

"那是那是。"父亲做了个请的手势，樊先生跟着父亲进了裁衣间。

那是我第一次见到樊先生，我甚至没有机会和他对视。但是，我知道，那一刻，从我见到他侧影的那一瞬间，我就已经爱上他了。我因此相信一见钟情。你信吗？

4

哥哥从洋行回来，他和父亲在房间轻声嘀咕，大凡都是时局混乱之说，哥哥说到一句，"街上都是一些进步学生"，然后变成隐隐约约的说话声，我素来对国家大事漠不关心，我需要好衣服穿，那样的好年华，我没有其他追求，我只要好的衣衫。现在，自从我见到樊先生后，我对于华服的追求更是有了坚定的嗜好。我走进裁衣间，看见小富正摊开一张宣纸，我看见泛黄的宣纸上画着一个女子，有修长的脖子，圆润的胳膊，坐在老式藤编圈椅里，着一件旗袍，看不清颜色，因为纸是谷子黄的，看着似乎是穿了一件谷子黄的旗袍，匀称的大腿。只是，这个女子没有画出脸来。我看得惊讶，凑上前去，小富却惊慌失措的样子，赶紧卷起来，一边说："不能告与师傅。不能告与师傅。"

我问小富这个女子是谁，这幅画是干什么的。我学了七年的画，虽然一事无成，但还是看出了画者笔底之功夫。小富说："我不知道哦。我不知道哦。"

我任性地要抢夺那幅画，我说："小富哥哥，是你乡下的对象吗？看不出，你还那么风雅呢。"小富的脸涨得通红，为了替自己开脱，他脱口而出："是樊先生的未婚妻。"

说话间，父亲和哥哥进到了裁衣间，我便缠着父亲让他给我做一件旗袍，父亲推说近段时间手头活计繁多，等别人取了衣服后，得空定给我做一件。

我当然是不依的，哥哥于是责怪我不听话，18岁了都不知道家事国事天下事。我一扭身走出了裁衣间。

当天晚上，我溜进裁衣间，偷着打开樟木箱——父亲总是把贵重的东西放在樟木箱，一把铜锁落了锁。小富依旧埋头在画衣样，我说："小富，你帮我做一件旗袍吧。"

小富说："我还没有完整地缝过一件衣服，怕做不来，你知道我还没有出师呢。"我开始积极鼓励小富，小富是个淳朴的乡下孩子，我看出了他也想尝试完整地缝制一件衣服。我说："你给我做一件我自己设计的旗袍，以后，我也可以动员同学都来找你缝旗袍的。"

"使不得，使不得。"小富是个忠诚的学徒。但是，我从他的眼里看出了渴盼。第二天，我去了绸庄，剪回来一块湖蓝色的锦缎，泛着浑厚的光泽。我偷偷塞给小富，又画了一张图给他，我说："按这个样子做，剪坏了我不怪你，做成了我不出卖。"小富拗不过我，终于接下了我的活。

过了几天，小富找个时间告诉我，旗袍做好了，只是这段时间师傅情绪不好，千万不能让他知道。那一天，哥哥把父亲接了出去，说是洋行的总裁急需要一件唐装，找遍了上海服装铺子，没有人敢接活。而父亲素来做旗袍，在哥哥的请求之下，父亲提了个藤编篮子坐黄包车去了。

那是我第一次穿上一件旗袍，姑娘，你知道，我遗传了母亲的体型，母亲有一副美人肩，骨肉匀称。父亲说，母亲常年穿的旗袍，都是父亲亲手缝制的，我后来猜测，大约是因为父亲给母亲做旗袍做多了，才练就如此纯熟的技艺。我站在穿衣镜前，那是一个情窦初开的女子，身体的发育还未完全成熟，而恰是这湖蓝衬出了少女的青涩之美。那一天，娘姨为我盘了发髻，露出我粉藕一般的脖子，那样一件旗袍穿在身上，我觉得自己是全上海最美丽的女子。

5

樊先生定制的旗袍缝制好了，而约定取旗袍的日子也已经过去了两天，这在往常大约是不可思议的。樊先生从未爽约，父亲有心想要送过去，不巧哮喘病犯了，每一年春天，父亲的哮喘都会发作，今年也不例外。父亲差小富去樊先生家，递个字条。我跟在小富后面一直走，小富说："小姐，你不能跟着我，师傅知道要怪罪我的。"

我当然不听，为了见樊先生，我藏起了羞怯，即便被樊先生责备没有教养，我也是情愿的。因为，坦率地说，我承受着浓烈的相思之苦，我们在上海衡山路找到一栋白色的小洋房，白色的栅栏，远远看过去，一个花园式的露台。那样一间房子，正好暗合了我对美丽生活的最佳期待。

门房告诉我们，樊先生出去了，我无比失落，脱口而出："怎么会呢？他应该是在家里的呀!"真的,我当时真是那么想的,以为自己穿上最好的衣衫,就应该让他看到。小富把字条递过去,门房收下,说:"等樊先生一回来,我就交给他。"

我没有跟着小富回去,我谎称去看望同学,我们在马路上分手。

我又回到了那栋小洋房的门口,真的不知道哪里来的勇气,我居然按了门铃。门房说:"小姐,樊先生他……"

"让她进来吧。"我和门房不约而同看着露台。我看见,他站在露台上,我面红耳赤,因为我其实不知道他是否会在家,并且,我根本没有准备好,为什么要见他,见到他说些什么,我窘迫的样子一定很傻。门房说:"小姐,请。"而这个时候,我却转身跑了,我觉得自己太冒失。我听见门房在身后喊:"小姐,小姐。"

后来发生的事其实已经完全出乎了我的意料,我在街上漫无目地走,为自己的轻薄而羞愧,仿佛被他看穿了心思。我又责怪自己打扰人家。我挥手,黄包车过来,我刚上车,就见樊先生的门房急急地赶来:"小姐,我家先生邀请您喝杯下午茶。"

就这样,我走进了樊先生的生活,是的,我永远没有想到,我这一去,居然和他整个的人生发生了割阻不断的联系。所以,有的时候想起来,人生真的太微妙了。

邀请我的当口,他又差人去我家,回递给我父亲字条,也取回了旗袍——父亲说,樊先生变了,这么几年来,四季旗袍都是他自己来取,风雨无阻。今天,他却差人来取旗袍。父亲说,他不知道这中间发生了什么。我一直没有告诉父亲,我去了樊先生家,一直到后来,当我和樊文皓成了亲密战友,哦,也可以说是敌人,那时,我也没有告诉父亲,我第一次见到樊先生是怎样一个情景。

6

半年后,是在一个深秋的上午,我来到北四川路的一个神秘机构工作,我的工作很简单,我只是一个打字员。也是机缘巧合,我在情报科打字的同学黎小芬因为薪水微薄，而她在安徽老家的父亲患了白内障，动手术需要一笔钱，所以小芬便跳槽出去，到了哥哥做事的洋行。这样，她就推荐我去那里打字，当时，我不知道那是一个什么机构，只是听小芬说，很机密，白天上班和下班完全是两个人，白天上班做的事，在出门之前，必须全部清理掉，她说她在这方面做得很好，因为，她在洗手的时候，总是一起把自己的工作内容也清洗掉了。

我是如此地幸运啊！因为樊先生就在那里工作啊！当然他是不会说的，是我嗅觉灵敏。我还记得那一次，我去他家拜访，在喝了两杯红酒后，他希望我陪他跳个舞，我不会，他说他教我。

他领我进了书房，我看到他按一个钮，书架移开，那是一个窄窄的通道，他带我穿过通道，然后，我看到一扇门，门内有音乐出来，周璇的歌，《茉莉花》。樊先生推开门，门内的一切都使我惊讶：一间宽大的房间，一张白色的床，床上铺着湖蓝色的床单，是的，是湖蓝色的，一个被角掀开，好似刚刚有人起床，一套湖蓝色的丝绸睡衣软软地落在旁边天鹅绒椅背上。我迟疑着是否能够进入房间，樊先生幽幽地说了句："她已经不在了。"

他这一说，我的后背忽然凉起来。因为周璇的歌，翻开的一个被角，还有那丝绸睡衣，都让我觉得有个优雅的女子的体温还留在床上，我甚至闻到了她淡淡的体香。

就在这里，我听到了樊文皓的故事——姑娘，直到此刻，我依然在疑惑，那是一个谜啊，他为什么愿意把这个故事说与我听，如此地心无旁骛呢？

"她叫章茉莉。是的，她的名字很俗，但是我喜欢。"樊文皓走过来，搂住我的腰，我顺着他的脚步开始移动，在他的带领下，我开始小心翼翼地舞蹈，到这个时候，我才感到无比的遗憾，要是我知道会遇见他，我早该准备好这一切的，跳舞，喝咖啡，听戏，典型的上海式生活。我手足无措。姑娘，你知道，在一个自己心仪的人面前，我露怯了，因为，我想起来是昨天洗的头发，我后悔出门前没把自己收拾得干净而雅致。

"我们是青浦培训班的学员，那时，学校女生很少，我不知道她怎么会加入到这个行列，哦，你当然不会知道，那是一个特训机构。"樊文皓用轻缓的声音把我带到了那个坚壁清野的情景之中。我问："后来呢？"

"后来，我去了日本，她去了重庆。"就像做梦一般，那一天，我和樊文皓一直跳舞，当我们从那个房间出来后，已经是黄昏了。

之后，我几次受邀去那个房间，有一个晚上，我甚至要求在那里留宿。是的，我着迷了，我深深迷恋起这个地方，唱机、柔软的地毯——要怎样一个女子，才配得上这个男人的念念不忘。我怀着强烈的好奇，也夹杂了小小的妒忌。后来，哦，那是新中国成立后的事了，当我打开书房的门，一个人进入那个房间时，我看到我恋人的制服平整地躺在床上，那是他。他的身边，是一叠齐整的旗袍，我看见，那个唱机依旧在转，依旧是周璇的《茉莉花》。我跪倒在床边，我的绝望没有一个人知道，他们都以为我因为胜利了喜极而泣。谁知道，我是如此地深爱着这个男人呢？但是，姑娘，一直到现在，我没有任何他的消息，我曾经想过，我之所以还活着，90多岁了我还不愿意离开这个世界，是因为，我在等他，我觉得他一定还活着。只是我们都老了，现在，除了晒晒太阳，我已经迈不动步子。有的时候，我坐在太阳底下想啊，也许，他也在晒太阳，我们感受到的是同一个年代的空气，一样的阳光照在我们身上。

我试图移动唱机，我看到了一只小小的绢面手帕的角，在革命同志转身之际，我藏了起来。这块手帕我一直珍藏着，上面曾经是一首诗，可是年代太久了，姑娘，字迹已经模糊不清了，就像我和樊文皓的恋情。

"章茉莉，江西修水县人，1940年参加革命，1945年在重庆牺牲。"新中国成立后，我分配到上海青浦区妇工委工作。在一个非常偶然的机会，我去了江西，瞻仰井冈山革命根据地，去修水拜访一个战友，在他的书架上，我看到一本小学生乡土教材，随手一翻，居然看到了章茉莉的介绍。是的，她的一生留给我的就只有那30个字，我忽然想起樊文皓曾经和我说过，他的茉莉自从参加革命后，就再也没有使用自己的真名。那个乱世，很多投身革命的同志只有一个化名，而她的名字很上口："张爱东"。即使到了她牺牲的那一刻，依然没有人知道她真实的姓名，只有和她单线联系的重庆党工委书记知道一切，但是，那个书记不久后也牺牲了。战友说，直到修水县重修县志时，才由一个老红军回忆起来那个女孩潜伏在敌区，叛徒告密后牺牲。是的，那个时候，张爱东只是一个不谙世事的女孩子，我可以想象她那青春勃发的模样，她对这个世界无尽好奇的眼神。可是，像一朵花，她凋谢了，落在地上，没有人知道最后一刻她在想什么。

7

　　我是一个打字员，从我进入那个司令部开始，我的所有行踪都成为父亲的心头之痛，他是如此地紧张我，他怕我出差错，他怕我无端地丢了命。樊文皓后来已经不再去父亲的裁衣间定做旗袍，常常是这样，我们在那间神秘的房间温存之后，他开始画出今年四季流行的旗袍样式，托我带回去给父亲，当然，大小，尺寸都按我的身段。父亲在看了样式后，让小富哥哥替我量尺寸，哦，我得告诉你小富的事。小富一直是我的一块心病，我觉得这辈子最对不起的人就是小富哥哥，他那么年轻，除了量衣裁剪，他和这世界几乎没有任何联系，但他却为我丢弃了自己的生命。是的，是丢弃。在家国大义面前，他的死是多么的微不足道，而他因为我而死，对我而言那就是天一样大的事。

　　父亲为了充分了解我的工作动向，找到樊文皓，请他多多照顾，他实在没有办法看管我这个任性的孩子。我那时是多么的单纯啊，只希望每一天都能够见到他，他穿制服的样子，他戴着白手套行军礼时的帅气，他的一切的一切都是我的珍藏。

　　姑娘，你不知道，那个时候，除了他，我对世界上任何的事情都不感兴趣。对于工作，他说过，"你要细致，绝对不能出差错。"然而，事情还是发生了。那一次，我打字的时候，听到他在发脾气，声音很大，并且拍了桌子，我循着声音，情不自禁地走出工作间——你知道，当时，我在打印一份名单，那份名单都有谁我不关心，那只是我的工作。我走出工作间轻轻来到他的办公室门口，我看见他正把一个文件夹往桌上一拍，他说："是谁泄露的？"

听到这里，我才醒悟过来，自己不应该离开打字机，我赶紧跑回工作间，谁知，稽查科中尉周莲芳冷冷地看着我，她一言不发的样子很可怕，平时，她对我就爱理不理的，我也不知道她这次又要耍什么花招。我顾自坐下来，开始打字。然而，我发觉，刚才的那份名单不见了！我吓出了一身冷汗！我猛然回头，却见周莲芳挥了挥手里的文件夹，说："你好大胆！中途溜出办公室！"

就这么一个过程，我当然请求她不要告诉上级，但是，她一点情面也不留，喊："来人！"我就这样被关了禁闭，幸好名单没有泄露，想起来都有点后怕。只是从那一次后，我更不喜欢周莲芳了，作为稽查科中尉，她却那么喜欢打扮、抹口红、涂抹指甲，还有，每一次酒会，我都看到她和同事们调笑，如果上级来人需要接待，都由她出面，她打扮妖艳，唱周璇的歌——哦，这点上，我对她稍稍容忍一些，因为樊文皓也听周璇。我暗地里喊她"交际花"。反正我不喜欢她。

冬天来临的时候，我已经是一名熟练的打字员了，除了那一次小小的擅离岗位，我再也没有出过差错，只是，姑娘，我和樊文皓的恋情暴露了，而且，就像一个炸弹被引爆，具有相当大的杀伤力。父亲知道后竭力让我辞去工作回到裁缝铺，樊文皓的上级也知道了，他被喊去训话，上面当然希望他能够不忘栽培，更出乎我意料的是，周莲芳也卷入了这场纷争，她对我更是冷嘲热讽的。我不解，同事偷偷告诉我："你不知道吗？可真是傻丫头啊，周莲芳一直暗恋樊处长，你真是撞到枪口上了。"

他这一说，我还真的有感觉呢。记得第一次上班，周莲芳就有意无意地问我，是怎么认识樊处长的，我因为听父亲说过，不要随便和人搭讪，我含糊着说："我来上班就认识了呀。"当时周莲芳一扭身就走了，到门口却又回过头来，手指竖起来说，"你，小女孩，别自作聪明。"

打那以后，樊文皓就和我拉开了距离，即便我们在走廊碰面，他也不再看我，那是我最受煎熬的一段时光，我给他写了封信，让小富哥哥送去，过几天，樊文皓的门房就给送了回来，并且告诉我一句话："小姐，以后不要再写信给樊先生了，他不拆。"

我伤心欲绝，我坦诚，我和樊文皓的情感是任何一个人都无法理解的，包括后来，我自己回想起来，都会觉得是梦一场，但是，姑娘，当你在经历那些事情的时候，你是不会知道那是梦境啊。记得他告诉我，他和章茉莉有约定，等局势稳定了，他们就去香港，再也不掺和国事。他说："易初，你不知道，茉莉她多么喜欢穿旗袍啊，只是，只是因为她的身份，她是一个军人，她有一身威严的军服，怎么能穿那些腐朽的太太服饰呢？但是，我是知道她的，我给她做了第一件旗袍，就是你父亲缝制的，你知道我为什么总喜欢去你父亲的裁衣铺吗？我看见了她，哦，不，我看见了你。易初，当时我真的以为她回来了，你的笑，你的身姿和走路的姿势，和她几乎一样——其实我两年前就看到过你了，那一年你16岁，还在圣玛丽亚女子学校读书。"

是的，姑娘，我第一次知道，原来我只是一个替身，在这个乱世，像他那样一个党国的军人，居然心怀柔肠。我问他为什么一直都不来找我。"我在等你长大，哦，不，"他说，"我在等她回来。"

姑娘，你听懂这话了吗？我长大了，在樊文皓眼里，就是他的茉莉回来了。我又怎么知道那只是一个陷阱呢？包括我的那幅油画被娘姨搬到客厅，包括那一天他在客厅出现，忍着不问画者的名字，这一切，他其实都是知道的，都是他刻意安排好的。那么，我的父亲，你想问我的父亲知道这件事吗？姑娘，我也像你一样疑惑着，我的父亲，到今天我依然无法知道父亲当初是怎么想的。

以前，我听到打字机发出的声响是幸福的，当他不再顾及我之后，所有的日子对于我来说都是空的，一夜长于百年。是的，我知道樊文皓爱的不是我，是他的茉莉，我只是长得像茉莉，但是，又有什么关系呢？我爱樊文皓，我爱他胜过所有。让我无法忍受的是，我们同在一幢楼里上班，却形同陌路。

8

不知是出于女子的矜持还是忽然的醒悟，那个晚上，我回到家，对父亲说："送我出去吧，我不要待在国内。"

父亲没有看我，他很专心地吃饭，哥哥那晚也在家，他有点惊讶，抬起头来说："易初，你不知道太平洋战争爆发了吗？现在有哪一个国家不是动荡不安呢。还是待在上海吧，总不会那么快打到上海。"父亲接下去说："我们可以到乡下。"

父亲又像是突然想到什么，说："出什么事了吗？"我摇摇头，我当然不想让家人知道我失恋了，尤其是哥哥，哥哥不止一次对我说："小富，小富一直在等你。"父亲又接下话头："你11岁那年到富阳，小富15岁，小富在等着你。"这句话在我听来像极了樊文皓的话——我在等你长大。

我丢下饭碗去了裁衣间，小富已经能够独立缝制旗袍了，此刻，他手里拿着的是一个小小的领子，湖蓝色的两长条丝绸，是的，湖蓝色。我惊愕，因为只有我有过一件湖蓝色的旗袍，还有樊文皓给章茉莉定做的，还有谁也在穿这个颜色的旗袍呢？我一把抓住小富的手，小富显然被我吓着了，"小姐，小姐你干什么？"

小姐，小富依然喊我小姐的。我还清晰地想起那一年，我到富阳，小富的家在富春路沿江，一条青石板路延伸着一直到水埠头，水埠头用三四块青石板铺起来，可以捣衣、淘米、洗菜。那一年，小富哥哥带我去江里玩水，我一不小心滑到江里去了，靠岸的水很浅，只够到膝盖，然而巨大的恐惧感攫住了我，我的嘴唇发青，手脚冰冷。我记得小富一弯腰背起了我，一直跑到家里，我还记得自己一直担心我的衣服是否破了，胸口会不会露出来。我们几乎是一起长大的，但是，小富却一直喊我小姐，他这么一声喊，生生地把我和他的距离拉远了。

我也就严肃起来，"小富，这是谁的旗袍？你在给谁做旗袍？"

小富依旧低着头捏着针，说："师傅让我缝的，我不知道是谁的。"

我本来是想看看小富是否真的像父亲和哥哥说的，他一直在等待我长大。但是，姑娘，我从小富的眼里读出的是对于一件旗袍的热爱。在我看来，我还没有一件旗袍来得重要，我知道他无比热爱裁缝这个行当。那么，父亲说的小富一直在等我，只是他的想当然罢了。我回到饭桌前，说："爸，谁的旗袍？那件湖蓝色的旗袍是谁的？"

父亲轻描淡写地说："明天你给送过去，都耽搁一天了，周小姐说酒会要穿的。"

我当然不会想到那是周莲芳的旗袍，这个世界实在太小了，上海十里洋场，租界，跑马场，我和周莲芳狭路相逢一样，窝在一个部门工作，并且，父亲还让我带去她的旗袍。那她是什么时候送了衣料让父亲缝制的呢？

我遵父命拎了袋子，去找周莲芳，她今天没有上班，听同事说，她在房间，身体不适。我本想把袋子搁在她的桌上，又想起父亲说，要亲手交给周小姐，这是礼貌，我们冷家给人送衣服都是这样的，从不随意。

"我不知道她住在哪里，"同事说，"中尉一个人，住在操场东边靠围墙的那一间。"我找了过去，操场很宽，据说这个房子以前是俄国人设计建造的，当时曾经用做学校，俄国人搬走后，这个部门就一直占用这个地盘。我一路找着来到了周莲芳的房门口，刚要敲门，只听里面有猫的叫声，好像不止一只，喵喵喵，喵喵喵，此起彼伏地热闹。我听见周莲芳的门被轻轻地碰撞，然后，我看见周莲芳的门开了，几乎是一瞬间，一只猫迅速窜到我的身上，我来不及反应过来，袋子掉到地上。我连忙要甩脱手臂上的猫，却见它的爪子已经深深地嵌入我的衣服，我的薄绒袖子被抓出三四个孔。

我愤怒地用左手推开了这只该死的猫，我说："滚开，你这只死猫。"我实在厌恶这只猫，它居然毫无预兆地袭击了我。

这时，我听到一声轻柔的呼喊，"莉莉，来，过来。"我看见周

15

凋
殇

莲芳正得意地在招呼这只莫名其妙的猫。这只被喊做莉莉的猫无声息地跳到了周莲芳的身上。她拎起地上的袋子，轻蔑地看我一眼，说："连一只猫都斗不过。"

这是我们第二次交锋。我真不明白，她是什么时候认识我父亲并且让我父亲做旗袍的，我几乎要以为她故意找到一个羞辱我的机会——可是，我和她何曾有过冤仇，需要这样互相在暗处使劲呢？

9

我以为我和樊文皓之间就这样结束了，姑娘，之前和你说过的温存，那只是我的一厢情愿，我每一次到他那个神秘的房间，都会在他的要求下穿上湖蓝色的旗袍，梳起章茉莉最喜欢的那种发型，然后跟着他跳舞。那个时候，他不是一个军人，他是一个男人，是一个热恋中的男人，浓情蜜意，明知道我不是他的章茉莉，我是冷易初，但是，他喊我茉莉，茉莉，茉莉。他搂着我的身子，喊着茉莉。姑娘，这个时候，我是幸福的。并且，只有在这个时候，我觉得身体是重要的，至于感情精神灵魂，都可以隐退，不再重要。

我们只是跳舞，一场接一场，和着周璇的歌，"蔷薇蔷薇处处开""好一朵茉莉花"，一曲终了再一曲，常常是这样，我们两个疲惫不堪地倒在地毯上，然后沉沉睡去。

有一个晚上，让我想想，应该是送给周莲芳旗袍的当天晚上，樊文皓忽然来找我，那时我因为公务在身，正在打印一份绝密名单——姑娘，即便今天，我依然可以告诉你，我从不关心国家大事，我只需要一份爱情。在这份名单安全抵达南京之前，我不能离开部门，我百无聊赖地在院子里走，我看见高高的围墙，把我和外面的世界隔绝开来，院子里种着夹竹桃、桂花树，还有三两株蜡梅。冬天，隐隐的香味弥漫，梅花开了，我想起在学校读书时，有个女生写了一首诗，第一句：梅花开了，才想起还有故乡。当时有很大的触动，随手画了一枝梅花。现在，我走在树丛中间，忽然有了作画的冲动。你知道吗？自从和樊文皓认识后，我几乎不再碰画笔了，仿佛我学了那么几年画，都是因为要结识他而准备的，是道具。

我转身要回到工作间，我想用铅笔在白纸上画梅，画残冬。刚回头，却见樊文皓向我走来——我们已经多久没有说话了，我记不清了。我紧张起来，还没有想好是否要对他笑一笑，他已经走过去了，就在我们交汇的一瞬间，他给我一句话："老的猫。"

老的猫？老的猫？我忽然想起白天找周莲芳，那只猫温顺地躺在周莲芳怀里的时候，她不无得意，用几乎听不见的声音说："你看，它是一只老的猫。我也是一只老的猫。"

樊文皓说老的猫有什么意思吗？他在暗示我什么呀！我迷惑着来到周莲芳的楼下，四周很安静，天色已暗，我却感觉有无数双眼睛在看着我，我慌忙逃了下来。

第二天中午，我被告知可以回家了，因为一整个晚上没有睡觉，我感到很疲惫，打算回家后好好睡一觉，明天晚上有个酒会。当我刚跨出工作间时，周莲芳挡在了门口，她冷峻的眼神把我又给逼回到了里面。我说："你想干什么。"

她把块布料交给我，说："尺寸在里面，烦请令尊缝一件旗袍，告诉他，我明晚要出席宴会。"

我暴怒。开玩笑吧。明晚要穿的衣服现在才给我衣料，我把袋子还给她，我冷冷地说："对不起，家父是手工缝制旗袍，慢工，做的是细活，坐一件旗袍正常情况下大约 15 天，明天怕是无法完成，请中尉另请高明。"

周莲芳像是喜欢看到我这模样，她哈哈大笑，"看你，多像一只迷路的小猫。"

猫，猫，猫。又是猫！我不耐烦地转身，要离开，周莲芳一把拉住我，说："女孩子任性就不可爱了，这么好的年华，花骨朵似的，好像只为了谈情说爱。"

我不想再和她说一句话，只想赶紧离开，一把抢过她手里的袋子，我压低了声音说："不可理喻。"

我一回家就在父亲面前发脾气，我说："这个周莲芳，仗着自己是中尉，以为全世界的人都要仰仗于她，目中无人，还提出这么苛刻的条件。"我把衣料一扔，转身要离开。

父亲从一堆丝绸中间抬起头来，说："哦，那个周小姐啊。小富，把那旗袍给易初。"

小富拎过一个袋子，交给我，我看到小富欲言又止的样子，我说："小富哥哥，你想说什么呢？"小富说："没什么。小姐，您辛苦。"

我说："我实在不情愿和这个女人打交道，她太傲了，不就是一个中尉吗？神气什么呀！"父亲听我这么一说，抬了抬身子，从月份牌上撕下一张日历，随便找了支铅笔，写了几个字，又从衣袋里掏出几张纸币，说："易初，这是找零的，带给周小姐，她可能已经忘了，一个星期前她就让绸庄送过衣料来，让赶制一件旗袍。"我看了看日历上的字，是几个数字，大约是旗袍的价格，父亲的字依旧那么圆润，像是一只一只温顺的猫——天啊，我居然把父亲的字看作了猫。又是猫！

第二天中午，有通知，晚上有个酒会，要迎接一位重要的客人，我只是一个打字员，按理是没有资格参加的，樊文皓来过我的工作间，他看了看我正在打印的那份资料，说："今晚你也一起参加酒会吧，机会不多，要开战了。"

我一紧张，手中的资料掉落在地上，"要打仗了吗？"尽管我们已经没有任何接触，但他依旧是我心头的痛啊！这大约就是爱情吧。也许我对爱情的理解很固执，我希望有一份花前月下的浪漫，有牵手相伴的贴己感。但是，在那个时期，这一切几乎成为不可能，尤其是樊文皓的身份，要如此谈恋爱更加不可能，我其实一直沉浸在自己营造起来的一份虚幻情感之中。

樊文皓说："是的，国民政府正式向日本宣战。我，我可能要到前线去。"

我大惊失色，看着他，近一年来，我已经知道了他的确切身份，军统特务，早年在青浦培训班接受特训，又赴日本，后进入警备司令部。我一直不理解特务的含义，以为都是在后方搞破坏、找情报的，怎么也得上前线呢？我脱口而出："带我走吧！"

他怔怔地看着我，忽然醒悟过来，说："不要说傻话，那可不是女孩子去的地方，腥风血雨。"他没等我接话就离开了我的工作间。

要开战，机会是不多了，尤其见到樊文皓的机会更少了，今晚有个酒会，就算我不能进入，也想在门口等待他，等他出来，我只想长久地看着他，看他心事重重的脸庞。我做完手头的工作，起身关灯，刚走到门口，就见周莲芳走了过来。此刻，我惊呆了，是的，那是多么美丽的一个女人呀！我以前从未这么认真地看清楚一个人，她穿着一件合身的旗袍——居然是湖蓝色的，我们怎么都那么热爱湖蓝色呢？她的腰肢丰润，一副美人肩浑圆，父亲缝制的旗袍在她身上把成熟女子的风韵全部演绎出来，我可以毫不讳言，她是我见过的最最美丽的女人。

她就那样站在我的工作间门口，半倚着门框，说："冷易初，名字像宋词，很风雅。"

坦率地说，她的身姿和风雅征服了我，此刻，在她面前，我几乎不再是一个女人。我羞愧极了，一下子坐在凳子上，我说："我认输，你赢了。"

她居然从手袋里掏出一包烟来，一包小盒子火柴，抽出一枚火柴，"嚓"一声点着了，我闻到一股浓烈的硫黄味，这倒是出乎我意料，因为我看到司令部很多人抽烟，都会用打火机，并且大都是德国货，按照同事的说法是，日德战争，德国败了，很多德国货流传开来，那都是缴获的战利品。周莲芳的两个手指掂着火柴梗，甩了甩，说："要不要来一根。"

我摇摇头，说："中尉，你有点神秘。"

她忽然变了脸，把烟斜叼在嘴里，吸一口，呼出浓白的烟，说："不要装作什么都懂，你还嫩着呢！"

10

小富来找我的时候，我已经在屋檐下等得很不耐烦了，劈面就抱怨小富动作太慢，我怕他耽误我大事——文皓说他要到前线，也许是最后一个晚上见到他了。令人沮丧的是，因为周莲芳抢在我前面穿上湖蓝色，我是断然不会再穿的，只得让小富替我送一套中式衣裙过来，斜对襟竖领青蓝棉布短衫，一条黑色百褶裙。小富还呆呆地等着，我挥挥手说："小富你走吧。"

"小姐，您要参加酒会吗？"小富突然问我，他是怎么知道的，我回转头说："你可真爱管闲事。我去换衣服，告诉我爸，不用等我吃饭。"

小富追上来，完全不符合他以往的习性。他说："小姐，你为什么要掺和这样的事呢？平平安安不好吗？我们平头百姓，求的就是安稳。小姐，国家不是我们的，是别人的，他们住洋房，开轿车，出入酒会，时局一变，动荡的是他们，我们还是可以吃一碗饭。哪个年代都要穿衣服的，再不济我们也可以回到乡下，有田有地。"

我觉得小富疯了，他像父亲一样在训斥我，令我惊讶的是，原来他那样有想法，居然能够看清楚国家之于普通百姓来说是可以疏离的，素来不言不语的小富，在富阳小镇咸咸的酱油味中熏陶了几年，居然胸中有丘壑。我大笑起来，说："小富，你别瞎想啊，我怎么会关心那些事情，国家，民族，对于我来说，真的像黄浦江底的鱼，我只是……"

"你只是喜欢他，小姐，你错了，他不适合你。"小富说完这句话，脸上居然有了悲壮的神色。到这个时候，我忽然醒悟过来，小富在我家住了三年多，不说朝夕相处，却像亲人那样生活在一起，我隐隐地觉得，和小富之间是有情感的，是那种踏实感。比如，如果说战争来了，我是可以把手放到他掌心任由他牵着我的手一路狂奔去到一个安全所在，这大约就是日久生情，并且衍生出的安全感。姑娘，你也知道，那只能是亲情。

我被看穿心思，有些羞愧，单相思的苦楚总是只有一个人知道。我说："回家吧小富，我会照顾好自己的。不就是酒会嘛，没有你想象的那么复杂。"

我出现在酒会大厅，毫无悬念，没有一个人关注到我。是的，这是一个奢靡的世界，淡淡的舞曲，红酒，点心，穿梭着的服务生，西装，长衫，清脆的碰杯声，隐隐的谈笑。我知道，今晚的酒会之于我，只是寻觅，寻觅一双早已经忽略我的眼睛，然而，我搜遍了全场，也没有见到他——他上前线了吗？就一个下午的时间，他就离开这个城市了吗？我被无边的落寞淹没。

我的手开始颤抖，姑娘，当你爱上一个人的时候，你会忽略他带给你的是什么。是的，作为一名年轻的女子，读书，画画，我是要爱国的。在这个凄风苦雨的年代，我却不明白自己的归属，如果我对战争和政治稍有一些感知，就知道我和他应该对立。我知道他是一个特务，而我，本应该是一个热血青年，为了追求新中国的光明而奔走呼号，或者献出青春乃至生命。但是，我只是一个渺小的女子，无论世事如何变幻，我只关心我的爱情——姑娘，你一定会鄙薄我没有觉悟吧。

我端着的酒杯晃动了一下，我感到自己很虚弱，我恨自己太懦弱，为什么不任性地跟着他走呢——即便被他笑话，那也应该让他知道我苦楚的爱呀。只要和他在一起上前线又有什么关系呢？我放下酒杯想要离开，却听见掌声热烈地响起来，入口处，进来两位青年，哦，樊文皓居然也在，他陪着另一个男青年，他们笑容满面地进来——这个惊喜是为我准备的吗？我居然有劫后余生的欣喜。我想迎上去，暗暗地为自己打气，走到他身边去，挽住他的手臂，告诉他，爱他，无论天涯。

然而，我刚走两步，就被周莲芳挡住了视线，她碰到了我的肩膀，我一个趔趄几乎要摔倒，我沮丧极了。她回过头来，奇怪的是，她居然戴了顶小礼帽，垂下来的黑色面纱正好挡住她的容颜，只露出抹了口红的嘴唇，而那套湖蓝色的旗袍外面，很随意地套了一件米白色的蕾丝披肩，整个人看起来性感而神秘。

她很快往前走去，手里端着一个杯子，浅浅的红酒荡漾在杯沿，酒会气氛显得柔和起来，而音乐却停了。周莲芳边把酒杯递给樊文皓边上的男青年，边说："幸会。"却见樊文皓接了过去，说："介绍一下，这是赵铭，青浦区工委书记。这位周莲芳小姐，中尉。"互相介绍后，赵铭却有些反常，他等不及服务生送上酒杯，从樊文皓手里要回酒杯，刚要喝，樊文皓说："赵兄这次来打算住几天吧？"赵铭点点头，说："要务在身，不敢怠慢。"又要喝酒，樊文皓却又接过了酒杯，招呼服务生，服务生已经到了眼前，递给赵铭一杯酒，音乐声响起来。这一切显得怪怪的。

大家各自寻找说话的对象，而我一直在寻找樊文皓，他陪赵铭说话，他和人碰杯，他和周莲芳调笑，我发觉自己是一只丑小鸭。我躲在角落，觊觎着眼前的一切，如此曼妙的舞曲，却和我无关。我开始独自喝酒，当我喝过两杯红酒抬起头来时，却发觉周莲芳不见了，赵铭也不见踪影，重要的是，我看见樊文皓也在寻找——他是在寻找周莲芳吧，他喝过几杯，微醺的样子。我看见樊文皓有些着急，只有我看得出他在四处寻找，我看见他往楼梯上走，他的脚步掩饰不了他内心的焦虑。楼下，一堆人中，情报科一科科长，三处处长，还有司令部其他几个小官僚站在一起，他们都像是无意的，却虎视眈眈地盯着樊文皓，难道他们也在寻找周莲芳？周莲芳在军中有"交际花"之称，这会儿，我算是领教了，只是，她不见了，和帅气的赵铭一起失踪在众目睽睽之下。

我从服务生手里接过托盘，上面放了三杯酒，我远远地跟在樊文皓后面，一上楼，他就脱离了大家的视线，我见他小跑着在推门，开一扇，再关上，再开一扇，又关上——我忽然醒悟过来。姑娘，我真的很迟钝啊，到这个时候，我才想起来，他们之间发生了什么，或者正在发生什么，一定是和国家民族有关，生死攸关。我虽然不知道是什么，但是，我知道一切都在悄然发生。

我一下子警觉起来，放下托盘，我躲在他后面，他显然很快发现了我，也没有回头，只轻轻地说一句："下楼左转有个出口，快离开这里。"

11

枪声响起来，我是第一次亲耳听见枪声，我的耳畔一直嗡嗡地响着。发生什么事了呢？我忽然想起小富说："小姐，你为什么要掺和呢。"脚步声传上来，大批人的往楼上冲。我知道，这个时候，只要稍有疏忽，我的命就没了，我是一朵花，我想要一片安宁的土地，自由地开放，对这个世界，我真的没有任何奢望，我是那么弱小，在家里，我被哄着宠着在裁缝铺长大。父亲说，我们祖上代代都是裁缝，吃的是手艺饭，无论战争、疾病，衣服总得穿。姑娘，直到新中国成立，我被安排到妇工委工作后，我似乎才悟到了我的祖上，他们是有大智慧的，他们看起来和这个世界毫无关联，却又是息息相关。

我只是爱着一个男人，我从不关心他从哪里来，我只关心他要到哪里去，在认识他以后的岁月，我只想着能和他在一起。

酒会已经被扰乱，处长下令封锁，房间的枪声响起后，很快灯也黑了。我闻到血腥味——请容许我暂且把当时的情形放在一边，现在，我只想重新怀念我的小富哥哥。

灯黑了，摸黑从楼梯下来，几乎是跌跌撞撞地奔到楼下，一片混乱，我被无措的人推来搡去，我摔倒在地，谁踩到了我的肚子，我疼得尖声喊叫起来。这时，我的手被谁的大手握住了，那一定是一双男人的手啊，那么有力。我喊出了他的名字："文皓。"

那双手在一瞬间松了一下，复又紧紧握住，并且，我感觉自己被一把拽起来，穿过人群。我惊恐地喊："放开我。""下楼左转有个出口，快离开这里"，想起刚才樊文皓告诉我有个出口，我想挣脱那双手，我使出浑身力气要往左边走。这时，我基本适应了黑暗，我看见了小富，我看见他穿了一件对襟短衫，看起来像个黄包车车夫，却戴了顶帽子，小富一下把我拥在怀里，裹挟着往前面走，我感到了熟悉的却又陌生的暖——那是第一次我和小富挨得那么近，我闻到他的气息，散发着新鲜棉布的味道，来不及用心体会，只听小富说："跟我走，那边已经封死了。"

姑娘，这一切发生在极短的时间之内，容不得我多想，只感觉背后被推了一把，我跌撞着来到了门外，我回头再看，小富回转身子，灯重新亮起来，小富很快扑过来，他的身子扑在门上，门被他的身子碰上了，我再也看不见他。然后，我听见一声杂乱的枪声，处长大声喊："全部封锁！全部封锁！一个也不要放过！"

姑娘，你知道吗？我是多么懵懂啊。直到我看见小富最后的眼神时，我才想起一些什么，回忆纷至沓来，我想起小富第一次到我家来怯生生的样子，喊我父亲："师傅。"

我想起小富低下头专注于手中的针线时的样子，他是那么与世无争的一个人啊，我又想起父亲说，"小富在等你长大。"我有了异样的感觉，真的，在这个世界上，还有谁，愿意为了我而付出自己的生命呢？我那么爱文皓，那么，我愿意为他去死吗？我几乎从未想过这个问题，而小富，他从一开始就准备好了吗？

我听见处长气急败坏的声音："这个人从哪里来？谁开的枪？是谁开的枪？"然后，我听见有人说："处长，这个人来路不明，是个黄包车夫，不知他什么时候进来的。"过一会儿，我听见一个声音说："处长，这个人死了。"

外面漆黑一片，借着屋里漏出来的一点亮，我摸索着往前走，那是一个围墙，再辨认一下，居然有一条小径，隐藏在夹竹桃丛里，我别无选择，只得往前走——这个时候，姑娘，也许你猜到了，我已经不属于自己，因为，就在刚才，五分钟之前，在那个房间发生了一件事，在我看来，梦境一般，也许，放到整个中国历史来看，不会有任何痕迹，就像从未发生过。

我跟着樊文皓进了房间，这个时候，我们俩同时看到了一幕，周莲芳正和赵铭拥抱在一起，他们像是久别重逢的亲人，我看到周莲芳的泪水汹涌而下，那一刻，我惊呆了。发生什么事了吗？这个时候，樊文皓也呆立着，看上去有点不知所措。

我们四个人僵在那里，这时，我听见楼梯有声响，周莲芳轻声说："我一直在找你，你去了哪里？"

赵铭的手松开来，他替周莲芳抹去眼泪，又吻了吻她的额头，说："你知道的，我去了那里，那个根据地。但是，我又离开了。我不想活得那么累，我家上有老母，下有小弟小妹，我想出头。你不要管这件事，名单我已经交给处长，来不及了。不出半个小时，将会全城搜捕，谁也别想出去。"

周莲芳一把撩开赵铭的手，说："我知道，你还得去见一个人。对不起，亲爱的，我不能让你离开这里，你去见那个人，又得有很多无辜的人被杀，我们已经看见曙光了，你为什么不愿意和我一起为这个国家做点事呢？"这时，门已经被撞开，我看见周莲芳很快拥住了赵铭，她主动吻住赵铭，他们又热烈地拥抱在一起，然后，我看见赵铭的嘴角流出了血，枪声响起来，是樊文皓举起了枪，接下去，灯黑了……

我真的不知道那张绵软的字条是什么时候到我手里的，我只记得周莲芳中枪，她一下子扑到我身上，她附在我耳边说："老的猫，我是老的猫。你知道我那只猫吗？请你去看看它好吗？她就是我。"

12

脚步声越来越近，我感到巨大的恐慌，我的脚步匆忙，一头撞上在一棵树上，我抬头一看，却见对面就是周莲芳的房间。老的猫，老的猫。我想起这几天发生的怪事，和老的猫有关吗？我的手心出汗，是的，我的手里紧紧攥着那张字条，我不敢松懈，放到哪里我都觉得不合适，我不放心。姑娘，也许你猜到了，是一份情报，绝密情报，我必须把它送出去。周莲芳原来是地下党，我却一直不知道，我在这个部门工作，只是因为爱情，不喜欢工作环境，也不喜欢周莲芳，更不喜欢弥漫在上海空气中的紧张气氛。然而，就是这么一个瞬间，有什么改变了，我忽然觉得肩负重担。必须要告诉你，姑娘，灯黑掉的时候，是樊文皓拉着我从另一扇门走出去，然后把我引向楼梯，我只记得他说："全靠你了。"

全靠我了，那么，樊文皓也是地下党吗？但是，为什么我同事说，在诸多场对于革命党人的审讯中，樊文皓都会用自己特殊的方式使他们供出情报，有的时候，对方守口如瓶，他会举枪杀了革命党，甚至，他都不会眨眼——我一直在回避这件事，他其实是个心狠手辣的特务，而我常常不愿意想起这些，我总是认为那是他的工作。有的时候，我也觉得自己毫无是非观念，却用爱情来为自己开脱，从这点上说，我也是个罪人。

我推开周莲芳的房间，有淡淡的香味弥漫着，床边的桌子上，摆放着一盆小小的茉莉花。"好一朵茉莉花"，周璇仿佛还在唱，我捧起花盆，却发觉花盆下用铅笔画了一堵墙，墙外面是曙光。我想起那个章茉莉，除了樊文皓依旧为她伤痛，谁也不会知道花样年华的她，早早地凋零，我们看不见花瓣落下时，是如何的轻微，仿佛从未有过。

茉莉花已经开了，细细的花朵，那样的不起眼，在绿色的叶子中间，若隐若现，只是香如故。我四处寻找，在我的想象当中，这间屋子一定有一个秘密通道，可以通到外面，我只要按下按钮，就会有一个暗道机关打开，就像樊文皓的书房一样，后面是那样一个神秘的所在，周璇的歌在里面回旋。

然而，什么也没有发现，这时，我听见脚步声四起，纷乱，在这个莫名其妙的夜里，我胆战心惊。我迅速关了灯，世界陷入黑暗。姑娘，我后悔极了，真的，我不想死，我还有那么多好的年华，我好美食，好华服，如果我就这么死了，那是多么不合算啊。我想离开，刚走到门口，只见一团灰扑扑的东西窜到我身上，我惊恐地发现，是一只猫。哦，就是那只老的猫。她像是见到亲人一样，一双昏黄的眼睛看着我。来不及了，有人往我这边过来，还有纷乱的声音在叫："抓住他们，抓住樊文皓。"

我像陷入了地狱，是的，此刻，我觉得自己不复存在了，只是一个躯壳，"全靠你了。"——樊文皓说。他在被追杀，他会去哪里，赵铭满嘴是血，他微笑着倒在地上时，周莲芳说："原谅我。"赵铭说："巧克力很甜，很甜。"他们都已经牺牲。是的，我知道，对于这样离去的生命，我应该用"牺牲"这个词，我想对他们表示足够的尊重。

老的猫看着我，它的眼睛在夜晚显得蓝幽幽的，发出亮光来，我手足无措地看着它，那张字条已经被我捏得快烂了，它到底写了什么？有那么重要吗？需要那么多年轻的生命来承载。脚步声越来越近，我知道，要出去已经来不及了，我的情报再也无法送出。我摊开手掌，打算把这张纸吞下去。老的猫在我怀里挣扎了一下，它喵喵喵地叫起来。我相信，这一刻，一定是什么在指引着我，告诉我该怎么做。我迅速蹲下来，把字条揉成指甲盖那么大，我把它塞到猫的耳朵里，老的猫发出尖利的喊叫，除此之外，我再也想不出什么办法了——趁着夜色，我把猫抱起来，一甩手往围墙方向丢过去，我看见，那个黑色的影子一闪，毫无声息地往围墙上蹿，很快不见了——樊文皓说，"全靠你了。"

我当然安然无事，当宪兵队赶到周莲芳房间，那只黑色的猫已经跑出围墙——曙光在围墙之外。我只是一个打字员我懵懂，迟钝，毫无战斗经验，看到我脸色煞白地躲在周莲芳的房间里，他们没有为难我，只是让我跟他们走一趟——所有这个晚上参加酒会的人都会被问几个问题，我被问："为什么会在周莲芳的房间。"

我回答："因为之前我跟在樊文皓后面想看看他要干什么——谁知听到枪声，我就逃窜。我只是逃命。"

13

后来我回到父亲的裁缝铺时，家里只有娘姨。她一个人呆呆地坐在客厅，见到我，有些悲喜，忙不迭地告诉我，哥哥已经不在洋行做事，他在洋行总监的具保下，去南京一个小学当老师——真是出乎我的意料，哥哥素来不喜欢当老师。娘姨说，哥哥的两个同事被宪兵队抓起来了，幸好有总监的庇护，哥哥才得以脱身——哥哥走之前，留了一句话给我：像茉莉一样，静静地开放。

像茉莉一样静静地开放——我不知道哥哥指的是什么。好像上海到处都是茉莉。后来，我接到一个信，告诉我去黄浦江边见一个人，没想到那个人居然是我的哥哥，他依旧穿着西装，打着蝴蝶领结，我扑在哥哥怀里哭起来。我说："哥哥，我不要革命，我只是喜欢他，我所做的一切都是为了他，可是，他不在了，大家都在抓他，我不知道他是生还是死。"

哥哥拍拍我的肩膀，说："哥哥全都知道。易初，你长大了，你看，你都是一个革命同志了，你多么光荣啊。那天晚上，是我看到了老的猫，它从围墙上跳下来，正好跳在我的车上。"哥哥撩起袖口，我看见了一根红线，打了一个结，扣了一条银鱼。我吸了吸鼻子，"哥哥，这香味好熟悉。"

哥哥托起我的手臂，撸起我的袖子，说："你闻闻，你的手腕上，也戴了一根红线做的手链，也是一条银鱼。"我闻了闻，和哥哥手腕上的香相似。哥哥说："这个香味只有老的猫闻得到，它谁也不认，就认这香。"

我完全迷糊了，哥哥那晚就在围墙外面，是他接到了我的情报，然后他才能从洋行脱身。"要不然——"哥哥说，"我们党的损失会更大，你知道吗？赵铭是周莲芳的男朋友，他要见的就是我，我们约定商讨药品问题，前线药品十分缺乏。"

我像是做了一个梦，此刻依然在梦境。哥哥，小富哥哥，还有父亲呢？也是一伙的吗？他们都在为这个国家效劳。我哭得更加厉害，我说："哥哥，你们都把我蒙在鼓里，什么都不告诉我，我不像你们，有那么远大的理想，我不要这些，我只要爱情。"

"但是，易初，你知道吗？我们的妈妈，她曾经是一个出色的革命者，她本是居家妇女，为了父亲，她也一直在为我们这个国家做事。直到她怀了你。"

我打断哥哥的话，"她冒着生命危险一定要生下我来，只是为了让我送情报吗？我的生命是为了这样一个任务而存在的吧。"

我决定离开这个部门，是的，文皓不在了，我没有理由再留着。

有个晚上，我整理好所有的东西，对娘姨说："我想回到乡下，娘姨，你在这里，就是为了服侍我，现在，我跟你去老家吧。"娘姨显然很高兴，她说："小姐，我一直等你说出来。"

我向上级递交了辞呈，当我转身走出他的办公室时，我听见身后一个声音响起来："茉莉花开得好吗？"我晃动身子，双脚无法站稳，一下子扶住了门框，回头看着他，他刚从南京过来，说是接替樊文皓的工作，我看着他不动声色的样子，没有搭话，走出来。

我知道，周莲芳作为为党国献身的女子，她的事迹已经上报到南京，南京追授她为楷模——是樊文皓掩护了她，我听哥哥说，樊文皓对着周莲芳开了枪，其实是打在右胸的，也就是说，他只是为了掩护周莲芳，因为周莲芳在和赵铭接吻的时候，把一块夹心巧克力送入了赵铭的口中，巧克力的夹心是足以使人致命的毒药。哥哥说，赵铭知道那巧克力，但是，他别无选择，这个时候，只有他死了，才能让周莲芳活着，他们是多么相爱的一对恋人，他们向往新中国成立后回到乡下，过与世无争的生活。而樊文皓却觉得周莲芳无法脱了干系，于是开了枪。

周莲芳的身体经过严格审查后终于送出去了，哥哥说："我们的同志把周莲芳给救走了，在上海医治了一段时间，不见好转，生命体征还有，只是没有了知觉，就像一株植物。后来被送到租界，德国医生也束手无策。"哥哥黯然，说，"周莲芳同志在支撑半年后，牺牲了。"我又一次打断哥哥的话："不，像一朵花，过早地凋零了。"

我没有跟着娘姨回到乡下，周莲芳已经香消玉殒，樊文皓被当作党国叛徒四处追杀，哥哥在见了我一面后去了南京，从此杳无音讯，直到上海解放，我也未曾听到有关哥哥的任何消息。但是，我始终相信哥哥还活着。

其实我面前的路有很多，但是临到后来，却发觉自己无处可去。我听哥哥说，父亲被邀请去了重庆，因为那里需要一批特制军服，有非常严格的要求，党国总是那样，他们的军服有板有眼，穿在身上平整、威严，即便是战败，我依然觉得那样的装束是美好的。这和战争无关。我承认我的目光短浅。

有一天，处长把我喊过去训话，他认为，虽然我只是一个年轻的打字员，却有着良好的品质，发展的空间很大。他说，他正向上级申请，送我去特训中心受训，以便将来更好地为党国效劳。在上级批准这个报告之前，他希望我好好履行作为一名军人的职责。由此，我从一个打字员，成为一名机要室秘书。此后一段时间，在同事眼里，我发生了翻天覆地的变化，他们说我爱美，歌唱得好听——曾经有一次我去了文皓的那个秘密房间，留声机居然还在唱着，仿佛这里一直住着那个神秘的女子，她一袭旗袍，优雅，恬静，有着英格兰女子的忧伤。

当然，我也学会了一些交际，处长会适时带我出去应酬，我的生活似乎风光许多。姑娘，你猜对了，我也学会唱周璇的歌，舞池里，我的身姿永远是众人注视的对象。哦，对了，说说那只猫，它在一个冬天的夜晚悄悄回来了，我一觉醒来，发觉脸上暖暖的，像窝在绒被里，原来是它睡在那里，身子团起来，鼻息轻轻的，仿佛睡了很久。我把手臂伸到它的鼻子底下，它即刻警觉地睁开眼睛，仿佛一位训练有素的特工。我摸摸它的头，说："睡吧，也许永远不会有任务了。"我又摸摸它的耳朵，它温顺地躺着，拿一双老成的眼睛看着我，我们默默地对视良久。

我的手链换了一根线，是黑色的，我觉得我应该纪念周莲芳，尽管我对她的付出和青春抱负并不理解，作为一个女子，她的行为和宽博的胸怀已经足以让我肃然起敬。夏天来临的时候，我的黑色手链上，多了一朵细碎的茉莉，那是我窗台的茉莉花开了，我用它来装饰我的手臂。

14

姑娘，现在，当我再一次回忆起那段时光，真的像隔了好几个世纪，我都怀疑自己是否真的经历了那些事情。你问我，现在如果让我重新选择，我是否还会那样做。此刻，我想先告诉你，也是你几次问到的那个问题，后来我是否见到过樊文皓。

新中国成立了，全上海的人都在欢呼，而我却觉得很孤单，我像被世界遗忘了，是的，哥哥早已失去联系，父亲终究没有任何消息，一直到我被重新安排工作后——哦，那是一个多么艰难的澄清自我的机会呀！新中国成立后，我很快成为被审查的对象，在这个世界上，没有任何人可以证明我曾经经历的那些，我的履历上清楚地写着：警备司令部机要室文秘。虽然后来我独立完成了很多次任务，但是，我和我的上级从未见面，我不知道为什么我的哥哥不再来见我，我曾经问过和我接头的同志，他告诉我，他只负责转送情报，其他的情况他一概不知。"大约牺牲了吧。"他说。

和文皓的见面现在想起来依旧如此酸楚，我在青浦妇工委工作后，有一次到市区办事，在渡口，一个小女孩在喊妈妈，她的声音瓷瓷的很好听，我转头一看，一个女子，清教徒式的面容，冷眼看着小女孩，等小女孩走近了，她才抱起她，毫无感情色彩，我疑心小女孩不是她的女儿，我看见那个女子抱着小女孩在向岸上观望，像在等待一个人。一会儿，我看到一个人戴着一顶礼帽匆匆而来，他的墨镜遮住了眼睛。小女孩扑向男子，男子抱住小女孩，他很温存，充满了父爱，亲了又亲，对女孩说："先跟妈妈走，等爸爸办完事，就去找你们，那时，我们再也不会分开了。"他是樊文皓，是的，他就是我惦念的男人啊。

女子很冷漠，说："你还在找她。不找到她，你不会和我们走的。"

"原谅我，要不是我，她不会参加革命，她只是一个蒙在鼓里的小女孩。坦率地说，是我利用了她，但是，为了……"

"不要再告诉我是为了革命。我们都一样。"女子从文皓手里接过女孩，说，"我是明白的，我们从来都是假夫妻，即便现在新中国成立了，又怎么样？"我看见她的泪水布满了脸颊。

这是我最后一次见到文皓，当时，所有莫名的情感涌上心头，我想扑到他怀里，靠在他的肩上。但是，却又觉得如此地陌生，除了跳舞，我们从未有过亲昵。我看着他渐渐走远，一声汽笛，船开了，他的身影越来越小，直到看不见。

樊文皓后来似乎失踪了，在我的世界里，他是个谜，他是国民党军官，曾经为党国鞠躬尽瘁，后来却又去了延安。他是安徽安庆人，我曾经去过那里寻找，那里的人都说没有这么一个名字，但是有个人出去参加了国民党，"文化大革命"时家人被游街，父亲投河而死。

时间已过去多少年/如今的你们在哪里/经历着什么样的故事/什么样的幸福伤痛/今天我依然能感到/那清风掠过的春天/掠过了城市掠过村庄/掠过我们年少的胸膛………姑娘，你知道这个歌是谁唱的？我一把年纪了，听到这低沉的歌声，仿佛回到那些时光。但是，谁也不会知道，我为了一份虚幻的情感曾奋不顾身，准确地说，我是替身，我是乱世里的爱情替身，在那漫天飞扬的革命情怀之中，我是一朵无法适时开放的花。回头再看，我不得不告诉你，姑娘，如果再让我活一次，能够让我重新选择，我是断然不会成为一名革命者，说我没有觉悟，没有革命情怀，没有远大的梦想，都不会影响我的选择，我只想做我自己。

是的，我也曾经因为自己的自私而惭愧，周莲芳、文皓、茉莉……那些在斗争中死去的人，无论他们站在哪一个阶级，他们都是被这个时代裹挟着往前走的。我也一样，我后悔我的选择，但是，姑娘，那个时代，无数的人像我一样，别无选择。

赞美诗

1

对于母亲的出走，我后来做过很多次努力，想要找到原因，那是一个深度沉睡的谜案。当时，整个双溪镇都在议论母亲的事，它就像是一个似是而非的谜，悬在空中。而每一次当我将要接近谜底时，又被另一件事给罩住了。

后来母亲还是回家了。我不知道她在外面经历了什么，是什么让她如此决绝地走出家门，却又疲惫不堪地回来，回到这个她憎恨的家。那一天，从镇上放学回来，我看见四十岁的母亲回来了，神情古怪，因为母亲出走，我在同学面前受到无数次羞辱，我在邻居面前抬不起头来。所以，我几乎是要恨她了。她见我在家里，放下那个布包就奔了过来，"四丫，你回来了，你回来就好，妈和你说一个梦。"

母亲是一个爱做梦的人。在这之前，母亲常常在夜晚把她的梦当作故事讲给我们听，那些梦在我当时听来，稀奇，神秘。比如，母亲说，她梦见自己的前世了，她前世住在河边，河岸上长满了芦苇。曾经有个男子穿着烟灰长衫，捧着一本线装书，吟诵"野有蔓草，零露溥兮"——母亲每每说到这里，就告诉我，外祖母家里曾经的盛况，四十二间房子，大片的田地，丫鬟穿梭在廊柱之间，我常常在母亲的梦里进入自己的梦。多年以后,我在书上看到一个叫"穿越"的词,我觉得母亲的梦穿越到了我的梦里,因为我的梦里时常会有那些意象,满目的蔓草、河流。有一次我甚至梦见了北方农村一面简陋的炕。

母亲对于说梦的固执常常叫我觉得不可思议,她牵着我的手说:"四丫,我想,只有你能帮我解出这个梦来,你是读书的人。"母亲的梦总是隐藏着无比尖锐的问题。有一次,天未明,母亲把我从零碎的梦境摇晃着醒来,说她的梦。她说:"你知道吗?四丫,我看见一个渡口,很多船从我眼前过去了,我像要到远方,却总是跨不上那艘船。"母亲说完,低下头问我:"四丫,你说,妈妈的这个梦意味着什么?"其实那时我已经进入第二次睡梦状态,我梦见自己穿上大姐的丹凤朝阳棉服,偷偷跑到我的伙伴面前去炫耀,被父亲揪住耳朵拉了回来。我从梦里哭醒过来。母亲颠三倒四地说:"四丫,你是不是觉得我要离开你们了,你伤心了对不对?"

母亲一回来,便又要说梦给我听。我甩开她的手,来到门外。清晨,我看见我家的院门口站满了人,他们探头探脑地在议论,说是童千蓝回来了,童千蓝回来了,不知道她这十来天是在哪里睡的。他们关心的是母亲在哪里"睡"的,"睡觉"这个词在我们这个小镇,是有着特殊含义的,打个粗俗的比方,男人在鄙薄女人时,总是暧昧地说,我"睡"你一觉。

我快步走出去把院门关起来,哭着回到屋里,对母亲吼了一声:"你为什么总叫我丢脸!"后来,父亲回来了,我大姐、二姐、三姐也都回来了。母亲在灶间烧饭,父亲坐在堂前的矮凳上,闷着头抽烟,那些烟散发出呛人的味道,我们姐妹几个都咳起来。母亲放下手里的篮子,走到外间,她把我家的木格子窗推出去一扇。母亲说:"离开这个地方,怎么就那么难呢?"没等她回过身,父亲跳起来,对着母亲扇了两个耳光,那声音极其响亮。因为父亲用力过度,他抽回手来时,看见自己的手掌红起来。我听到母亲的头在窗棂上撞击了两次,惯性实在太大了。我们姐妹几个抱着哭起来,大姐先冲过去,抱住母亲的一只手臂,颤颤叫出来:"妈,你为什么总想要离开我们呢？我们哪里做错了？"母亲用左手掌心擦了一下嘴角，那里有血渗出来，母亲的脸几乎看不出表情。然后，我们听到了一句在当时听来非常可笑的话，母亲说："我原来想象中的生活不是这样的。"

父亲听见这话，又一次跳起来要冲过去，我们几姐妹惊恐地抱住父亲的腿。我们的哭声惊动了邻居，他们一个两个都走进来劝架。在这中间，父亲又趁空扇了我母亲四五个耳光，母亲的脸肿起来。

晚上，我躺在母亲身边，她翻来覆去，我被迫醒了几次。我看见母亲起身，她从床底下拖出一个小小的箱子，掀开上面的盖子，整个箱子就像一张小小的梳妆台。盖子的内里有一面镜子，镜面陈旧了，掉了许多银粉。母亲的脸在镜子里看来，斑驳不堪。母亲叹口气，抽出一个小格子来，里面有一叠鞋样，我想，母亲是不是要做鞋了。

我在迷糊中翻个身子，重新睡去。我不知道那天晚上，母亲是几点睡的。那时，父亲已经和母亲分开睡了，父亲对于母亲的忍耐已经到了极限。他几次在暗夜里对着母亲垂下的蚊帐咆哮，"总有一天我要做掉你！我要在你离开之前做掉你！"这样的声音在我听来，无疑是世界上最惊恐的话语。我不知道父亲何以对母亲如此仇恨。是的，是仇恨。在我蒙昧未开的认知里，以为夫妻就是那样的，就该你死我活地纠结。有一次，当父亲又一次扯下蚊帐，从被窝里拉扯母亲起来时，我扑上去咬了父亲一口。我清晰地听见我的牙齿在父亲的手臂上发出切割一般的声音，带着清脆却颇具肉感的"嚓"。我当时就呕吐起来，父亲停止了拉扯，他像是第一次发现还有一个我。他看了看手臂，已经有一块肉被咬伤了，血肉模糊的样子。父亲说："你已经懂得用牙齿咬你的爹了！好，好，你读书就是为了学会怎样对付我。是不是？"父亲的手举起来，尽管我在呕吐，但是，我依旧做好了被抽打的准备，就像之前无数次地被抽打。我已经习惯了被打，除了被打，我好像感觉不到亲人之间还有什么联络。

父亲却垂下了手臂，一抹，把抽屉桌上的东西撸到地上，那些本就七零八落的东西，散落在我家疏松的楼板上。我一本很旧的书这一刻完全散架了，在昏暗的 15 瓦灯光的映照下，像极了飘洒在风中的纸钱。我不知道怎么会想到纸钱，我一定是疯了。

母亲看着父亲离去的背影，她温柔地抚摸我的后背，我的呕吐已经停止。母亲说："我们到底哪里出了问题？四丫，你要读书，你只有读书。"

是的，我只有读书。我知道，在这个家里，只有我去到镇上读书。我的大姐、二姐、三姐一直留在家里，她们像很多双溪镇女孩一样，从未踏进校门一步。只有我，我出生的时候，算命先生看了看我左耳边一块淡烟灰色的胎记，说："此女克父。"事实上，从三姐开始，父亲就不再希望看到女儿们。他一直渴望母亲能为他添个男丁，身材矮小的父亲太希望他的种子能够生根发芽，长出一个男人。但是，在与母亲结合的这些年里，他的失望逐年增加。母亲生下我时，父亲已经无力再上楼询问性别，他甚至躲到了楼梯间，那里放着一只马桶，一个鸡笼，还有横七竖八的农具。从父亲后来对母亲的数落中我知道，我出生的时候，他在马桶上坐着，直到屁股发凉，尤其是听到接生婆说又是个没用的豆芽儿时，寒意从父亲的脚底迅速蔓延到了他的心——他的心凉透了。直到我离开家，也未见父亲的心暖过来。当然，我的心也一直是凉着的，我不知道自己的出生给这个家增添了什么，我只是觉得身不由己的悲哀。但是，我无能为力，年幼的我，还没有心智能够把自己的命结束掉以求得安宁。即便很多年后，我已经有能力掌控自己的身体，我依旧无法对自己的命运作出准确的解释。因为，未来太未知，我想知道那些漫长的未知岁月对我来说是怎样的纠结。

祖父是听到风声过来劝架的，祖父身材像父亲一样矮小。因此，祖父的劝架无疑是可笑的。比如，父亲要在大冬天把母亲推到溪坎里，祖父只能是眼睁睁地看着，他甚至拦不住父亲，他只能等到母亲从竹桥上落到水里后，才脱下鞋子，下到溪水里。但是，常常是没等他自己站稳，母亲就已经被邻居搀扶着上了岸。因此，祖父的出现常常是一个笑话。后来，祖父就放弃那样的努力。如此一来，父亲自然升级为我们家族的权威。他常常这样教训我们："你们怎么就不能为黎家争点光长点气。黎家我撑到现在容易吗？四丫，别以为你读了几句书就出息了，在双溪，没有你的地，早晚，你都要出去的。你是一匹劳碌的马，天亮了，还能让你站着睡觉吗？"

我出生的时候，是个冬天，母亲后来回忆，说我一直不愿意离开她的身体来到外面，天蒙蒙亮时，母亲才听见微弱的哭声。母亲看见屋顶的明瓦，已经有点亮光了，母亲舒了一口气：天亮了。她的如释重负很快被我祖母打断，"是一匹马，这是一匹劳碌的马，不如不要生她，天一亮，马就要跑路。"父亲本来已经联系好了人家，只要母亲生出来是女的，他就送人。加上算命的说我克父，理由是天成的。

母亲偷了几个手镯，换了钱——母亲已经把外祖母给她的嫁妆败得所剩无几了。这个手镯精巧无比，形状大小都吻合一个小妇女的手臂，玉质圆润浸透了岁月的精气，肌理明晰，质感柔和。母亲一狠心，换了钱，用红纸包起来，塞到算命先生的手里，哀求着："给我家四丫一条活路吧。"算命先生看母亲那双布满血丝的眼，说："此女命相复杂，非三百个时辰而不能把准。"如此，我的小命算是暂时保留下来。因为母亲说，父亲已经扒开了山脚下那个粪坑，他不想在黑夜里把我给送了，就近解决，丢进粪坑是最简便的途径。

母亲是在提心吊胆中伴我度过了我的婴儿期。当时，算命先生已经很老了，他自己拄一根拐杖，一只手钩着两块铁片，磕磕绊绊来到双溪镇。当他从母亲手里接过那个红纸包时，喜悦从嘴角蔓延开来。他欣喜自己接下来的一年，不用凄风苦雨地替人算命，他从这个红纸包里看到了未来日子里他自己的日子，他可以在家里坐享其成了。那么，是多久呢？他能算准自己在一年以后还活着吗？母亲的担忧在每个日子里一一呈现。我当然不知道她为什么像守护自己的生命一样守护着我。后来，母亲说了一句哲学家的话："我看到了，你会替我重新活一遍，我的那些未竟的念想你会帮我实现。"

算命先生过了一年居然又来到双溪镇，母亲终于呼出一口气，说："人心到底还是好的。"据母亲说，算命先生比一年前还要白，似乎在这一年里流光了自己的血，精气神是没有了，像一个僵尸，无比地机械。他在双溪镇那条石板路敲响两片铁片，母亲像遇见救星一样，扑腾着出去，把椅子轻轻放在算命先生旁边。算命先生坐下来，他似乎已经无力支撑自己沉重的肉身。他的铁片丁里咣当响过一阵，气若游丝，说："此女虽克父，然有书缘。识字吧。让她识字。"

据母亲的描述，算命先生其实早已经死了，他只是用自己空落落的躯壳，硬撑着到双溪镇，告诉父亲，让这条小命活着，不能便宜了她，活着是受罪，怎么能让她轻易死去呢。父亲听了算命先生的话，有点豁然开朗的样子，他几乎恶狠狠地说："让她活着，让她识字。"

双溪镇是个不准女子读书的小镇，据祖父说，那一年，镇东头出了女官，在京城侍奉皇上。皇上钟爱女官，女官却不愿自己像后宫佳丽只为临幸而活着，出诗一首，表明心迹，惹得龙颜大怒，斩杀女官，又感念女官才华与知心，不株连，但禁令双溪镇的女子不能识字，否则杀无赦。

我后来始终怀疑祖父的言论，觉得那是祠堂里做的事，摆不上台面，这个禁令无非就是不想让女子知书达理，女子到了知书达理之际，也就是背叛的开始。而我的母亲却是读线装书长大的，加上她义无反顾地嫁到双溪镇，完全有自投罗网的悲壮。这似乎是后话了。

2

出走回来后的母亲始终回不过神来，她终日沉浸在自己描绘的蓝图里。她去地里，一垄一垄的蔬菜，绿色的，鲜活的，在她看来，了无生趣。那时，我们是第六生产队，母亲对于这个说法也是存疑，她不屑于和村里那些背着锄头出工的妇女一起拉家常，她宁愿捧一本书在手里，母亲的这个形象极度脱离了正常的农村妇女状态，几乎让大家无法容忍。妇女们对生产队长诉说，诉说童千蓝的十三点行为，生产队长说："她大概吃了烂泥，修水的烂泥吃死过人。"

我在镇上读书，有的时候会突然遭遇母亲的来访。有一次，后半夜了，我寝室的窗外响起一个声音，是母亲。母亲站在窗外，瘦弱的样子。但是，因为夜很黑，在我看来，母亲像一个幽灵，我惊吓着跳起来，又蒙住了头。母亲轻声说："四丫，是我。"

这件事很快在寝室传开，并且蔓延到整个学校。班主任找到我，询问我的学习，我的生活，最后才问到母亲。我恍然，她其实是想知道母亲的出走，她和我们双溪镇的任何一个妇女一样，抱有极大的好奇心。尤其是谈到母亲在外面是"睡在哪里"这一件事上，她的表现尤为突出。

"你妈妈读线装书？"

"我外婆是读线装书的。我没有问过妈妈是不是读线装书。"

班主任打断我："其实都不重要。问题是，你妈妈出走的那些日子，她睡在哪里。"

我妈妈没有说过这件事，但是我们双溪人早就为母亲定好了地点，不是跟一个男人睡在一张铺上，就是在火车站蜷缩。我说："管她住在哪里，活该。"

"你妈妈深更半夜出现，会吓着其他同学的。你妈妈一直都是这样的吗？"

我觉得受到了极大的羞辱，我不打算为母亲隐瞒了。她的出走，她的颠三倒四的想法，把我从骨子里训练成了一个不按俗常说话的女生。

我很镇定地告诉班主任，我一直怀疑我母亲是反常的。她已经不像我的妈妈。她所有的时间都是为自己而活。这个过程中，我第一次发现自己的表演天才，我开始声泪俱下地告诉班主任，因为有这样一个母亲，我们一家人在村里抬不起头来。还因为她的生育能力旺盛，生了一个女儿又一个女儿，看她耷拉下来的肚皮——我用了一个新学的词"耷拉"，我都觉得恶心。我从下午第三节课开始，一直说到暮色苍茫。最后，我觉得再也无话可说，当班主任打亮电灯时，我又想出一件新的事情来。我面无表情地说："我觉得她是故意不愿意为爸爸生个儿子的，她恨爸爸，她一直都想逃离爸爸。以后，我不会让她的阴谋得逞。"

班主任听到这里，居然把一只茶杯给摔到了地上，因为那是一只搪瓷杯子，声音尖利，杯子摔变了形。我听见班主任说："你小小年纪，怎么就藏了如此巨大的恶？"

我本是喜欢上学的，我觉得读书很快乐。最主要的是，读书的孩子基本可以逃脱农活的压迫。我每一次从镇上回来，几个姐姐都还在农田里干活，而我却可以捧一本书，装模作样地看，甚至拿出一本父亲放在楼梯间鸡窝上的读破了的长篇小说《较量》。建国初期新中国潜伏着很多特务，对这本书我爱不释手。并且，小小年纪，我不可遏制地爱上了主人公张海涛，当然，爱憎分明的我极度痛恨那个隐藏着的特务黄建安。

因为母亲的不可理喻，我渐渐对上学有些厌恶起来。那一天，我回到双溪镇，看到母亲正在溪里淘米。溪水清澈，母亲姿势很优美，她的手臂柔软、白皙。那时阳光正好打到水面，像撒了金子。母亲在水埠头的背影在我看来无比忧伤。是的，那个时候，我已经懂得了忧伤的感情，我仿佛有一些小小的理解。当我走过母亲的背影时，轻声喊了她。母亲转过身来，她的神情立刻焕发出光彩。母亲噔噔上来，"四丫，你回来了真好。"

"我告诉你，我得到一本书了。"母亲喜不自禁的模样让我觉得她是在自欺欺人。

"什么书？"母亲自从嫁到双溪镇，已经和书绝了缘。她曾经是待在小小闺房里的一个小姐，家境殷实，她从未想过自己的未来，只有眼前，读书，绣花，想象西厢房里跳出一个张生一样的读书人，与其私奔。

母亲的手湿漉漉地拍在我的肩膀上，她总是忘却了自己是个家长。"四丫，我拿给你看。"

我放下书包，跟着母亲来到楼上，母亲从枕头底下拿出一个很小的铜钥匙，"7"字型的，闪着古旧的光。母亲看着这个小小的钥匙，居然嘻嘻地笑了一下，她有多久没有笑容了呢。母亲用手轻轻摸摸我的脸。"四丫，你识字了，我才能跟你说。"

母亲蹲下来，她轻轻地打开那只角橱。那是她的嫁妆，四方的矮矮的，橱面上画着梅花，有两只喜鹊魂不守舍地站在梅花盛开的枝头，其实还是无枝可依的茫然。母亲的手探进去，那里是凌乱的衣服，她的手伸出来后，是一个浅灰色的烧过的年糕一样的东西，我看清楚是一只破旧的袜子。母亲又神秘地笑一笑，起身关上了房门。

"来，四丫，你来看。"母亲扒拉开袜子，是一本黑色封面的小本子，纸张已经泛黄，有几张已经脱离了，雪花一样飘落下来，母亲像捉蝴蝶一样捉住了纸片，她温柔地把这些纸片放入书内。

母亲把我按到床沿上，"四丫，你坐着，我唱给你听。"

这是我始料未及的，母亲看书居然是唱的。我记得语文老师说过，古时候诗人写诗其实是唱诗，他们吟诵，应和，风雅无比。眼前，这个中年妇女，我的母亲，身上系着围裙，梳了一个小媳妇的头，齐眉刘海，后脑挽了一个髻，居然要唱书给我听。需要说明的是，她的双臂还戴着两只红绿蓝相间的袖筒。母亲已经准备好了，她先清了清嗓子，正要张嘴，忽然发现有什么不对劲，她迅速放下书，脱去围裙，扯掉袖筒。我看她的脚，穿一双破了一个洞的松紧鞋，黑色卡其布帮子，洗得泛出了白筋。母亲仿佛觉察到我的眼神，她索性脱下鞋子，坐到床上。"四丫，你听了就知道是好的。"

我以永远的爱爱你

我以慈爱吸引你

母亲唱出这两句，居然有些羞涩，她看了看我的神情。我因为从未听到过那样的旋律，也觉新鲜，便有所期待的样子。母亲像是受到了鼓励，她接下起唱。需要说明的是，母亲的声音，在我听来，居然像是童言，有着无比清澈的水样洁净。

有美地方寂静安舒

近乎上帝之心

在那地方罪恶全无

……

从窗户看出去，是一片青山，刚刚返青的竹子，流油一般亮堂。这是一个安静的午后，不知名的鸟儿在我家门前的山上霍霍地叫着。风吹动树林，沙沙地响，我感觉整个世界在动。溪水应和母亲的歌声，这一刻，在我听来，是如此的清灵。我听得呆了，一时间忘了自己在什么地方，只觉得全身通透。

我居然流泪了，我也不知道怎么会这样，我只觉得有什么被扯了起来，酸酸的感觉。等母亲唱完，我已经泪流满面，甚至把胸前的衣襟都湿了。母亲惊喜地扯住我的衣襟，"四丫，你是有灵性的，你流泪了，你为什么哭？"

母亲这一问，我像是确切地找到了一个哭泣的理由，索性趴在床上大声哭起来。不知过了多久，我听到争吵声，是父亲回来了，他从山上回来。这一段时间以来，这个小个子男人被分配去砍毛竹。那是一个极其繁重的活儿，必须带着干粮，天蒙蒙亮出发，运气好的话，下午就能砍一车毛竹回来，运气不好，就得到夜半——父亲常常是我们睡醒一觉才回来的，他的小个子决定了他必将早出晚归。

运气很好的父亲回到家里，大约是听到楼上的动静，他还穿着草鞋，腰间系着泛黄的白色大手巾。他冲到床前，脱口而出："哭丧啊。"

我的哭声戛然而止。在我们家，姐妹四个，已经养成了良好的哭泣习惯，只要父亲的声音一出现，无论在发呆（我们家几乎没有游戏，悲伤永远笼罩），或者在哭泣，我们都有高超的本领使自己的身体瞬间处于平静状态。虽然悲切还堵在胸口，眼泪还顺着眼角流下来。

我起床，赶紧下楼找竹篮，我看出父亲的暴躁，我不能坐以待毙，出去总比待在家里要安全。我像个审时度势的精明的家伙，挎上竹篮，刚走出门，忽然看见六月的天空，纷扬着下起了一朵一朵雪花。我以为是雪，细看，居然是一些碎纸片，那些纸片被撕碎了，从我家楼上窗口飘洒下来，在我头顶舞蹈。我听见楼上搏斗的声音，母亲声嘶力竭地在保护着她那些需要唱出来的赞美诗。楼板像要被震塌下来，我听到沉闷的撞击声，父亲一定又揪住母亲的头发并把母亲的头撞在墙上了。恐惧瞬间击中了我，我像个亡命之徒，挎着一只毫无意义的竹篮，狂奔起来。没有一个时刻，我像现在这样无助，并且渴望有一把锋利的刀子，把父亲的手砍下来。

当天晚上，母亲没有做饭，因为她一直躺在床上，头发蓬乱，就那么几个小时，母亲好像老了十岁。我看着母亲，试图想起母亲另外一个形象。比如，她是否年轻过，如果年轻过，那么，年轻的时候是怎么样的。脸上也是红润的吧。我不合时宜地附在母亲身边，问：

"妈，你年轻的时候是什么样的呢？"

　　母亲听到我的话，没有反应。但是，我看见，她的眼角，迅速流下眼泪，汹涌澎湃的样子。母亲攥紧了我的手，我感觉到了疼痛，母亲说："从那一天起，我就老了。"

　　"是哪一天呢？"

　　我锲而不舍地追问母亲："妈，我想知道你年轻的时候。你以前会笑吗？"

　　母亲说："有很多条路，我不知道哪一条是对的，我只是跟在别人后面一直跑。我自己把自己跑丢了。"母亲像个哲人一样和我说话。

3

　　大姐的手指被镰刀割破了，二十岁的她亭亭玉立，只是，她像极了母亲，永远没有笑脸。我无比热爱我的大姐，我喜欢看她笑。但是，为什么她也像母亲一样，不会笑了呢？大姐早几年就学会了做饭，她像是天生适合做一个农家妇女，她的手指关节粗大，掌心粗糙。即使在冬闲的日子里，大姐的手也没有空闲的时候，她帮母亲到苎麻地里割苎麻，回到家里，和母亲对坐着削去苎麻的皮，将细长的韧性很足的苎麻线被晾干。没有到冬闲，母亲就教大姐搓线，两三根苎麻分成两股，在大腿上来回一搓，绞在一起，一根细细的漂亮的苎麻线就有了雏形。那样的手工活是多么乏味啊，二姐为此鄙薄过，她说，她宁愿纳鞋底，也不愿意搓苎麻线。在我们镇上，大家都知道搓苎麻线是很受苦的，因为没有更合适的地方能够妥帖地把线搓起来，只能就着大腿。而那时，大姐腿上是细密的绒毛，它们从未经历风霜，驻扎在鹅黄色的大姐的身体上。而苎麻线每一次绞绕，都会把大姐细密的绒毛拔下几根。大姐最初开始学习搓苎麻线时，都是流了泪的。但是，她不说，她不哭，她只是流泪，她太愿意为母亲分担了。

　　母亲总是一边做活，一边说一些家常，从那一次被父亲撕了书后，她像是安定了下来，也务实了许多，很少说一些不着边际的话。她对大姐说婆媳关系，说自己的老家修水，那里有大片的甘蔗林，榨出来的汁水都做了红糖。

二姐说："你们吃泥，只有青蛙是吃泥的，只有鬼是吃泥的。"

母亲当即丢了苎麻，抢起手掌，我期待一个响亮的耳光，我早就看不惯二姐的自以为是了。可是，母亲放下手。母亲说："有饭吃，谁愿意吃泥呢。早晚都要去吃泥，活着的时候总想要吃好一点穿好一点。"二姐不依不饶地说："可是我们家为什么永远穿着破衣服呢？"

我看见大姐的眼泪扑簌簌地下来，她已经抽泣起来。大姐的衣服从肩膀到手肘处，都打了补丁，那是一件罩棉布衫，一年四季都穿着，她像我一样渴望穿上新衣。

说媒的来过我家几次，都被父亲回绝了。父亲看中大姐是一棵干活的好苗子，他对媒婆说："这个小囡子我是要留着的。"他希望能够招到一个身体结实死心塌地的男人，上门为这个没有男丁的家撑起门面来。

有个晚上，我从书本上抬起头，问出一句很不合时宜的话，"大姐，你愿意离开这个家吗？我希望这个家倒灶，这样，我就可以离开。"倒灶，在我们老家，已经是一句诅咒了。大姐被我惊世骇俗的话吓坏了。她赶紧用手捂住我的嘴，"四妹，这个世界上，没有人希望自己的家倒灶，我们都不能那么想，你也是，你不能有一丝这样恶毒的想法。"大姐觉得我的想法是极其恶毒了。

"可是，"我坚持自己的理论，"要是这个家不垮塌，我们怎么可能出去呢？只有这个家四分五裂了，他们才没有时间来管我们，他们自身难保。"

我说的他们是指父母。不知为什么，我对于自己是这个家里的一员总是感到无比沮丧，我羡慕同学们穿新衣，羡慕他们下雨的日子能穿上光亮的雨鞋，而我们家，永远都是草鞋。我们的日子什么时候能到头呢？

我记得三三两两的男青年来到我家，企图和大姐谈对象，都被父亲特殊的方式打了回去。有一次，停电，我在油灯下看书，大姐在做鞋底。有个男青年来到我家，之前他已经来过几次了，我看到他青年装的上衣口袋里插了一支钢笔，我认定他是一个有志青年，我简直嫉妒大姐了。这个青年，如果愿意等我长大，我是愿意嫁给他的。那年我十四岁。十四岁的我情窦初开，我甚至好几次抢了大姐的话头，和那个有知识的男青年说话。大姐很尴尬，因为好几次，男青年谈的都是书本上的事，大姐从未进过校门，自然是不知道的。而我仗着克父这一优势上了学校，念了书，此刻却来抢大姐的风头，我还一厢情愿地希望男青年能够把注意力转移到我身上。

令人沮丧的是，男青年仿佛铁定了心要找个文盲做老婆，他总是礼节性地敷衍我几句，然后，话头完全脱离了书本，他讲农活，讲时令，讲一切能和大姐对应起来的话题。那个晚上，我看见大姐完全沉浸在浪漫的氛围里，她和男青年的交流完全达到一种忘我的境界。我才想起来，大姐曾经隐约地说起，她喜欢读书的人。那么，如此说来，他们已经找到了最适合的另一半了。我隐约听见男青年说，他是独子，有瓦房一间，他喜欢大姐的勤劳和质朴。我成了一个旁观者，书是看不进了，我昏昏欲睡。这时，我听到楼上父亲的声音，他咳嗽的声音无比夸张。我们在楼下能够清晰地听见他起床，踱步到楼道的马桶前撒尿，那声音隔了一层楼板，清晰地传下来。这是一件多么羞愧的事啊，大姐的头越来越低，男青年的脸也红了一些。在这件事上，我也同样被感染了，我觉得父亲在做一件丢人的事，他怎么可以把这种不堪的声音夸张得这么厉害呢？

在一种巨大的煎熬中，父亲终于结束了。但是，他没有回到床上，而是走到楼梯口，喊了一声："阿凤，你上来，马桶满了，你去倒掉。"

这是我听到的最为刻薄的一句话，天已经黑尽，这是一个惆怅的没有灯光的恋爱时光，两个青年正沉浸在爱情带来的曼妙之中。而我的父亲终于出手了，他又一次用这种令人啼笑皆非的方式回绝了男青年，大姐是多么喜欢这个上衣口袋里插着钢笔的青年呀。

母亲几乎是滚着下楼来，她走到灶间，倒了一杯茶递给男青年。

"别理他。"母亲低声说道。母亲的脸在灯光下看来，充满了母性，丝毫看不出她曾经抛弃我们离家出走，去寻找自己的幸福生活。

男青年微微弯弯身子接过碗，碗里的茶叶是大姐起早贪黑采摘回来的。在我们都迷糊着入睡的那些夜晚，她和母亲在楼下翻炒，我闻到茶叶散发出的清香，仿佛在舞蹈。这一刻，碗里的茶叶也在舞蹈，她们在水中舒展着身子，一朵朵花一样张开了笑脸。男青年轻轻吹了口气，就着碗沿喝了一口。我看见大姐偷偷看一眼男青年，男青年也偷偷看大姐，他们的目光交集在一起，如同迷失在黑夜里的两颗脆弱的慌乱无措的心，而对视的这一刻，他们像终于找到了亮光。我忽然想起语文书上的一句诗"书似青山常乱叠，灯如红豆最相思。"我渐渐露出了笑容，从内心升腾起一种美好的情愫，我觉得大姐是应该嫁给这样一个男青年的，他干净，节制，上进，最重要的是，他爱大姐。

过去很久，我还会回忆起那个夜晚的情景。当然，对于父亲的仇恨也是从那个夜晚开始的。男青年后来几乎仓皇逃离，大姐埋头抽泣，母亲窝在灶间，她的无力迅速感染了我。而我却做出了一丝小的反抗，我用力地蹬着木头楼梯上了楼，就着明瓦透进来的一丝微弱亮光，我用力扯破了一个被角——我要破坏我的家。

大姐后来不再见任何一个男青年，我们家恢复了常态。大姐依旧不言不语，而母亲却出乎我意料地又隆起了肚子，这是我无法容忍的。我觉得，她接下来的每一次怀孕，都是为了讨好父亲，她要为父亲留下一颗种子。我不知道母亲是在争取什么还是在妥协。总之，她一心一意地做起了和其他妇女一样的事，她在田间地头大声说笑，她再也不和我说梦，她的日子似乎安逸起来——我常常怀疑她在装。总有一天，她会离开我们，像那一次一样，去寻找她想象中的生活。

好多个夜晚，我醒来，发现母亲不在身边，我总是怀着偷窥的心理，蹑手蹑脚地走到父亲的房门口，我听见那些粗重的呼吸声，挣扎的声音。我甚至听见母亲轻声呻吟，我觉得母亲原来也是低贱的，愿意被粗鄙的父亲践踏。

4

母亲最好的年华在我看来是那些怀孕的时期，我记得那是春天了，空气中飘荡着植物的清香，在我们双溪这个小镇，一切都显得生机勃勃。那时，母亲已经是个很富态的孕妇，她的腰挺起来，走路虽然没有了往日的风风火火，但依旧是坚实有力的。她总是把一只手放在肚子上，对我说："四丫，你要有个弟弟了。"

我在镇上读书，消息传得很快，说黎小青的妈妈这么大年纪了，又要生孩子了。我从风里听见这些窃窃私语，总是感到无比绝望。我已经够落魄了，我从未穿过新衣，我多么渴望有一件属于自己的新做的衣服，散发着新棉布那淡淡的米浆水的味道。有一次，我偷偷打开箱子，把大姐唯一的中长料秋装偷着拿去学校。其实那时已经到了夏天，长袖穿在身上很闷热。但是，我要穿这件新衣，我已经被那种渴求折磨得太久了。

事实上那件衣服并没有给我带来丝毫快乐，先是被同学们惊愕地问及，"黎小青，你发冷啊？夏天了穿这么厚的衣服。""黎小青，你的衣服太大了，像一件道袍，你要出家吗？"我在这些毫无人性的询问面前恨不得找一个地洞钻进去。我的学习成绩并不好，我总是不知所以地回答问题，一度被老师禁止举手。这些都不足以打败我，相对于家庭那种恶劣的氛围，我更愿意在这里，哪怕被羞辱，我也心甘情愿。

然而，母亲带来了一个天大的笑话。那是个下午，我穿着大姐的秋装走在操场上，母亲的声音犹如晴天霹雳，从我头顶爆炸，我觉得我的世界崩塌了。

"四丫，我就知道是你。"母亲在身后蹒跚着追上来，她的肚子已经像个庞大的皮球，似乎随时都要爆炸，从而四分五裂。她的出现，证实了同学相传的谣言，他们传说我母亲苍老无比，却还顶着个大肚子，他们用一种戏谑的语调谈论我的家庭，我除了偶尔的愤怒，

赞美诗

沉默代表了我的清高。然而，我的母亲出现了，我转身看过去，只觉得她是赤裸的，目之所及，只是一个丑陋的肚子。

我像是一个小偷被发觉，亡命逃往寝室。那是课间休息时光，到处都是眼睛，只有寝室是安静的安全的。我几步跨上阶梯，噔噔噔跑到三楼，我冲进寝室，砰一声关上了门。

"你大姐阿凤心痛得生病了，她只有这一件新衣服，你还给她，你脱下来还给她。"母亲在门外劝说。体贴的母亲甚至还带来了一件打满补丁的短袖，"四丫，你开门，我带来了衣服，你换掉大姐的衣服吧。"

虽然我穿的这件秋装在夏天看来如此不合时宜，令人发笑。但是，已经极大地满足了我的虚荣心，像我一样家境贫寒的同学羡慕的神情历历在目。我怎么愿意脱下它，穿上母亲手里那件破旧的短袖呢？

"我宁愿死。"我在寝室里斩钉截铁地说，"你要我换上那件短袖，我就死。"

母亲终于沉默。我听见轻轻的脚步声，越来越轻，我从三楼的窗户看出去，母亲笨重的身子渐渐离开，走出去很远的路，我看见她回过头来朝我的寝室看了一眼。

到周末，我不知道如何应对这件事，我可以想象大姐找不到这件衣服时，是如何地心如刀绞。她已经二十岁了，在我们村里，她是一朵开放的兰花，散发着幽香。我磨蹭着一直到傍晚才回到村里，我在村口徘徊着不敢再朝前，我已经判定自己是个小偷。

天色渐暗，我看见远远的有个身影过来，我试图藏起来，却听见大姐在喊我："四丫，快点回家，妈要生了。"

这是母亲最后的好年华，在她怀孕的这段时间，父亲爱她如初识。因为，所有的人都说母亲会生一个儿子，包括经验丰富的接生婆。她每见到父亲都会说，这次一定生一把带嘴的茶壶。父亲因此乐呵呵的，在我有限的记忆之中，那也是父亲的好年华，一直到那个晚上。

我跟在大姐后面一路小跑，大姐说："母亲已经痛了好久，她一直念叨着要见你，好像有什么话要说。"不知为什么，我有一种非常不好的预感，觉得母亲将不久于人世，只有即将离世的人才会渴望等待最后一个亲人的到来。我开始流泪了，坦白地说，我希望能够离开这个小镇，去一个陌生的地方，即便日子过得破败不堪，也比在这里好。从这点上说，我觉得这个世界，只有母亲是我的知音，她的不成功的出走，在某种程度上来说，是在替我开辟一条布满荆棘的道路。现在，她可能就要离我而去，我再也不能听到她和我说梦，尽管我对她的那些梦如此轻蔑。我已经积攒了太多的莫名其妙的委屈，需要借助一个出口用以宣泄，我从默默流泪到轻声抽泣，到达家门口时，已经是号啕大哭了。而父亲的断喝又让我的哭声戛然而止。我抬头看父亲，他布满皱纹的脸因为兴奋和满足而洋溢着笑，在我看来如此陌生。我看着祖父、祖母、大姐、二姐、三姐——需要说明的是，三姐是特地赶来为这件事添彩的，她在 11 岁那一年，到了三十里以外的另一户人家，成为那户人家暂时的女儿，等她长大后，就是他们儿子的老婆，她的命运和我的祖母有着惊人的相似，我希望在后面还能想起她来，以便能够回忆起一些有她的日子。

我的亲人们都在等待一个天大的喜讯到来。我却像个小丑一般，站在屋子中央，泪水还挂在脸上。接生婆手上是一把剪刀，她像一个凶手，见到我回来，一把抓住我的胳膊，推着我说："上楼上楼。"

母亲神色安详，在我和母亲相处的短暂的日子里，我第一次看到母亲是那么安详。她的上半身盖了一床薄薄的单子，下半身已经被分开了两腿——我是不敢看的，我永远也想象不出那是怎样一个万丈深渊，场景像极了屠宰场，而我的母亲却如此安宁。

"四丫，你回来了。"母亲伸出手，我极不自然地把手给了她，在冰冷的了无生趣的日子里，我已经没有能力表达亲情。母亲的手冰冷，这应该是一双冬天被冻久了的手，没有一丝温暖，让我心生寒意。就在这漫天的寒意之中，我仿佛第一次体会到了亲情。是的，我像是突然明白了一些事理。我说："妈妈，我在这里，我在你身边，你安心地生吧。他们都说你会生个男孩，可是……"母亲用手捂住了我的嘴。母亲的嘴角动了动，"四丫，你知道的不是全部。"

"可是妈妈，"我接着说，"我总觉得他们在骗你，他们也在骗自己，我也觉得你在骗他们。"

母亲松开我的手，她示意我打开她的镜箱，那是她的嫁妆。我记得里面都是鞋样，一个一个鞋样，还有一枚小小的碎银别针。母亲从鞋样的底层打开一张纸，跌落一张照片。我看见一个俊朗的青年，清秀的面庞，小分头，一双有力的大眼睛，似曾相识的感觉。母亲看到我的疑惑，把照片塞进我的手心。母亲说："四丫，你帮我存好了。只有你能存好了。"后来，我回忆起那一幕，总是辛酸得无以复加，那一年，母亲已经四十三岁了，她的生命没有秘密，她袒露着，任凭命运的宰割。

我像是窝藏了一个巨大的秘密似的从楼上下来，大家都盯着我看，十五岁的我从上楼梯到此刻下楼梯，仿佛一下子老了。

正如我想象的那样，母亲生下了五妹，她生命中最后一个生命，我在那一刻仿佛看到母亲的生命终结了。这以后发生的一切理所当然地需要发生，比如，父亲抓住接生婆，给她两个耳光，父亲同时也给了母亲两个耳光。如果不是祖父在旁边以他干瘦的身子阻挡，我们的小妹也就不在人世了，当时父亲是提了一只水桶上来的，里面装满了水，足以使一个弱小的生命在瞬间消失。

后来，我家屋后山上的高音喇叭不间断地响起来，大意是一户人家，最多能生几个孩子，而母亲在今年夏天产下的这个孩子，是超出国家计划的。这样，我们家就要受到惩罚，当然是要罚钱。在我们家，每到吃饭的时候，七手八脚的人很多，真正能够出工的，赚到工分的，只有父亲、母亲和我大姐。而父亲矮小的身材决定了他只能赚到最少的工分，自从母亲怀孕，为了保护好未曾出生的臆想中的男丁，父亲坚决不让她出工了。

罚钱的数额已经下来，但是，我们家交不起钱。高音喇叭每一天播报三五遍，四十三岁的母亲作为一个产妇被不断提起。这段时间成了我们家的灾难期，我们都已经不敢听喇叭了，那个刺耳的声音一响，我们家就把门给关了。然而那些声音无孔不入，从门缝、窗缝往我家钻，一直钻进我们饱受冷眼的内心。

从那个时候起，我的母亲基本处于昏睡状态，她每天哈欠连天，不愿做工，奶水当然不足。大姐淘米磨成粉，做米糊给小妹吃，大姐提前进入了一个母亲的角色，为此，她的个人问题几乎无人问津。

父亲开始寡言，我是说，在以往，走出家门，父亲永远处于沉默状态，一回到家，那是他的江山，他总是把很多怨气撒到我们姐妹身上，撒到母亲身上。而自从母亲自作主张为他添下最后一个女儿时，父亲基本处于失语状态。他总是匆匆扒拉着吃完饭，然后换上一件中山装，摔上门出去。那一天，母亲仿佛恢复了元气，但是，她已经不能做饭了，她的记忆严重减弱，总是记不住什么。那一晚，大姐煮了一锅半生不熟的青菜粥，端到房间，母亲怀抱我们的小妹，她轻声地说话，小口地喝粥。灯光柔和，窗外云淡风轻，我的内心一下子充满了温暖，我过去想抱一把小妹，母亲不让，她说："你妹妹的脖子还没有长骨头呢。"

"你爸爸呢？他吃了吗？他做农活很苦，你们不要怪他。"母亲一边喝粥一边嘱咐我们。忽然之间，她像是醒悟过来，说："你爸爸已经不愿意说话了，这样也好，你就不用害怕了。"

"他不说话更可怕。"我说。确实是这样的，在我的感觉里，父亲已经是一个暴君了，哪一天他沉默了，反而显得可怕起来。

"阿凤，给你爸的粥要干一点，太稀薄了他饿得快。"母亲看了看沉默在一边的大姐。

"他去隔壁了。"大姐说。

我们都知道隔壁的意思。其实是隔壁镇。我们知道在隔壁的小镇上，有父亲的朋友，他常常在我们家阴云密布的时候到隔壁镇去。有的时候几个小时，有的时候整个晚上就不回来了。等他回来的时候，一切都烟消云散，好像我们家从未发生过不愉快的事。

我一直在想一个问题，什么时候开始，我出生前，还是有了黎姓家族开始，我们家就没有了欢笑？我们不知道要到哪里去，总是天亮时茫然地睁开眼睛，出去，去应该去的地方。大姐下地，二姐下地，三姐在三十里外的那户人家割猪草，我读书。

我们活着就是为了下地，就是为了读书。我们的路将铺展到哪里——没有人告诉我。

母亲挣扎着起来，勉强把大姐端着的粥喝下，她立刻变得强壮起来，她招呼大姐下楼穿好鞋子，吩咐二姐加快吃饭的速度，二姐像往常一样早已经准备好了火把，我不知所措地呆立着。我想起很多次，那样的夜晚，母亲带领我们三姐妹，走在漆黑的路上。母亲不告诉我们到哪里去，只让我们跟着她走。我们走到隔壁小镇，那里有微弱的灯火亮着，狗叫声高一阵低一阵，在夏天没有星星的夜晚，我常常被自己想象出来的鬼吓得瑟瑟发抖。而母亲从来没有一次找到父亲，在那些漆黑的夜晚，我看见母亲的脸惨白惨白，她的嘴唇哆嗦着说，"他是真的忍心要伤了我，他是真的忍心。"

5

母亲后来索性做了常年卧病在床的打算，她很少进食，姐姐们的规劝基本无效。她又恢复到离家出走的那个时期，喜欢和我说梦，她做的那些千奇百怪的梦。有一次，我从迷糊中醒来，看到母亲在写信，她居然还愿意写信。我不关心这些，翻个身，又睡了。邻家的猫踩在我家的屋顶上，那些脆弱的瓦片发出细碎的声音。父亲又去隔壁小镇了，我知道在父亲不断去隔壁的那些时光，母亲一定是在承受巨大的煎熬，这我能猜到。我一度想要跟踪父亲，我想看看这个在我们家一言不发的男人，到了别人家里，会是怎样的神态。我希望自己看到他在帮别人家做事，那样，我就可以找到他的把柄，然后突然出现在他面前，让他回家。我希望以此来减轻母亲的伤痛。然而，这其实都只是我的一厢情愿，连母亲自己都无能为力，更何况我呢？并且，我何曾有过那样的胆量，要和父亲较量呢？

第二天，母亲让我把信带到邮局寄出去，我看了看信封，是我外祖母的名字。我第一次发现，母亲的字如此清秀，透出小家碧玉的温婉，起点落笔之间藏了千万种念想。我一厢情愿地想到，母亲一定在向她的亲人诉苦了，想到这里，我不禁为母亲悲切起来。她的家隔了千山万水，她想说话却要靠这些文字，谁敢保证这封信能够顺利抵达外祖母手中呢？我发觉自己非常想知道信的内容，我想试图从信中去体味母亲的无奈和艰辛。只是，为什么会这样呢？为什么我有那份心却又不愿意从心底靠近她呢？亲情何以会冷漠至此。

周末，我从学校回到家里，看见母亲已经起床了，她的床上空空如也。我问："小妹呢？"我第一次看见母亲当着我的面哭泣，她像以前很多次一样，先是无声地抽泣，而这一次，她仿佛再也不愿意克制，号啕大哭起来。我的情绪被无端感染，我也跟着哭起来。

过了几天我才知道，母亲的信寄出去，外祖母收到信后三天，我的小舅搭车走路三天从修水连夜赶到双溪，接走了还在襁褓中刚刚满月的小妹。外祖母写了一封回信给母亲，大约是说，她活到一把年纪了，很多事情终于明白，眼下过的生活和自己想象中的完全不一样，这就是命，没有一个人能够违逆命运。外祖母托小舅带来一本薄薄的小册子，告诉母亲，"当你无法开解自己的时候，可以请这个人来帮你。"

我问母亲："那个人是谁呢？"

母亲忽然神秘地笑了笑，她仿佛找到知音一般，有点隐藏的喜悦。她摸了摸我的头，说："四丫，妈妈又能够和你说梦了。"

一听到要说梦，我很快表现出毫无兴趣的神态。我说："能不能不要说梦，我想知道，我家的长毛兔什么时候拔毛，把兔毛换成钱，到供销社买花布，我想要一件新衣服。我已经几年不穿新衣服了，你是知道的。"

这些夜晚，母亲常常还是在半夜醒过来，她轻声呼唤小妹的名字，她以为她的怀里还躺着那个弱小的生命。有一次，我不耐烦地蹬了一脚，二姐叫嚷起来，"妈，四丫她癫了。"

我们两姐妹像仇人一样吵架，在这个深夜，我们毫无睡意。我鄙薄二姐粗糙的头发，没有光泽，我还觉得她在家中的地位低下，是个没有人关心的多余的人。二姐当场就被我骂哭了，我仗着自己念了几本书，有资格有资本用书上的语言和她对着干，她很快败下阵来。然后，她哭诉着要求，"我明天也要去读书。"

这简直是一个笑话，她已经十七岁了，去读书？一年级吗？这个年纪却还不认得字，显然行不通，并且会被当作笑柄。三年级吗？一样会被人嘲笑，我能想象她像个弱智儿童一样被老师的白眼和同学的冷笑给淹没。我想起，当母亲帮我背上书包，嘱咐我好好念书时，我找不到二姐，我很想在二姐面前炫耀一下。在我们姐妹几个当中，我和二姐似乎天生是敌人，我所有的好都希望她知道，希望她眼红。不知为什么，我找不到她时很失落。二姐和大姐不一样，大姐从未念书，但是她也从未有过那些念头。在大姐看来，父母的话就是她行动的准则，她是不会有任何异议的。

　　然而，二姐的异议又有什么用呢？我几乎是蹦跳着去往学校，走在那条狭窄的山路上，我很快和新上学的伙伴走在一起。为了表达欣喜，我甚至唱了几句歌。因为这个镇能去读书的都是男孩子，我是唯一一个女孩，内心的惶恐有的时候也会显示出来。比如，我总是走在最后面，我还不断地向后张望，我希望看见我家的亲人。是的，我真看见我家的亲人了，她是我二姐。我看见二姐躲在那个竹园，她趴在一块石头上，双肩耸动，我知道她哭了——我不知道她会哭。她看起来是那么坚强，总是有自己的主见，她曾经有过一个梦想，要去看看外面的世界。她有一次对我说，"我不相信外面的世界和我们双溪一样。"我说，"那你觉得是怎么样的呢？"她当即无语。我知道，她是一个没有出头之日的家伙。因为接下来，她居然说，"我宁愿被送到三十里外的那户人家，做他们家的女儿，至少可以离开这里。"原来，她和我一样，也希望自己远离故土。可是，为什么我们都要离开呢？

　　这个夜晚，母亲很温和，她轻声唱歌，一个字一个字吐出来，在我听来，仿佛安慰。我让母亲重新唱，我想知道歌词。母亲突发奇想，说，"你们知道打仗吗？"我打断母亲说，"是战争，那是新中国成立前。"母亲唱一句，接着说她的那些奇思妙想，我简直怀疑那是一个编排出来的故事，与母亲毫不相干。但是，那些场景的描述对于母亲来说，又是那么的熟悉，我不得不相信一切都是她所经历的，也就是她的命。我到底还是愿意相信命的。

这就不得不涉及我的父亲，那个身材矮小的男人。这个晚上，他睡在了谁的床上。母亲在和我们讲那个故事的时候，不断地停下来，屏息倾听楼下的动静，我不知道她希望父亲归来，还是不希望他出现。总之，她是提心吊胆讲完那个故事的，因为这个故事和父亲有关，已经埋藏在母亲的心里二十年，不知是什么促使母亲摒弃了最初的羞愧，愿意大白于她的女儿。

令人费解的是，我们镇里的高音喇叭忽然没有了声音，等队长去山坡察看，才发觉广播线被人剪断。这几乎成为一个悬案，是谁剪断了广播线。队长让电工重新接上广播线，高音喇叭响起来，中间夹杂了催缴罚款的名单，我父母的名字当然在列。

母亲第一次见到父亲是在一个冬天的早晨。她住在江西修水县郊一个小镇上，她家曾经有过四十二间厢房，一家豆腐坊，还有一个酱油铺子。母亲常常说，她的细嫩的肌肤是豆腐滋养的，我确信。据说，后来因为外祖父牵涉了一桩命案，又抽大麻，终于把家给败了。也就是说，当父亲看到母亲的那个时候，母亲是作为一个落魄的小家女子而存在的。母亲说，她第一眼看到父亲，仿佛就没有看到，因为父亲是那样矮小，虽然眉宇之间有些英气，毕竟是小男人的模样。父亲那一天出奇的白净，一件藏青对襟布衫，一双干净的黑面帮子布鞋，透出一种书卷气——但是，母亲说，她喜欢高大的男人，她希望自己的命能够交给一个山一样结实的男人，她没有再看父亲第二眼。"但是，姻缘就是那样，因为一声枪响，我跟了你父亲。"

而父亲有一次趁着酒兴，说起自己的娶妻经历，却是另外一番景象。在双溪，父亲已经不再奢望找到心仪的女子，确切地说，那些面容姣好勤劳贤惠的女子，都不会青睐他。在1957年的双溪，也没有媒人为父亲说成一门亲事。祖父自然有点着急，祖母是童养媳，她在祖父家生活了11年后和祖父洞房，成为一个家庭妇女。她的娘家就在江西一个叫修水的地方。祖母说，去修水看看吧，那里有一些破败的人家，以前心气高的小囡子，都盼着离开。

父亲带着干粮，约了两个伙伴出发了。父亲说，他第一眼看到我母亲的时候，完全没有想到会跟这个女子沾亲带故。父亲说，她身上有太多不合时宜的气息了，父亲自认为读过一年半私塾，是喝过墨水的人。作为一个破落人家的女儿，她的身上一定有许多富家小姐的坏脾气，父亲说，他想娶一个百依百顺的女子回到双溪，为他生一堆儿子。

三个双溪男人在一个小客栈住下来，那一天，也该巧，母亲随了她的两个好姐妹赶庙会。锣鼓铿锵之中，惊吓了一头牛，那头牛横冲直撞，直奔母亲而来。母亲说，"我已经做好了被撞死的准备——因为无路可逃。"母亲其实很宿命。然而，英雄救美的场景在修水县城上演，其实是俗气的一段，只是因为后来演绎了生生不能相见，才叫人觉出了爱情的悲切。那时，父亲和他的伙伴正好被新鲜的风俗吸引，他们闲逛着看街景。当那头牛即将靠近母亲时，父亲像一只鹿一样跳开去，小个子男人的优点挽回了自己的一条命。父亲的伙伴冲出去，一把抱走母亲。如果多年以后，这个故事放在我身上，我也是决计要嫁给这个人的——他几乎符合母亲对未来夫婿的所有想象——眉清目秀，挺拔健朗，关键时刻不畏缩。更重要的是，他是那种在母亲看来最有安全感的魁梧身材。后来的故事走向，在父母的演绎中已经有了完全不同的路线。母亲有一次黯然地告诉我，那个人参军去了很远的地方。父亲却说，那个人早就有了媳妇。

6

我不知道从哪一天开始下定决心不去上学，这是一个秘密，藏在我心里很久。我希望自己快速长大，不要一年一年地过，我希望自己一夜之间成年，然后离开这个破败的家，去外面——虽然我真的不知道外面是什么。在这一点上，我其实没有比二姐更高明，我还是学生呢。事实上，我对前途迷茫，不知道自己会走向哪里。坦率地说，尽管我还只有十五岁，却渴望遭遇一场突如其来的爱情，即便会让我生不如死，我也愿意。

我学会欠钱了，那是我生命中很惶恐而特殊的经历，这样的经历几乎贯穿我整个青年时代，也许还会蔓延到中年，直至老死。母亲给我 23 元钱交学费，我到学校后勤处交钱时，像是突然来了灵感。我说，"我家没有钱，能不能欠 7 元。"后勤处的骆老师是个很和蔼的中年妇女，我后来很多年都想起她的容颜，她说，"你写个欠条吧。"

那是我第一次写欠条，不知是不是一个隐喻，后来的很多年，我需要不断打欠条来维持自己的生计。在那样一个青葱年代，我就学会了给人打欠条。我在一张白纸上写：今欠到新关石井坞中学学费 7 元。骆老师看了看我的衣衫，我的衣衫破旧，打了很多补丁，她忽地红了眼，说："你的嘴唇没有血色，你的菜里没有油，你才十五岁，你应该有件好的衣服穿。"这个时候，我的身边站着很多同学，如果不是因为骆老师这几句关切的话，这些同学没有任何一个理由让我在过去很多年后依然记起来，甚至还能记起他们的笑容。我记得其中有个同学转过头去，我当时以为他在偷着笑我，当我成年，我懂得了很多世道人心之后，才明了，他为了保全我可怜的一点自尊。他不希望我记得他曾经见证了我的贫穷，我后来不可遏制地爱上了这个同学，一厢情愿地完成了初恋，完全是因为感激。我知道，我无比感激他的不看，他的不忍看。

接下来的一个周末，我体验了买东西的喜悦，我仿佛拥有了巨款，对我来说，7 元是一个无比庞大的数字。我记得我用其中的 5 分钱买了一根油条，那是一家饮食店，我每次读书都要路过这个饮食店，那里飘出的煎炸的香，成为我整个学生生涯不可企及的芬芳。我大口嚼着油条，蓬松，油润，清脆，那是我美好的物质时光。当我把一根油条吃完后，我忽然想起了父亲，是的，没有任何预兆，我想起了他。尽管我一直不愿意想起他。但是，当我用学费来满足我的欲望时，父亲的形象清晰地出现在我眼前。我想起我的学费的来源，父亲每一次出工回来后，只要天色还没有黑尽，他会赶紧带上柴刀去山上，我们姐妹几个围坐在饭桌前等待他归来，我们饥肠辘辘，母亲总是安慰我们，快回来了，快回来了。有几次，大姐在母亲的带领下，举着火把，到山路去等待父亲，母亲还会大声喊父亲的名字。这种时刻，父亲大都不搭理母亲，只等母亲看见远远地有个庞大的黑影近了，才百感交集地对大姐说，"你爸回来了。"

我有一次站在门口街沿上，看到母亲和大姐走在前面，一个熊熊燃烧的火把被母亲高高举起，我看不见父亲，他的整个身子被新砍下来的柴火给淹没了。第二天，母亲吩咐我把昨晚父亲砍回来的柴火摊开来晒，母亲说："那是你的学费。"

"那是你的学费。"我的学费是父亲砍柴晒干后筹措的，我用我的学费在买油条吃，我有片刻良心发现后的痛楚和不安，我像一个贼，躲避路人看我的眼睛。但是，很快，我又被旁边热腾腾的包子给吸引过去。我知道，我已经学会了花钱，我完全忘记自己是怎么把7元这笔庞大的学费给花光的。当学期即将结束时，学校让我交欠着的7元钱，我才想起来，还有一张欠条放在骆老师那里。

我当然不敢和母亲说，我甚至不敢和父亲的眼神有对接，我怕父亲看透我。我一直想着怎么来弥补这件事，我想了很多办法，都是不着边际的。并且，我后来想起这些，后背都会阵阵发冷，我觉得自己的骨子里充满了一种巨大的摧毁一切的念想。比如，我想，如果我的父母都不在人世了，那么，学校肯定会因为我的父母双亡而免去我的学费。或者，我希望骆老师能够忘记那张欠条，这样，我也可以赖掉这笔钱。还有，我无数次想过，半夜，我黑衣黑裤潜入骆老师的房间，偷出那张欠条，撕碎它。但是，这些想法都只是我在惊恐之中的幻想而已。这个时候，我是一个穷途末路的家伙。

事情的败落很偶然，当然也是必然的。在我那些计划未曾实现之前，父亲首先知道了这件事。记得那个晚上，我被迫在柴房睡觉，而我侥幸地想，如果为了惩罚而让我睡在柴房，我一辈子也愿意和农具柴草一起，只要不逼着我交代那些钱的去向。我想起大姐如何挡在我面前，为我抵挡母亲劈头盖脸的竹丝抽打，而当父亲挥舞着拳头要做掉我时，母亲又是如何万般恳求父亲饶我一命。我看见我的敌人——二姐，她是我亲人之中的敌人，她是如何在斜眼讥笑我后，又偷偷塞给我一个饭团。我想，就让我死去吧，不要有任何幻想。我大约是昏过去了，总之我听见我的家人声嘶力竭地在喊我的名字。我祖父祖母赶来，看见我躺在地上，祖母一下跪倒，她要对父亲磕头，让父亲给我一条活路——我是怎么样的生命呢，总是需要父亲给我一条活路。父亲没有说话，拎起我，我听见沉闷的声响，我感觉身子轻飘飘的。但是，我却有着清晰的意识，我忽然流出了眼泪，忽然体会到母亲是如何地万箭穿心而无能为力。她喋喋不休地数落我，让我醒过来，她有很多梦要告诉我——母亲的梦怎么永远都做不完呢？

后来，母亲说，要不是她还想让我听她的梦，当晚就依了父亲，把我给做掉算了。因为，我在稍稍清醒过来后，说了句在大家听来毛骨悚然的话，我说："你们都是要死的。"

我的学费在我离开学校的那一日交清了。那天，我背着被子，拎着包裹，正走在那条小路上，我看见远远的那个斜坡上，有一车柴往上移，坡度很大，我完全看不清对方是谁，像是独轮车自己把柴车运上来了。路太窄，我只得让在一边，我看见一车柴从我眼前过去。过去了，我再看一眼那个推柴车的人，他瘦弱的身子几乎已经碰到了路面，那是我的父亲。

我看着父亲的背影，我是那么羞涩啊，别人都用钱交学费，而我的父亲，却推来一车柴来抵学费，我哭了。父亲已经很累了，我看到他的背影歪歪斜斜的，有个同学看到父亲吃力地推车，在前面帮了一把，一直帮父亲拉车子，直到转到了平坡上。

我站在路口等父亲，我不愿意让同学们知道这是我的父亲，他和我母亲四十多岁了还想生个儿子，他已经够让我羞耻了。暮色及时救了我，父亲的身影来到我面前时，四周很安静，没有同学看到我们父女。父亲看见我在等他，居然有些欣喜，说："好了，我们不欠他们了。"

我第一次和父亲单独在一起走那么久的路，父亲让我把被子放到车的一边，又压了一块石头在那一边。然后，父亲说："四丫，来，坐到车上来。"

我犹豫着不愿意上车，父亲忽然说了一句："你恨我。我知道你恨我。"

我无语，因为我不知道如何对答。为了掩饰尴尬，我坐到独轮车的另一边。父亲似乎很开心，他开始和我说话，他说祖父，说祖母，又说到他自己，接着才说到母亲。他说到母亲时，语气忽然温柔起来，这让我觉得很奇怪，在我的记忆里，父亲和母亲是不共戴天的仇人。

如果说，在夜色掩护下父亲说的话，是真实的，那么，我相信这一刻，对于父亲来说，是煎熬。或者说，他让所有的无奈都在这个夜晚喷薄而出了。

那一年，父亲背着衣衫出去，他是出去讨生活的。那一年他才十九岁，他来到江西修水县一个郊区，他其实并不知道要做什么活计才能养活自己。他来到那个小镇，他被小镇上弥漫着的豆香吸引了，他看到一条小水沟的边上，有个台门屋。他饿极了，微弱的味觉告诉他，这里面有好吃的，他贸然推开了门。父亲说，他愿意在那户人家住下来，只要她们给他一口吃的。那是一个豆腐作坊，一对母女在磨豆子，父亲接过年轻女孩的磨推。此后，豆腐坊有了一个男人的声音。这是一户奇怪的人家，没有男主人，只有两个女人。饥饿的父亲不关心这些，他只需要一碗饭，一个可以安放身子的地方。父亲说，事实上，从他进门开始，他就觉得整个屋子弥漫了一种忧惧，仿佛什么事要发生。一个凌晨，父亲被一阵哭泣声惊醒，他跌撞着来到堂前，却见两件血衣摊开在地上。父亲感到疑惑又恐惧。父亲说："你知道吗？就是你的外婆，把你妈妈的手和我的手握在一起。你外婆说，'我女儿就交给你了。'"

夜色把天空染黑，我坐在独轮车上，听父亲说着这些。我疑心上过一年私塾的父亲在编一个故事给我听，这个故事像极了历史故事里的托孤。或者说，父亲借助这个故事让自己披上了一件义士的外衣。我本是怕父亲的，但是，在那样一个语境里，我已经忘了父亲作为家长的威严。我说："你说的故事和我妈说的完全不一样。我妈说，你们是三个人一起去的，她根本看不上你，她喜欢那个救她的人。但是，因为打仗了……"

没等我说完，父亲就打断我，他说："我们三个人带着你母亲准备回家，来到一个渡口，一声枪响，真的不知道谁开了一枪。就有人喊，打仗了，打仗了。兵荒马乱中，我牵住了一双手，不知道是谁的手。当一切风平浪静，你母亲跟着我来到了双溪镇。"

我已经搞不清这些故事，母亲以前喋喋不休告诉我的和父亲刚才说的，到底谁的更真实一点呢？容不得我再问父亲，我们已经到家了。远远地，我看到火把熊熊燃烧，从那条窄小的镇道，蜿蜒而来。

7

关于那只神秘失声的高音喇叭，过去了几年，我才从一个迷离的故事中捕捉到蛛丝马迹。那时，改革开放的春风也吹进了双溪这个小镇，小舅舅从修水来到我们镇里，他想贩一些毛竹到义乌去卖，赚点钱。那时我们家已经住不下客人了，小舅舅借宿在半山腰一户管山的人家里。那是一个孤独的人，他常年不下山，我没有见过他。听父亲说，有一年，大约就是母亲嫁过来三年多吧，他突然生了一场大病，后来莫名其妙地就戴了个面罩，而且一戴就是几十年，从未摘下来。父亲说，连他也未曾看到过这个人的真面目，据说是本镇的人，出去过几年，回来后，一起都变得怪异起来，他的声音沙哑，似曾相识。

小舅舅那晚和这个奇怪的人一起喝了点酒。小舅舅第二天天不亮就来敲我们家的门，然后，他抱着我母亲大哭起来，我们一家都被哭得莫名其妙，父亲更是怒不可遏，在父亲看来，一大早就露出牙齿流出眼泪，是极其不吉利的。他当时就顾不得自己是姐夫这个身份，对着小舅舅吼了一句："你是来报丧的吗！"小舅舅很快收了声，他压低声音对母亲说："姐姐，姐姐，你受委屈了。"我母亲似乎是懂得了她弟弟的泪，但是又不甚明了。小舅舅后来没有再去砍毛竹，却又打了几斤烧酒到半山腰，两个人连续喝酒，连续聊天。后来，那个人就把自己的面罩摘下来了。但是，因为他常年戴着那个面罩，他的面容已经相当可怖，没有丝毫血色，颧骨高耸，像极了夜晚噩梦里的僵尸。他先拿出一张照片，对小舅舅说："这是我，我在那一年拍了照。"那是一张黑白照，锯齿边，用细毛笔上了色，在那个黑白照片年代，日子也是黑白的。他喝光了最后一口烧酒，开始讲那些发生在久远年代的事。

当年，他救过一个小女子的命，在集市，一头牛受惊吓横冲直撞，他在千钧一发之际抱住了一个姑娘。那个时候，他们四目相对。他沉浸在回忆里。他说，他们在一瞬间就私订了终身。只是，一声枪响，他在一个渡口和姑娘失散，当他从江里湿淋淋上来时，眼睁睁看着自己心爱的女人被最好的朋友牵着手，上了一只船。他还能做些什么呢？他说自己是个没有用的人。小舅舅借着酒兴，当场就鄙薄他："你这样苟且，不如死了，你怎么还不死？"小舅舅是这个世界上最最善良的人，要他说出这样的话来，一定是发了狠心。

那个男人说："后来我去当兵，但是，我却是个逃兵。她就在我们镇上，她过得并不好。我之所以还愿意活着，只是想和她活在同一个年代。只要她还活着一天，我就不会离开。但是，她以为我已经死了，这样也好，她可以全心全意地把自己的命给活完。"

小舅舅后来在信里告诉我，说这个男人一生就为了守护我母亲而活着。但是，他又保护不了，在母亲那些黯淡的日子里，他只能在半山腰上和山林为伍。他唯一能做的就是偷偷爬到那株松树上，剪断广播线，使高音喇叭失去声音，让母亲不再受到尖厉的声音的干扰。舅舅在信里把那个人的照片也寄过来了，我看着照片，只觉得在哪里见过。我噔噔噔跑到楼上，从枕头底下翻出布包，那是母亲交给我保管的鞋样，我发现那张照片不见了。它去了哪里呢？

小舅舅一再叮嘱我，不要让他姐姐看到这信，我当然回信说我不会做叛徒的。然而，当我找不到那张照片时，却脱口而出："你拿走了那张照片是不是？"

母亲有点迷糊，她说："你答应我保管好它的，你一点也不上心。"母亲说，"我很容易就找到了这张照片。"我愤怒地把小舅舅的信掏出来递到母亲面前，母亲看信的样子很可笑，她的眼睛早已经花了，她把信往远处推，那样，她才看得清小舅舅密密麻麻的字。我一把抢了过来，我嚣张地说："我读给你听吧。"

母亲忽然变得很暴躁，我想起来，其实早在一个月前，母亲就已经去了精神病医院，她在那里吃药打针，和那些病人朝夕相处，每天盼着亲人把她接出去，告诉医生"我没有病"。她当然不知道，在医院，尤其在精神病医院，越辩白，越表明病情越严重。有一度母亲甚至被几根布条捆绑起来，她一直在流眼泪，渴望见到小女儿。她也想念寄养在别人家里注定了要当别人媳妇的我的三姐，还有留在家里的大姐二姐和我。但是，这个世界上，只有母亲自己知道要什么，而我们想当然地认为她希望能够回到家里，和家人团聚。当然，在精神病医院这样的地方，要顺利回到家里，唯一的途径就是配合，配合吃饭，配合说话，配合吃药，配合医生所有的言行。忘掉自己曾经有过的忧伤，不要有情感。

我不知道母亲怎样消磨了自己曾经有过的那些怪念头，我只记得，她回来时，整个身子扩大了一倍。是的，有一倍，她已经不是我的母亲了。她是一个异常陌生的女人，臃肿而愚钝，只是一味地傻笑。看到我也只是很平静地说，中午的蔬菜不好，茄子烧焦了，不好吃。

我的母亲完全没有了梦，或者说，她的梦在精神病医院接受治疗的那些日子里，全部醒来，回到了现实。她的性格温顺，毫无锋芒。但是，在我看来，却只是一具被注了水的肉身。

我晃了晃手里的信，我说："我读书不就是帮你读信吗？"我开始放开嗓门读起信："姐姐，太阳升起来，太阳落下去，你什么时候能够好起来呢？"母亲听到这里，用手捂住嘴，我以为她要抽泣，像以往很多时候。出乎我意料的是，母亲居然切切地笑了笑，陌生得令我往后退了几步。我有些伤感，我想不到小舅舅会写出如此丰富的语言来，令人悲伤的是，小舅舅的文采只是让他训练了自己的写作能力，于母亲来说，犹如一阵风，吹了过去。那么，在母亲的叙述和父亲的回忆里，小舅舅在哪里呢？我仿佛从未听他们说到过他，好像他从来没有存在过。

母亲后来去找那个人，那是一个春天的上午，我已经从学校毕业，离开家乡到了外地。时间过得真快呀，我已经是个高中生了。有关母亲去寻找那个蒙面人的所有细节，都是在父亲对母亲的愤怒控诉中一点一点清晰起来的。那时，经过几番挣扎后，我已经顺利离开双溪，去到了外面，我说的外面，只是在离双溪几十里外的一个小镇上找到了一个房间，从一个小镇抵达另一个小镇，我还没有想好以后该做些什么，对于我来说，离开即解脱。我每天待在这个五平方米的房间，用煤炉烧饭，最后花光仅有的一点钱。我找不到还有什么地方，更适合让我幻想外面的世界，幻想自己成为一个无所不能的人，我似乎开始有了一些漫无边际的理想。比如，我希望自己是个女侠，当父亲的拳头挥向母亲时，我一身风衣神秘出现，用眼神就可以利落地斩断父亲的手，让他成为残疾人；我希望凭我的力量，能让世界充满温暖、远离疾病、饥饿、战争、灾难。只是，当我身无分文回到家里，企图向父母要一点钱以维持我在小房间里的幻想日子时，大姐忧郁的神情很快就提醒我，我的家依旧笼罩在一片阴霾之中。

有个晚上，母亲已经早早地睡了，八点多钟，按往常，只要不去邻镇，父亲也应该去他的房间睡觉。只是，他毫无睡意，他开始训斥我们姐妹四个，说大姐拒绝了几个前来找对象的男青年，不知天高地厚地要出嫁。父亲责怪二姐整天木头木脑的，没有自己的想法，活着和不活着没有两样。当父亲看着我时，我忽然机智地帮父亲又添了一点酒，父亲于是收了嘴，一心一意责怪起母亲来。

父亲的意思是，母亲不应该在这个年纪了还在痴心妄想，居然在一个春天的傍晚去半山腰找那个人——父亲一直都知道那个人的吧，只是他不说。我似乎也从未看到他有过丝毫的愧疚，那么，这里面隐藏着什么呢？是什么让父亲如此从容地娶了母亲又不好好珍惜她？像个谜。母亲那晚到了半山腰，她已经找到那间草房子了。母亲欣喜若狂（这是我的猜测），她几乎要爬着上山了，因为几个月的医院生活，使她显得臃肿和乏力。这时，一阵清脆的鸟鸣从草房子传出，母亲几乎要癫狂，她像见到亲人一般跌撞着往山上爬。因为激动，她口齿不清，她喊起来："我知道你还活着，你还活着。"我可以想象，这一刻，母亲最大的梦想是，从草房子奔跑出来那个男青年，有着俊朗的外形，有着健康的体魄，也许她还梦想着他能张开双臂，像在修水县的街头那样，把她拥在怀里。她忘记了自己的年龄，她像个怀春的少女，脸颊红润，她知道那些婉转的鸟鸣是他用竹叶吹出来的最动人的音乐。那一年，救了她之后，在她家屋后的小河边，他也曾用竹叶吹出小鸟清脆的声音，她像回到了那个年代。然而，臃肿的身子先她一步打乱这一切，她摔倒了，她听见草房子有动静。然后，她看见，一个身影从草房子窜出来，从一侧小路往山上跑去，速度快得像一阵风。

那是一个多么美丽的春天呀！父亲曾经感叹，那个春天是他四十多年来经历的最最温暖的春天。鲜花已经开遍，小溪的水清澈，天空湛蓝。父亲说："但是，你们的妈妈，她在那一年癫掉了。"父亲用了一个很极端的词：癫。在我们双溪，癫，意味着所有的一切都结束，尘归尘土归土。

8

在我们黎家谜一样的命脉里，有必要对父亲的生命线路作一点描述。在母亲住院期间，父亲马不停蹄地又找了一户人家，那是一个极其偶然的遭遇。父亲从湖州回来——他把母亲送到了湖州精神病院。就在车上，他看到一个女人，带着一个男孩，男孩一直吵着要吃雪饼。母亲和父亲在那扇铁门分手时，母亲从布袋里掏出一筒雪饼，交给父亲，"你带着路上吃吧。"父亲当然不会要，父亲希望母亲留着雪饼。母亲固执地把一筒雪饼掰开，分了一半给父亲，父亲拗不过母亲，只拿了一块。只是母亲当然不知道，在她进入那扇铁门后，她所有的物品都会被护士收缴，统一管理。她只能在被医生肯定"积极配合治疗"后，才能提出要求之下，吃一块雪饼。

现在，父亲块一只雪饼很快到了男孩手里，男孩 11 岁，正是嘴馋的年纪，那个男孩第一次和父亲有了接触。女人为了感激父亲，让男孩喊父亲伯伯。后来下车时，双方都已经知道了各自的住处，然后，父亲便成了她家的常客。

父亲的小个子在我们双溪，总是受到鄙薄。然而，到了那户人家，父亲却受到了优待，因为父亲的拼命，他们家的状况日渐好起来，父亲后来大部分时间就住在他们家，这期间，母亲反复地出院，住院，再出院。父亲总是在百忙之中为那户人家出汗出力——直到后来，我才从大姐口中知道，那个男孩十分喜欢父亲，在父亲住在他们家的那些日子，他们的关系已经到了如胶似漆的融洽状态，男孩的父亲早逝，父亲在一定程度上得到了充分的重视。

直到母亲去世，或者说，即便母亲已经去世，父亲虽然背负着陈世美的骂名，他却依旧做着一个美丽的梦。男孩喜欢坐在父亲膝盖上，像亲生父子一样，撒娇、憧憬未来。父亲有一次去医院看望母亲，突然对母亲说了句莫名其妙的话，"我的命里该有个儿子的。"母亲因为这句话，重新开始让疾病回到内心，由此延长了就诊时间。需要说明的是，母亲住院期间，祖母表现出了异乎寻常的积极。就家底来说，祖父祖母应该没有多少积蓄，只是黎家祖上是有点产业的，祖母还是童养媳的那些年月，她是一分一分地积攒了钱。出乎任何人意料的是，在父亲拮据几乎付不出医药费的关键时刻，祖母出来了。她把一个布包塞给父亲，说："前世欠着的，该要还了。"

大约过了五年光景，这五年时间里，父亲让自己的身体分裂开来，他既要到湖州医院去履行丈夫的职责，又得到邻镇去感受他需要的家庭温暖——父亲是多么的孤独，我们几姐妹集体拒绝和他保持亲情的尺度。我能深刻体会到父亲内心的荒芜——几乎寸草不生。

那时，我已经找到一份工作，在一家眼看着就快倒闭的五金店当营业员，这样的工作和我的理想有了南辕北辙的尴尬。由此，我总是抱怨命运的戏弄，我们黎家仿佛就笼罩在命运那一把巨大的伞下，谁也无法逃脱。我后来养成了无端地仰起头来看天空习惯，大约是因为想看看是否真的有一把大伞。

我在另一个镇上听到消息，父亲和那一家去了上海——父亲居然能够做出那样大胆的决定，当我自己沉湎于一场虚幻的爱情而难以自拔时，我承认，我从内心敬佩父亲为爱情自绝后路的胆魄。那是父亲第一次经商，这个一辈子面朝黄土背朝天的农民，到了上海，却是重新活了一次。据说生意做得红火，很快有了大的起色，他和那一家生活得很融洽。必须承认，父亲那时依然对母亲抱有牵扯不清的爱护，或者是连他自己也无法明了的情愫。他会趁着生意的空档，去湖州，或者追随出院的母亲，回到双溪。但是，他再也没有给予母亲一个温暖的怀抱。我每每想到这点，就觉得母亲无比的悲凉，生下小妹后，父母彻底分了床。我在想，一个人只要活着，总是需要身体的抚慰，尤其像母亲这样反复患病的身体。父亲对于母亲最后的安慰，大约就是那一大沓医药费的单子，祖母的一点小积蓄，其实在母亲最初住院的那些日子，已经花光。

因此，当父亲有的时候在镇上走，有人鄙薄父亲没有家庭责任感时，他还是觉得自己很冤屈。那时父亲已经五十多岁，对于这个年纪的人来说，还得赚钱支付医药费，也是很不堪的。

父亲在上海的好日子很快过去，光景马上改变。比如，那个吃过父亲一块雪饼的男孩，五年后，已经是一个十六七岁的少年，已经懂得了男女之事，也有了羞怯感，他于是提出让父亲离开他们家。父亲在他们家的那七八年，我不得不承认，他是在无比的患得患失中度过的，一方面，他欣喜自己有了一个儿子——当初那个男孩是如此亲缘着父亲，甚至常常在伙伴面前喊父亲为"爸"。父亲所有的付出，大约也就是希望一个男孩喊他一声爸爸。但是，父亲又清晰地知道那只是他的美好愿望，血缘亲情老有所养这一系列的事情，总是不断地搅乱父亲惯常的日子。终于在一个大雪弥漫的午后，父亲被驱逐出门。得知父亲被少年一脚踢出了家门，我们镇上的人大都舒出一口气来，因为他们仿佛亲眼见证了一个作风不好的男人是如何得到他应有的下场。

父亲很快被那户人家彻底抛弃了。我是一个爱幻想的人，但是，我依然无法想象父亲是如何背起他的行囊走在寒冷的漫天飞雪的上海街头。他在四处寻找合适的容身之处失败以后，终于累倒在天桥下面。当一个乞丐过去驱赶父亲时，父亲掏出仅有的一点钱给他，请他给我大姐打电话。当然，一个乞丐要去打电话，还是困难重重，其中的波折父亲绝口不提。那一刻，他深刻体会到了被背叛的痛楚。

那时我正好和男朋友在一起，为他不愿意娶我回家而我又怀了他的种而纠结不堪。我只记得后来父亲住院了，据说是患了肺结核，这要是在 20 世纪，应该是一个多么令人自豪的病啊。我从资料上看到，那时的欧洲，很多作家因为自己患了那样的病而自豪。

我们的家有了前所未有的冷寂，三姐已经结婚，她和那户给她饭吃、给她衣服穿的人家的儿子结了婚，婚后生活三姐基本不谈。她是多么地依顺既定的那一条路，从父母决定送她出去开始，到后来结婚，她从未有过抗拒。我曾经听到过，她饭量很大，而那户人家很节俭，量入敷出。三姐大约也觉察了他们细微的脸色，她于是拼了命地做活，也许她想证明她能养活自己，只是命里已经定了要她住在他们家。

二姐留在家里，这个一直没有实现自己梦想的女孩，却从不放弃自己的理想，她总是在我回家时，问我外面的事情。我绘声绘色告诉她，我发觉，在听说那些繁华时，二姐的神情是如此地向往，仿佛转身之际，她就可以穿过重重阻碍，去到外面。而当我们两个停止说话时，她才回过神来，说："我连自己的名字都不认识，我还能到哪里去呢？"

由此我也曾痛恨过二姐，既然不认命，为什么不抗争呢？然而，当我蒙头躺在那张我们小时候争吵不休的竹床时，我又会深感悲切，我读了那么多年的书，又改变了什么？

母亲精神出现了问题，我的父亲身体出现了问题。他们在各自的医院里，过着各自的生活。我大姐从夫家赶来，只为了服侍父亲。那是传染病，不能常常相见，大姐隔着玻璃窗，看到父亲因为消瘦而高耸的颧骨、蓬乱的头发，趴在窗台哭得死去活来。

9

我想，我是永远解不开那个谜了，我只记得母亲后来的岁月基本是在医院和自家的床上度过的。缘于我素来的好高骛远，离开家乡后，我很少回家，一来自己没有混出个样子来，有点羞愧。另外，也经历了一场莫名其妙的情感，从恋爱到无法获取一桩婚姻到生下一个后来被称为私生女的婴儿，我几乎是一路狂奔着过来的。我记得那一年很快来临，我说很快的意思是，我们全家似乎都已经准备好了母亲的突然离开。这一天我们等了很多年。

　　母亲在决定要结束自己的生命之前，她做过很多努力，比如她曾经从眉江跳入，爬到悬崖纵身一跃，跑到公路希望拖拉机迎头撞上她。这些努力都白费了，她都被热心的好心的人给救起。后来，耶稣堂的姐妹们劝告母亲，说："我们的身体是上帝的，在上帝下指令收回肉身之前，谁都没有权利伤害肉身。"母亲像是忽然地醒悟。她找到一个很好的方式，让身体留着，先是把自己关在房间。她整天唱诗，那些歌声曾经一度迷惑了父亲。那个时候，他们夫妻已经从各自的医院回来，完全抵达内心，趋于安度晚年状态。父亲有一次从外面回来，听到了楼上母亲的声音，那声音我是听到过的，当时我疑心不是母亲在唱，而是母亲常常说的那个天使在唱。因为，坦率地说，那完全是童稚才能发出如此清水般澄澈的声音。父亲也听到了那个声音，他以为小妹从修水回来了，他噔噔噔到楼上，却见母亲坐在床沿，捧着一本字典一般大小的书，一门心思地唱，沉醉的样子。父亲后来告诉我，说他那时什么都不想做，也忘了面前坐着的是和自己纠缠了一辈子的冤家，他只想坐在她的脚边听她唱。甚至，父亲一不留神居然跟着母亲唱了两句——母亲唱了多年，父亲随意就能哼出几句来。

　　母亲不愿进食后，父亲也开始变得烦躁起来，因为凭父亲有限的想象，他猜不透母亲的心思——或者说，从父亲娶回母亲的那一刻起，他从未认识过她，明了过她。这是多么荒谬的事啊，两个陌生的人居然要在一起生活那么多年。我替父亲深入地想过，觉得父亲尤其可怜。他居然从那么遥远的地方，找了一个注定陌生的人和自己过一辈子，不知道各自的念想，各自的挣扎，甚至，到老，他们都在斗争中，仿佛活着就是为了让两个人互相仇恨。

　　母亲有一周时间不进食，只是捧着外祖母送给她的那本书，她已经把里面的诗歌背得滚瓜烂熟了，她之所以还捧着书是因为需要用这样一个形式来表示她的虔诚。到第八天时，父亲依然没有放弃母亲，对于照顾母亲的饮食起居，父亲已经没有怨言，因为他活着除了照顾这个年老臃肿的病体，再无其他。他有一次当着我的面，把饭端到母亲床前，说："你到底要我怎么做，才肯饶过我？"我听出了弦外之音，难道真是如母亲回忆的那样，是父亲生生地把两个相爱的人拆散了。我记得母亲有一次从床底下翻出一个稻草包，里面有一对浑圆的玉手镯，有一块扇形玉，还有项链、银器。母亲曾经像落魄人家的小姐一样，只是看着满足。她说："你父亲就看中我这些金银财宝，我是不会给他的。"如此说来，母亲这一生为了藏起这些细软，决计要和父亲保持一定的距离。或者说，父亲在揍母亲时，是不是也窝藏了很多不甘，他永远不知道，曾经瞥到过一眼的那些金银首饰去了哪里，或者他一直在怀疑母亲有二心，偷着送给别人了。这些都是我中学毕业后才慢慢想起来的细节，之前我一直不知道父亲亏欠母亲什么，一桩美好的婚姻还是丰衣足食的生活。总之，父亲的身上背了沉重的担子。

母亲的状态一直维持到外祖母离世，外祖母离世的消息，对母亲是封锁的。但是，母亲多么敏感，或许是外祖母临走前，真的给了母亲暗示或者信息。当天晚上母亲一直呼唤我，说她梦见她的妈妈了，她的妈妈穿着大红袍子，被大红轿子抬走了。那时，她已经和老家修水县隔绝了任何往来，我们家几姐妹各奔前程。我懦弱的大姐也嫁到了外县，我猜测大姐其实骨子里和我一样，希望离家越远越好。她嫁过去的那户人家三个兄弟，大姐嫁的是老二，老二是个很瘦弱的人，整天捧着书看，一件中山装的上衣口袋里插了一支钢笔。在我的理解，就算老二一个字也不识，大姐也是笃定了要嫁的。他在第一次见面时就给了大姐一个知识分子的形象，大姐终究没有忘了之前被父亲拒绝的男青年——他的中山装口袋里插了一支钢笔，和大姐谈农事。只是她不知道，老二所有的爱好只是看书，除了看书，他一无是处。在女儿的婚事上，母亲理所当然没有任何意见，她只是看着自己的骨肉一个一个离她远去，父亲当然强烈反对大姐的婚事，一向逆来顺受的大姐把自己用了多年的那只碗摔碎——她已经决定不在这个家里吃饭了，她显示出了决绝的一面。父亲看着满地的碎片，说："你在这个家吃的苦够多了，你走吧。"大姐素衣素面出了门，她不要任何嫁妆。我以为大姐只是一个农家女子，是需要箱柜橱来衬托的。却不料，大姐整个是精神主义者，她在一个傍晚跟着老二走了，老二用一辆新买的脚踏车把大姐娶回了家。这件事在我们双溪镇一直被谈论着，他们觉得大姐最不划算，在娘家拼死拼活地做，结果连一只马桶都没有得到。父亲当然是百般地解释，解释得多了，自然有点烦躁，渐渐迁怒于大姐。而大姐在夫家的地位一直很低，到后来生下儿子后，才渐渐巩固起来。之前，因为她没有嫁妆，一度被夫家以及他们的亲戚鄙薄，认定大姐必定有什么不可告人的隐情才光了身子下嫁到这个叫黄土板地儿的贫瘠之地。

大姐走之前，到母亲床前，那时母亲已经不再下床。她好久没有唱诗了，只是昏睡，偶尔会突然醒过来，然后挨个地喊她的女儿们。大姐走过去，翻开母亲的被子，躺在母亲身边，母亲处在睡梦中。但是，母性促使她有着天然的敏感，她侧身过来，拥住了大姐。大姐开始流眼泪，那一刻我知道了什么叫泪如泉涌。后来，看她们两个似乎都睡着了，我离开母亲的房间。这时，我听见大姐说："妈妈，等我好了，我就来接你走。"

我听见迷惑之中的母亲答应一句："大丫，我等不及了。我也要走了。"

这是我最后一次听到母亲说话。后来我再也没有听见母亲开口说话，她像是失去了说话的能力。三姐要结婚，赶到双溪来约请父母去参加她的婚礼，母亲也是没有任何言语。我之前说过，三姐从小寄养在一户人家，她在那户寄养的人家里长大。现在，她要嫁给那个和她一起长大的小伙子。这像极了我祖母的生命轨迹，祖母年幼时寄养在祖父家，长大了，就嫁给了祖父。祖母的年代是童养媳，而我三姐，从寄养的第一年开始，就常常跑回来，她总是哭着央求我父亲让她留下来。他们家虽然有肉吃，但是，她还是想念双溪的腌菜，她想念我们，而父亲常常在母亲来不及发挥母性的温柔就劈头截断三姐的话："你已经不是双溪人了。你回去吧。"这之后，三姐就断绝了念想，成为一个合情合理俯首听命的女孩。

早年的时候，母亲常常心疼这个女儿，认为是自己的硬心肠才同意父亲将女儿送给别人，很多个夜晚，她都会因为愧疚而哭醒过来，然后她会穿衣服到楼下。只是，当她一打开门，父亲就会在楼上窗口掼下来一句话:"你想去害死她啊?"这句刀一样锋利的话,我能想象它在母亲心头是如何地千刀万剐。母亲听到父亲那句话,她会捂住胸口,似乎心真的在滴血了,很疼痛的样子。她当然不会忘记,有一次,她去看三姐,三姐悄悄跟在母亲身后,她想回来。结果跟丢了,一脚踩空,从路边掉进了溪坎。那是早春,三姐因害怕或者说怕母亲伤心,她一个人挣扎着爬上了岸,摸黑回到了双溪镇,在我家堆农具的偏屋里睡了一晚,受了风寒,幸好命大,逃过一劫。父亲常常拿这件事来告诫母亲,使母亲在瞬间收住脚步。

10

母亲是在一个深夜离去的,蹊跷的是,那个蒙面人也在深夜离开了人世。之前,他曾经对小舅说过,要走在母亲后头,可以看母亲活着,他们两个活在同一个时代。但是,他食言了,他像一个影子一样,生活了几十年,大约他厌烦了。那时,我的生活处在始乱终弃的状态,父亲在说到那个蒙面人的时候,停顿了很久,他大约想起了什么。但是,他终究没有说出什么,只是说:"他去之前,到过我们家楼下。他老了,像我一样老了。"父亲说,"我们不想再斗了。"父亲还是流露了一点什么。蒙面人走之后不久,就有人在村里敲锣打鼓,说看山人走了,他还不老,他才58岁。

父亲说,一直昏睡的母亲居然被锣鼓声敲醒,已经不再进食的她居然向父亲要了一碗水喝。然后,她起床,上了一次马桶,躺到床上,对父亲说:"你帮我盖上吧,我这就走了。"

父亲知道一切都要过去,该来的一切似乎永远也避不开。他赶紧喊来祖父祖母,祖父看了看母亲,让父亲端来一盆水,帮母亲净面。哦,需要说明的是,祖父是材夫,在我们村,有八个人是材夫,他们负责料理双溪镇离去的人的后事。他们总是那么冷静,比如我祖父,儿媳妇要永远离开了,他还是那样波澜不惊,真是见惯了生死,参透了。而我的祖母却反常地掀开母亲的盖脸纸,这是大忌,在我们双溪，离去的人脸上的纸是不能掀开来的，除非有天大的仇恨。祖母看一眼母亲，母亲安详地躺着，像是睡着了。祖母的神色异样，她由开始的斜眼相看到俯下身来，后来居然捧着母亲的脸，哭出来。祖母哭："千媚，为什么该你吃尽人世间的苦呢？"

　　然后，母亲就离开了。我得知消息已经是午夜，那时，我和女儿窝在一间狭小的出租屋里，女儿已经三岁，她常常听我说到外婆。但是，我却从未想过要带她去见母亲。母亲对于我的生活和生存状态一无所知，她已经自顾不暇了。她整个的人生处于混沌状态，从出走，到挣扎，到安静，她走得够累了。母亲的离去，换来了一家人的团聚，她的女儿们从四面八方赶来，怀着各自的悲伤和对生活深浅不一的感悟。小妹被小舅从修水带回来，以后，她将在双溪生活，从一个陌生的地方到达另一个陌生的地方，她是胆怯的，无措的，然而我们没有时间替她想这些实际的问题，我们需要更多关注自己。我因为没有婚姻，没有丈夫，只有一个私自生下来的女儿，按双溪的道德底线来说，是有辱祖宗的。我犹豫再三，还是把女儿带上了，三岁的女儿显然不明白人死了是怎么一回事，她的问题因此具有了被反复咀嚼的可能。女儿指着她的外祖母问："大家都哭了，她为什么不哭？"或者是："她睡着了为什么床头还要点灯？我也要点一盏灯。"

　　整理遗物时，我想起床底下母亲的一个稻草包，我藏了私心，我的生活如此不堪，我多么需要母亲的细软，哪怕现在银器已经不值多少钱，但我已经走投无路。当我取出那个稻草包时，我发现，里面全是鞋样，我记得母亲以前把鞋样交给我保管过，包括一张切有锯齿形的照片。但是，这一切都不在了。细细翻看这些鞋样，我惊讶地发现，每一个鞋样都写着父亲的名字，父亲叫黎寒。黎寒，黎寒，黎寒……密密麻麻的名字，在我看来已经是呼唤了。

　　我不怎么念旧，但是，却想留下这些鞋样，我需要留下可以让我想起母亲的一些物品来。父亲走过来说："烧了吧。"

　　我说："爸，你看看，这些鞋样都是你的。"父亲居然脱下鞋子，光着脚踩在一个鞋样上，父亲有点黯然，说："我老了，脚变小了。"

　　不得不承认，后来我从事一些卜卦算命的行当，是和母亲谜一样的身世以及她匆忙的一生有关。我要知道的太多了，我那些活着的亲人们，他们一个比一个深沉。我问："母亲最后怎么会嫁给父亲？而那个蒙面人到底是谁？"祖父就说："你找不到活做就回双溪来，我们还有地，你看，我搭了一个南瓜架，一长排，可以种很多南瓜。"祖父那年已经七十多岁了，我后来渐渐明白一些生活后，才忽然想起，祖父才是真正的赢者，他一生平静，没有更多的追求，七十多岁了，还穿着高帮雨鞋到溪对岸去，搭一个南瓜架。他看到我带着女儿回去，总是呵呵呵地笑，没有不甘，没有多余的思想，只是说："要是还活着，就能吃到南瓜，今年的南瓜换了种子。"

我问祖母："你那时为什么对母亲那么刻骨地坏？"祖母就说："要是你母亲活着，她会告诉你的。现在她走了，我没有心思说和活着没有关系的话，你看，我的牙齿都掉光了，我饭都吃不了多少，还管这些干什么。"

然后，我一直一直带着谜生活。后来，男朋友找到我，他摇身一变，居然在一家影视公司做制片，他一直在找好的本子，问我生活是否精彩。我说："我都为你生下一个女儿，已经够精彩了吧？"他一挥手说："不要谈这个话题。"他甩了甩那一头蓬乱的长发，说："有没有土匪故事，或者苦情戏？青春励志的也好。"我一时有点反应不过来，以为还是生活在那个年代，那个贫穷苦告的年代，有恩怨，有离散，却永远像蒙了一层纱，看不清来路。

以后每一年的清明，我们姐妹几个都会适时来到母亲简单的坟茔前，修整被雨水冲刷过的隆起的坟包，拔掉杂草，清理乱石，我们做得一丝不苟。有一天，我忽然感触起自己的身世来，我觉得自己没有出头之日和出生有极大的关系，我们双溪有句话，叫一个人的落地八字不好，一生都要和苦难纠缠。我后来索性从事手相和星座运势的研究，我常常摊开自己的右手，看掌心里的纹路，生命线、事业线、爱情线，这些弯曲的纹路，像极了我的生命密码，因为母亲的离去，也许永远也无法解开。很多人慕名而来，摊开他们的手掌，问我，财富、爱情、事业——这一切仿佛就构成了我们这个人世共同的轨迹，谁也无法规避，谁也无法解开。

安冬妮

这个早晨，毫无新的内容，安冬妮如往常一样，六点半醒来，她照旧开了 MP4，放音乐。舒缓的音乐响起，安冬妮在瑜伽垫上做几个动作，当然，对于安冬妮来说像穿透这样的动作是很简单的。作为一个瑜伽教练，安冬妮有柔软的身子，有韧性十足的腰，按照沈红梅的话来说，"你的腰，你的腰啊，千万不要扭动，一扭动，世界上的男人都要晕死过去的。"

厨房传来母亲对于锅碗瓢盆热爱的声音，安冬妮知道时间，在这个家里，母亲就是时钟，可以准确地报点，她甚至不用看钟。安冬妮做到第三个动作时，手机响了——安冬妮知道犯了个错误，一般情况下，自己在做瑜伽的时候，手机一定是关机的，只是今天不知道为什么，忽略了这一点。

是弟弟安闻。安闻在电话里说："姐，你帮帮我，帮帮我。我只喜欢沈红梅。"

安冬妮一肚子的气不知道往哪儿撒去，本想对着手机严肃批评弟弟的不切实际，又不想让母亲知道，只得压低了声音说："安闻，要姐姐怎么说你呢？你们不合适的。我知道你一直在追求我们平凡人眼里的不平凡爱情，但是，真的，听姐说，沈红梅不适合你。"

安闻在电话里完全是锲而不舍的语气，"姐，我想和沈红梅结婚。"

安冬妮一口气差点回不过来，愣在那里，不说话。

吃早饭的时候，安冬妮看母亲的脸色不好，欲言又止的样子，虽然安冬妮一大早被弟弟扎扎实实气了一次，但还是发觉了母亲的心事，安东妮笑了笑说："妈，我知道，我就在这几天安排好，您只要……"安冬妮本想对母亲说，只要把自己打扮得漂漂亮亮就是了，话到嘴边，又觉不妥——这又不是在和沈红梅说话，没轻没重的。马上改了语气，说："妈，过了一年，沈妈妈不知好些了没有？"叹口气，没等影响到母亲的情绪，赶紧补充一句："妈，我可真羡慕你们那个年代的人呢，那才叫爱情呀。陈伯可真执着。"

　　母亲有点羞涩起来，忙着掩饰说："妮妮，别瞎猜，今年我还没有决定要不要再去见他呢。"

　　安冬妮有点惊讶，"为什么呀！"

　　母亲说："妮妮，你有没有觉得我们这么做很不好？"

　　安冬妮说："妈，有句话说'走自己的路，让别人去说吧。'"

　　母亲夹了一点菜，一直在嘴里舞着，忽然说："我倒觉得，我们只顾走自己的路，不给别人路走了。"

　　安冬妮看着五十三岁的母亲的脸庞，忽然觉得爱情的力量太强大了，她仿佛有点理解弟弟安闻了，犹豫一下，终于对母亲说："安闻他，他要和沈红梅结婚。"

　　母亲惊愕地停下筷子，说："真是不知深浅。你可别支持他，一点也不要让他感到有后台，尤其是你，他一直觉得你一定会和他站在一起。"

　　安冬妮站起来，看日历，12月25日，风从窗口进来，安冬妮觉得凉。出门的时候，母亲在身后说："妮妮，你表姐已经定了婚期，她告诉你了吧？"

　　安冬妮像是忽然回过神来的样子，说："啊？丹阳她这么快就找到另一半了？"

　　母亲笑了笑说："丹阳说，是另一半千辛万苦找到了她。"

　　安冬妮耸了耸肩，一摊手，说："自恋，真拿她没有办法。"

　　出了门，迎面就看见沈红梅，沈红梅穿了件薄毛衣，绿色的，手里拎着一袋子茶叶，看上去有些疲惫，安冬妮迎上去，"红梅，一大早就要出去推销茶叶，你可真发奋啊，都可以作为励志小说的范本了。"

沈红梅把一只斜背的包移到前面，拍了拍说："做一只勤劳的蚂蚁，我要我的这个包鼓鼓的，装满钱。"说着忽然笑了笑，"安冬妮呀安冬妮，我算是服了你弟弟，这小子这几天发了疯似的缠着我——哎呀，春天将至，提防各种疾病乘虚而入，安冬妮，你弟他，不会花痴了吧？"

安冬妮白一眼沈红梅，说："不要玷污我家安闻纯洁的感情。走，还早，我们走走说会儿话。"

沈红梅扭捏了一下，说："哎呀，我的茶叶！我还得去那个破烂机电公司呢，那个半秃老总说要尝尝，我带点样品给他。我说，妮妮，你上次要去的茶叶怎么到现在还没有喝完，你都给学员们喝什么的呀？"

安冬妮扑哧一声笑出来，"还说呢，沈红梅，我那些顾客呀，原本到我这里学个瑜伽，还捎带着睡个小觉，自从我用你的茶叶款待她们以后，一个个都像喝了醒酒汤似的，精神得很哪，都在埋怨了呢。不买了不买了。说定了啊，朋友钱，不可赚啊。"

忽然，沈红梅把那袋茶叶塞到安冬妮手里，撒腿就跑。"妮妮，我可受不了你弟那生机盎然的'青春'。这茶叶归你卖出去，啊呀，快跑呀。"

安冬妮果然看见不远处的凤阳树下，弟弟安闻失魂落魄的样子，胡子估计一周没有刮了，头发乱乱的，一件深灰色的 T 恤，竖起了领子，都有沧桑感了。安冬妮觉得又好气又好笑，但是又怕弟弟看出姐姐对他那份像大海一样深的感情的不屑，无端伤了他的自尊——安闻能够对一个女人产生真切的感情，那都可以说成是浪子回头了。她强忍着一半火，一半可笑，走过去，"安闻，走，姐请你吃早餐去。"

"姐，我已经戒了 KFC 了，不要把我看作小男生，我都已经……"

"知道就好，你都已经29岁，再过一年，都要到而立之年了，可是，你怎么就长不大呢。安闻，这个年纪的男人，不好意思，我得把你称作男人，不然，你还真的觉得自己还是小男生呢。你知道这个年龄的男人应该想些什么吗？有一份事业，不一定是庞大的，有一个爱人，不一定是生死相爱的，如果不是做个丁克赶个时髦还可以有一个小孩。可是你呢?"

"姐，今天一大早我来这里不是再一次听你给我上课的。姐，你的课，你要到瑜伽房去上。我是认真的。我一定要和沈红梅结婚。"

安冬妮抑制不住有点痛恨弟弟的随俗，窝了火，声音也跟着升了一些："刚才你都看到沈红梅的表现了，你知道，沈红梅是我的姐妹，是我好朋友，我们无话不谈，她如果喜欢你，哪怕有一点点的喜欢吧，我都会做她的思想工作，我会把这件事放在心上。可是，人家沈红梅见了你就逃，你觉得，你有能力把一个见了你就逃跑的女人拉回来吗？是，你车修得好，你飙车快，可是，安闻啊，姐告诉你，爱情不是飙车，光有速度是没有用的。"

安冬妮的话还没有说话，安闻就走了，连头也不回。

安冬妮在后面喊："安闻啊，你听姐的话好吗?"

刚到瑜伽房，就有三四个女人等在那里了，说起来，安冬妮在瑜伽房做教练，赚的是人气和人脉，大家似乎都冲着安冬妮的细心和平和而来。安冬妮打开窗，依旧先放好音乐，大家照旧先换衣服，然后坐在垫子上聊天，这几乎都成了习惯。安冬妮也换了衣服，坐在垫子上。大家坐着晃动肩膀，把腰扭动一下，算是热身。一个顾客突然就说了一句："安教练，你的胸，不好意思，我早就想说了，你的胸，天啊。"她转身又轻轻地和旁边的女人攀谈起来："她的胸脯一定没有被男人碰过。女人的什么地方，只要被男人碰过了，都会变质。"

几个女人偷着笑起来。安冬妮故意翻开一本书，装作没有听到。这一行就是这点不太好，因为都是女人，而且来练瑜伽的大都有那么几个钱，而且都是想要青春常驻，国色天香的，碰巧又是大部分都和男人有过纠葛的，这样，聊天的话题难免会牵扯到男女最基本的那些事。这是安冬妮觉得最难堪的方面。但是，刚才那个顾客的话倒是勾起了安冬妮的一些回忆。其实，安冬妮有过一次短暂的恋爱，那还是她二十五岁那年，哦，真是不堪回首呀，都过去五年了，那时，安冬妮还在一个婚庆公司做礼仪，她的身段和容颜足以叫每一场婚庆变得更加温馨和谐，当然还有赏心悦目。有个晚上，为一对新人主持完毕，她和男司仪收拾完现场，已经很晚了，走出来才发觉下了大雨，两个人都没有带伞，正是五月的鲜花开遍田野之际，四处弥漫着樟树的香味，安冬妮看了看天，忽然产生了浪漫的情愫。男司仪穿了一件白色的衬衫，胸前那朵花还别着，当然和新郎的花有根本的区别。两个人在酒店的廊檐下躲雨，雨有点急，在廊檐上打出一些水雾来。他们都是这个婚庆公司的聘用员工，凑巧了就在同一场婚礼上。安冬妮看了看男司仪，正好男司仪也看了看安冬妮，两个人都笑了，开始聊天，聊新娘的美丽，聊新郎的俊朗，再聊到别的。有意思的是，两个人居然都没有发觉雨已经停了，雨后的夜晚是清新的，仿佛就适合一对男女挽起手来谈一场恋爱。直到有一丝微风吹过，安冬妮闻到了一阵植物的清香，她忍不住深呼吸了一口，说："真香啊。"

男司仪也深呼吸了一下，没有说话，就那么微笑着看安冬妮许久才说："香。"

好像是一场恋爱的开始，后来，他们俩常常能够在一起主持婚礼，都是主持别人的婚礼，千年等一回，执子之手，与子偕老，海誓山盟，仿佛都和他们两个无关。每一场婚礼结束，安冬妮和男司仪都会一起走一走。有一次，他们来到江边，那里，有一只很小的船，一根细小的缆绳缚在江岸的一块石头上。男司仪忽然拉起安冬妮的手，说："我们私奔吧。"

他们上了船，船剧烈地摇晃，安冬妮惊恐地叫起来，就这样，男司仪用嘴堵住了安冬妮的呼叫，他们很快安静下来。男司仪居然懂得使用船桨，他笨拙地一下一下把船划离了江岸，那一晚风平浪静，好像就为了能让这一对临时恋爱的男女在一个月满西楼的夜晚说悄悄话。事实上他们都没有怎么说话，安冬妮的情感和意识一直都被男司仪牵制着，他说，"安冬妮，我要吻你。""安冬妮，我要拥抱着你。""安冬妮，我要和你在一起。"最后，男司仪终于说出来一句："安冬妮，我要你。"

这个时候，安冬妮才想起他们都还是相对陌生的男女，只是因为共同的谋生目标使他们走到了一起。安冬妮开始挣扎起来，她躲过了男司仪的吻，只让他在自己的脖子上亲吻，后来，男司仪就用舌头探到了安冬妮的胸脯，那里，结实，饱满，男司仪惊呼："上帝啊。"

船开始急剧地晃动起来，男司仪已经把安东妮的内衣解开了。安冬妮说："不要，不要。"

男司仪说："要的。要的。"

后来发生的事情就成了这个小镇的街谈笑话。第二天就有人在议论，说："昨天晚上有两个年轻人，搞怪，谈恋爱嘛，家里好谈，街上好谈，公园好谈，偏要偷了船去江里谈，船翻掉了，女的不会游泳，幸亏男的识得水性，把女的抱在怀里游到了岸边，不然，真是魂断富春江了。"

那个夜晚开始，安冬妮下了决心要和男司仪谈恋爱，好像一切恋爱的条件都具备了，拥抱，接吻。他们开始频频约会，当然都是在为别人主持婚礼之后。安冬妮沉浸在恋爱带来的快乐之中，除了中学时代暗恋那一次，这算是自己真正的恋爱了吧。安冬妮开始和母亲有一句没一句地谈起男司仪的相貌、身高，还有他结实的体魄。一切都已经顺理成章了。直到有一天，安冬妮走出婚庆公司的玻璃门，看到一个女子，抱了一个小孩，还很小吧，也就刚牙牙学语，小孩看到男司仪，伸出双臂要扑上去，爸爸爸爸地喊。男司仪自然就要伸手去拥抱，回头看到了安冬妮，安冬妮也看到了这幸福的一家三口——还有什么比这更具有说服力的呢。

事后，男司仪也没有解释多少，好像所有做的都是正常的，如果谁要是计较，那一定是谁发神经了。安冬妮辞了这家婚庆公司，准备到另一家去应聘，在门口碰到男司仪，男司仪把安冬妮堵在门口，说："我想和你谈谈。"

安冬妮显出了少有的冷静，她说："你怎么和你妻子说的？"

男司仪说："我没有说。那是我们之间的事。他们回老家去了。"

安冬妮说："我以为我是在恋爱。不好意思，是我误解了。"

男司仪忽然拥抱了安冬妮，说："你不知道，我有多么迷恋你的胸脯。我妻子的胸，被割掉了。你知道我小孩打小就没有奶吃。我也像没有奶吃的，我不知道这是怎么啦。"

安冬妮一直想找个机会扇这个男司仪几个耳光，要响亮一点的，有点决绝的意味，最后在他脸上留下五个手指印，就像电影上放的那样，最好还要会武功，穿着红色风衣，飞檐走壁，把这个莫名其妙的男司仪拎起来，扔到江里。

可是，这个时候，除了"我多么迷恋你的胸脯"这一句有点轻薄了自己，别的任何一句话，都无法激起安冬妮的愤怒，这样的状况让安冬妮很平静，她被男司仪挟持地拥抱着，她在挣脱之前说了一句："永远不要再记起你。"

后来，安冬妮好像真的已经忘了这个男司仪，只是记得，他是一个司仪，长得俊朗，体魄健壮，爱接吻，爱窝在安冬妮的胸前，摩挲着，但是，从来没有再进一步的侵略。再往后一些时间，就真的忘了，连同那一段岁月。

音乐开始了。大家进入很安静的状态，安冬妮忍不住从镜子里看自己的身姿，柔软，坚韧，富有生命的活力。她的呼吸均匀，动作优雅，吐气，吸气，收腹，转身，每一个动作都无可挑剔。

期间有个顾客电话响起来，她赶紧拿了电话去接，这已经让安冬妮很忍耐了，按说换了衣服，谁都不允许把杂物带进来，她是偷偷地把手机塞在腰间带进来的。

一场两个小时很快就过去了，安冬妮起身和大家说了几句，就去浴室洗澡了，出了汗，感觉舒畅了很多。一个顾客和安冬妮咬了几句耳朵，说："你知道她为什么要把电话带进去吗？婚姻侦探社给她报信了，她老公没有出差，她一直怀疑，现在，侦探好像侦查到眉目了，她老公就在他们家附近。她生不出小孩，她老公就养了一个女人，说好为他生个小孩，谁知，一年下来都没有生出来，那女的长了个心眼，每一次房事前都吃了药，因为她喜欢这种生活，衣食无忧，唉，说起来真是不敢相信，那女的才二十岁呢，倒懂得用心计，一来二去，肚子不见动静，倒谈起感情来了，热热活活的。她丈夫像鬼迷了心窍，都准备要和她离婚了。"

安冬妮在莲蓬下冲洗，她把沐浴露抹在肩上，背上，胸上，哦，那个男司仪曾经亲吻过多少次呀！他带给她多少快乐时光，她不得不承认，如果不是因为她看到了那温馨的一幕，她是会考虑嫁给这个男司仪的。只是，安冬妮想，"我可不做小三呢。"

出了女子会所，安冬妮打算去弟弟安闻上班的汽车修理铺看看。弟弟在富春路上开了个铺子，自从职高毕业后，弟弟一直干着修理汽车的营生，在安冬妮看来，弟弟这些年来，一直没有叫家里省心过，先是和同学巧巧在学校的冬青树下合欢被发现，差点被开除，后来又和修理铺隔壁的饰品店小营业员阿丽混在一起，他们飙车，涂鸦，春天去乡下拔麦苗，冬天去田里偷马铃薯，怎么乱怎么来，惹得警察恨不得把他们给抓了关起来，就像一张报纸上写的：叫他们在牢里苍老然后悄无声息。他们放肆的笑声叫母亲心惊肉跳，她一点办法也没有，只喋喋不休地说："作孽啊，作孽啊，我怎么就生下你这个讨债鬼？"

每当这个时候，安闻总是惊讶地说："啊，妈，你自己都不知道怎么生下我来，不会，不会你是被强奸的吧？"气得母亲卧床好久才恢复。后来有一年安闻像是突然睡醒了，奇怪自己以前怎么会这么出奇地出格。有一次还问安冬妮："姐，我是不是精神严重错乱过？"

安冬妮说："安闻，你是睡醒了。"

虽然安闻恢复了正常的男青年应有的生活习惯，但是，对于感情，安闻还是有点我行我素的，母亲常常说，有个合适的女孩子嫁给他，一物降一物，他就服帖了。但是，不管亲朋好友怎么撮合，安闻都是不理不睬的，他宁愿在电脑上偷菜，或者去酒吧拼酒量。有一次他把自己的头发染成了七色，说："我的头上有祥光，姐姐，我会好运的。"尽管对于安家来说，安闻像是一个不孝之子，处处叫安家人丢脸，但他后面却常常会跟着几个小兄弟，还口口声声喊他老大。

远远地，安冬妮看见安闻在捣鼓一个什么东西，走近了看，好像是一个什么机器。安冬妮说："咦，安闻，这个是什么高科技呀？你什么都修啊?"

安闻头也不抬,很专心的样子,用一把很小的起子在旋螺丝。安冬妮这才发现安闻的手上居然戴了一双白手套。"啊呀,这是什么宝贝呀?你还戴手套呢。"

"放映机。姐,你不认识了吧。红梅她爱看电影,她说她们新沙岛上经常放露天电影,用的就是这种放映机。"

"你疯了。安闻,亏你想得出来啊。你想干什么?"安冬妮才又明白过来,她的弟弟根本没有从沈红梅的身上解放出来,他是一条道走到黑了。

"我已经找到一个旧的大礼堂了,姐,我要放电影给沈红梅看。就放给她一个人看。"安闻继续低着头。

安冬妮转身就走,走了几步,回头对安闻说:"安闻,姐弟恋是很浪漫呀,不过……"

安闻几乎粗暴地打断了姐姐的话:"姐,你不要强硬地为我和沈红梅戴上这顶帽子好不好,年龄很成问题吗?妈不是大爸两岁吗?"

"时代不同了,咱妈那时是没有办法……"

"不要用时代来压我了,姐,沈红梅她会嫁给我的。"

安冬妮愤怒地踢旁边一块石头,脚指头生痛起来,她无奈地对安闻说:"你就为了让她嫁给你,你爱她吗?安闻……"见安闻站起身走进了铺子,安冬妮掏出手机,拨出电话,"沈红梅,你别躲在暗处笑了。你给我说明白……你怎么着安闻了?"

这家茶座是沈红梅选的,临江,卡座,价格实惠。最重要的是,茶馆的老板是个小中年,"小中年"这个词是沈红梅和安冬妮还有丹阳三个人创造的,指的是已经结婚了,孩子刚上初中,四十岁不到,三十五岁以上的男人。这样的男人在沈红梅看来,潜力相当地大,身体方面的潜力是有目共睹的,比如,没有赘肉,就算是坐着聊天,也得赏心悦目吧。其次是,这样的男人刚开始厌倦家里那一位,但是一日夫妻百日恩,还没有到对于家庭不管不顾的地步,因此,和任何婚外女子交往,都带着偷着乐的味道,于是格外珍惜。更重要的是,这样的男人已经从盲目喜欢过渡到冷静欣赏这一阶段，对于十八九岁或二十几岁的女子，认为是没有成熟的黄瓜，清口是清口，终觉得带着涩味，他们更喜欢和成熟一点的未婚女子交往。美其名曰：有一定的阅历来谈人生了。

这个小中年第一眼见到前来推销的沈红梅，就很友好，说："没有结婚吧？一个人不容易。"虽然有点矫情地关心，但是很快把沈红梅的心肠说软了，茶叶打了折，当然，小中年也赠送了一些免费茶券给沈红梅，他的解释是："茶叶的价格不能过高，高了以后我就不能再买你的产品了，你的茶叶打个折，我额外赠送茶券，我家的监视器是不会查的。"他把妻子说成监视器。

安冬妮先到了茶座，她听着古筝叮叮咚咚的声音，内心安静下来，事实上她都不知道有什么理由对自己的好友兴师问罪，毕竟是自己的弟弟不争气，死缠烂打要和沈红梅结婚。唉，还是聊些闲话，不要再无端责怪沈红梅了，她推销茶叶还真不容易呢。这么说着，她就先发了个短信给沈红梅：梅梅，我只想和你聊聊天。如果你茶叶生意兴隆，可以不理我。

沈红梅很快就回复了，不是短信，是电话。沈红梅在电话里说："哇呀，妮妮，我碰到丹阳了，这情煞煞的要结婚了你知道吗？"

安冬妮说："知道了，早上妈告诉我的。你在哪里碰到她的呀？"

沈红梅轻蔑地说一句："我可是这个城市的鱼，我的游泳技术好着呢，每个角落都有我沈红梅妖娆的身影。哦，不好意思，我没有那个意思，不说了不说了。我马上到。"

安冬妮刚才一听说游泳技术就想翻脸，好在沈红梅马上认识到了自己的口误，并且很快做了检讨，安冬妮不禁对已逝去的往事有了些许复杂的情感。

服务生过来问要点什么，安冬妮说："先给我来一份菊花茶吧，最近有点上火。"

在等待的当口，安冬妮开始为母亲的事谋划起来，今年不知道陈伯伯会不会还在那个渡口等待了，还有几天时间，但愿自己能抽出时间来，把一切都安排妥当。这次多买些水果吧，去看一次就少一次了，真不知道那个女人还能撑到几时。这么想着，安冬妮的心忽然被什么东西揪了一下，忽然想到了渺茫，生命的渺茫。

沈红梅的到来依旧是惊动了三个服务生，"小姐要什么？""小姐不好意思。""小姐我帮你开个窗。"沈红梅就是这样一个人，喜欢咋咋呼呼，好像天下都是她自己的，口头禅是：我要扼住命运的喉咙。等她风尘仆仆一天，算一下推销出去的茶叶时，她才猛然醒悟过来一样——又被命运扼住了喉咙。她很羡慕安冬妮，母亲是知青，虽然下放时吃了一点苦，但是，总算是城里的人。当然住的地方是小了点，一家三口住在十一平方米的解困房，但是，这房子，总是他们自己的，不用每月拿出钱来，交给房东。这个世界上，有几个房东懂得微笑的，都是上辈子做过朝奉的，练就了刀枪不入的脸孔，六亲不认。因此，每次沈红梅觉得跑累了，就会对着安冬妮诉苦："你命好。落地八字生就了，我得一天到晚瞎癫，做推销员、茶叶推销员、药品推销员，剃须刀推销员，赚来的钱只够付付房租，一日三餐，再也没有多余。"沈红梅和安冬妮是在一次二手房交易市场认识的，那时安冬妮刚刚从婚庆公司出来，进了房产公司当售楼小姐。沈红梅一直说自己是个负担很重的人，母亲常年卧病在床。说着说着，沈红梅会叹一口气："真不知道到这个世界是干什么来了。"

丹阳是后来才赶过来的，说被他喊去看家具了——都到了看家具的阶段，离结婚还会远吗？安冬妮忍不住问："丹阳，你怎么就逮着了一个？"

丹阳很羞涩的样子，说："喊表姐。没大没小怎么行？看你怎么嫁出去。"

安冬妮笑说："你怎么就扯上这事了！我可没打算嫁人。"

沈红梅三下五除二吃完一个芒果，一挥手，"告诉你们啊，我今天可大发了，一下子，这个茶叶啊，就推出去 50 斤！50 斤是什么概念？我跟你们算一笔账啊，这茶叶呢是我们最好的安顶云雾，这一斤茶叶，你姐我呀可以赚到 80 元钱，80 元哪！等等，算一下，五八四十，也不多啊！不行，今天这顿茶，还是丹阳你买单吧！"

丹阳笑笑说："本来就该我请的呢！你们都做我伴娘吧。"

安冬妮说："也是啊，当初谁发誓说要做单身贵族来着。"

说话间，安闻推门进来，拉起沈红梅的手说："红梅，跟我走!"

沈红梅一口茶扑哧一下喷出来，把丹阳喷了个满脸都是，她大惊失色，忽地站起来，"沈红梅，你吐我!"一转身要走。几个人都惊呆了，安冬妮赶紧起来，拿了面巾纸帮丹阳擦脸，"表姐，表姐，没事的，可别生气呀! 都快做新娘了，生气可不漂亮了。"

沈红梅像是忽然回过神来的样子，挣脱了安闻的手，端起茶杯，含一口茶，仰起头，朝着空中噗噗地洒出来，茶水溅满了她的脸。沈红梅觉得还不过瘾，再想含一口，被安冬妮夺过来："沈红梅，你别闹了! 安闻，真不知道你想干什么!"

安闻看着沈红梅这些夸张的动作，居然笑了。他竖起大拇指，说："红梅，我就喜欢你这样! 不做作! 真实!"

沈红梅转过头瞟了一眼安闻，说："安闻先生，你的诚心感动了我，只是，你姐我还真不想结婚，都说婚姻是坟墓了，你还知难而上，精神可嘉。等一下，你真的真的愿意娶我做你的妻子吗？"

安闻很意外，不知道怎么说，"我，我……"

沈红梅刺溜一下扯下易拉罐上的环扣，塞到安闻手里，"来，安闻，向我求婚吧，给我戴上。"

"你疯了，沈红梅! 安闻，姐告诉你，你赶紧从这茶室出去，这沈红梅都疯了你看到吧。"

安闻听姐这么一说，像是灵感突然降临似的，赶紧单膝下跪，完全是小丑的样子，忙不迭地拉住沈红梅的手，把那个环扣戴在沈红梅的小指上——他戴错了，那可是单身女子戴的。安闻哪里知道，他一本正经地说，"红梅，嫁给我吧! 我们结婚吧!"

丹阳觉得很扫兴，她忽然就说了句："这个游戏很好玩吗？"

丹阳站起来要走，但是，茶室很小，前面又被安闻和沈红梅挡着，进退两难之间，她分开安闻和沈红梅，走了出去。安冬妮赶紧追出去，"表姐表姐。"丹阳不回头，安冬妮想想又回来，捡起一个橘子，对着安闻要砸过去，沈红梅不失时机地护住了安闻，说："安冬妮，不许你伤害他!"

安冬妮哭笑不得，咬了一口拿在手上的橘子，酸涩的味道充斥了满嘴。

母亲的脚步此刻变得很犹豫，她不停地说："妮妮，我就觉得有种不祥的预感，我胸口闷着呢！"母亲停下来，看着走在前面的安冬妮。安冬妮一时间走神了，她一直在想着弟弟安闻的事，自那天从茶室出来后，弟弟就没有回过家，安冬妮打电话给沈红梅，沈红梅居然告诉她，他们已经去民政局领了结婚证了，并且告诉安冬妮一个石破天惊的消息，她和安闻准备在4月1日结婚。4月1日？安冬妮当时愣了下，下意识地想到了一些时尚的说法，那可是愚人节，她一晃头当作忘记了。

因为母亲要去新沙岛会陈伯，安冬妮不打算在近段时间将安闻的事告诉母亲，她想等母亲的新沙岛之行结束后，再做打算。

"妈，您刚说什么？我没有听到呢。"安冬妮转过身来，看到母亲羞涩的、兴奋的脸庞，她觉得自己是在帮母亲完成一件重大的事，作为女儿，她觉得很光荣。

母亲素来行事谨慎，到了晚年却又心存幻想。1969年下放知青，在新沙岛农场一年，结识了当地的船夫，文艺青年陈文理，据母亲后来回忆说，陈文理酷爱吉他，那时新沙岛村另一位知青带着吉他过来，陈文理为了能摸一摸、弹一弹，帮那个知青洗衣担水，甚至田里地里的活都抢着干，母亲不忍，便把自己的生活费积攒下来，偷偷买了一把吉他，送给陈文理。陈文理是怎样地青春勃发呀！每到新月之夜，新沙岛就会响起那些音符，咚，咚，咚，浑厚的，这是母亲的初恋。她老家在苏州，喜欢做绣花鞋，每一次从城里回到新沙岛去都穿着一双小小的苏式小鞋，喜欢吃苏式小点心，这些都成为新沙岛挥之不去的风景。回城后，她与铸造厂的锻造工安宁结了婚，儿子三岁时，丈夫去世了，在母亲看来，这也许就是安闻放荡不羁的缘由，因为家里没有人管教了。因为觉得儿子自幼没有爸爸，母亲就超出常态地爱着儿子。

安冬妮过了二十五岁时，忽然觉得母亲藏了心事。有几个夜晚，安冬妮看见母亲拿出在新沙岛时的一些旧物，呆呆地看，暗暗地落泪。作为母亲的贴身小棉袄，安冬妮义不容辞地要进入母亲的内心世界，母女俩躺在床上，开始谈女人的情怀，临了，安冬妮问母亲："妈，他亲过你吧？"

母亲啪一声打在安冬妮的手背上，"死丫头。"

安冬妮缠着母亲，母亲终是守口如瓶，直到那一天，安冬妮和那个男司仪的事在小镇飞短流长之后，母亲似乎为了安慰女儿，突然在一个夜深人静之时，道出了在安冬妮听来惊天动地的故事。

下乡那些年，母亲一直受邻村一个生产队长的骚扰，那个时候，女人的贞洁是非常重要的，你被侮辱了，都不能说。在岛上，可以谈的资源太少了，他们可以把一个男人和一个女人握手说成是两个人抱在一起。母亲几次被那个生产队长堵在谷仓边，这一切，谁都不知道，母亲回到房间就只是轻声地哭。有一天，岛上都在传，那个生产队长被谁用石头砸了那个地方，事件是在夜晚发生的，谁也不知道。有个晚上，母亲的门被轻轻敲响，陈文理出现在她的房门口，他说："那个家伙再也不会来欺负你了。"

在那个夜晚，两个年轻人，很是相依为命的感觉。他们从此相爱了。

母亲可以回城了，陈文理帮母亲整理了所有的行装，这么好的一个男人，母亲却不能和他在一起，因为她害怕小岛的蛮荒，她要回到苏州。那是一个孤岛，岛的边沿全是沙，千年堆积起来的沙。他们在月光下坐着，母亲解开了自己的衣衫，她觉得，除了把身子给他，她再也找不出什么来报答他了。

回城后，母亲被安排到了铸造厂，然而没有多久，母亲就发觉自己怀孕了，匆忙之余，母亲嫁给了安宁。安宁早年因为拿了铸造厂一只扳手，被公安抓去坐了一些日子的牢，名声不好，一直没有谈恋爱。

安冬妮回头看看母亲，母亲忽地停了下来，她捂住胸口，说："妮妮，我就觉得要发生什么。安闻呢？他不会又闯祸了吧？"

说话间，两个人已经来到渡口，渡口只有两块大石头，一块石头

赞美诗

可以拴缆绳，另一块作为踏板连接陆地和船舷，安冬妮扶着母亲。母亲忽然说："妮妮，那一年，我把那个孩子生下来了。我抱着她，她发高烧了，我觉得她挨不过去了，我想从这里渡船到新沙岛，可是，没有船呀。那是冬天啊。"

"我知道了，妈妈。"安冬妮其实已经听母亲说过一次了，那晚，天寒地冻，母亲一直站在渡口，她希望奇迹出现，她希望陈文理划着船儿来接他。只是，那一个晚上，是陈文理成亲的日子，作为忏悔，陈文理娶了临村生产队长的女儿。就在那个夜晚，他们正在举行简单的婚礼。这边，母亲进退两难，在渡口抱着孩子等了一个晚上。第二天，当安宁赶到渡口时，那个孩子已经去世了。

船来了，船慢悠悠地过来了。母亲忽然躲到了一棵树的后面，安冬妮只得又返身回来。"妈，你怎么了？不是说好了，今年见面？如果你不想见了，那就和陈伯说清楚，免得他等。"

一年不见，陈伯也老了许多，但是，他一直愿意摇着那只舴艋船，在富春江上，大家都已经做了画舫，接待游客了，新沙岛被政府开发了，游客越来越多，而有一次，陈伯却说："我们的地儿越来越小了。"

三个人在船上，谁也不说话，陈伯显然有话要告诉母亲，安冬妮接过那把光滑的船桨，说："陈伯，你和妈说说话吧。"

船舱很小，刚好容得下两个人，舱门早几年就卸下了。安冬妮好几次回头，看到母亲和陈伯沉默着，没有说话。安冬妮在船尾问："伯母好吗？她的身体恢复一点了吧。"

陈伯欲言又止的样子，母亲追问了一句："到底怎么样了？"

"她怕是不行了。"

安冬妮看到母亲手中的杯子掉落在船舱。

事后，安冬妮回想起那天的情景，还是觉得母亲的预感是准确的。原来，伯母已经快不行了，而陈伯怕母亲在渡口等他，特地过来，他们隔了江相望那么多年。

让安冬妮意外的是，那天，等她和母亲从渡船上下来后，看见了沈红梅，沈红梅远远地跑着，一边挥着手，一边喊："爸爸，等等我，我妈她怎么啦？"

安冬妮的惊愕定格在脸上。原来，沈红梅是陈伯的女儿，那她怎么姓沈呢？

后来，安冬妮就看见沈红梅的头上扎了一朵白色的丝绵，她想问，但是，涌到嘴边的话，却又咽了回去，倒是沈红梅，直直地说出来："原来我爸一直等一直等的那个苏州女人，就是你的妈妈。安冬妮，你可真伟大，每一年还安排自己母亲去约会，你可真孝顺。"

安冬妮的解释当然没有用，她也没有解释，只是觉得亏欠了沈红梅，倒没有觉得很对不起陈伯的妻子，到底母亲也就是每年去看陈伯一次，连岛上都没有去过呢。会不会是母亲的气息传到了伯母那里，使她万念俱灰，而放弃了自己呢？

4月1日很快来到，沈红梅还是决定和安闻结婚，安冬妮试图劝解沈红梅，她想告诉沈红梅一些什么，但是，说什么好呢？终究是自己的弟弟，成家立业是天经地义的事呢。于是就祝福这一对新人。母亲事后知道沈红梅就是陈文理的女儿，都已经把她看作自己的骨肉了，一家掏尽所有，帮安闻买了一套二手房。说来也巧，这套二手房是一对准新人的婚房，不知为何，临到结婚了，女孩出逃，留下一房子新东西，还有一个新郎。新郎为了不想睹物恨人，第二天就贴出了转让婚房的招贴。也该凑巧，母亲路过那小区，看到招贴，像打擂台一样揭了榜，双方几乎可以说是一拍即合的融洽，一周之内把手续都办完了。

4月1日那天，一切都有条不紊地进行，酒席，祝福，该收的红包一个没有少，安闻上了新郎妆，倒是像模像样地是个男人了，安冬妮颇觉安慰，拉着弟弟的手，交到沈红梅手里，说："红梅，我弟就交给你了。"

这个沈红梅到底是成熟女人的样了，主动拥抱了安闻，那幸福绝对是发自内心的，再看母亲，终于露出了笑，虽然脸上还有隐隐的担心，但是，在新人面前，作为长辈，母亲已经流露出足够的温厚了。

安闻的手被沈红梅握着，他有一瞬间看起来是幸福的，忽有一些恍惚，神不守舍的样子，沈红梅附在安闻耳边说："不知道幸福来得这么早吧。"

礼成。就像童话里写的，他们过上了幸福的生活。

安冬妮和母亲一样，嘘出一口气来。隔天，接到表姐丹阳电话，婚礼定在五一劳动节，又是周六，亲朋好友都能凑个时间。安冬妮当然成了伴娘，在沈红梅的婚礼上，丹阳是匆匆来，匆匆去，因为她自己的婚纱礼服还在置办，做了沈红梅的伴娘，丹阳说："不是我先伴你，就是你来伴我，我们中总有一个可以做伴娘的。"沈红梅抱了抱丹阳，说："妹妹，我们都要幸福。"

当安冬妮得知表姐丹阳真的要结婚时，忽然之间有了一种黯然，无法言说的失落，祝福他们吧，他们的人生会很精彩。只是，安冬妮却再也拿不起自己的一份感情。在母亲的撮合之下，安冬妮倒是去相过几次亲，过眼烟云般的，她都没有记起他们的模样来。倒是有那么一次的情景还依旧可以记得，喝茶，聊天，气氛相对融洽，但是，也许因为太融洽了，都像老夫老妻般的平静，两个人坐着，一点拘谨的感觉也没有，有一搭没一搭地说话，偶尔还共同评论一下这家茶楼的格调。门帘的珠子太大了，隔间屏风的图案很古典。有一个时刻，他们两个甚至干起了各自的事，男的翻看手机，安冬妮整理背包的链子。仿佛忽然之间明白过来一样，两个人都抬起头来，差不多同时感觉到了妥帖与不妥帖。他们这是在相亲吗？完全是在安度中年，步入晚年。还没有恋爱呢，都已经平淡如水了，以后的日子，还不像一潭死水一样，这日子怎么过呀！

他们不约而同站起来，又抢着要买单，男的当然绅士一些。临走前，男的说一句："这个世界上，要找到像我们一样漫不经心的两个人，也是不容易的事情。"安冬妮忍不住哈哈哈笑起来。

更叫安冬妮厌倦相亲的是，有一次相亲的对象居然是男司仪。男司仪极度兴奋，并且幸福地说："上帝安排我们一定要在一起的。"安冬妮不知怎么回事，藏起了所有的念想，一身的矜持，说："上帝不上班。"后来，安冬妮就不再参与相亲的事，母亲一厢情愿地奔走过几次，只是往往女主角不出现，大家都觉得无趣，母亲被对方亲友团抢白几次后，终于也放弃了努力。

五月一日早上，安冬妮因为要做丹阳的伴娘，早早起床，练完瑜伽后，打了个电话给沈红梅，现在称呼都变了，变成弟媳妇了，安冬妮叫她红梅。电话好久才通，那边声音异样，安冬妮的心头闪过一丝不祥，追问："红梅，你和安闻没事吧？"

电话传来了哭声，红梅一改往常的大大咧咧，幽幽地说："你们安家两代人都负我们。安冬妮，我们家前世欠你们什么了？"

"怎么啦？怎么啦？"安冬妮急急跑到外面来接电话，她回头看见母亲拉开窗帘，朝她看呢。"你在家等着，我过来。"

"我们没在家呢。"红梅口气缓和了些，"安冬妮，我和你弟在民政局门口。我们要离婚了。我觉得真累啊，妮妮。"

"这个游戏好玩吗？"安冬妮抑制不住对着电话就吼。"安闻呢？"

"安闻，你姐电话。"电话传到了安闻手里。安冬妮没有等安闻说话，掐了电话，招手打了车，直奔民政局。

按照安闻的说法，他爱上沈红梅是很认真的，他列举了种种为沈红梅所做的当属很幸福的事。为了帮沈红梅圆一个电影梦，安闻到乡下找来老式电影放映机，挟持沈红梅到一个废弃的大礼堂，为沈红梅一个人放电影。他送戒指，送鲜花，在本城最高楼滑翔，打出巨幅求爱标语：我爱沈红梅。他买来一台 DV，拍老弄堂，拍一切沈红梅喜欢的事物，发给沈红梅。

安冬妮忽然想到那天在茶楼，安闻单腿下跪用一个易拉罐环扣向沈红梅求婚时，挡住了丹阳的出路，丹阳毫不犹豫把他们两个分开了——是预兆吗？

丹阳电话打过来，"妮妮，你过来了吗？我们在等你呢。先去公园拍室外照，录像。这都是惯常的。"安冬妮不能告诉丹阳，她在民政局陪沈红梅和弟弟离婚。这对大喜日子里的新娘来说，总是不开心的事。安冬妮一连串地说抱歉，并且告诉丹阳，二十分钟内直接赶到东吴公园。在那里与表姐见面。

安冬妮挂了电话瞥了一眼安闻，"安闻，听姐说呀。"安闻打断安冬妮的话，"姐，我长大了你知道吗？"红梅在一边咬牙切齿地说："你可真会挑日子。你一个人离吧，我可不想陪你，随你怎么折腾吧。你就带着这离婚的包裹去见表姐？你也太不地道了吧。"

安闻看看天，打个哈欠，"看这天，多好啊，红梅，我们就把手续给办了吧。不就换个本子吗？"

安冬妮终于抬起手来，啪一声打在安闻的脸上，"你说的是人话吗？"安闻摸了一下左脸，发觉嘴角有血出来，安冬妮心疼得抱住安闻，"安闻，姐疯了，离吧离吧，干嘛这么苦呀！红梅，你就松绑了我弟吧。"

红梅见安闻流血了，赶紧掏出纸巾帮安闻擦，安闻接过纸巾，轻轻地按在嘴角。"红梅，我是爱你的，但是，我也不知道怎么了，我不想这么过。你原谅我好吗？"

都已经进入了和平谈判时期，安冬妮决定不插手这件事，她拥了拥沈红梅，"红梅，我态度不好。我也不知道你们这是怎么了，结婚就那么痛苦吗？红梅，跟我回家，丹阳的婚礼你也不要参加了，回家去，让妈煮点粥给你吃，还没吃早饭吧？"

安冬妮接到第四个电话时，她知道自己很失礼了，都快十点了，大家都在东吴公园等着呢。只留下最后一张照片，新郎新娘金童玉女伴郎伴娘一起合影，安冬妮把红梅送到家里，对妈妈说："妈，红梅有点不舒服，还没吃早饭，您煮点营养的给她吃吧。"

母亲奇怪，这个时候，安冬妮怎么还在家，不是参加丹阳的婚礼去了吗？安冬妮来不及解释，看红梅弱弱的样子，不忍心，开了门，又回来，抱了抱红梅，"红梅，咱好好的。"她看见红梅的泪水汹涌而下。

下了车，安冬妮赶紧往前冲，不像是参加婚礼，倒像是在追赶什么。五月的早晨，气候宜人，安冬妮边接电话边跑，风吹起了她的衣裳，她像个飘飘的仙女，安冬妮的一头长发被植物衬托着，柔顺，光滑，宛若瀑布。

在这同时，在场的亲朋好友都看呆了，那个乖巧的小女孩忍不住说一句："那个姐姐是仙女啊！"她居然丢下一直拎着的丹阳的婚纱。迎面跑向了安冬妮。安冬妮一边说对不起，一边抱起来小女孩，"乖啊，你可是玉女呢，要陪着新娘呀！"

这个时候，情况发生了变化，新郎——他其实早就在这个故事里了，只是现在刚出场——慢慢地松开了丹阳的手，慢慢地脱下了米白色的礼服，又扯下领带，然后，他撒腿就跑，他说："丹阳，对不起。我不知道怎么啦！可是，我必须要离开。"

这完全是一个喜剧镜头，大家都呆呆地看着新郎赵博文这一连串动作，丹阳一时间还没有反应过来。她的白色网状手套外面戴着的那枚戒指闪着亮光，她眼睁睁地看着新郎慢慢地跑远了。

只有安冬妮醒悟了过来，她放下小女孩，拥了拥丹阳，"表姐，没事，你等着。"

安冬妮开始了第二次奔跑，她跨过几道白色的栅栏，弯腰穿过一排木槿，她的速度飞快，像一个训练有素的长跑健将。赵博文在前面跑，回头看到安冬妮，他居然笑了，他停下来，等着安冬妮跑过来。

"你跑起来可真好看。安冬妮，是你吧？"

"你给我听着，赵博文，在你成为我表姐夫之前，我不想对你有任何的说法。"

"安冬妮，我以前怎么就不认识你呢？"

"赵博文，拜托你跟我回去。表姐她在等着呢。那么多亲朋好友，你是个男人，不用我多说了吧。"

"安冬妮，我一直在想这个问题，我以前怎么就不认识你呢？我不要这种生活。我不要结婚。安冬妮，让我远远地看着你吧。"

"你恶心！你混蛋！"安冬妮忍不住骂出一句："你们男人都是混蛋！"

纠结和吵闹一直持续了三个月，这个曾经的爆破手赵博文，终于如愿以偿，从中产阶级摇身一变成为一个一无所有的人。按他的说法，他不后悔，因为，舍得，要懂得舍，才能有得。他觉得，没有了物质，只要有精神的依靠，生活就有奔头了。他开始频繁地来找安冬妮，当然都是吃的闭门羹，安冬妮说："我怎么会对你这样不负责任的男人有丝毫感觉呢？如果要有，那也是厌恶。"但是，赵博文不怕，他依旧回归到了那家拆房小组，拆房小组常常会有点小事故，比如防范不到位，一小块石子飞出去掉到行人头上了，要赔钱。爆破火药量控制不到位力量不够，赵博文就得挨罚，这些都是赵博文的手下才会做的事，他自己工作起来确实一丝不苟。赵博文现在是从头开始了，他在城乡接合部租了一个院子，没事就在那里练肌肉。有一次，他从瑜伽生活馆经过，试图从玻璃里看到安冬妮，正在外面张望，丹阳来找安冬妮，看到赵博文那贼样，气不打一处来，一个包就啪一声砸到赵博文身上，赵博文都没有反应过来，丹阳已经捡起包走了。赵博文有点惊魂未定，唠叨一句："怎么离了还要打呢。"丹阳回头冷笑一声："看你那贱样我就来气！"

丹阳现在整个人都变了。原先，丹阳无论是长相还是脾气，都没有过人之处，不温不火得像一团新棉花。作为售楼小姐的她，给人的感觉就是温柔的，体贴的。她的业绩一直稳居中间，这像极了她的为人。她常常说，不要那么富有，只要有个肌肉健壮外表帅气的男人就足够了。女人的任务是什么？享受爱情，完成对自身的完善。当然，饭票也是重要的因素。丹阳母亲一直教诲女儿，"不要指望男人对你一心一意。爱情是船，会晕。婚姻是床，年轻的时候嫌床宽恨不能两个人叠在一起；中年嫌床窄，常常有换床的冲动；到了老年，就只是一种气息了，只要有一种气息在家里，在另一个房间，那就可以了。"

丹阳认识赵博文很偶然，当然，按宿命的说法是必然要在此刻相遇。那天，沈红梅在酒吧被安闻的爱情挟持了，安闻非得沈红梅答应嫁给他。沈红梅打电话给安冬妮，安冬妮那时正在教瑜伽，没开机，这样，丹阳打了车过来。赵博文在酒吧，他坐在临窗的卡座，一直以第三者的身份看着安闻和沈红梅的爱情游戏，觉得好笑。后来，丹阳来了，丹阳的不起眼让赵博文觉得世界很无趣，然而，事情发生了变化。赵博文在接了一个电话后，忽然变得有点暴躁，他甚至重新拨回那个电话，在酒吧就对着电话吼："找个机会我爆破你！不和你交个手你还不知道我赵博文文武双全了。你以为我这几年房子是白拆的呀。那笔款子你爱打不打。"

安闻和沈红梅加上丹阳，只是为了情感问题在劝说和辩解，听到赵博文这电话，三个人不由自主地停了话头，觉得这个酒吧，相比较而言，赵博文的事件更叫人揪心。三个人就听赵博文在打电话，一会儿挂了，一会儿想想又拨通电话，很忙碌的样子。安闻主动站起来说："红梅，我给你时间考虑，在我爱你的日子里，我一定会让你幸福的。"丹阳白一眼安闻，说："安闻，你不会是速效爱情吧。"红梅倒是被安闻的实在话感动，说："安闻，我想想，让我想想行吗？"

三个人出了酒吧，沈红梅说："安闻，你去你的修车铺，我去我的茶叶铺，我们都得吃饭啊。"安闻觉得沈红梅这么说很贴心，强制性地拥抱了一下沈红梅，附在沈红梅耳边说："红梅，我要得到你。"

丹阳见他们两人安然离去，鬼使神差地又回到了酒吧。坦率地说，丹阳当初进去只是想看看这个赵博文到底电话打到哪个分上了，另外，也是突然之间的事，她依稀记得有过这么一个客户，来看房子，头发很长，穿一件军用迷彩服，属于很酷的那种。当时丹阳见到这么一个主顾，有点觉得意外，她感觉这个人不像是来买房的，倒是来反恐的。丹阳走进酒吧，看到赵博文宽厚的背影，就完全想起来了，应该就是他。

丹阳马上意识到自己的莫名其妙，转身就要离去，这个时候，赵博文好像已经喝下了几杯，声音忽然变小了，转过头来，挥手对丹阳说："小姐，再给我来一杯烈性的酒。"

丹阳一下愣住了，这种情况其实在酒吧很多的，酒客喝多了，都会认不得吧女的工作服，专挑方便的喊。

丹阳赶紧向吧台要了一杯温水给端了过去，赵博文一仰脖子就喝了，把杯子一晃，说："好酒，再来一杯。"丹阳这才知道，这个男人醉了。醉了的男人在丹阳眼里，是最最温顺的，性感并且颇具诱惑力。丹阳替赵博文埋了单，搀扶他出了酒吧。

后来，赵博文就像喝了迷魂酒，就那么一根筋地要和丹阳好，追求起丹阳来真是火辣辣的，见面就是一个叫丹阳透不过气来的拥抱，吧唧吧唧接吻的声音，像小狗吃冷粥。丹阳的幸福生活，确切地说，是恋爱生活开始了。

恋爱嘛，总逃不过要结婚的命运，他们都是心知肚明的，只是，他们的婚期一拖再拖，赵博文不是要出差，就是说还没有完全准备好。只是他对丹阳依旧是好的，那种好不是虚情假意，而是实在的好。比如，那个时候，他们已经搬到一块住了，就在赵博文的旧房子里，赵博文每一次回来，第一件事就是和丹阳打情骂俏，当然，做爱是少不了的，他还专门为丹阳买了一套房子，位置按丹阳的喜好来选的。丹阳喜欢临江的，喜欢背山的，这简直就是梦里桃花源，赵博文全部满足她了。

当所有的物质全部准备好后，就觉得应该完成一个仪式了。当初赵博文倒是说过一句："丹阳，只要我们是相爱的，形式我们可以不要对吧，新式青年嘛。"可是丹阳不同意，她觉得这个世界，哪一件事不是充满了形式感，高楼，马路，广告牌，就连接吻和上床都是形式感的最佳表现呀。赵博文当然是听丹阳的，一个仪式加一个仪式，都进行了，双方父母见面，定亲，照婚纱照，只是不知为什么，就差一个仪式没有完成，一桩婚姻就了无踪影了，留下来的却是无尽的纠葛，无尽的烦恼。

丹阳找到安冬妮，见安冬妮穿着一套瑜伽服，三十岁了，圆润的体格却是像青春的宣言，没有被侵害过的身子总是那么结实。丹阳的气忽地冲到了嗓子眼，对着安冬妮就吼了一句："你就那么清白着身子等待男人来糟蹋呀！"

安冬妮一惊，憋着一口气，"表姐，你怎么了？说话怎么那么冲呢！"

"我就觉得赵博文他鬼迷了心窍。我都觉得一切都是安排好的，非得那天你衣袂飘飘地迟到，又非得让这个馋嘴的赵博文看见，你跨过三排栅栏追他的样子，都叫我惭愧！我这是怎么了呀！我真不知道自己怎么会那么倒霉！"

安冬妮知道表姐受伤的程度其实很深的，她已经不止一次听别人说，丹阳现在已经自己组织了一个小公司，公司名叫"情感咨询部"。安冬妮当时听着这个名字，只觉得哪里都不像是个公司。那次碰到丹阳，问起公司的事，丹阳直接就说了——拆婚呗。丹阳已经彻底变了，她像一条刚刚经历冬眠的蛇，蜕下一层皮后，以一个全新的面貌出现。她一下子变得干练起来，有点风风火火的样子，招了几个大学生，当然都是要身材有身材，要相貌有相貌，按丹阳的说法是，一个一个都是重量级的炸弹，把那些令人讨厌的堡垒都给炸了。她愿意付高额工资——前夫赵博文算是净身出门，留给她一笔钱，还有一间房子。说起来，另外还有一笔意外之财，那天赵博文临婚逃脱后，亲朋好友都不知道，酒席已经订了，大家都来祝贺，当然红包是少不了的。丹阳哭红了眼，一个人为大家斟酒并且道歉，让大家喝好吃好——就当作是离婚酒吧。贺礼她一份不落地收下了，居然有七万多元。当初的本意是要搞得热闹一点，没有想到红包，事后，丹阳总是对自己的英明决策沾沾自喜，说："要是我当初也逃掉了，到哪里去赚这笔钱。"母亲憋了气，当初她是反对女儿和赵博文谈恋爱的，觉得这个人空有一个健硕的身子，看他扑闪的睫毛，心花着呢。她不赞成收这样的红包，要求丹阳全数退还，"你没有被送入洞房，就不算结婚了——总还是姑娘，你贪图眼前一点小利，收了礼，那就已经是二婚了。"丹阳当然不肯退还红包，她列出一份贺礼的名单，快递给隔了三条马路的赵博文，里面全是送礼的亲戚朋友名单以及贺礼数目，丹阳附了一张纸：请予以一一退还。当然钱是要赵博文额外掏的。

丹阳对安冬妮说："他赵博文是爆破专家，他拆房，我拆婚，看谁拆得彻底。安冬妮一听就傻了眼。"

安冬妮换了衣服出来，接电话，当然是沈红梅打来的。安闻倒是不提离婚的事了，只是他一个人住在那间被他称作"二手婚"的房间，打游戏，听摇滚，喝啤酒，搞得自己像个颓废派。为了沈红梅买来的那部旧放映机，他看得都触目，一日出门看到恩波桥头有人摆了个摊，在卖旧物品，磨蹭着过去，问："一台旧的放映机，能卖多少?"

摊主一点兴趣也没有,"什么,旧的放映机?谁也不收藏这个东西呀。你搬来我看看。"安闻本想放弃了这次交易——他又不缺钱。但是,他还是抑制不住好奇,用摩托车驮了过去,地摊前聚集了很多人,三三两两地在看假的旧货。安闻把放映机卸下来,摊主左看看右看看,说:"这个东西我实在没有兴趣,你想要多少钱?要价高了,还是你自己用摩托车驮回去吧。"安闻被说得心虚,说:"我也就是看着刺眼,不想让这家伙占我地盘,你看着给吧。"

"二百元钱。"摊主给出的价钱还是超出安闻的想象,他的心理价位是五百元,当初他可是花了两千多元钱买来的,估计是被忽悠了。他已经懒得为这旧家伙争得金钱地位了,他接过两百元钱,发动摩托车就走了。开出去一里路,忽然又舍不得,他想起自己那些日子里的爱情来,到底是这架放映机见证了自己曾经有过的真情,也许以后都不会有了。回转摩托车想再回去看看,倒不一定再赎回来,有点"让我再看一眼"的意思,却见一个人扛着放映机迎面就过来了,安闻说:"哎哎,你这是搬去哪儿呢?"那人头也不回:"搬回家呗,买了还不搬回去?"安闻都不敢相信自己的眼睛了,问:"这破烂多少钱买的呀?"

"八千。"

"多少?八千?我没有听错吧。"

"这你就不懂了吧。"那人把放映机放到汽车后备厢,噗一声盖上。补充一句,"这家伙现在行情涨着呢。我也就捡了个便宜,要碰到真正的主顾啊,都当成宝了!"

"当成宝了?"安闻不禁重复一句,他又点像忽然清醒过来的样子,"我的红梅!"他又发动摩托车,风一般开了去。他来到自己家的楼下,停了摩托车,三步并作两步往楼上蹿,来不及掏钥匙,砰砰砰地敲门:"妈,快开门哪!红梅红梅,快开门!"

十万火急的样子,把红梅和母亲都吓了一大跳,以为发生什么事了,安闻见到红梅就一把抱住了她,"红梅我错了!我再也不提离婚这事了,我们要永远在一起!"

有点像海誓山盟，红梅一下子反应不过来，母亲也觉得奇怪，过来摸摸儿子的额头，又看看他的耳朵红不红，没喝酒呀，也没病呀，怎么一下子就开窍了呢？

这边沈红梅却挣扎着说："你放开我，安闻，你这个混蛋，你以为你了不起呀，想离就离，想好就好。你自己一个人折腾去吧！我没有时间陪你！"

安闻当然不愿意松手，只死死地抱着红梅，红梅挣脱不了，愤怒之下，在安闻肩膀上狠狠地咬了一口，安闻哎哟一声喊出来："红梅，你疯了！还真咬啊你！我是你老公啊！"

"你是我老公，没错啊，还没离呢，当然是我老公！老公，让一让，我要出去透口气，我要憋死了。"

安闻摸着肩膀上隆起来的一块，唏嘘地喊疼，母亲心疼儿子，虽然这个儿子多么不争气，终究是自己身上掉下来的一块肉，是一起痛着的。安母责怪一句："红梅，你也真是没轻没重。"又觉得自己不应该责怪红梅。新沙岛的日子她一直都惦记着，这中间，陈伯借口来看红梅，大大方方地来拜访过安家，那时，他妻子去世已经有些时日了，父女俩见面倒也没有勾起回忆，只是似乎有着天然的隔阂，那种不可言传的距离感。陈伯见红梅情绪不太好，提出让红梅回新沙岛去住一段时间，被红梅断然拒绝，红梅说出了惊天动地的话来："你倒是希望我带着她一起过去吧。"两个人心照不宣地明了，红梅还在暗暗地责怪安母的晚节不保。

红梅出了门，忽然感到了一种悲凉，按理是不应该的，不过只是小两口吵架呢，不至于产生那样强烈的情感吧。但是，为什么心里堵得慌呢！她赶紧拨了一个电话："妮妮，陪我说说话好吗？我好像过不去了。"

安冬妮听出红梅那低沉的声音，很是意外，按红梅的个性，似乎不应是那样的语气，她应该对着电话大声吼叫才是。安冬妮有种说不清道不明的不安。

三个人又一起在那家茶楼见面，丹阳此刻依然是气愤的，安冬妮有点无奈，红梅的眼泪无声地下来。气氛很冷。安冬妮以为安闻又在逼离婚了，说："看我回家不收拾他。安闻他真是死不悔改了。"

"不是这样的，安冬妮，安闻回家了，不是他的事，是我的事。我好像出问题了。"

"你怎么啦？"丹阳也很担心，安冬妮捏住了红梅的手，"红梅你的手冰冷啊，你冷吗？"

红梅开始说话，红梅以前说话都是大嗓门的，没心没肺的样子常常让安冬妮着急。现在，红梅突然变了，深沉了许多，"我一直在想一个问题，我们到底在做什么，我每日奔波卖茶叶，是不是就是为了赚钱，好像就为了活着，那人活着就是为了活着？如果活着是高兴的，那就为活着奔，如果活着不高兴，那到底为什么要活着呀？"

有点像绕口令，丹阳的手掌啪一下拍在茶桌上，"这些王八蛋，我真恨不得自己是个超人，统统把他们给五花大绑，像驯服野狼一样驯服了。"安冬妮看着红梅情绪低落，不知说什么好，只觉得后悔，为什么当初不拼死反对安闻娶红梅呢。

事情是后来才明朗起来的，红梅被安冬妮接回家后，大约过了一个多月，就发觉自己怀孕了。她又惊又喜，但是想到安闻一直嚷着要离婚又很气愤，忙乱中赶紧打了个电话给安闻，她是在气头上，语气当然不好，她说："安闻我告诉你，你那孽种留在我肚子里了。"谁知安闻那时也是茫然无措的时候，和红梅在一起时，觉得处处碍眼，分开了又空荡荡，但是他害怕两个人又黏糊上了，加上那天检修汽车不当，拧歪了一个螺丝，被老板痛斥，他愤然回复，语气自然比红梅恶劣许多，"你想拿个小生命来挟持我，我安闻这辈子再也不会和你见面了！"

两个人在电话里完全是势不两立的仇人，只差见面时双方拔剑相向一剑封喉了。

安母和安冬妮都不知道这事儿，只是眼见着红梅日渐消瘦。趁个阴雨天，红梅去了趟医院，不声不响地，事情就算了结。只是，不知为什么，从那天开始，红梅就已经不再出去推销茶叶了，她常常在家里窝着，怕光，怕说话，呆呆地窝在小房间，空气一般。

那次茶楼叙谈后，红梅自己提出来要搬回到他们的婚房去住，安闻自然喜不自禁，摩托车来回跑了几趟，先是带日常用品，又买了蔬菜，最后把沈红梅接回了家，俨然过小日子的样子。安母放下一桩心事，这个小畜生总算要过人的日子了。而安冬妮却并不乐观，她对母亲说："好像红梅的状态不对头。"母亲说："有什么不对头的。"

丹阳第一笔生意是一桩大的，据说主顾一开始就把一叠钱放到丹阳的桌上，"不要拍照，不要拿证据，你这边有的是青春女孩。"

这样的暗示丹阳居然是心领神会的。

她立即安排人员接手这个工作，当初她招工也是与别处不同的，她希望有过创伤的女孩前来应聘，按她的话来说，受过伤的女孩下手稳准狠。这次她安排了一个长相极其标致的女孩，她把照片推到她面前，说："外表当然是吸引人的，孙红雷的身材性感十足，孙淳的眼睛充满忧伤，大把的钱存在银行，你要记住自己的职责，你是和他恋爱的，不是谈婚论嫁的，你要做的就是一件事，让他企图和你上床。"

意料之外也是意料之中，女孩当然招架不住男人的热情和物质的诱惑，男人也受不了女孩的青春，女孩是间谍，但在又一次接受了男人的一枚钻戒时，像《色戒》里的女主角一样，告诉男人："是你妻子出钱让我们来做的，我这是工作，你可千万别妄想和我做那事，你妻子就要抓住这个把柄，她那里万事俱备只欠东风了。"男人问："只欠东风是什么意思？"女孩说："只要你和我一脱衣服，立刻会被拍照，然后作为你背叛婚姻的首要证据，你是绝对过错方，她会把你的所有财产统统拢到自己名下。"

男人有些晕乎，没有完全听明白什么意思，他没有收回那枚戒指，倒是女孩不好意思，还了他。男人说："这个世界上，我只缺真情，我要这些也没有用。"

丹阳是女主顾拍响桌子后才知道女孩反水了，她痛陈女孩的毁约，但是又觉得这个任务的艰巨，原谅了女孩，只是女孩收到的礼物全部交公，以示惩罚。

后来的很多宗生意都是丹阳自己出手的，她从心怀仇恨到游离于男人之间，倒像成了一种职业爱好。渐渐地，安冬妮就不太听到丹阳的抱怨了，她有时会突然伸出一根手指："妮妮，你看，船王送的戒指。"

安冬妮忍不住问："你很需要这些吗？"

丹阳漫不经心地回答："只有这些还能刺激我，使我安然地活在这个世界，妮妮，我不知道还在留恋什么。"

红梅终于出事了，她从那间二婚房的阳台直接跳了下来，先是砸中了三楼的遮阳棚，又滑出来，落在二楼违章搭建起来的用作厨房的砖台，再掉到一楼的水泥板上，一楼的阳台是个小院子。安闻下班回来一直没有找到红梅，他发觉家里什么都按原样，门窗正常，他到阳台时朝外面看了看，发觉三楼的遮阳棚破了一个洞，他抬起头看看五楼，以为五楼家的孩子又把什么东西往下扔。他走进家里，关了阳台的门，并且拉上门帘，把外面的世界隔开了，他打个电话给红梅，红梅关机，打到家里，是忙音，安闻安慰地想，红梅大约也在打给他吧，后来居然迷糊着睡了。

红梅的自我了断带给安家最沉重的打击，安母一病不起，只是念叨着对不起新沙岛，自己在那里生活了两年，那里的山水滋养过她，而她却恩将仇报，不知怎么会这样狠心。

安冬妮彻底改变自己的生活方式，她无法接受红梅的消失，红梅的音容笑貌成了她的梦魇。她常常从另一个世界挣扎着醒过来，不知此时彼时，以为此刻是梦境，她大汗淋漓地让母亲掐自己一下，她要醒来，回到那个世界，她刚才还和红梅在讨论茶叶的价格呢。

安闻默不作声地接受了这一切，他觉得所有该来的都会来，倒比母亲和姐姐参得更透，他甚至说："红梅是个哲学家，她知道什么日子什么时辰结束自己的生命最好，我们都不及她。"

陈伯的船很旧了，曾有人像买古董一样要收藏这艘船，却被陈伯拒绝了，他现在每一天都会摇着船桨来到渡口，坐一个下午，有人问陈伯是不是等人，陈伯说："我在等自己啊。"后来有人建议陈伯，与其这样空坐着，不如钓鱼吧。陈伯觉得甚是不错，于是找来钓竿和鱼饵，放入江里。只是他的鱼竿从来没有动静，只是随着水流漂啊荡啊。

　　几年过去，新沙岛上那间简陋的房子里，终于有了人的声音，然后，房子的后面，那块田里，那坡地上，有了人的影子，有一天，安闻对陈伯说："你摇我过江吧。"陈伯很惭愧地说："我老了，船桨在西厢草屋，你自己撑着自己过江吧。"安母走出来，嘱咐着说："记得回来怎么走。"安冬妮从新沙岛幼儿园回来，带了一朵小红花，她照例插在红梅的那座坟茔上，她自言自语地数："一朵，两朵，三朵。红梅，你看这么多小红花。"她从那片荒地回来，经过新沙岛渡口的时候，远远地，隔了江，听到对面滑翔的声音，渐渐地笼罩过来，她抬头看，一幅长长的红布展开来，有一行字：寻找安冬妮。居然有落款：优秀爆破手赵博文。安冬妮看着那落款，忍不住笑了起来。

做了一个梦

　　黎苏左手捏了半片小镜子，右手把耳边的一缕头发拢到后面去，她发觉自己的脸色好像比以前明丽了一些，虽然每天都处在露天当中，但毕竟有那么大的一株凤阳树，树荫繁密，她的内心还是充满大树底下好乘凉的满足感。

　　儿子在身后问："妈妈，你干嘛一直照镜子呢?"

　　黎苏回头对儿子笑一笑，说："不要忘记带上书本。"

　　春天的风已经很有些味道了，比如青草的气息，比如香樟树的香，比如江岸的鱼腥味，这种种，黎苏都是喜欢的，黎苏觉得富春路充满了明亮和温情。穿过西堤路，远远看过去，凤阳树下，已经有一小堆人在等车。黎苏知道，他们都是白领，是高层次拿高工资的人，他们在一家外资企业上班，他们穿着相对统一的服装，男的白衬衫西裤，女的也是白衬衫，配一款西装裙，他们看起来一个一个都很有精神，他们的日子就像这个春天，蓬勃，充满了期待。

　　黎苏停下脚踏车，儿子已经斜着跨下来了，急急地摊开一床小席，脱掉鞋子，撒欢似的在上面蹦跳着，那些白领都笑起来，说："这个小男孩还真开心啊。"

　　黎苏把搁在脚踏车上的一只木头篮子提下来，又搬下一张小凳子，再从车龙头拆散绳子，把木头椅子端着放好。立刻就有一个人坐上去，说："车还没有来，索性擦擦皮鞋。"黎苏笑一笑说："哦，好的好的。"

他们一边说着天气，说着空气，说着城里和乡村的一些琐事，车就来了，那人付过一块钱，说："祝你生意兴隆啊。"大家都上了车。凤阳树下，很快安静下来，只剩下黎苏和儿子。风吹过，有一些香樟树的叶子远远地奔过来，停在席子上，儿子不在意，先是坐着看书，看着看着就躺下去了。席子很小，刚够儿子一个人躺下来，他手里捧着一本漫画书，老早流行过的，《机器猫》，没有封面，没有封底，书页被翻旧了翻破了，黄黄的，泛出旧的光芒。他看着看着就开始笑，咯咯咯，咯咯咯，一会儿开始打滚，很快滚出了席子。黎苏说："又要发癫了，看书就看书，笑得像要癫掉了。"但是，她很快被儿子感染，也忍不住笑起来，一边笑一边问："你到底在笑什么？"

　　母子俩这样笑着，都忽略陈先生已经过来了，这是很不应该的——在黎苏看来。以前，黎苏就算是正式开始擦鞋了，眼睛的余光总能及时地捕捉到陈先生，有领子的鸭蛋青衬衫，姜黄色皮鞋，手头拎着的那只扁而宽的包包。还有，他今天的头发又洗过了。现在，周围都没有人了，黎苏却仿佛没有看见他，她觉得自己是有意地在回避着他，欲迎又拒，这不是自己的性格，她不知道自己到底怎么了，心跳得好像要冲出来。容不得她多想，陈先生已经坐下来了——陈先生不像那些要坐车上班的人要等车，他走路上班。他的皮鞋其实不那么脏，但是，陈先生现在每天都过来。在黎苏面前的旧椅上坐下来，说："黎苏，每天到这里坐坐，觉得心里踏实呢。用布条掸一下就可以了，这段时间天晴，路上干净。"

　　如果用布条掸一下，黎苏绝对不肯收钱，但是陈先生一定要付，他说："用布条掸一下我的皮鞋，你也在付出劳动，付出劳动了，那就该得到报酬。"这么一说，黎苏不收也不行了，想想是有道理的。但是，她再细细一想，就觉得陈先生的生疏了，难道人与人之间就不能有一点点情谊？等不到黎苏想透，陈先生已经把三块钱掏出来，他付款常常不动声色，一边说着其他的事一边就把钱塞过来。他不像别的客人，用两个指头捏着，把钱丢到那个木头篮子里。篮子里躺了很多硬币，"叮呤当"的一声，往往叫黎苏有乞讨的感觉。陈先生每次都是把钱握在手心，做成一个拳头，递到黎苏手里时，再摊开手掌，三个硬币就落到黎苏手里，钱都还是热腾腾的，他又会很随意地说："放好放好。"

黎苏在这株凤阳树下擦鞋是要交钱的，属于城市管理范畴，一年交五千元管理费，也就是说，黎苏是依附着凤阳树生存的。现在，凤阳树长在富春路，她就在富春路，富春路不宽，她在富春路的人行道上摆了这个摊子。刚开始时黎苏的生意很清淡，几乎是熬着在过日子，她好几次都不想再摆摊了。三年高职学的是国际贸易，黎苏回到双溪老家后，很快发觉这个专业的可笑。现在，她没有地方去，丈夫前两年去世了，死在江苏一个叫大丰的地方，那是一个很小的小镇，没有几家店，那时黎苏和丈夫在大丰卖迷信纸和锡箔。江苏人爱烧纸，不知怎么的就烧上了，早上开个店门好像也会烧一刀纸，还有一些不明就里的日子，都能看到飞来飞去的纸灰。还有，江苏人爱烧竹料纸，说烧出来是白灰——他们的祖宗那么喜欢白色的灰——黎苏常常不解。

黎苏的日子是从丈夫生病开始显示出狰狞来的。有一天丈夫突然跪倒在地上，起不来了，好像瘫痪了似的，只是在地上喊："黎苏黎苏。"黎苏像遭受晴天霹雳一般煞白着脸想把丈夫扶起来，但是丈夫个子魁梧，黎苏感到力不从心。后来，黎苏叫了一辆电瓶车，载着丈夫去医院看，那里有一个中医门诊，黎苏毫不犹豫就挂了中医门诊，搀扶着丈夫坐下来。医生很细心，慢条斯理，手指白净，白大褂虽然旧了，下摆有点磨久了的痕迹，但是干净透亮。医生先翻看丈夫的眼睛，在纸上写点什么，再让丈夫吐出舌头来，看了看，再在纸上记下什么，问丈夫什么感觉，丈夫说："没感觉，跪下去就起不来了。"医生问："以前有过什么感觉?"丈夫说："没有感觉。"这听着有点戏弄医生的味道，都说："菩萨不开口，神仙难下手"。医生开始把脉，看手表，左手，右手，皱着眉头。再捏了捏丈夫的膝盖，问："痛吗?"丈夫说："没感觉。"医生说："哦，是关节炎呢。"

关节炎? 那就是关节发炎了，此后就开始挂盐水，每天三大瓶，每次去医院，都是黎苏借了电瓶车，丈夫坐在凳子上，黎苏推着推着就到了。三大瓶药水一点一点地滴进丈夫身体了，夫妻就觉得很安慰，只是，丈夫越来越消瘦了，脸颊凹下去，一直到眼眶也凹进去了，说话的力气越来越小，黎苏就不想再让丈夫去挂盐水，那时，丈夫已经把医生配给的二十一瓶盐水挂完了。有个晚上，丈夫开始不太能说话，送到医院时，已经是年关了，丈夫说："黎苏，我，我想回家，我，我们回家吧，回家吧。"黎苏说："是要回家了，你病好了，我们就回到浙江去。"

然后就开始住院，先说是一个星期，后来说还得观察，又加了一个星期，结果在医院住了四十多天。丈夫去的那个晚上，天寒地冻，那个小小的病室冰冷冰冷的。旁边是盥洗室，到了后半夜，水龙头被冻住了，不出水，黎苏预感很不好。到天微微亮时，医院停止抢救，丈夫不声不响地去了。

黎苏拿着病例带着片子回到浙江，去医院问，才知道，丈夫患了一种常见的低血性缺钾——丈夫缺钾，挂下去的药水很快把丈夫体内微存的那点钾元素冲走了。黎苏记得那个中医眉眼周正，一双白净的手，搭着丈夫的左手，又搭到丈夫的右手，说："哦，是关节炎呢。"

黎苏算起来几乎没有积蓄，丈夫弥留的最后关头，医院把黎苏和丈夫最后的那点钱也要了去——总是人命关天吧，救人要紧，钱可以赚的呀。等黎苏打点行装重新回到老家双溪时，才发觉，家里还是一贫如洗。那些噩梦般的日子已经过去，黎苏婆婆年老要赡养，儿子年幼要抚养。黎苏是咬了几次牙才决定离开乡村到富春路上来的。

黎苏觉得自己活着的目的就是让婆婆健康地活着，让儿子健康地成长，至于自己，那是可以忽略不计的。

在富春路上擦皮鞋，其实常常会受到鄙薄。有一次，有个男的，几步跨到黎苏跟前，一屁股坐到那张木椅上，一只脚重重地搁过来，鞋尖都快碰到黎苏的鼻子了，那个人嚷道："擦鞋擦鞋。"黎苏忙不迭地帮他夹好硬纸片，挡住袜子，免得鞋刷碰到，谁知那个人的身子总是晃动，黎苏用手按了一下他的脚，说："先生，您的脚不要动。"那个人说："什么，你一个擦鞋的还规定我的脚能不能动，你是谁呀！"

黎苏低着头不说话，她觉得自己真是走投无路了，才会要受这份气。

　　黎苏记得陈先生第一次到她的摊子上来的时候，没有客人，黎苏呆坐着，她低着头，看着木头篮子里的擦鞋工具，觉得自己有点像要饭的。路边，低矮的小凳，叮当一声丢过来的硬币，乞丐的要素好像都齐全了。她想起家乡那一片玉米，那一垄一垄的葵花，忽地落下泪来，她想起儿子在老家，婆婆一定又在说了："要是你爸他活着……"黎苏用手背擦了擦眼泪，强忍着吞下一口气，鼻子酸得难受。她看见面前一双鞋，姜黄色的，衬着白色的袜子。黎苏抬起头来，看见一个男人，站在她面前，微微笑着，说："能帮我擦一擦皮鞋吗？"

　　那是黎苏第一次看见陈先生，陈先生一直没有说话，却很专注地看着黎苏低着头擦鞋。等黎苏完成最后一道工序用布条啪啪地掸起来时，陈先生说："你的手艺很精，你的手很灵巧呢。"陈先生掏出一张十块头，递给黎苏，黎苏一看，说："我没有零钱找你。一块钱就够，你有一块零钱吗？"陈先生就从包里摸出五个硬币来，握在手里，又摊开手掌，黎苏犹豫一下，取了三个硬币。临走的时候，陈先生突然说："真是奇怪，昨天晚上做了一个梦，就梦见我到凤阳树下来，倒不是擦皮鞋，好像是在捡树叶。"

　　后来，陈先生每一天都路过这里去上班，七点四十五，陈先生总是很准时地来到黎苏的摊子前，轻轻地坐下。黎苏照例要很卖力地先用湿布擦干净灰尘，再上鞋油，用刷子来回拂动，到最后再用一块布条掸亮，或者只是用软布帮陈先生擦一下鞋后跟的灰尘。有一次，毫无预兆地，突然下起雨来，黎苏赶紧要撑开一把大大的遮阳伞，伞骨子很笨拙，黎苏推了几次都没有把伞撑开来，陈先生说："我来我来。"接过伞，唰一下就撑开来——他们两个人就站到伞底下。外面雨很大，陈先生的皮鞋沾上了很多湿漉漉的灰尘，黎苏职业病似的弯腰要帮陈先生擦鞋，陈先生手一挡，说："不用不用，等雨停了再说吧。"

　　是暮春的雨，一下子没有要停下来的意思，黎苏坐到那张低矮的小凳子上说："陈先生，来，帮你把鞋擦干净吧。"

这么说时，黎苏看到陈先生一怔，他很顺从地坐到了那张木椅上，把脚搁在黎苏面前的小板上。这半个小时里，黎苏和陈先生居然谈起了各自的理想，黎苏说，自己读书的时候梦想当个医生，那时母亲一直身体不好，她就不明白，为什么每一次去医院回来，吃了那么多药，总是不见好。黎苏接着说："我还相信中医呢——不过，后来，我就痛恨中医了。"

陈先生听到这里又是一怔，问："为什么要痛恨？"黎苏不说话，她的脑海里都是丈夫躺在病床上全身插满管子的形象，她忽然庆幸自己没有当成医生，实现不了自己那个理想。她有点沉默，脸也开始沉下来，说："陈先生，换一只脚。"

一阵风吹过来，不远处香樟树的叶子又袅袅娜娜地飘过来了，"你儿子呢？小家伙很喜欢看书吧。"陈先生换了一只脚。"儿子不在身边，上个星期去乡下他奶奶那里了。"

"雨停了，"陈先生说，"这样突然下一场雨，说说话倒真的很好，哦，对了，你的名字很有文化。"黎苏说："爸爸姓黎，妈妈姓苏，我是随意搭配出来的一个名字。"这么说的时候，黎苏的内心已经有千万种喜悦涌起来，她赶紧为自己不合时宜的针砭医生而后悔，觉得好好的一个雨天，被自己莫名其妙的情绪搅坏了。陈先生掏出三块钱，像往常一样握在手里，说："多亏你的遮阳伞。"他刚要把钱递过来，一滴水掉下来，刚好落在陈先生的左手臂上，两个人都抬起头来看，黎苏说："伞漏了呢。"陈先生笑了笑，把钱递给黎苏，忽然掏出一块手帕来——黎苏以前一直很喜欢手帕，在乡下叫手捏。陈先生的手帕叠得很规整，是一块暗红色的细格子手帕，他很自然地用那块手帕擦去了左手臂上的水珠，说："落了雨，鞋子容易脏，你的生意会好很多。"

黎苏看着陈先生这一连串优雅的动作，忽然有了一种很美好很美好的感觉，没有来由地为自己在这里摆摊自卑起来。她希望自己是在另外一个场合，以另外一种形式和陈先生相识，她感到在凤阳树下擦皮鞋这件事，已经钉在耻辱柱上了，就算再挣扎也是有了案底——自卑像一块巨大的石头，压住了黎苏。她已经不敢再看陈先生了，不敢再看陈先生那的白色衬衫，陈先生的米黄色休闲裤，陈先生姜黄色的皮鞋，陈先生那一副硬朗的身板。

富春路在富阳其实是很小的，也不是主要街道，因为傍着一个叫"秋月"的住宅区，所以，还是有一些人从这里经过，陈先生就是每天需要从这里走过的。当然还有一条路，那是抄远路，要过一座桥，拐过一个公园，再顺着江堤走五六分钟，这样才能走上那条正常的上班之路——陈先生从来不那么做。有一次，他家来了亲戚，他带着他们去公园走了走，又走过那座恩波桥，这样，绕过了黎苏。但是，陈先生居然又往回走了，他经过黎苏的小摊时，时间已经过了，黎苏说："陈先生，你上班要迟到了。"陈先生说："不要紧不要紧，好像不到这里走一走，有点不踏实。"

在遇见陈先生之前，黎苏只有一个念想，擦鞋赚钱。在富阳，有点身份的男人还是比较讲究派头的，从衣服到鞋子，都要干干净净的。黎苏的摊子在富春路，按照擦鞋这个行当来说，地段还是不错的，一天下来，她能做二三十个生意，有的给一块，好一点的鞋油给两块，一天下来，三四十块钱，除去房租一百元，生活上开支抛掉两百来块，每个月还有点盈余。只是，最近黎苏的要求高了起来，觉得自己也可以找到别的事情做。擦皮鞋虽然靠自己的双手，但是，终归有点低下。就说坐吧，客人坐到那张旧椅上，把脚这么一搁，就有点居高临下了，黎苏觉得坐在一张低矮的小凳子上，气势上已经低人一等了。尤其有的时候，个别客人的眼睛直往自己的领口处钻，她总是有点不自在。这些不自在是什么时候开始的呢？她不太归纳得清。但是，想归想，她在碰了几次壁后，就有点心悦诚服了——别人连这个地盘都要不到呢。

日子一天天地过去，夏天慢慢地来了，凤阳树的果子陆续地往下掉，有的时候一个，有的时候两三个一起掉下来。这个傍晚很安静，连今天在内，陈先生已经有六天没有来摊子擦鞋了。黎苏猜想陈先生出差去了。从陈先生的气度判断，黎苏想，他可能是劳动保障局的领导，或者是一个律师，但是，再细想，又都不是。这一天，黎苏有点

做了一个梦

失落，儿子在旁边的草丛里漫无目的地找什么。天色已暗下来，黎苏打算收摊回家。她刚把伞收起来，存放到不远处一个门洞里，陈先生就过来了，黎苏莫名地高兴，甚至兴奋了，又有点羞涩，她嫣然一笑，说："我以为你不来了。"

我以为你不来了——相约了却见不到，再见着居然有点劫后余生的味道。陈先生也是很开心的样子，说："我以为你已经走了。"两个人忍不住笑了笑，都是发自内心的，觉得需要进一步表达各自的欣喜，但是，不知道怎么才好。远远地有盏路灯亮着，因为不是主街道，只有那么一盏灯，太远了，远远过来的微弱的光线，把黎苏强烈的期待瞥得微弱起来。黎苏的内心忽然涌上来一些忧伤，她想起很早以前听过的一个叫龙飘飘的港台歌星，宽广而低沉的音色刚好宣泄出那样一份零碎的没有着落的情感。她语无伦次地说："陈先生，那么，我帮你擦干净鞋吧。"

陈先生犹豫一下，坐下来，从一只宽大的旅行包里掏出一个铃铛，叮叮当当地响。问："你儿子呢？我买了个小东西给他。"

"如果他不碰到我，那么，他回家怎么把那个铃铛拿出来，他家里人一定会问，你的铃铛买给谁的呀——看陈先生的样子，孩子应该上了高中吧。"嗨，怎么想那么远了，黎苏觉得很满足的样子，笑自己傻，她看见儿子已经跑到远处，那里有一株很小的树，儿子站在树边上，比一比自己的身高。一个翅果掉下来，正好落到黎苏的后脖颈处，黎苏惊叫起来，慌乱地抖动自己的身子，翅果是凤阳树的果子，有一对小小的翅膀，现在，它飞到了黎苏的身上，飞到黎苏的心里，扇动羽翼，使黎苏无端有了痒痒的酸酸的期待。她一只手拿了刷子，另一只手拿了鞋油，她只能傻傻地不知所措地抬起头来。

"不要动不要动。"陈先生说，他俯过身来，又觉得不妥，仰开了身子，不易察觉地回头看了看远处那个秋月小区，很快，他一伸手就把那枚翅果拿出来了。黎苏清楚地感受到了一个成年男子特殊的体香，成熟的，内敛的，仿佛隐藏了诸多感性的东西，一丝一丝地从那件旅行归来的薄棉衬衫里透出来。黎苏闭上眼睛，她的头不由自主地靠在陈先生的腿上，她感到陈先生的手轻轻地抚了一下她的头发，并且在她肩头拍了一下，有点婉拒的意味，黎苏这才猛地醒悟过来。

从这个傍晚开始，黎苏觉得有什么要开始了——内心已经被莫名的期待充溢着。可是，第二天，陈先生早上没有过来，到傍晚也没有过来。第三天，陈先生还是没有过来，一直又这样过了五天，五天似乎成了一条分界线，黎苏在心里对自己说，"再过一天，陈先生要是不来，我……"她本来想这样给自己下个荒唐的决心——"当作我们从不相识。"但是，她却是那样舍不得，到第六天中午，一个小小的意外改变了一切。

这天儿子嚷着要吃鱼，中午黎苏便去江边亲水平台，赶着午市的渔船一艘挨着一艘泊在富春江边，淡淡的鱼腥味被江风吹得四处逃窜，黎苏挑了三条小小的鲫鱼带回了家——那间租来的小厢房里。

饭吃到一半，肚子莫名其妙地痛起来，像搅拌机在肚子里开动了似的，隐约地痛，叫人乏力地痛。黎苏的脸煞白煞白，喝了杯温开水还是不解痛，吱吱嘎嘎转动的电扇，以前嫌风小，现在觉得每一丝都像飓风，她全身冰冷。儿子哭着过来抱住妈妈，嘴里还含着鱼，哭着喊着一下子尖厉地叫起来，又干呕了两次，小东西用手指挖喉咙口，屋漏偏逢连夜雨——鱼刺卡在了喉咙口。

背着儿子蹒跚地走出来，黎苏不合时宜地想到了陈先生，要是有这样一个男人在身边，一切的痛苦和不安都会平息吧。她跌撞着叫了三轮车，来到城关医院。

挂号处很乱，急诊处更是嘈杂，黎苏蹲下身子让儿子下来，儿子依旧哇哇叫着，"痛痛痛！"黎苏觉得自己的痛一下子都转移到了儿子那里，她心疼万分，无望地看着挂号窗前蜿蜒的队伍，无望地看着那条长长的走廊，就在她转身之际，瞥见了他，在用不锈钢做成的防盗窗里，陈先生戴着白帽子，穿着白大褂，是他吗？

黎苏抱起儿子穿过走廊，曲折着来到陈先生所在的那个科室，她发觉这里很安静，陈先生正低着头，看一份病历。他抬起头来，看到了黎苏。

陈先生看到黎苏的时候，几乎带歪了凳子，唰一下站了起来，欢喜与惊愕并存，看着黎苏，说："你，你，坐下来。"接着问："哪里不舒服?"很职业的味道,黎苏却看到陈先生那满眼的怜惜。

陈先生拿起镊子很轻易地帮儿子取出卡在喉咙口的鱼刺,儿子很快就活泼起来。这时,黎苏才发觉肚子其实一直都痛着,纠缠着。她忍了再忍,但她决计不问陈先生这几天去了哪里,她决计不说出自己那样深刻的想念,也不告诉陈先生她肚子闷闷地痛。她抱起儿子,笑了笑,很虚弱,说:"谢谢你。"

陈先生原本是坐着的,见黎苏这么一说,想站起来,又忽然很职业地坐下了,说:"小孩子吃鱼是要注意的。"然后,陈先生就不说话了。黎苏看一眼旁边,一片布帘,布帘后面是一张窄窄的床,专供病人躺着接受检查的吧。再看窗边,一个矮小的架子上,放着三双皮鞋,一律闪着簇新的光芒。黎苏内心没有来由地有些感伤,觉得这一切都与自己无关。现在,她需要一粒止痛片,止住肚子的疼痛,止住怦怦跳动着的心的痛。她跨出门时抬头看一看,横生出来的门牌上,写着"中医门诊"四个字。黎苏的眼泪忽然下来了,她放下儿子,弯着腰,一心一意地计肚子疼痛起来。

陈先生按住黎苏上腹部,说:"胃处在肚腹的上部,胃胀、胃脘疼痛的时候就要'理上',你这是胃脘疼痛。"他的左手握起来,贴在黎苏肚子上,右手的几个指头敲了几下,砰砰砰,"你听,你的胃里鼓足了气呢,都把腹膜撑起来了。"陈先生沉着地在黎苏膝盖下方柔然处按了一下,隔着裤管又按了一下,这两下,居然让黎苏毫无顾忌地喊了起来,像极了一次性爱高潮。陈先生的脸唰一下红了起来,说:"这是一个穴位,中医叫'足三里'。"黎苏还是第一次听到这个词,黎苏开始舒展开自己的身子,她由着陈先生在那个叫"足三里"的地方一次一次地按着,又听陈先生对"足三里"的中医解释:"上腹部正中出现不适,就需要'理中',只用往内按就行了,小腹在肚腹的下部,小腹上的病痛,得在按住足三里的同时往下方使劲,这叫'理下'。"黎苏问:"理下后再按哪里?"陈先生稍稍牵动一下嘴角,似笑非笑的样子,脸居然红到了耳根。

布帘外面,儿子正拿着一支笔在陈医生的药方上涂涂画画,门似乎是轻掩上的。刚才痛倒在陈先生诊室门口时，是陈先生出来把她抱了起来，自己竟然还有空生个小心眼用脚带上门。

黎苏躺着，细致地看陈先生，走廊上有人走来走去，踢踏踢踏的声音，消毒水的味道弥漫着，这一切，忽然叫黎苏留恋，就算在医院，只要陈先生在身边，那都是叫人安然的。陈先生问："有没有缓解一点呢？不要太焦虑，要放松，人一旦焦虑，首先受害的是胃。"陈先生说："好好休息几天吧。"

这当口，其实只是很短的时间，但是，已经有足够的时间，让黎苏把陈先生的一只手牵着往自己胸前放，她的脚一跷，松了一下身子，另一只手往身后一探，文胸就解开来了。黎苏把陈先生的手塞到衣服里面，陈先生的手冰冷冰冷，不知所措，颤抖着要挣脱，被黎苏的一双手压迫着，终于握住了黎苏丰润的胸。黎苏像被陈先生按住"足三里"一样，哦地喊了一声。他们似乎都不在意窗外有很多人，窗户也是打开的。黎苏好像什么都不怕了，她怀着说不清的感情，像是使了小性子，捉住陈先生的两只手，分别又按到自己三十三岁依然结实紧致的胸脯上。陈先生说："不要这样，不要这样。"说着说着，他俯下身来，吻住了黎苏。

九月一日开学后，儿子又被带到乡下，由他奶奶带着在乡下的幼儿园学"b p m f"。黎苏还是坐在那株凤阳树下，日子确实过得太慢了，她希望冬天快点来临，也不知道为了什么，好像渴望有场雪下来，覆盖掉什么。

除了渴望一场大雪，黎苏照样渴望见到陈先生。可是，自那次以后，她只在一个雨天看到过陈先生，远远地，陈先生居然从恩波桥走，也就是说，他绕了很远的路去上班。至于陈先生"医德败坏，猥亵病人"这件事，黎苏不甚清楚，她只记得自己和陈先生相拥着感受孤独时，儿子不知什么时候已经站在了旁边，他傻傻地以为妈妈被掐住了身子，哇哇地哭起来。

现在，陈先生已经不是真正的医生了，陈先生不说，黎苏自然是不知道的。陈先生事后在医院党务会上除了说过"不要打扰她"以外，一直保持了沉默，任由院方作出处理。院方让陈先生暂时离开门诊，到医院阅览室上班。有一次，黎苏去了医院，在离那个窗口远一点的地方，呆呆地站着，一切仿佛都没有发生过，只多了一些思念和失落。她没有看到陈先生，窗依旧开着，布帘后面那张窄窄的床依旧还在。

有个晚上，黎苏被梦惊醒，她梦见了陈先生，陈先生那样好看，是一个标准的好的男人，他看到黎苏，陌生人一样，面无表情地走过去了，临走前，陈先生说："黎苏，我等你那么久，就为了和你一起过去。"黎苏在后面追，等她追赶上陈先生并且站在一起时，居然发现，前面是一壁浅浅的悬崖，再细看，那里开出鲜花来，绿草如茵铺展到天边去，童声清脆，仿佛天堂。她挣扎着醒过来，好像明白了点什么，又像什么也不明了，带着一份歉疚的心情，企图重新入睡，一个念头"噗"地一声跳出来：都怪这个陈先生，谁让他有那样好看的样子，还有，他居然那么轻轻地用手帕擦去了一滴水。往深里说，黎苏其实想要小小地捣乱一下陈先生的生活，虽然她似乎也明白，她和陈先生，是两个长途跋涉的旅人，在某个驿站停顿一下，又各自去了各自的目的地。好像是热烈的，却是两条平行的直线，只在某一时刻交会一下，又呼啸而过了。黎苏翻个身，抱住一个枕头，一只手托住自己沉甸甸的胸，想到陈先生温柔的手，内心涌上来酸酸的幸福。"我就要他难过，让他心里刺刺地痛——像我一样刺刺地痛。"她自作聪明地想到了牛郎织女：别人熬一年就为了七月初七那一场深夜的欢颜，我可不愿意痴痴地等待呢。

第二天，黎苏开始为自己再一次出访医院做准备，她先是煮了一锅粥，用的是江苏兴化大米。她在江苏尝到过那米饭的香，这米很糯，很乳，奶白色的粥汤就是天然的营养面膜。黎苏用粥汤敷面，过十五分钟，脸部的皮肤紧绷起来，她洗去后，又敷了一次，她是恨不能一下让自己白皙水嫩起来。三十三岁，年轻是谈不上了，但是，女人最好的年华也就在这几年。她在镜子前面左看，右看，自信和自卑相互纠集，相互拥抱，转过几次身子，在最后检查了自己的脸色后，黎苏有点不管不顾的样子出了门，她居然为自己找到一个很好的借口：我想要一份新的生活。

她知道陈先生在城关医院上班，但是，当她走进这家散发着浓郁消毒水味道的医院时，内心的担忧和胆怯却紧紧包裹着她。人很多，站着的，排着队的，被搀扶着的，那么多人，就是看不到陈先生。这一刻，黎苏忽然从自己的荒唐行径中醒悟过来："就算找到陈先生，我又能怎么做呢？我要什么呀！单只是为了看到他吗？"在这个拥挤的地方，她却看到了空旷，她像一个迷失在沙漠中的孤独的身影，满世界都不是她要的。陈先生在哪一个窗格子后面？他的白大褂口袋里依然插着一支笔吧？

她就那样傻傻地站着，都有点痛恨起自己来，平常的日子不过，非要找点别样来。她看见有个病人被移动病床推了进来，她让到一边，她不小心踩到了别人的脚，她连声说着对不起，对不起。猛然间，觉得这个场景在哪里碰到过，一张移动病床，匆忙让开去的人群，踩住了别人的鞋子，这一切怎么会那么熟悉，好像是经历过的，但是，那时的经历仿佛有些虚幻，很缥缈的样子，找不到依靠。黎苏被刚才的真实场景和脑海中一闪而过的熟悉场景冲昏了头脑，她不知道自己是在现实中还是在梦里，她跌跌撞撞地冲出来，秋天的阳光扑次次掉到她的脸上，她还是处在懵懂当中，用力掐了掐自己的手臂，才醒悟过来，她初步决定，到门口去等。她已经给自己一个最后的通牒了："如果中午吃饭时间再看不到陈先生，那么，我一定一定不去找他——大概我不能再在富春路上擦皮鞋了，我的伤心会淹没掉自己。"

黎苏的愁肠百结谁都看不出来，她被自己搞糊涂了，刚才的一瞬间，不由分说，又来到她的脑海，她不明白，到底现在是在梦里，还是以前的场景是在她现在的梦里。她像做了一个梦，这个梦在这个悠长的秋天的下午，让她感到昏昏欲睡，她不允许自己有那样的错觉并为此放松警惕，她怎么可以以一个疲沓的形象出现在陈先生面前呢？她很快让自己挺了挺胸，像一个正准备出去购物的女人那样，背着一只价廉物美的包，从医院的左边走到对面的水果摊前。她买了一个很大的苹果，往前走了一点路，又转回身来，她的视线几乎没有离开过医院的大门。她开始吃苹果，她想，如果自己能把苹果认真地吃进嘴里，自己的舌头能够尝到甘甜，那么，她就是醒着的，当她刚咬下一口，来不及品尝时，忽然就看见了陈先生。黎苏觉得连上帝都不帮自己，刚咬下来的苹果卡在黎苏的嘴里，黎苏的嘴拱起来，她嚼也不是不嚼也不是，那样尴尬的场面——要是知道会在这样的情况下碰到陈先生，打死她也不见的呢。

　　陈先生也看到了黎苏，确切地说，是陈先生旁边的那个女孩看到了黎苏，她看见黎苏嘴里含着一个东西，大睁着眼睛看着陈先生。女孩大约十四五岁的样子，是那种看什么都很纯粹的年纪，对世界有着毫无遮拦的感觉。她看了一眼黎苏，又看一眼陈先生，忽然把头埋在陈先生的臂弯里，忍了再忍，还是笑了出来，轻声说："爸爸，她的样子好滑稽哦。"因为黎苏的样子实在太可笑了。黎苏才想起来，陈先生不是一个人，应该有爱人，还有那么漂亮的一个女儿。

　　黎苏其实有过思想准备，只是她不愿意承认或者面对。看到陈先生的女儿，黎苏就想到陈先生的妻子，应该是一个很富态的女人吧。黎苏看着自己一双穿旧了的皮鞋，自卑一点一点回到内心，她终于沉下心来，轻轻地对自己说："真是昏了我的头，陈先生怎么可能喜欢我呢。"她走进一家面馆，在富阳，阿城面馆是上品的，清雅的门面，舒适的环境，还有一个角落里辟出一小块地方来，只放了一张小小的根雕桌子，用屏风挡着，与大堂隔开来，黎苏觉得这个角落就是为自己准备的，平时是想也不敢想到这么风雅的地方去吃面，今天不一样，今天她被自己的现实和梦境打昏了，打伤了，她觉得要犒劳自己，她走进去，直接到了那张根雕桌子前，对跟过来的服务员说："要一碗面，多放辣椒。"

　　面吃得很爽心，辣得她要掉眼泪，她以前基本不会吃辣。在江苏时，稍微吃一点就会上火，现在，她稀里哗啦地吃面，居然吃出了汗水。当然，这样的氛围之下，没有眼泪是说不过去的，就着面汤，黎苏把眼泪彻彻底底地流了个够。面已经吃完，她低头看着面汤照出来的自己，一个莫名其妙的自己，一下子回不过神来，却听玻璃外面有人在打招呼，是她所租住厢房的邻居。他在外面显得很高兴，不由分说就走了进来，说一口在黎苏听来很顺溜的普通话，大意是，他很高兴见到黎苏，他想坐下来和黎苏一起吃面，他要请客。邻居是河北人，在富阳一家电器商场做经理，坦率地说，这个年轻的河北人不令人讨厌，只是黎苏有自己的坚持。邻居好几次暗示黎苏，他离开家乡在富阳创业，有时真想找个人说说话，但是，人心都有厚厚的隔膜，连贴心贴肝地说说话都那么难，这个三十三岁和黎苏同年龄的男人，有好几次过来敲黎苏的房门，想关心黎苏的生活，黎苏总是不等他说话，就关上门，说："啊呀，风太大了，不好意思，我怕冷，我要关门了。"

他怎么能和陈先生比呢？谁都不能和陈先生比的。她忽然想到丈夫，那个被误诊的男人，他曾经是那么活生生的一个人，有体温，有热辣辣的嘴唇，有结实的男人的身子，这一切，现在，都像秋天的风，轻轻地扫过来，又扫过去，最后，都被陈先生驱逐出去了。

黎苏和陈先生似是而非的交往，在这个秋日的下午基本已经结束，黎苏回想起来，那一天，陈先生和女儿同时看到了她，但是，陈先生除了脸很快红起来，步子快起来以外，没有任何表示。他是记得她的，但是，他也许只记得是这个女人让自己在中医门诊栽了跟头，是不是这样呢？既然这样，那就死了心吧——如果不死心，那还要怎么做？

黎苏现在很喜欢和人谈足三里，她还在富春路的凤阳树下擦皮鞋，日子的变化远没有凤阳树来得快，原来繁茂的凤阳树，叶子已掉了大半，稀疏的树枝有时映出一个淡蓝色的月亮，也会有几颗星星停留在枝叶的间隙，好像有意要让黎苏触景生情一下。她有时会一边帮人擦鞋，一边就用一个大拇指按住客人的某个穴位，说："你感觉到酸胀吗？"有一次，有个男的一坐下来，就对黎苏说："我不擦鞋，我要你帮我按按足三里。"黎苏觉得很可笑，她觉得周围的人都没有气韵，只有陈先生具备了中医的气质，黎苏认为陈先生周身都弥漫着一种味道，那是野生的，新鲜的，活泼的，但同时又是暧昧的。

终于有了一次机会，那一天，黎苏从小区门口经过，看见陈先生出来散步。黎苏不知不觉跟了去，一路走，陈先生迈着不急不缓的步子，偶尔也会停下来看一看路边花坛的杂草，黎苏只是远远地跟着，她的心里藏了千万个念想，希望陈先生看见自己，又怕他突然转过身来，她像一个小偷，觊觎着眼前的事物。陈先生走着走着来到一个草园子，是一个叫百草园的地方。哦，原来是这样的啊，陈先生原来也像我一样，喜欢和花草做伴的。

园子很空旷，一个小小的山坡，草已经泛黄，厚厚的像地毯，散发出植物的清香。黎苏的胆子无端壮大起来，她紧走几步，来到陈先生面前，"陈先生。"黎苏低低地喊了一声。

"哦，是黎苏。你，也在啊。"

"我，我。"黎苏才发觉自己因为激动，几乎说不出话来，她退着走了几步，身子一下子碰到了一株小的树，树干上有小小的疙瘩，碰到她的后背，她回头看看，说："我一直都在等你。"说完，却倚着树干蹲下来，"陈先生，让我看看你的鞋干净不干净。"

陈先生用很好看的样子笑了笑，是突发的笑，毫无预兆的，正因为是突如其来的笑，更夹杂了本真的味道，有点像这个园子里的植物，清香的，叫人心旷神怡。

黎苏也笑起来，说："陈先生，我……你看我……啊呀，这株树上的花很香。"

"这株叫含笑。"

"含笑。草药怎么会取这个名字？"

陈先生的话突然多了起来，百草园里其实就像一个宽广的公园。陈先生开始向黎苏介绍草药，这一棵是什么，有什么功效，草本，木本。黎苏只是听着，听着，幸福的感觉一直涌到了胸口，她希望自己以后的日子就是在这些草药中度过，她每天都愿意帮陈先生把鞋子擦得锃亮，如果可以，她也愿意为陈先生的书房打开一扇窗，让阳光跳进来。她几次想打断陈先生的话，告诉陈先生，自己是多么地想念他，想念他曾经带给自己的感动。但是，陈先生不给黎苏这个机会，他就像是一汪平静的湖水，有细微的波浪，拍打着湖岸，忽然有一个小小的缺口，湖水就倾泻了，酣畅淋漓地流。

夜很静，黎苏感到了凉意，陈先生也感觉到了，忽然停下来，说："哦，起雾了。"又突然地，问黎苏："我们上一次来，也是这样的夜晚，是不是？"

黎苏一愣，说："上一次？没有啊，陈先生，我以前不知道有这么一个地方的，你经常来吗？"

陈先生自言自语地说："我觉得以前我们也在这里碰到过。"

黎苏搞不明白陈先生的意思，说："我那一天也有这样的感觉，好像那件事以前经历过的，都不知道是在做梦呢还是现在还在梦里。"黎苏再看陈先生，忽然觉得陈先生的样子怪怪的，有点陌生起来。

贱就贱到底吧。黎苏躺在那张狭窄的床上时，电视机里那个女人歪着头，任着性子说："是，我贱。我喜欢你就是贱。贱就贱到底吧。"陈先生俯下身来，"黎苏，我觉得自己好像一下子糊涂起来了。我到底是在哪一个梦里看到过你呢，是哪一个时间段里？"

黎苏用手蒙住了陈先生的嘴，她用力把陈先生往自己身上拉，陈先生终于把黎苏抱在了怀里。他像个青涩的少年，有点不知所措，似乎因为黎苏身上有太多让他惊喜的地方了，他想说很多，一下子又表达不出来，他手忙脚乱地说："像做了一个梦。"

黎苏觉得自己重新开始活过来了，这个优雅的散发着中医味道的男人，是不是命里注定要遇见的呢。这些已经容不得她多想了，她只是有点霸道地翻过身来，她捧着陈先生的脸，她闻到了淡淡的中草药的味道。

对于黎苏来说，生命的打开是从这个秋天的夜晚开始的。陈先生后来默默无语地开始穿衣服，先套一件低圆领棉毛衫，再穿一件棉绒质地的衬衫，衬衫的左胸镶着一个图案，好像一只要飞起来的鹤，黎苏把手按在上面，她感觉到陈先生急剧的心跳，黎苏忍不住又要去亲陈先生，陈先生捉住了她的双肩，说："黎苏，我们都在做梦吧。"

第二天，第三天，爱的感觉和情怀接着延续，黎苏一直处于一种类似于新婚的喜悦之中。她每天早上为自己洗漱清爽后，就到富春路的凤阳树下。日子照常，不同的是，黎苏的内心已经相当丰富了。她每天有很多细节要回忆，陈先生宽阔的肩膀，陈先生结实的胸膛，陈先生那一双白净的把脉的手。所有这一切，再想起来都会比原来美好一倍。那一天是星期六，黎苏回了一次老家，把儿子带了出来，她打算带儿子去逛逛公园，第二天再送回去，从公园回来，黎苏有点累了，晚饭已经在外面吃过一点，儿子一到家，就歪着头睡了。黎苏有点想念陈先生，她现在胆子大了很多，在内心，她已经把陈先生看作是自己最最踏实的依靠。她靠在床上，迷迷糊糊就睡过去了。也不知是什么时候，有人敲门，黎苏打开一看，是陈先生。陈先生居然穿着睡衣，他的神态有点木然，看到黎苏，莫名其妙地说："我等你这么久，就是为了和你一起过去。"

黎苏看看儿子，睡得很沉。她帮儿子披了披被子，轻轻地跟着陈先生出来，她来不及换一套衣服。初冬了，外面已经浮起白雾，黎苏被夜的凉撞击一下，寒意袭来，她抱紧自己，说："陈先生，你要带我去哪里？"

"你跟我走就是了。我等你那么久，就是为了和你一起过去。"

黎苏停住了脚步，陈先生顾自在前面走，走着走着，忽然跑回来，他一横身子，抱起了黎苏——这和往日的陈先生判若两人，完全是另一个人，冲动，迷乱，情不自禁，又夹带着孤独。黎苏有点惊吓，又包含了很多幸福，她啊地叫了一声，把头窝在陈先生胸前，"你带我走吧，你带我走吧。"

陈先生用嘴堵住了黎苏的嘴，他嘘了一声，说："不要吵不要吵，再吵就醒来了。"

黎苏没有想到陈先生的体力那么好，他一直抱着黎苏，脚步很轻很轻，穿过两个小弄堂，来到一幢房子前。黎苏说："这里是哪里？陈先生，你要带我去哪里？我有点害怕。"

陈先生已经气喘吁吁了，他还是没有放下黎苏。他开始走楼梯，每一步都走得很累，黎苏感觉到陈先生的身子很热了，有点汗湿的感觉。不知走了多久，黎苏看到一扇门，虚掩着，陈先生进了门，又用脚轻轻关上了。屋里没有开灯，外面透进来的灯光，让黎苏看到了一个很宽敞的客厅，玄关有两双鞋，一面墙上挂着模糊不清的画，镜头转换了一下，黎苏看到一张床，宽大的床，陈先生抱着黎苏钻进了被窝。

黎苏闻到一种很绵热的居家气息，呼出来的气息里带了欲望，带了绝望，她想钻出来看看这是在哪里，但是，陈先生把她抱紧了。陈先生的拥抱在黎苏的感觉里有一种求助的味道，仿佛一个溺水的人在水中央挣扎，黎苏感到漫天的孤独从陈先生狂奔的血液里流出来，漫过她的身体，漫过她所有的知觉，黎苏无端地流出了眼泪。这时，她感觉到陈先生的身体在她的睡衣外面摩挲，陈先生说："黎苏，救救我，我想醒来。"黎苏的泪水倾泻而下，在眼角耳际潺潺流动，黎苏哽咽起来，她侧过身子，背对着陈先生，她把陈先生的手挽过来，拥抱在胸前，她听到陈先生叹出一口气来，说："像做了一个梦。"

事后黎苏一直无法解释那个晚上的情景，她后来的日子几乎又是在回忆中度过。大约到了后半夜，她在迷糊中醒来，陈先生依然抱着她，两个暗夜里的灵魂似乎一刻也没有分开，一直是携手前进的。陈先生的呼吸很均匀，他侧向黎苏，他呼出的气息是清丽的，几乎是不食人间烟火的感觉，黎苏觉得躺在身边的这个男人，只有灵魂，仿佛他的肉体不在了。黎苏几次试图挣扎着钻出来，都是枉然。后来，像是晴天霹雳，黎苏看见一个身影进到房间，可以称得上婀娜的身姿，轻移着来到床边，黎苏不知是在梦里还是在现实，她惊恐万分地把身子往下缩，缩，简直要缩到陈先生的身体里面去，她听见床头那个女子轻轻地在喊："伯年，伯年。起来了，醒了吗？你醒了吗？"

然后，陈先生的身子蠕动了一下，他转过身去，仰躺着，恍然大悟的样子，"哦，凤鸣，我是不是又说梦话了？我做了一个很长的梦，一直在走楼梯，楼梯很长，很高，我走不到，好像一直通到天上去了。"陈先生坐起来，黎苏听见陈先生在喝水，又听见那个叫凤鸣的女人说，"你看你出汗了，伯年。你的梦很累吧。好了，现在好了，你醒了。"

黎苏蒙在被窝，觉得胸闷得很，她一直窝着，蜷缩在一边，不敢动弹，她觉得自己也仿佛做了一个梦，会是梦吗？她掐了掐自己的手臂，很痛，应该是真的。那么，这到底是怎么一回事呢？

黎苏感觉陈先生又躺下来了，然后，另一个身子也躺下来了，被子被扯过去，扯过去，黎苏的身子整个露出来，她的白亮的身子一下子毫无遮拦地在暗夜里飘浮着，好像灵魂已经不在了。黎苏像一个潜入他人房间的小偷，匍匐着，像一只被煮熟了的虾，没过多久，黎苏就感到整张席梦思在晃动，她看到被子扭曲了，一会儿往左，一会儿往右，肆无忌惮的呼吸声顷刻间熟门熟路地来到黎苏的心里。他们在干什么呢？

黎苏跌跌撞撞地冲向自己租住的小厢房，她在拐过一个弄堂时摔了一跤，膝盖破了，手掌按到地上，磨出血来，这一切，黎苏都感觉不到痛，她像从很深的睡梦中醒来。一路狂奔着终于回到了那个房间，事实上，她还没有打开门，就已经听见儿子抽噎的声音，断断续续，孤独无助。她打开门，抱住了儿子，儿子的身子冰冷冰冷，他不停地问："妈妈，你去哪里了？我找不到你，我要喝水，我找不到你。"

黎苏用棉被裹住儿子颤抖的身子，半梦半醒的样子，说："儿子，妈妈做了一个很古怪的梦。现在好了，妈妈醒了。"

等儿子病愈回到乡下，已经是一个星期后的事了，这一周里，黎苏只是陪着儿子，去医院，打吊针。儿子那晚受了风寒，花去黎苏一千多块钱，才算回过神来，黎苏想着，"也许是对我这个不称职的母亲的惩罚吧。"她现在想起来还是有点后怕，幸好没有出大事，儿子只是在房间哭，要是自己走出门去，那她真是不敢想象了。

事情还是有所改变的，儿子这次生病，黎苏直接就把儿子送去富春医院，她甚至都没有想到要去城关医院，那里有个陈先生，或者是黎苏忘了一些什么，反正，她现在的生活看起来是波澜不惊了。但是，骨子里，黎苏觉得她在一夜之间被填充了，或者掏空了，她的日子有些空洞。她懵懂着把儿子送回乡下，又回到富春路，只是，她现在都不敢朝恩波桥那边看，她怕看到陈先生，但又有意无意地朝那边看过去，希望看到陈先生，或者陈先生也刚巧看过来，就算有个眼神的交汇，但是，都没有，一切都像没有发生过。"那么，"黎苏问自己，"是我做梦了吗？一定是的。"

又过了些日子，冬天来临，有个晚上，下了雪珠子，滴滴滴落在黎苏门外，黎苏觉得这个冬天一定会漫长到无法度过，这是她第一次有那样的感觉。这一天，黎苏穿了很厚的衣服，又裹了一条白色的围巾。她刚在富春路摆好摊子，一个女人便过来了，拎着一只袋子，是布袋，浅灰色的。她来到黎苏的摊子前，停下来。黎苏抬起头，看到一双清亮的眼睛，黎苏恍然觉得这双眼睛藏了一些什么，一下子又说不清。女人的脸用围巾包起来，短俏的头发，一件长及膝盖的方格子风衣，是棉质的，因此，女人整个给黎苏的感觉，就是温暖的。

女人把布袋解开，从袋子里拿东西，一双皮鞋，又一双皮鞋，再一双皮鞋。黎苏看着面前摆着的这三双皮鞋，错愕地抬起头来，她太熟悉这三双鞋了，它们曾经在很多日子里穿着陈先生脚上，带着陈先生来到黎苏的擦鞋摊上，黎苏多少次为这些鞋子清理灰尘，悉心保养。黎苏看着鞋子，又看看女人，黎苏想起出租厢房的夜晚，黎苏又想起那个被陈先生无端怀抱着的夜晚，那个夜晚移动的婀娜的身姿，那张晃动的席梦思，一床被扭曲的被子，铺天盖地的呼吸声，陈先生曾经叫她凤鸣，黎苏知道，一切都已经来临。事情来得毫无预兆，她慢慢地站起来，像个被当场抓获的小偷，主动认错，她喏喏地说："我……我……"

叫凤鸣的女人笑了笑看看黎苏，好像一切都明了似的，叫黎苏有了被特赦的感恩戴德，她轻轻地在黎苏面前的凳子上坐下来，说："你叫黎苏吗？我家老陈的皮鞋都是你给保养的吧？很不错，真的，省去了我很多心思。"她看一眼黎苏，见黎苏还站着，宽容地拉了一把黎苏："你也坐呀，哟，你看你的手，黎苏，做这个活很不容易吧？"黎苏慌乱地坐下来，又一下子站了起来，说："你，是让我擦鞋吗？"女人说："呀，你坐吧坐吧。前段时间忙，我都没有整理鞋子，单鞋都要保养了，黎苏，我看，我家的鞋子就全由你包了吧。"

黎苏弯了弯腰，说："谢谢你。"女人笑了笑，忽然不说话，她从包里掏出一个小小的瓶子，说："你常年在阳光下，要注意防晒。这是我朋友去日本带回来的，说是很合适亚洲皮肤。我一年到头都不怎么晒太阳，黎苏，送给你。还有，黎苏，我这里还有一张卡，富春路百货商店的，你拿着。"

黎苏很意外地看着面前这个小巧精致的瓶子，还有她手里的一张薄薄的卡，不知道女人有什么心思，是在试探，还是在责备？她忽然想起，那一次在出租厢房，陈先生临走前说："黎苏，你生活上有什么困难告诉我。"

黎苏几乎不容陈先生说完，就打断他的话头："不要谈生活。"

陈先生理解地看了看黎苏，拉开门，走了。

现在，陈先生的妻子在和黎苏谈生活了，一瓶化妆品，一张购物卡，都是物质的，黎苏很想问明白，陈先生知道妻子来找她吗？但是，她似乎来不及想透彻，女人就把东西塞进了黎苏手里，说："拿着吧。"

为什么都是物质的？陈先生呢，他一直都没有出现在她视线，是在回避她，还是在远处看着她。她下意识地四处看了看，说："我，我不要。我不要东西。"

"那你要什么？"女人很快问。

"我……"黎苏觉得这样的问题似乎是在谈判。到底怎么了呀。不如干脆承认错了，但是，她错了没有，她真的不知道错了没有。太阳淡了很多，风凉起来，黎苏感到刚才恰似的温暖都是远去，她沉浸在冰冷的世界。黎苏坐下来，轻轻地说："我不知道会这样的，我一直对自己说，我不会那样的。我好像做了一个梦。"

女人的手颤抖起来，她几乎握不住手里的东西，她幽幽地说："会不会我们都在做梦呢？到底谁在做梦？"

后来，陈先生的妻子凤鸣留下那三双鞋子，她叮嘱黎苏帮忙擦干净并且保养好，说明天会来取的。黎苏到底没有要化妆品和那一张卡。接下来的时间，她所有的精力都集中在那三双鞋上，她坐在那张低矮的小凳子上，双腿并拢来，在膝盖上铺上一块布。她记得这双姜黄色的皮鞋是陈先生第一次来的时候穿的，明朗的颜色和款式，代表着主人明朗的内心吧，可是，陈先生那晚到底怎么了呢？这个下午，黎苏没有接另外的生意，好几个人过来擦鞋，黎苏都歉意地说："对不住啊，我手头有活忙着，你明天来好吗？"

当天晚上，雪慢慢地大起来了，地上积了薄薄的一层，在暮色的映衬下，黎苏觉得整个世界很不真实，她顺着以前陈先生走过的那条路走，甚至在经过一个花坛时，她也停了下来，她记得那天晚上陈先生也在花坛边停留了一下。她很有目的的样子，又是漫无目的的，她想去百草园，有车呼啸而过，卷起一阵风，黎苏的头发吹乱了，她眯起眼睛，发觉自己居然流泪了。百草园越来越近了，那晚的情景一一再现，陈先生对着那些植物，那么痴迷，麦冬、含笑、五味子、山楂，好像是一个个人名，现在，在这个下雪的夜晚，都不复存在了。她在百草园门口停住了，她朝里面看过去，百草园荒凉一片，她蹲在门口，觉得孤独无援，这一刻，她多么希望见到陈先生，就算错了，那又怎么样。"就让日子过得颠三倒四吧，我愿意。"一想到陈先生，她的内心涌上来温柔，那个温存的夜晚仿佛还在眼前。"可是，我到哪里去找陈先生？"

黎苏其实还是有点害怕第二天的到来的，然而，第二天还是很快来了。前一晚的雪把很多东西都覆盖了，黎苏知道她今天出不了摊了，只是和陈先生的妻子有了口头约定，她还是出了门。她没有把擦鞋工具带上，只拎着那只灰色的布袋子，里面有陈先生的三双鞋。

见到凤鸣，黎苏还是有点惊讶，只过去一个夜晚，陈先生的妻子好像经历了生死，她的两颊明显地凹下去，眼眶也深陷了，嘴唇青紫着，完全没有了前一天的风采。还有，那个晚上是她吧，很婀娜的，声音也是柔柔的。黎苏的内心没有来由地有了一点小小的快感——只是那么一瞬间，黎苏就觉得自己太龌龊了，她迅速反省自己，女人之间天生的惺惺相惜油然而生。她把布袋子放在雪上面，双手握住凤鸣，好像这一刻，她是强大的，无所畏惧的，她的手很粗糙，凤鸣的手在她的手里，细白柔嫩，凤鸣的眼泪扑簌簌地落下来，"黎苏，我过不下去了。"

"陈先生呢？他怎么啦？"黎苏第一个反应居然是担心陈先生，

她盯着凤鸣，又问："陈先生呢？"

一提到陈先生，凤鸣像是突然醒悟过来，她挣脱了黎苏紧握着的双手，拎起黎苏放在雪地上的布袋子，从包里掏出一个皮夹子，又从皮夹子里抽出一百元钱，说："黎苏，谢谢你。"

黎苏推托着说："不用的，不用的，就保养一下鞋子，哪要那么多钱呢。"黎苏觉得有点受伤，好像刚才出现了错觉，以为自己和凤鸣之间是相通的，毫无隔阂的。看起来，她们面前横着深深的鸿沟呢。

过几天，开始化雪，天冷得出奇，到处都是冰冻的。尽管是化雪，风还是像细细的针，无孔不入，钻进黎苏的眼里、心里，她整个人都被刺碎了。

春节临近的时候，有通知说，明年富春路要整修，凤阳树都要砍掉一些，路面要加宽。黎苏想想也好，是该换个地方了，她觉得这一年多时间以来，自己似乎经历了很多事，又好像什么都没有发生过。她曾经在一次非常偶然的机会碰到过陈先生。那一次，她从老家回来，在镇上一个杂乱的车站等车去富阳市区，看见远远地一个人走过来，不紧不慢的，径直来到黎苏面前，黎苏蒙着嘴，惊讶地喊："陈先生。"

陈先生就那样站在黎苏面前，看着黎苏，他的眼睛依旧是温存的，清爽的，散发着植物的淡雅气息。黎苏被看得晕头转向，她几次想转过身去，避开陈先生的目光，但是，又舍不得。突然间响起来的汽车喇叭声打断了他们，黎苏看见一辆车开过来，停在他们面前，很多人跑过来，挤着要上车，陈先生回头看了看汽车，又看了看黎苏，忽然说了句："黎苏，你再等下一辆吧，我先走了。"容不得黎苏说话，陈先生就要上车，走两步，又回过来，突然抱了抱黎苏，说："黎苏，我们以后会在哪里见面？"没等黎苏说话，陈先生就上了车，黎苏呆呆站着，她看着车门在陈先生身后缓缓合上了。车身颠簸一下，卷起漫漫尘土。后来，黎苏一直没有再见到陈先生。

有一次，在落光了叶子的凤阳树下，黎苏帮一个女孩擦鞋，她的鞋是白色的，纯白羊皮帮子。黎苏用一块干净的湿布帮她把鞋后跟的灰尘擦干净，女孩付了钱，背着一个画夹走开去了。黎苏突然觉得女孩眼熟，再看时，见女孩已经走到远处的恩波桥上，支起了画夹，看她的样子，应该是对着黎苏这一面在写生。黎苏坐着看，过一会儿，一个男的过来擦鞋，笑笑说："你在那个女孩子的画夹上了。"黎苏虽然猜测女孩是不是在画自己，但是，真听到了，还是很不自在。她忽然很哲理地想：我在别人的画里。

黎苏对着那个男的笑笑说："随她画吧。"男人说："看着有点像你，又觉得不太像。"黎苏说："我也不知道怎么样的才像我。"话说完，忽然惊叫一声，她想起来，那个女孩是陈先生的女儿！那一天在街上，挽着陈先生的手，看到黎苏咬着苹果滑稽的样子，心无旁骛地笑出来："爸爸，她的样子好滑稽哦。"黎苏觉得自己掉进了一口井，很深很深，长满青苔的壁沿，她是爬不上去了。黎苏自言自语地说："她也在别人的画里面吧。"男人哈哈哈笑起来，说："你有点像在说梦话。"又开始谈一些见闻，说那一天，有辆车，从小镇出发，往市区开，结果翻进了富春江，幸运的是车门一直没有打开，所有待在车上的人都安然无恙，只有一个人不见了，据说那个人是个医生。富春江里找不到他的身影，他好像消失了。

后来有人说在富春江北面的一座山上，那个荒废了的白龙寺看到过他，也有人说在百草园看到过他。还有人说，在穿越沙漠的途中，忽然出现的海市蜃楼里看到过陈先生。

春节过后，富春路果然就动工了，黎苏在动工前几天来到凤阳树下，她觉得这是个不可思议的地方，毫无预兆地让自己掉进了一个梦境——如果可以称作梦境的话，不知道现在是醒着还是睡着。她觉得自己的生活方式要改变了，但是又不知道怎样改变，她抬头看看那株凤阳树，已经有细小的嫩头爆出来了，春天来了。黎苏叹口气，她转身要离开，看见凤鸣——陈先生的妻子急急地赶过来，还是一只布袋子，灰色的，她来到黎苏跟前，魂不守舍的样子，说："黎苏，我看见我家老陈了，我要去把他找回来。"凤鸣说完就把袋子给了黎苏，然后就走了。

从那一天开始，我就开始做梦，我梦见过很多熟悉和陌生的面孔。我梦见和他们一起生活，前世今生，到底那一段是我自己？

凤鸣说："她梦见我和小蝶去白龙寺了，我们果真去过那里，是个破败荒凉的地方，没有龙，只有断墙残垣。"

我见到小时候梦见过的这个人了，他穿着白大褂，脖子上挂着听诊器。他就在城关医院。那么多年前，我梦见的他就是现在这个样子的。

"有个人来看病。"她说，她梦见我的手指甲很尖利。

不知从哪里看到这张照片，这个女人一直出现在我梦里，我和她说话，我们有肌肤之亲。荒唐的日子什么时候是个了结。

是她。一定就是我八岁的时候梦见的那个人。八岁那年，我梦见她在一株凤阳树下。

是不是每一个人都生活在另一个人的梦里，那么，那个人醒过来后，我又在哪里？

这个本子已经很陈旧了，是个软面抄，看起来翻开过很多次，内页的纸有好几张都被揉皱了，黎苏想象不到写日记的这个人经历了怎样的痛苦挣扎。原来，都是梦。

黎苏又想起一个细节来，有一次，陈先生在找零钱时，从他的皮夹子里掉出一张照片，黎苏帮陈先生捡起来，交给他的同时看了看，却发现照片上的这个女人居然和自己非常相像。黎苏当时就说："咦，这个人怎么这么像我呀？"

黎苏常常翻开本子看陈先生的梦，她觉得有点可笑，一个醒着的人坐在一间狭小的出租厢房里，看另一个人在梦里的生活，有天气，有风景，有场景，还有呼吸，一切都像是真的。

十万个为什么

　　叶黎这学期开始带班，按说年纪爬上四十，是不应该再像年轻人一样，做个职高的班主任，四下里看看，除了她，都是三十岁左右的年轻教师在带班，尤其这种艺术类的班级，学生的个性极度张扬。年级组长看叶黎的志愿上写着：班主任。年级组长曾经私下里问过她，是不是家里出了状况。在这个学校，约好了似的，大凡家里出了状况的人，都会要求带班。大家都知道，当职高的班主任，无疑是对自己身心的锻炼，没有一条道走到黑的坚韧，基本不敢接手。倒不是说，职高的学生多么恐怖，而是大家都知道，职业高中，学的科目不一样，个性的发展也有很大差别，孩子们到了这里，似乎是挣脱了九年被束缚的日子，终于可以伸展一下拳脚了——出来混，谁怕谁呀——基本是老师怕学生出事。你的教学方式就是金刚钻，没有个三分三，还是不要来碰这块玻璃，搞不好伤了自己。

　　叶黎要求带班，只有她自己知道，她缺钱。她也很清楚地知道，带班的后果会很不堪，头发会提前花白，还会落下腰酸背痛的职业病。或者更年期会提早来临。

　　填好表格，叶黎接到电话，医院打来的，而且是急诊室，叶黎哆嗦着问："他的情况怎么样？"对方说："出了一点血。"叶黎于是满脑子就被血淹没了。

　　她放下电话，请个假，冲出办公室，差点撞到一个前来交作业的学生，学生后退一步，说："对不起，老师，我挡您道了。"

叶黎一怔，又笑了笑，这个笑是挤出来的，叶黎知道很做作，就收了脸，头也不回地走了。

这边建飞躺在急诊室，眼望天花板，他叨唠着："我要去上班，谁把我拖到这里来的？"护士说："你不要吵闹了，那是个好心人呢，雨下这么大，你又出血了，要不是那个人打车把你送来，很危险的。"

建飞试图翻个身起来，被护士按住了说："先打一支破伤风针吧。等你爱人来了，再办个住院手续，不要小看这出血，一不小心，会成大病的。"程建飞狂躁的内心平静了下来，他仰起头，道："你一个小护士，懂什么？我哪里有这福气住院啊，我一天不去上班，就要扣50元钱，我一天才挣30元。这个算术你应该会吧。"

护士叹口气，出去又回过来，道："算你运气，刚好出台了个政策，急诊病人可以先治疗再付钱，不然，都不知道你还要流多少血呢。"

"是吗？"程建飞不屑地问了一句，有点不认账，他说，"也不知道谁开恩了。"

护士没有搭理，帮他做了皮试，一边做一边问程建飞以前有没有什么药物反应，有没有遗传病，有没有动过大手术，又说，等二十分钟，没有反应就可以打破伤风针了。

等护士走出去，程建飞一个翻身就起来了，头有点晕，大概是刚才摔倒时头先着地，他摸了摸后脑勺，一看手心，居然有血，他想起刚才护士一直在帮他左膝盖和右手腕上的创口消毒，"小护士大约没有看到我的头也破了吧，知道了，还不知道又要大惊小怪到什么地步。"

输液室这会儿很冷清只有程建飞一个人，暖气开着，其余三张床都空了。他下床，拖上鞋就走出来，正好看到叶黎冲进来。叶黎这会儿看上去全然不是一个美术老师，好像刚从伙房出来，不知什么时候头发上黏了一片叶子，可能是打车过来的，习惯性晕车使叶黎的脸色蜡黄，她的嘴唇乌青。她没有看见丈夫程建飞，径直就往急诊室去，建飞建飞地叫起来。这边程建飞弯下腰穿好鞋子，又绑了鞋带，从叶黎的背后走过，走出急诊室。

来到医院门口，他觉得有点冷，紧了紧衣服，往前走。他的自行车还在路上，从这边过去，应该有条小路可以通到出事的马路。程建飞在这个城市生活了二十年，以前送过牛奶，还送过煤饼，大街小巷他都熟。

穿过几条街道，三四个弄堂，出了弄口，远远就见到自行车斜斜地靠在花坛上。他过去扭了扭铁锈斑斑的车龙头，龙头很紧，他走到车前，腿夹住龙头，用手死命地扭了几下，终于对直了。手很冰，他呵出几口热气温了温手，跨上车，刚好电信大楼的老式钟敲了七点。这么一折腾，已经过了一个小时，早饭是来不及卖了，相信同事会帮着，但是，主任那里怎么交代呢。他一边踩着踏脚板，一边痴痴地想着主意，不能说睡过头了——同事有一次迟到，交代说闹钟忘记闹响铃了，被主任训斥："是你的心在闹了吧。"扣50元不说，还得连续上一周的早班。或者，直接说，出了车祸——主任第一反应一定是："恭喜你啊，还能活着回来赚钱，看来钱能使鬼推磨，钱吓跑了鬼。"程建飞想："我可不想让主任当众羞辱"。

但是，该怎么说呢？程建飞看马路上呼啸着往来的车，仿佛横下一条心来，说："只要不扣钱，让他骂去吧，又不痛。"就在此时，电话响起来，是叶黎。叶黎说："程建飞，你在哪里？我去医院，找不见你，回到家，还是没见到你。你流血了，医生说你流血了程建飞。"叶黎说着就听不见声音了。

果断把电话掐了的程建飞这时觉得几个伤疤齐刷刷疼痛起来，小腿似乎重新被撞了一次，蹬着蹬着像要撕裂，后脑勺像被浇了一盆冷水，冰彻寒骨。程建飞听到妻子的声音，内心柔软起来，像一块坚冰被融化了——说到底叶黎没有错，为什么就不理她呢？他可以想象得到叶黎的担心和舍不得。这次意外的车祸，直接受害者是叶黎，看她的精神状态就知道。想到这里，程建飞回拨了过去，叶黎听到程建飞的声音，居然在电话里哭起来。程建飞说："哭什么呢？我好好的。"

"护士都说你流血了，要打破伤风针，你在哪里？"叶黎估计又流了一滴清水鼻涕，叶黎伤心的时候，总是眼泪和清水鼻涕组合着流淌。

"我没有请假。"程建飞被忽然追过来的一阵风吹得鼻子酸痛起来，道："我舍不得被扣50元。"

叶黎虚弱地说："建飞，让他们扣吧，你受伤别去单位了好吗？"

也不知道是哪里生出来那么多火，程建飞对着前面的树吼了出来："我他妈一天才挣30元，请一天假扣50元，叫我喝风去。就你舍得，你挣多了是吗？你挣多了是你的，别到我这里摆阔。"

走进食堂，大家都在各自忙着，小东趁空过来，轻声说："老程，主任来过了，卡也看了，你今天怎么迟到了？"

程建飞知道事情有点大了，看起来要被处罚，结果有两种，要么扣五十元，要么连续上一周早班。说到上早班，可不是简单的事，这是一所省级重点中学，三千多学生，无论是教学管理还是后勤，都参照了省级标准，从上学期开始，还引进了日本餐饮的"五藏法"，都国际化管理了，当然不能马虎。早餐花样很多，面点有七种，粥分成了红枣粥、黑米粥、白粥、青菜小米粥，外加皮蛋粥。食堂的人最惧怕的就是烧早餐，因为繁杂，你必须在凌晨两点就起来，准备工作做充分，到四点左右开始正式做，这样，到六点四十开始，学生来用餐，几乎手脚并用。要命的是，你做早餐，除了外加五元钱补贴外，你的工作时间和其他工友一样，要一直做到傍晚六点半。整一天都处于高强度工作状态中。

程建飞窝了一肚子火，想着要不要去主任办公室说明情况，又想到主任的那张刀削过的脸，真不想看到他。他走到门口又回来，转过身去厕所，去抽根烟吧，现在全民控烟了，食堂当然禁止抽烟。他来到厕所，忽然从窗口看到了小东，小东正提了一桶油，蹑手蹑脚地往旁边走，程建飞凑近了窗口，看见小东正费力地把一桶油往下水道的孔里倒，油很轻，扑腾着往壶口冲，不一会儿，一桶油就倒完了，小东四下看看，很快把桶丢在一堆杂物中间，那里有很多用空了的油桶，还有盐袋、米袋。

程建飞抽完一根烟，回到炉台边，看前面小东正卖力地在杀乌龟。一刀下去，龟肚子就剖开来了，血四散开去。

下班的时候，程建飞看到食堂门口的墙上，贴了一张黄色招贴纸，上面的一排名字中，"程建飞"三个字被打成宋体，排在第三位，名字后面写着"扣工资 50 元，理由：旷工。"小东的名字排在第一，写着"扣工资 30 元，理由：迟到 8 分钟。"程建飞呆呆地看着这张告示，有点恍惚。小东推了自行车过来，看到布告栏这张黄纸，有点司空见惯的样子，哼了一声，跨上自行车，踩了两脚，又停下来，一只脚立在地上，道："老程，我说嘛，你得去说一下，不说，就算你做死，他们照样算你旷工，谁让我们是奴才命。"

"奴才"，程建飞听到这个词，吓了一跳，很陌生了，好像是父辈们、祖父辈们常常说起的，说那时给地主家做奴才。程建飞摇了摇头，他有点后悔，要是听小东的劝告，一到食堂直接去找主任，告诉他自己被轿车擦了一下，摔倒了，又被另一辆后面上来的电瓶车撞了，腿上、胳膊上、后脑勺都出血了。但是，程建飞想起之前一次，自己感冒了起不来，晚到了十分钟，主任当着同事们的面就训斥开了："你可真准时呀，都像你这样，社会还要不要进步了？不用解释，我不会听你解释的，还站着呢，等着掉馅饼呀！掉了馅饼也轮不到你呀！"

程建飞咬了咬牙，跨上自行车，自行车旧了，一阵挣扎的声音。他出了校园后门的传达室，骑出去十来米远，又回过头来，他看到主任刚才在传达室，好像在接电话。他返回，主任正好从传达室走出来，程建飞说："主任。"

主任挥了挥手，道："我听说你被撞了，命可真大哩。这次算是你运气好，就不扣钱了。"

叶黎做好饭，只是等不到程建飞，她几次站在阳台上看车来车往的西堤路，又堵车。这个城市，已经变成车轮上的废墟。真不知道哪里来那么多的车。叶黎拨了程建飞的手机，关机。叶黎的心像被掏空，慌慌张张的，空落落的，按时间，程建飞应该到家了吧？可是，天都黑了，他怎么还不回来呢？

叶黎像一只被追杀的兔子，无处躲藏，她匆匆下楼，站在路口，冬天的每一缕风里，都藏了细密的针，呼啦啦吹过来呼啦啦吹过去。叶黎抬头看看自家的窗口，灯光被风削弱了一些，居然是冷的。叶黎开始往前走，她裹紧身子，车一辆一辆从她身边冲过去，带起一阵阵急促的风，叶黎觉得特别冷，她忽地想起四个字：寒风吹彻。"不知道程建飞到家没有？他伤那么厉害，都流血了，我却找不到他。"这么想着，叶黎开始往回走，摸一下口袋，发现忘记带钥匙了，她失魂落魄地往家跑，刚到楼下，就听见阿布——一只狗，流浪狗——在叫。有一次建飞在深夜的草地上看到它，它受伤了，显然是被虐待后逃出来的。那时，阿布才两三个月大，正躲在草丛里瑟瑟发抖。程建飞捡了宝贝一样把阿布抱回来。

现在，叶黎听见阿布的惨叫，每一声里都充斥着绝望和祈求，还有无奈和末日将至的恐惧。叶黎知道，程建飞又在犯迷糊了，每一次，程建飞想不明白一个事情，都要蹲下来，问阿布，求解。阿布的不言不语常常给程建飞安慰，当然有时也被程建飞看作是轻蔑。

阿布的狂叫声在叶黎敲响房门时停止，程建飞开门，满脸怒气，手里握着一根棍子，喋喋不休的样子，道："真是越来越嚣张了，居然睡到我们床上去。"

阿布是一只狗，它没有父母亲人，没有朋友，只有这个家里的人才是它的依靠——语言不通，无论给它多少骨头，它是永远在异乡——叶黎常常这么想。叶黎看到阿布，阿布蹲在凳子底下，用舌头舔脚趾，那里有血，叶黎慌乱地蹲下去，说："你又用鞋子踩它的脚趾了吗？程建飞，它的耳朵破，你总是用棍子打它，它是一只狗呀。"叶黎的双眼模糊起来，万般的无奈顷刻之间涌上来，她很想抱着阿布哭一场，大声地，让眼泪汹涌。然而，她想起程建飞也受伤了，慌忙又站起来，从程建飞手里抽出棍子，丢到角落，阿布又被吓得踮脚跳到自己的窝里去了。

"我买了云南白药，来，洗一下，我给你敷上。"叶黎觉得自己被剥离了一些东西，感到触目惊心地痛，又不知道是哪一处在疼痛。

建飞没有说话，走过去对准阿布的肚子，踢了一脚，阿布又一次惨叫起来，它的无处躲藏叫叶黎内心充满了荒凉。她不明白，从什么时候开始，两个人之间居然有那么多不融洽。十五岁的儿子常常在房间摔东西，以抵抗家里陆续发生的冷暴力，或者针对那只狗的暴力，这个90后，动不动就来一句："混搭。"混搭——完全不是一个系列的牌子嘛。叶黎在哭笑不得之际，曾经问过儿子："为什么你爸爸变得那么暴躁？是不是妈妈什么地方做错了？混搭是什么意思？你不要老是说这种妈妈听不懂的话。"

儿子很快从作业堆里抬起头来，道："老妈，混搭就是一只咖啡色的书包上面配了一只绿色的口袋，又在绿色的口袋上镶了黑色的边——和你说不清，就是什么都混在一起。你和老爸就是混搭。"

叶黎有点窝火，儿子长大了就知道在大人面前肆无忌惮，想想还是小的时候能懂得妈妈的心思。她记得有一次对儿子说："你得省着点花钱，我们家没有大的经济来源，只靠你爸和我打点零工过日子的。"那时儿子才9岁，他握紧了拳头，道："妈妈，不要怕，等我长大了，会撑起这个家的，这个家一定会兴旺起来的。"叶黎这会儿想到这句话，却觉得有点心酸。

叶黎打开门，阿布从门缝挤着冲了出去。建飞走进厕所，重重地关上门，又打开，说："我真是连狗都不如，我连教训一只狗都不能。"叶黎手里那个装了云南白药口服液的盒子掉到地上，浅咖啡色的药液渐渐地渗透在盒子上。

事实上，叶黎和建飞有着那个年代平常的恋爱时期和结婚时期。当初叶黎是个挡车工，因为那时纺织厂效益不好，叶黎又是合同工，除了按计件工资所得外，没有其他任何保障。而建飞的父亲那时是国营铸造厂的书记，建飞也在铸造厂锻造车间，工资很高。当时建飞和叶黎谈朋友时，建飞父亲很不满意，觉得叶黎工资低，又是纺织厂挡车工，职业病多，年轻时看不出来，等到老了，儿子就有得苦头吃了。

叶黎嫁到程家，几乎是丢光了脸面——程父只给了建飞一排大衣柜，后来借故要出差，连婚礼都没有参加——真是做得出来。叶家母亲倒是很坦然，说："只要建飞人好，管他父亲作甚。"

日子不知道什么时候翻了个面，很快的，建飞和叶黎共同经历了改制时期，很多国营企业都改为股份制了，后来的事风一样迎面扑来，几乎容不得小两口有所准备。建飞下岗——其实以前那个岗位也只是因为有父亲罩着，顶职这个说法早就没有了。这样，建飞就成了在城市生活的乡下人。而叶黎，因为本来就是一个合同工，合同期一到，自然就不用去上班。这样，两个人还没来得及生个小孩呢，就得为生计奔波了。说起来，儿子的到来，有点悲欣交集的味道，那时，叶黎在一家服装厂找到了一个熨烫活计，拿的还是计件工资。那是一个丝绸服装厂，很少有人愿意做熨烫，因为火候难以把握，时间掌控起来更是困难，用的是蒸汽，蒸汽太急了，丝绸很快就起皱褶，另外，时间稍稍久一点，那面料就会疲软。服装厂经理说，丝绸是娇贵的，也只能穿在贵人身上。后来，服装厂经营不善，倒闭了，工资自然是没有的，倒是抵回家一大堆轻飘飘的丝绸服装，有睡衣睡裤，还有沙滩裤、围巾。有点搞笑，那时叶黎已经身怀六甲了，想着，没有工作也好，那个熨烫的活还真不是孕妇做的，很多人说有辐射。建飞在啤酒厂找到一份工，两个人日子拮据是可想而知的，只是，新婚，加上叶黎已经有了身孕，恩爱可以用一句黄梅戏来形容"你我好比鸳鸯鸟"，虽然不是那么带有田园气息，却是如胶似漆。叶黎搬回家抵作工资的一盒子丝绸服装，建飞一件一件试穿，穿到那件长袍睡衣时，建飞感叹一句："到哪一天，叶黎，我们要到哪一天，才能穿着丝绸睡衣睡觉呢？"

叶黎拍拍床沿说："这种衣服有什么好，一钩就破了，我不喜欢这种没有筋骨的布料。"

说完这句话，叶黎想起经理好像说过，贱骨头最不配穿丝绸了，他们不懂得品质，他们会说这个布料不好。叶黎想到这里，就住了口。

大约是七八个月前吧，叶黎回到家，从包里拿出一张卡，放到桌子上——她的编制落实了。很偶然的，简直就是天上调下来一个馅饼，不偏不倚砸在叶黎的头上。事情说起来真是好笑，这个县正打造

"最具美感城市"，要美就得设计，要设计就得有相对专业的美术设计人员，学校有比较专业的设计人员，叶黎就是那个时候被发现的。这就需要回想当年，叶黎身为纺织工人期间，楼下开了一个裱画坊，那时裱画是什么叶黎搞不清，只看见那个人用一个刷子在一块木板上刷水，再把一张画刷上去，这样刷来刷去就好像把画贴在了木板上，过一段时间把画揭下来，修整后装上镜框，后来叶黎才知道叫装裱。裱画坊生意很清淡，倒是那个中年人很勤奋，每日趴在床上画画，叶黎幼小时也是喜欢在墙上画来画去，她于是常常要到裱画坊去看他画，然后，中年男人给了叶黎一些散纸。叶黎好像这个时候才真正树立起远大的理想来，在这之前，叶黎的理想是有份工作，不要三班倒。和画画相比，叶黎觉得以前的理想真是说不出口，完全只是活下去。

后来，职业高中急需一名美术教师，而叶黎的一幅画之前在首届全市美展中得了个银奖，揣着这个资本，叶黎大着胆子去应聘，这是很认真的考试，有笔试，要画速写，还要现场上一堂课——好在叶黎从来没有上过课，本来是软肋，倒成就了她，因为她的课很跳跃，才思敏捷的样子，其实是她常常把握不了。

夫妻俩第一次看到一张薄薄的卡片，叶黎道："卡里面有钱。"夜晚，两个人躺在床上，建飞的下巴抵在叶黎的额头，那是他们夫妻第一次拥有一张卡。真是不可思议的事，建飞说："我们家从来都拿钱买东西，拿一张卡去买东西，心里好像不太踏实。里面有多少钱呀？"叶黎又往建飞的怀里钻进去一点，道："我都说三百次了，这张卡就是500元钱，你是喜欢得疯了吧。"

建飞翻个身又抬起身子，放在床头柜上的那张银色的卡又被他捏在手里，叶黎一把夺下来，丢到床头柜，建飞道："你疯了，摔破了怎么办？"那声音是兴奋的，藏了万千欢喜和由物质衍生出来的欲望。他一伸手把被子往上拉，又向叶黎的身子探寻过去，那里叶黎早已经褪去了那件千锤百炼的陈旧T恤，就只剩下一个光洁的身子。这个夜晚，夫妻俩仿佛第一次品尝到了云雨的美好，都可以比喻成新婚了，或者也可以说是浪漫到极致——虽然寒酸了些，在灯光的映衬下，也还是有一些暖意的。

似乎掀开了新的一页，建飞和叶黎偶尔也会去江边走走，或者三口之家去超市逛逛。那张超市卡由建飞保管，然而，每一次去超市，建飞都不舍得花钱。有时候三个人去超市，看啊看啊，调味区看看，建飞觉得贵，说楼下小店一块五毛钱的酱油，这里要卖两块。儿子看中了一本练习本，开始以为是一本书，封面用很卡通的字体印着"十万个为什么"，很"丝柏秀"的那种，标价是六块五毛钱。建飞翻了翻，道："我以为是一本书，《十万个为什么》，我以前就听说这本书，都是知识，你看看，原来是一个本子，里面还有花头经，空白横格少了那么多，不划算，不买。"叶黎乖巧，什么也不看，道："我好像不用买什么的。"——她多么想买那一套蕾丝花边的内衣。建飞很体贴叶黎，说："叶黎，想买什么你告诉我，你告诉我。"叶黎说："建飞，你买一个剃须刀吧，家里那一把，老旧老旧了，我爸都已经不用那种老式家伙了。"建飞一只手放在裤袋里——叶黎知道他捂着那张卡，怕飞了，还有一只手摸了一下胡子，说："又不是种胡子，要好的工具，剃掉胡子，还要这么高级干什么，浪费啊。"

三个人从傍晚六点左右，一直在超市走啊，绕啊，等超市打烊时，清点一下物品，居然只买了三样东西，一本超薄型的英语练习本，建飞强迫儿子买的，儿子英语不好。一筒玉米面条，细面，建飞说："玉米我们以前叫六谷，现在都不种了，买一筒六谷面吃吃看。"

另外一个就是叶黎强迫建飞买下的一只剃须刀，有一个清爽的男演员做广告，建飞喜欢这个男演员，拿着剃须刀拼命回忆这个形象代言人曾经演过什么，叶黎说："建飞，你看你看，我看他还没有你长得地道，胡须一剃，果然好看多了。"

刷卡的时候，收银问："有贵宾卡吗？"夫妻两个愣了下，儿子说："没有。"收银就直接刷了，后面有个女的递过来一张卡，说："用我的吧。"收银员刷了一下，不经意说："你的积分都达到一万了，可以领取很多赠品了。"那女人没有多少表情，说一句："那赠品有什么好东西，算了吧。"

叶黎和建飞不知道这整个过程——他们很少来超市，在他们的印象中，越小的店越是适合他们这样捉襟见肘的家庭。一小包味精、二十斤米、一瓶酱油，好像家里需要的都可以在小店找到——最主要的是，当他们的钱包青黄不接时，小店还可以赊账，因为熟人熟面，大家都知根知底，就算把家里最窘迫的境况说出来，也不会影响彼此的印象。

这一次，他们总共花去 25 元钱。因为那个女人援助了贵宾卡，优惠 3 角 5 分。

后来，建飞开始不喜欢去超市，和叶黎的关系也无端发生了变化，叶黎曾经不断反省自己是不是做错了什么，但是，无论她怎么检讨，还是无法找到症结。

秋天的时候，学校组织美术班的学生去云南，丽江吸引了大批美术爱好者，叶黎作为美术老师，当然得去了，同去的还有另外几个老师的家属——一般情况下不适合带家属——家属强烈要求一起去，这样，就变成了特殊情况，叶黎动员建飞也一起去，道："我们那年结婚我就一直梦想一个旅行婚礼，要有牧师为我们做证，为我们祈祷。"建飞不等叶黎说完，就打断了她的话："我看你是越来越高级了，你什么时候变得高级起来了？"

叶黎道："高级？你在说什么？我只是觉得大家都带了家属去——反正费用可以一起开支掉。"

建飞挥了挥手，道："别人是别人，我是要上班的。"

叶黎说："我们请假吧，我帮你请。我们来回 10 天，大不了扣掉500 元。"

建飞又一次粗暴地打断了叶黎："什么？大不了 500 元钱！叶黎，我舍不得这 500 元。我一天才赚 30 元，你只会画画，算术太差了。"

第二天晚上的火车，叶黎自作主张把建飞的行李都准备好了，正巧儿子也在家，儿子对丽江表现出了心向往之。建飞有一瞬间的向往与迟疑，说："真有那么好吗？他们那里的人就不要上班挣钱了？"儿子说："老爸，我在书上看到，有个四方街，可以让人忘了时光，忘了烦恼。"建飞说："说得和天堂一样。"

叶黎开始做建飞的思想工作，使了一点小小的计谋。她调动同事关系，事先打电话给食堂主任，帮建飞请假，因为同事的爱人在建飞学校当个什么主任，请假很顺利。然后，就到了晚上，这一天是周日，儿子已经去学校，晚上似乎就是叶黎的天下。叶黎这一次有点固执，因为是秋天，在家里洗澡已经不可能了，伤风感冒是万万要不得的，她拎了换洗衣服，也帮建飞拿一些，说："建飞，我们去洗个澡。"建飞说："咦，你怎么知道我今天想洗澡啊?"建飞在食堂，每天都要挥汗如雨，衣服干的时候很少。但是，低碳时代，食堂主任规定，一周里员工只能在周一和周四洗澡，其余时间不得使用热水。建飞有时候气不过，也会顾自到洗澡间洗一次，他出的汗太多了，如果不洗澡，衣服都粘在身上。然而，第二天，主任就把他叫去，说："没有规矩不成方圆，你一个人破例，别人就会仿效。"听起来，建飞觉得主任似乎不是一个人，而是一台机器，名字叫刻薄。建飞握紧拳头，在桌子上砸了一下，食堂主任道："你干什么? 你干什么?"

在叶黎的反复开导下，建飞居然也同意去浴室洗澡。夜晚，外面刮起风，建飞开始关心第二天的天气，道："叶黎，你明天出差，衣服都要多带一些。"叶黎道："反正你也去，有你在，我不怕冷。"建飞觉得叶黎在痴心妄想，他怎么会有闲工夫出去旅游呢。

因为洗了澡，似乎为夫妻增添一些情趣，只是建飞却觉得有点累，他怀抱着叶黎，几次挡住叶黎试探过来的手，轻声说："等你回来。"

叶黎却不管那么多，她就要建飞累着，累了，他第二天就不能在五点半起床，最好一直睡到下午，那么，收拾一下行李，两个人就可以顺利出游。叶黎像以前很多次一样，先把自己的衣物褪去，这是她强有力的撒手锏，她背靠着建飞，身子开始摩挲起来。建飞确实累了，他有所坚持，不言不语，只是把叶黎火辣辣的身子往边上推开去。

叶黎哪里肯轻易放弃，她有点粗暴地翻开建飞的短裤，握住了他，叫叶黎不解的是，建飞的反应平平，几乎没有力量，这使叶黎很沮丧，她这一会儿开始想起来，好像这一年多来，建飞渐渐变得疲软起来。

建飞有点羞涩，道："你不知道我多累？"叶黎说："建飞，你换个工作，我们托托人。"建飞说："我是男人，家里的事不能都要你一个女人操心，我会觉得我活在这个世界没有用。"

叶黎嗔怒地拉了拉建飞，建飞说："你再拉，就断了。"

两个人觉得有点暧昧，有点温馨，夹杂了一些辛酸的味道。建飞道："叶黎，像我们这样的人家，在这个世界上，连猪狗都不如。"

叶黎有点惊诧地起了身，道："你在说什么，我们的日子一天一天在好起来，再过几年，我们节约一点，以后可以另外租一套大一点的房子住。"

"我那天在超市，看到有个男的，一下子买了六只锅子，锅子你知道吧。就六只锅子，三万多块钱。叶黎，别人都在过什么生活了，我们还在为吃饭看人脸色。"

叶黎起身，在夜色里，她半个雪白的身子露在外面，"建飞，我们不要说这些好不好？我们过我们自己的生活，别人大富大贵和我们没有关系呀。"

建飞道："你起来做什么，还不躺下来。"他一伸手，把叶黎拉到了被窝，两个人，怀了千百个念想，开始沉默起来。外面，一阵一阵的风，在叶黎听来，似乎在哭，她讨厌风声。谈话到这里几乎可以结束了。叶黎忽然觉得自己的心思是多么可笑，想用柔骨来软化建飞，想要他的内心柔软，其实，这些恰恰又成了一把细而尖的刀子，在割裂着建飞的身体。复又入睡，叶黎想放弃说服建飞去丽江，忽然又觉得所有的话在这一刻都是多余的。她把头窝在建飞的胸前，建飞的呼吸开始沉重起来，好像有了睡意，又觉得这样的睡意是不应该有的，建飞把叶黎的身子翻过来，在后背抱住了叶黎，他握住叶黎的胸，叶黎的手回过来，握住了建飞，好像这样才能抵达双方的内心，给予最现实的依靠，他们互相安慰着，用各自的身体，他们开始了长久以来第一次接吻，建飞在无声无息中企图进入叶黎——叶黎感觉到建飞原来已经无法进入了。

冬天来临的时候，叶黎决定给建飞买一件羽绒衣御寒，建飞一再强调不要买很贵的，反正是去食堂，油烟熏起来，衣服很快就会破坏掉。另外，建飞添了一句："像我这样的人，穿得光鲜有什么意思呢？"叶黎一愣，知道建飞又在想那件事了，道："建飞，你这个人就是一根筋，你以为做人就只是那样了？"叶黎没有说出那件事的实质，但是，建飞还是觉得自己有些低下，道："做人如果没有那件事，还有什么意思？"叶黎马上从精神的高度来批评建飞，道："一个人要有远大的目标，比如，等我们儿子大了，看他一点一点地成熟……"

话没有说完，就被建飞打断了，建飞这次的语气没有火暴性子，他轻声轻气地甚至都是慢条斯理了，道："叶黎，我忽然悟到一点什么。"

叶黎道："什么？建飞你悟到了什么？你不要说出太高深的理论。"

建飞道："叶黎你没有感觉到吗？做人其实很像是做游戏……"

叶黎道："做游戏？你想说的是游戏人生吧……"

建飞忽然掏出一包烟来，点着了一支，道："我们都在做游戏，闯关游戏，一级二级三级，就算是闯到最高级了，又怎么样？赢了吗？因为这个游戏本身就是没有意义的，结果会有意义吗？"建飞呼出一口烟来，道："反正都是一个死。"

叶黎吓了一跳，"建飞，你怎么会这么想？我们都是凡人，凡人是不能想问题的，做做吃吃就好了。你什么时候学会抽烟了？"

建飞道："叶黎，我也是这么想的，我们老百姓，靠的是二十四根肋骨在撑着找饭吃。但是，都是活一辈子，我们怎么活得这么累呢？"

下班时，叶黎特地买了几样菜，打了个电话给建飞，道："建飞，今晚回来吃吧，我想做个菜给你尝尝。"

那边传来老虎般的吼叫，叶黎听不清建飞的话，"喂喂喂。"传来了嘈杂的声音，就挂了。过了大约半个小时，建飞电话打了过来："叶黎，我刚才在烧菜。"

叶黎说："不是已经过了吃饭时间了？还烧？学生要加餐呀！"

赞美诗

建飞道："哪里，是校领导请客，在我们食堂吃饭呢。"

叶黎道："等你下班我再烧，我等你。"

建飞道："你买了什么菜？我吃不下，口渴，只想喝水。"

叶黎说："你回来就是了。"

建飞一打开门，就闻到了一种药材的味道，他耸了耸鼻子，道："煎药？"

叶黎道："已经做好了，你洗个手，我们吃饭。"

建飞脱下球鞋，换双棉鞋，道："路上结冰了，差点滑倒。"

叶黎道："建飞，你骑车要慢一点，头盔又没戴吧？来来来，我买了件羽绒衣，你试试看。"

建飞一边穿羽绒衣一边说："叶黎，我说过多少次了，骑个脚踏车，还戴个头盔，像个怪胎，算了，我把围巾系紧一点就是了。你烧什么菜呀？都是药味道。啊呀，穿上羽绒衣就是暖和。多少钱？"

叶黎把手在围裙上擦了擦，帮建飞拉上拉链，出了房间，到厨房端了一只小砂锅出来，道："快把垫子放好。"

揭开锅盖，只见黑咕隆咚的，因为温度很高，锅子还在泛泡泡。

叶黎拿出一个勺子，小小地舀了一点，吹了吹，伸到建飞面前，"你喝喝，可香呢！"

建飞喝了一口，"咦，是有点香，不过有点腥味，到底是什么菜？以前从来没有吃过。"

叶黎道："吃吧吃吧，反正是营养餐了。"

叶黎盛了两碗饭出来，建飞突然说，想喝点酒。青梅酒家里还有一点，是五月份叶黎的学生送过来的，以前叶黎总不太赞成建飞喝酒，总共也只有三斤酒，过去大半年了，搁在那里。叶黎看建飞心情不错，说："那我也来一点。"

两个人各倒了一小盅，叶黎不会喝酒，只是嘴唇湿一下，建飞先小啜一口，啊呀一声，道："叶黎，好喝！"叶黎说："果子酒当然好喝。"

"对了，你都没有告诉我这是什么菜呢。"

叶黎一个劲地劝建飞，"吃吧吃吧，我总不会害你吧！"

建飞放下筷子，"叶黎，你不说，我就不吃了。"

叶黎嗔怪地白了一眼建飞，轻声说："补药，建飞，这是补药。"

建飞这才反应过来，他赶紧用筷子在锅里拨弄了一下，说："咦，不会是什么鞭吧？叶黎。"叶黎赶紧夹了一块给建飞，建飞吃在嘴里，说："难怪闻到了腥味。"

这餐晚饭因为有了补药的渲染，吃得有点内容起来。建飞喝一口酒，就一口菜，就要开句玩笑，身体倍儿棒。叶黎开始只是笑一笑，说："慢点吃慢点吃，反正都是给你吃的。"吃着吃着，叶黎忽然觉得心酸起来。建飞以前多么健壮啊，像一头牛，一到晚上，就把叶黎当作一块田来耕耘。有的时候，还会打个暗号，一下班就往家跑。那时叶黎刚刚应聘到了职高，没有做班主任，美术老师嘛，相对还是比较清闲的，这样，建飞就会迫不及待地往叶黎办公室冲，叶黎一看建飞来了，就像接上了暗号，马上站起来，说："啊呀，家里还有点事，主任，我能不能先走一步？"

两个人完全是在憧憬，叶黎坐在建飞的脚踏车后面，把头靠在建飞背上。建飞用力踩脚踏车，身子一扭一扭的，叶黎的头也跟着一动一动。叶黎问："建飞，你这样踩着是不是很吃力？"

建飞腾出一只手来，往后摸摸叶黎的脸，道："这点力气算什么，我有的是力气。"然后，叶黎就不再说话，把脸贴着建飞的后背摩挲一下。等到了出租房楼下，两个人你追我赶，建飞当然很多次会突然蹲下来，轻声说："来，我背你。"叶黎常常不推辞，张开双臂趴到建飞背上。这个时候，建飞就开始进入实质性的话题："叶黎，不知道被什么惹了一下，很想了。"

叶黎在背上很诚恳地坦白，"我也想的。"建飞假装怀疑，道："真的？"叶黎咬住建飞的肩膀，很结实的肉，道："嗯。"

那时的日子，对于建飞来说，是人生的辉煌期，他在冬天也会大汗淋漓，每一次都会说："叶黎，上帝就是安排得好，你就该是我的。"叶黎有的时候不解，问："什么意思？"建飞就说："你看，我们多少快活啊！"叶黎就又要批评建飞，"不能说快活，要说幸福。"建飞还是不肯依了叶黎，道："我就喜欢说快活。"

看着建飞沉醉在酒里，叶黎忽然说："建飞，我背上好像被虫咬了，有点痒。"

建飞说："冬天怎么会有虫爬到你身上，来，我看看。"叶黎一听，说："算了。"

建飞看叶黎那神态，又喝了一口，像是突然醒悟过来的样子，用手指点了点叶黎的耳朵，放下筷子，一弯腰就把叶黎抱起来。叶黎本想挣扎一下，以淡化自己的阴谋，又觉做作，头一伸，啜住了建飞的嘴，建飞嘴里还有很浓的酒味。两个人像是久别重逢，热切地接吻，两个人都有泪水，这是他们结婚十多年来，第一次在这种氛围下流泪，是动了感情的。叶黎感到自己反应很明显，胸开始发胀，建飞的状况也很乐观，刚才叶黎已经试探过了，趁着激情赶紧宽衣，不要忘了拉上窗帘，不要忘了关上房门，阿布这个精灵，除了不会说话，和人没有什么区别。一切都好了，建飞在叶黎身上欢腾起来。他的动作显得很粗鲁，仿佛找回了自己作为男人的尊严，他几乎带了一点强暴的意味，叶黎虽然希望建飞生猛一些，但是，她还是觉得了不妥，建飞似乎不把自己当妻子，而是敌人，甚至在他进入叶黎之前，用双手按住了叶黎的胸，他的力量大得惊人，叶黎发现自己的胸腔要被压碎了，她忍着她忍着，她等待着建飞，可是，就像是失去了方向，横冲直撞了一会儿，终于像在太阳下暴晒很久的茄子。

这是一次非常失败的尝试，叶黎事先做了充分的准备，她的目的很简单，让建飞恢复自信，就算是一次也可以，事实上，建飞确实是不能了，尽管后来两个人努力很久，终究还是放弃了。这个晚上，对于叶黎来说，可以说是悔恨交加，要是自己不这样刻意就好了，好像这一次的精心准备，就是为了正式证明建飞的不行。建飞疲惫不堪地睡了一会儿，终于起来，开始穿衣服，叶黎问："建飞，你怎么啦?"

建飞很低沉地说了一句："我也想知道我到底怎么了。我睡儿子房间去。"

叶黎不说话，她知道，这一刻，说什么也没有用。

同学会的通知是冬至那天别人告诉他的，建飞其实不想去，当时，他在电话里对同学说："我请假很困难的，我们学校管得很严，再说，学生要考试，吃饭的人特别多，我们5个人在干7个人的活。"

同学在电话里就说他薄情寡义，无奈，他勉强答应下来，回到家，和叶黎说起同学会的事，叶黎说当然要去的。"衣服反正刚刚买，皮鞋，对，建飞，反正要过年了，早晚要买一双的，不如早点去买好，这次同学会可以穿，我们不会比别人差的。"

建飞听着有点不舒服，道："我们不是去比赛。叶黎，你想得比我复杂多了。"

叶黎说："我也觉得自己变了。"

第二天，他向食堂主任请假。

食堂主任一抬眼皮说："有什么事比赚钱重要?"

建飞一下子说不出来，直接说吧，觉得好像这个年纪，还像小年轻一样开同学会有点赶潮流。但是，其他又说不出什么理由来。他沉吟了一下，说："反正我明天要请假的。"

"反正?"食堂主任的眼光从电脑上移到他身上，道："你的意思是我同意也要去，不同意也要去? 哦，差点忘了，明天有个考察团要来我们学校，你们楼上楼下都要上班。你烧大锅，如果明天你真有事，就去吧。"

建飞忽然就说："算了，我不请假了。"

食堂主任的手指敲了几下键盘，说："我没有时间和你说那么多。你变化真快。好吧好吧，明天的加班费会高一点的。"

第二天，建飞没有参加同学会，电话一个接一个地打过来。建飞开始还接几个，解释说在外面回不了，后来干脆不接电话。

考察团人员不少，有满满两桌，建飞被分配烧三个菜，一个是清炖土鸡，一个是清汤蝮蛇，还有一个是干烩龙虾。这几个是建飞的拿手菜，只是因为他被分配到烧大锅菜，自己的手艺很少有机会展示，只有等到大家来不及了，他才被叫去帮着烧。烧大锅菜是个卖命的活儿，一口阔大的烧热的锅，放上油，等油烧热后，就要把一百来斤左右的蔬菜大筐端起来，倒入大锅，一把巨大的锅铲要迅速翻动，靠的都是体力——好像这么说也不对，蔬菜也是烹饪呀，只是计算工资的

赞美诗

时候，建飞的工作被列入了纯体力活，除了每个月加 25 元体力费外，工资划到最低一档，按食堂主任的话来说，你是厨师，就得有手艺，就像评职称，光靠体力是不够的。

建飞好几次都和主任要求，能不能再要个帮手，他的体力实在吃不消，一个学校三千多个学生，他得负责两千多学生的蔬菜，他的手不是被筐割破，就是被蒸汽熏伤起水泡。叶黎很心疼，买烫伤膏，买红花油，买创可贴。建飞总是安慰叶黎，吃这点苦算什么。一直到后来算工资的时候，建飞觉得自己的付出和所得差得实在远得离谱，去主任那里争取了几次，未果。建飞总觉得自己在向这个世界乞讨，他常常想要逃离，但是，又不知道要到哪里。

建飞开始认真地烧清炖土鸡，从内心来说，他是喜欢并且热爱这份厨师工作的。厨师现在已经被尊称为营养师了，社会地位也比较高，只是自己现在是一个省级重点高中的食堂厨师，又有什么前途呢？建飞有的时候一边想问题一边做菜。今天这个清炖鸡建飞花了很多心思，光是调料就用了十七种，那些调料当然不能直接和土鸡一起下锅，得先在清水里过一下，再放入一只砂锅，砂锅很密封，文火，煨二十分钟后，用网勺捞去调料，再把一只新鲜杀的土鸡放入砂锅。

现在，厨房飘荡着土鸡的香，这种香按照小东的话来说就是，闻到说不出话来。

土鸡被端上去了，"闻到说不出话来"的香，那鸡肉一定很鲜嫩的吧。建飞觉得有了一些成就感，他甚至暗暗下了决心，以后，要认真对待每一个菜。

又过了四十来分钟，建飞的几个菜都送上去了。建飞去浴室冲澡，看见浴室门锁着，见鬼，今天是周四，不让洗。建飞用毛巾抹了一把汹涌而下的汗，踢了一脚浴室的门，回到更衣室。刚要换衣服，只听主任呼叫着他的名字过来了，"建飞，建飞，快快，到包厢去一趟。"

"到包厢？什么事？"建飞愣着不想动。

主任有点着急，"走呀走呀！愣着干什么？"

建飞说："我换个衣服。我的衣服湿透了，都是汗。"

主任说："不换了不换了，我也不知道什么事儿呢！包厢服务员传话下来，让你上去一趟，领导找——啊呀，建飞，你实话告诉我，你的菜是不是出问题了，真叫人担心。"

建飞冲在主任前面，他不相信自己的菜有问题，每一个菜他都是精心烹制的。坦率地说，他很少有机会烧这么精致的菜，以前在饭店打工时烧过，后来逮着机会反复练，因此，这几个菜烧出去，他心里踏实。

包厢的门上挂了一块牌子：宴会厅。里面很热闹，建飞到门口就站住了，等着主任赶过来开了门，建飞跟着走进去。都是有头有脸的人儿哪！那个是校长吧，文质彬彬的，戴了副眼镜，这边是教务处主任，女的，一头长波浪烫发，还有一些面孔就很陌生了。建飞有点局促，主要是因为他的衣服不对，像刚从水里捞上来一样，说得直白一点，他完全是一个淹死鬼模样，白色的工作服被汗水紧紧地贴在身上，虽然是平头，但是，也像在水里浸泡过，还有那条裤子，一直湿到了膝盖处，脚上一双高帮雨鞋——建飞原想着到浴室冲一下高帮雨鞋，鞋子里的汗水，倒出来的话，有一斤重。

主任到了包厢，也显得有点乡巴佬，都有点低头哈腰了，说："领导好！厨师来了！"

大家于是就安静下来，齐刷刷地看着建飞，建飞不知道该说些什么，只是用毛巾擦不断涌出来的汗，包厢的空调开得很高，估计有28度，他刚从那口大锅旁边走过来，所有的经脉都处于强热度状态。

一个声音响起来："建飞，建飞。你是建飞。"

建飞朝那个声音看过去，一个白净的男人正在叫着自己的名字，他是谁呀！建飞一时有点糊涂，他学着食堂主任的口气，说："领导好！找我有事吗？"

因为建飞开口说话，大家这才定睛看清楚了面前这个人。一身油腻的工作服，一张因出汗过多显得苍白的脸，一条看不清颜色的灰不溜秋的裤子，居然还穿了双高筒雨鞋。

主任问："领导找建飞有事吗？是不是菜出了什么问题？"

主任这么一说，大家都朝着刚才招呼建飞的那个人看，那个人忽然有点局促起来，挥了挥手，说："没事了。没事了。"

建飞是忽然回过神来的，刚才喊自己名字的这个人，不是同学吗？叫什么来着，唉，看自己这记性，真是不行了，痴呆了，叫……叫……

建飞来不及叫出同学的名字，就被食堂主任推出来，说："没事了，没事了。"

这个莫名其妙的小插曲，在建飞的内心埋下一颗哀伤的种子。在回家的路上，被风一吹，他就想起同学的名字来，叫郭连达，听说大学毕业后，在省城的教育系统工作，莫非今天食堂主任说的来考察的省领导，就是郭连达？那刚才，郭连达为什么叫出自己的名字了，却又没有相认。

小东在后面追上来，小东骑的是一辆电瓶车，没声没响的，他放慢速度，和建飞挨在一起，"老程，听说你被叫到包厢训话。怎么回事？菜出了差错？"

建飞回头看看小东，小东的脸显得很清白，少了血色。建飞说："小东，你的脸这么白，是不是身体不好？"

小东说："老程，做我们这一行的，除了流血出汗，还有什么，我也怀疑自己生病了，去医院查，都好，说是要加强营养，还说汗是一个人的精华，不能过量流失。这都是他们自说自话，谁不想坐办公室，吹吹空调啊？"

建飞说："谁说我被训话了。"建飞突然就冒出来一句，"我的同学在包厢吃饭。"

小东一下刹车，电瓶车发出刺耳的尖厉的声音，建飞听得难受，说："你怎么了？"

小东跨下电瓶车，推着走，他让建飞也下来，两个人开始走路。可是小东欲言又止，好一会儿才说："我不知道的，真的我不知道你同学也在吃饭。要知道，我就不那么做了。"

夜色很重了，冬天的夜晚，看不见星星，不远处的旷野上，雾气笼罩着。建飞叹口气，道："他认出我来了，我们是高中同学，上下铺呢，他住上铺，我住下铺，有段时间，他身体不好，不愿爬铺，就和我一起睡，高中后半学期，我们两个人一直睡到放假。"

小东羡慕起建飞来，说："同学在省城教育系统做官，那你也要提拔了，至少不用在大灶烧菜，那不是人干的活，骡子背石头上山，也没有你那工种苦。"

建飞摇了摇头，他想再好好说说自己和这位同学的趣事，转念一想，算了。他跨上自行车，说："他根本不认识我了。"

小东也跨上电瓶车，"他不想认你了吧？不知道在喝谁的血。"

建飞停下自行车，一只脚踮住，说："小东，我也觉得很难过，有的时候我都要爆炸了，世界太不公平了。但是，我们平头老百姓又能怎么样呢？"

小东说："我有我的办法。你不知道。我告诉你吧……"说到这里，小东住了口，"老程，你还是先回去吧。我不想害你，我已经决定不做了，到明年，拿了开年红包，一百元也好，我拿了就走。"

建飞说："小东，现在没有门路找工作难啊。我们都认命吧。"

小东朝雾蒙蒙的夜色吐了一口，"我呸死他们！老程，你怎么会知道呢？你就蒙着个头做事，所以你会很安心，你知道吗？那些领导，今晚喝的酒是多少钱一瓶的吗？六千块，你不相信吧。六千块啊，我们半年的工资。每一次，他们来喝酒，食堂主任都要提前把货准备好，我看了单子，每一餐饭，他们要吃掉四万多块钱。我们的工资呢，你算过没有，我做了七年了，到手的是多少钱？一千七百元，一千七百元钱！包厢服务员说，每一次他们吃完饭，都要把瓶里没有喝完的酒倒在剩菜里，还说，'不让那帮小子喝，他们知道这酒好喝，都想喝，但是他们买不起，这为了他们好，免得他们心里不平衡。'"

建飞的头嗡地就大起来。他对着小东吼了一句，"就你这烂嘴，在瞎说些什么！"

小东在后面呼啸起来，"他们以为外面都是地沟油烧的菜，回到自己食堂来吃饭是安全的，告诉你吧，我每天都在收集地沟油，我把他们的好油倒掉，用地沟油烧给这帮人的吃。"

远远地，建飞忽然车头一歪，从脚踏车上掉了下来。

回到家，建飞的手肘还在隐隐作痛，儿子今晚不用自习，在家。看到爸爸满脸晦气的样子进了门，儿子很快溜进房间。从去年开始，儿子莫名其妙，眼角膜常常过敏，而读书是最费眼睛的，去医院看了好几次，都说要注意用眼卫生，这个说法叶黎的解释很明白，就是要少看书，或者说，要用正确的姿势看书，不在光线暗淡的地方看书。所以，有的时候，儿子看书晚了，叶黎就心疼地劝，"算了，儿子，早点睡，要注意用眼卫生。"

建飞可不是这么想，他常常用自己的文化水平来衡量自己的工作岗位，他觉得他现在流血出汗，就挣了一千来块钱，不就是因为没有文凭吗？在儿子未来的出路问题上，夫妻俩常常提前进入分歧，末了，建飞都会吐出一句，"你们国家的人说话总是有道理的，我们哪里有说话的份啊。"

叶黎这才会醒悟过来，说："建飞，我也是刚刚才吃国家的饭……"

话没有说完，就听见阿布惨叫起来。建飞拿了一根棍子，正抽阿布的头，左一下，右一下。阿布是一只狗，到底遵从了主人，服从于主人，尽管它根本没有做错什么。如果说有什么错，那就是成了建飞家的一只狗。它惨叫着，欲找个地方躲藏。然而，建飞庞大的身子抵住了它的出路，它只有叫，喊叫——除了这样做，它还能怎么样？建飞这个时候忽然意识到什么，哐当一声，他丢掉棍子，蹲下来，想抱一抱阿布，见阿布的嘴角和鼻孔有血流出来。阿布看到建飞丢了棍子，趴在建飞的脚背上，呜咽起来。叶黎赶紧躲到儿子房间，"儿子，快点睡吧，你爸他彻底变了。我们不要惹他。"

建飞很快摔上门，带着阿布出门去了，叶黎看见建飞换下来的工作服，一双高帮雨鞋搁在一边，短裤是完全湿透了，叶黎开始洗衣服，衣服散发出一股浓郁的汗味。冬天多么冷啊，可是，建飞的衣衫每一天都是湿漉漉的。叶黎洗着洗着就开始抽泣，她开始想象建飞在锅台边是怎样忽然把手割破了，又怎样忽然被一下子冲出来的蒸汽烫伤了手背，或者，怎样被校长的小舅子指手画脚地道不是，建飞的日子过得多苦啊。"可是，建飞为什么忽然对我敌意起来，以前我也是一个临时工的时候，我们的共同话语很多，有梦想，有憧憬，为什么我们现在日子好起来了，建飞却变得歇斯底里了呢?"

半夜，叶黎起夜，看到儿子的房间亮着光，看起来不像是电灯，她开了房门进去，发觉儿子正打开 MP5 在放音乐，屏幕散发出蓝幽幽的光。叶黎走过去，发觉儿子已经睡着了，耳机还塞着。叶黎帮儿子摘下耳机，又帮他掖掖被角，走出来，却发觉阳台上一点微弱的火。她吓一跳，走过去，一看，才发觉是建飞，他什么时候起床的呀，刚才还看见他睡着呢。叶黎过去，说："建飞，你怎么也起来了。"

建飞说："睡不着。"

叶黎后来才知道自己犯了一个不可饶恕的错误，但是，当时，她觉得很正常的，因为似乎有了合适的语境，她脱口而出，"这儿子，真淘气，不知从哪里弄来个 MP5，听着都睡着了，还没有摘掉。明天让他把这个东西还掉。"

就这么平常的一句话，惹得建飞暴跳起来，他把一根刚抽的烟往阳台一丢，道："我拎他起来，这个不争气的东西，还知道向别人借东西了。"

叶黎的身子一挡，道："建飞你要干什么? 深更半夜的，儿子要吓坏的，明天我好好训他一顿就是。"

建飞哪里肯依。两个人就在阳台上推搡起来，叶黎说："建飞你要干什么? 建飞你冷静一点。"建飞这会儿像失控的马，一下就把叶黎拎开去，吼叫着："你给我躲开。"叶黎在背后抱住了建飞，"建飞，我们去房间，我们去房间，你要吓着他的，儿子还小。"

建飞的身子一扭，又要走，叶黎说："你打我吧，你打我吧。你打死我吧，我死了你就会好过一点的。"建飞回身，看了看叶黎，那眼光，叫叶黎无法形容。她没有犹豫就伸出手，对准自己的脸扇了两个耳光，这两个耳光用尽了叶黎所有的力气。她觉得嘴角有什么流下来，她舔了舔，咸咸的，她感到整张脸像被刀刮去了皮，火辣辣的。一下子平静下来，叶黎忽然觉得一切问题都解决了。她走到洗手间，打开水龙头，把头伸过去，哗哗地冲起来，她感到彻骨的寒，仿佛整个身子都被按在了冰天雪地之中。

第二天，叶黎请了假，在家休息，她开始整理东西。她也不知道为什么要整理，整理好了干什么，她只觉得应该找点事做。她也尝试着画画，当她打开画夹时，又觉得可笑，觉得玷污了艺术。她觉得自己仿佛在乘坐电梯，一直往下，往下，大约是到地狱去。过两天，学校打电话来，她才去上班，到单位，同事说起自己的工作辛苦，叶黎自然地说："我都觉得在天堂了，我老公每天回来，工作服是湿透的，高帮雨鞋里可以倒出两三斤汗来。你不知道，短裤都是湿的。"

同事开玩笑说："你老公短裤湿的，是不是汗水啊？不会是那个吧？"。

叶黎把一杯刚冲的茶泼到同事的脸上，道："你这个狗娘养的，去死吧你。"叶黎才发觉，人逼到极限，是没有道德可言的。

这样，叶黎就被学校处分了，好在叶黎平时和同事相处得都不错，也因那位被泼茶水同事的宽容，叶黎被扣去一个月奖金和工资，作为对那个同事的赔偿。事情就这样平息下来。

离婚是建飞提出来的。那天，也没有什么预兆，只是因为儿子说想去配副隐形眼镜，叶黎没有多说，她想饭后单独和儿子谈谈，告诉他，眼睛有角膜炎的话，配隐形眼镜对眼睛损伤很大。正在吃饭，叶黎就扯开话题，年关近了，过年要买点什么东西，依旧是三个叔叔，两个伯父，加上建飞大哥二哥家，还有小孩子的东西也不能少。叶黎忽然想起来，放下碗筷，走到房间，拿出一个很小的红纸包，居然又是一张超市卡，叶黎笑眯眯地说："建飞，我们的年终福利。听财务说，有三千呢。"

建飞很专注地吃饭，他看了看桌上那张卡，说："三千，真多。"又低头吃饭。儿子开始算三千块钱可以到超市多少次。一会儿，叶黎的电话响起来，是同事打来的，说下周一晚上大家聚餐，要过年了，要好好地庆贺一下，还有红包发呢。叶黎关手机时，唠叨一句，"关了关了，休息天也搞得这么忙。"儿子就添一句，说："忙才有钱呀。"

建飞抬头看看儿子，夹一筷子菜，又夹一块鸡肉给儿子，忽然很沉静地说："叶黎，我们离婚吧。"

叶黎正扒一口饭，以为听错了，说："建飞，什么？你刚才说什么？"

建飞说："我不想重复，你听见我说什么了。叶黎，我什么都不要，我一个人走出这个屋子就可以。"

叶黎问："为什么？建飞你告诉我为什么？是不是我又做错什么了？"

儿子还不知道自己说错话，又说："都要过年了，还说这不吉利的话。爸，你是不是还没有睡醒？"

手续很简单，是协议离婚。叶黎觉得凭自己的力量已经无法挽回这段婚姻，确切地说，是留不住建飞了。她把建飞的大哥二哥也都请来做说客，大哥二哥都持怀疑态度，觉得是不是两口子在开玩笑，都过年了，就算有个口上口下的不痛快，过个年，都会被喜气冲淡的。但是，建飞已经有点迫不及待的样子，要不是叶黎再三解释，大哥二哥还以为建飞有了外遇。这样，离大年三十还有两天，建飞终于和叶黎办了离婚手续。因为房子本来就是租住的，也没有大的财产需要分割，倒是叶黎觉得事情很莫名其妙，整个事件仿佛是一个梦。

她在离婚前一个晚上，把建飞喊出去，到江边走了走，本来想问明白到底问题出在哪里，但是，两个人走着说着，却回想起了当年。那时他们在这个陌生的城市奔波，觉得生活很有目标，如果能够赚到多一点的钱，他们甚至想在城里买个二手房，他们还回忆起儿子小的时候很多淘气的事，有一次，睡着睡着，到半夜发觉儿子不在床上，原来是挂在蚊帐上了。还有一次，儿子刚刚换牙，看到从自己嘴里掉出一粒牙齿，又看到血从嘴里流出来，哭起来，问爸爸，是不是自己要死了。他觉得死很不好，因为眼睛一直要闭上的，就看不见爸爸和妈妈了。

夫妻俩在江边一边走一边说话，气氛相当融洽，在一个亲水平台上，建飞还碰到了同事，同事打了个响指，说："恩爱夫妻一线牵啊。"

快走到鹿山脚下，叶黎停住脚步，认真地问建飞："建飞，你和我在一起十六年，是不是我们的缘分真的断了？"

建飞没有回答，只是把手搭在叶黎的肩上，轻轻地说："回家吧，叶黎。外面太冷了。"

叶黎说："我们两个人如果实在不能在一起，不一定要离婚。我们可以先分开过，建飞你觉得哪天我们能在一起了，我们还像以前一样。"

建飞忽然说："我不想连累你们。我也过累了。"

建飞的东西也真的不多，全部整理起来，也就装了两个箱子。大哥二哥过来，帮建飞搬东西，建飞已经在西堤路找到一个房间，有单独的卫生间，可以做饭，按建飞的话说，条件很不错。大哥过来劝叶黎不要太难过，建飞变成这样大家都不知道是为什么。

这个大年三十无疑是人间地狱，对于叶黎来说，她不知道世界出了什么问题，和建飞的感情依旧，可是为什么要分开呢？她记得有一次建飞说过一句怄气的话，说："我和你是两个阶级的人了。"什么时候，一家人都有了阶级之分？叶黎知道，就算再怎么想，也是不会懂的。

春节结束后，叶黎开始上班，她的整个春节是在迷惘中度过的，包括儿子，儿子一再问，"爸爸为什么不和我们一起过？爸爸他在哪里过年？他一个人不冷清吗？"被问得多了，叶黎就会陷入深深的漩涡。她有一次打了一个电话给建飞，告诉建飞家里的电线被老鼠咬了，在冒火花。建飞很快赶过来，他看起来气色不错，情绪也还可以，只是，眼里像藏了一把刀，随时要拔出来，刺了谁。叶黎关照建飞要照顾好自己，建飞忽然说："我反正烂命一条，总有一天，我要做一件大事。"

叶黎说："我们又不是小年轻了，建飞，那个时代已经过去了。"

建飞说："总有一天，你会看到，我做了一件大事。"

叶黎慌起来，说："建飞，你绝对不能做傻事的，我们有儿子，你有哥哥，有亲人……"

建飞说："叶黎，不要担心，我不会有事的。"临走时，到儿子房间看了看，发现了那个本子，去年年初买的，封面上写着"十万个为什么"。建飞放下本子，说："我也有十万个为什么要知道。"

后来，叶黎接到建飞同事电话，说建飞没有来上班，昨晚告诉同事说，要去消灭什么。现在建飞神神秘秘的。同事问："你们家没有出什么事吧?"

叶黎挂了电话，赶紧打建飞的小灵通，果然关机。她慌忙地分别给建飞大哥二哥打电话，也给自己的姐姐妹妹打电话。

叶黎骑了个脚踏车，先来到市政府门口，远远看去没有什么动静，赶紧又来到建飞上班的学校，看到传达室也没有什么异样。叶黎这才放下心来，只是，不知道这个时候建飞在哪里。叶黎又赶回家来，加了一块围巾，出去，临关门时，阿布冲过来，要跟着，这个畜生似乎也明白一点什么。叶黎就由着它跟在身后。

叶黎开始往江边找去，阿布一会儿冲在前面，一会儿又跟在后面，到达那片小树林时，阿布旺旺叫着往前冲去。叶黎跳下脚踏车，一边走一边建飞建飞地叫，她听到阿布冲进小树林，她赶紧放下车，也钻了进去。这会儿，叶黎才看清楚，在那边枯黄的草地上，树林边，建飞很安静地坐着，他的头发已经被露珠浸湿，太阳透过树梢，照在建飞湿淋淋的发梢。阿布在建飞身边蹦跳。建飞见阿布过来，一把搂住阿布的身子，把头窝在阿布的身上。阿布欢快地甩动尾巴，整个身子晃动着。它伸出舌头，到处舔建飞，手上、脸上、脖子上。建飞缓缓地站起来，阳光从建飞身上掉落，在草地上铺开去，草尖上都是露珠。阿布开始在草地上打滚，建飞看着阿布欢快的样子，一弯腰，也打了个标准的虎跳，身姿健朗，他接连翻了几个漂亮的虎跳，等他最后一个虎跳停下来，看到叶黎正流着泪，带着劫后余生的狂喜，张开双臂，扑过来，建飞犹豫一下，也张开那双伤痕累累的手臂，拥住了叶黎。

爱忧伤

他说："是个服装品牌。"

她说："这个名字好听。衣服的牌子怎么会取这个名字。"

他说："类似于音乐的蓝调。"

她说："蓝调?"

他说："最初的起源似乎是美国黑人音乐。区别于摇滚和乡村之间。"

她说："你一派胡言。"

——探监聊天记录

1

刷牙的时候，手机滴一声响，子芩满嘴泡沫转头去看，刚巧碰上程树青也盯着手机，子芩赶紧收了眼，低下头就着水池，看到溢出的牙膏泡沫里混杂着红色，牙龈又出血了。子芩一愣，忽然觉得右眼皮跳了跳，脊背不由自主寒起来。很多年前，仿佛也是这样一个场景，牙龈出血，右眼皮跳，然后便接到老家来电，母亲喝了农药。

子芩潦草地洗漱一下，手在睡衣上擦了擦，赶紧翻看手机，却是新华社快讯：罗州市原副市长鱼朝阳、恩铭市原副市长孙嘉南依法核准死刑后，已于今天上午被执行死刑。子芩的心咯噔一下，顿感胸前闷得慌，随手把手机丢在桌上。程树青靠在躺椅里，漫不经心地又瞟一眼手机，接着再看看子芩，子芩感到芒刺在背，忽地转身过去，盯着程树青，两个人对峙着，程树青眼里的内容繁复一些，叫子芩浑身不自在。对于短信，按程树青的话来说，子芩是有前科的。自那次短信事件后，在这个家里，短信已经成为一个避讳，不得已，是不再提起的一个词。再看程树青微微挑起的嘴角，全然是鄙夷，子芩窝了火，又不想多解释——冷战时期，语言总是多余。今天也不知哪根筋搭错了，有些不管不顾的决然，索性翻出那条短信，一个字一个字地读起来。子芩一边读着，一边却深入地想到这样一个事实，当自己还睡在床上，做一个不着边际的梦时，两个生命结束了。行刑用的是枪。子芩的脑海生生地浮现出猩红，血从那两个男人的后脑勺流出来。"不要想不要想，与我何干？"子芩欲斩断思绪，却依然惶恐，虽与自己毫不相干，之前报纸也连篇累牍地报道过他们贪污的事情，数额巨大到可以买下金融海啸时期半个小国家。但是，总归还是鲜活的生命，吃饭，穿衣，和亲爱的人儿肌肤相亲。

子芩刚读完短信，程树青却按捺不住的样子，倾身起来，嘴里吐出四个字："精神分裂。"

天忽然阴了。"精神分裂。"子芩已经不再陌生这样的口战，在他们漫长的度日如年的婚姻岁月里，子芩的周身布满了被语言刺伤的创口，程树青喜欢用那些极端的词汇来表达自己的观点。比如，"你个十三点。""你神经错乱了。""不要这么辛苦，难保你能用得着这些钱？""你的脑子进水时间太长了。"子芩每一次听到这样的句子，都接近了崩溃的边沿——多少次想要离开这个男人。但是，程树青不给她这个机会，程树青说："我说话习惯向来这样，怎么？上了一次报纸，上了一次电视，你就高贵起来了？"

子芩摇摇头，想摆脱"精神分裂"这个词，觉得晕起来，早饭没有吃，大约是低血糖吧。子芩喝口水，吃一个苹果，权当早餐，也像中餐，换身衣服，出了门。周末对于子芩来说无疑成了最难熬的时光，儿子还在学校，高考临近，学校已经取消双休日，读半个月，放假半天。在儿子不曾露面的那些日子，子芩和丈夫程树青总是处在不知所措的状态之中。也不知从哪一天起，他们已经不再对话，甚至有的时候，双方都成了一个摆设，一张闲置的桌子，一个博古架，每每听到收废品的吆喝声，子芩都冲动着以为家里全都成了被收购对象，被人拆卸了丢到三轮车上，过秤，多少钱一斤——"我真是疯了。"子芩摇摇头。

日子混乱不堪，她常常无心顾及这些日常，却也不知道自己应该关注什么。有的时候她甚至觉得自己已经死了，她不明白这样的生活，过着又有什么意思。还是去单位吧——她曾经如此厌恶医院的气息，消毒水，厕所传达出的混杂味道，血腥，醉酒，她的左侧是急诊室，每日里，听到的都是十万火急，和命有关的呼救。隔壁办公室的保安，整日里板着脸，站在医院大门口吆五喝六地指挥车辆、病人。子芩最担心他踱步进到她的工作间，他的到来，对于子芩来说，都是一场言语的灾难。比如，他一开口就说："镇东头有个女人，老公出国才半年，熬不住，养了一只狗，你知道她怎么了？"

碰到这个情况，子芩总是希望手里有一样独门暗器，不动声色就可以把这个碎嘴的保安给解决掉——每每这时，子芩都会害怕，担心真的有那么一天，她抑制不住，要杀人。或者，杀了自己总可以吧。但是，总归要回到现实，现实是，子芩试图岔开话题，说："戚子善，门口车堵住了，你快去看看吧。"

戚子善不着急，说："堵一堵，堵着堵着他们才知道我重要了。这帮吃屎的。"

好在保安上班时间很正规，有完整的双休日，因此，对于子芩来说，没有保安服在眼前晃动的日子，简直成了节日。在家里待不下去的时光，她便会到工作室，这一隅，这一刻，她是安全的。

工作室是前一年开辟的，心理理疗室，解决肉体之外的痛楚。子芩原先在外科，在这个小镇，她的那把手术刀是出了名的，她细致，缜密。和其他外科主刀不同，子芩每一次接到手术任务时，总是很激动，甚至兴奋。如果条件允许，她会沐浴，穿一套淡粉色内衣，在胸前抹一点范思哲，一切准备就绪后，她的双眼就溢出了幸福。她的助理是个男的，平日里喜欢写几篇文章，眉清目秀，周身透出的气息，令所有同事都感到舒服，真是难得。在这个小镇，愿意把"儒雅"这个词安在一个男子身上，对于子芩来说是困难的，而助理却能够称得上儒雅，像一件量身定做的衣服，很得体。他把子芩的手术称作舞蹈，具有很强烈的仪式感，他也会在文章里把子芩的外科艺术和她的刺绣结合起来，这一点，子芩倒也是认同的。某种程度说，子芩把手术看作是刺绣了，飞针走线，是舞蹈，有音乐，只有她自己感受得到。在助理看来，子芩对于这两种艺术的热爱，是可以以命相抵的——子芩笑笑说："我没你说的那么虔诚。"助理说："是痴。"子芩说："知道痴字怎么写吗？是病。"

2

如果不是因为那一次，那个短信，这一刻，子芩应该还是一个热爱手术刀的医务工作者。后来，子芩被拉去看了看手相，手相大师握着子芩的右手，说："看你拇指根，青黑色的一个小点，你已经过了辉煌期，手很薄，你没有富贵的命相，除非离开血地。"

"血地？"子芩打了个寒战。

"就是你的出生地。"手相大师边看边摇头，"你这个女人啊，心比天高，命比纸薄。"

子芩接一句："小姐身子丫头命？"

手相大师不置可否。

工作室掩映在茂盛的树荫之下，鹅掌楸的叶子已经褪去了春天的嫩黄，绿得深沉。推开门，绿萝、仙人掌、吊兰，都是绿色。子芩放音乐，她最爱听维塔斯的《母亲》，海豚音，她常常听着听着便落了泪。自从母亲去世后，子芩就觉得自己成了孤儿，无助伴随着自己的生活。她躺在那张藤编躺椅上，用一块黑色的布盖住眼睛。维塔斯一遍一遍地演绎着，那高音在子芩听来是呼唤，也像是挣扎，暗合她此刻的心境，她需要一个出处，可以让自己吐出一大口浑浊的气。

"谁的短信？谁的短信？"

"他说在等你，你们在一起几次了？"

"你的身体是鸦片？我怎么觉得是一堆腐肉？"

"难怪，难怪近不了你，原来你要留着身子给他。"

"肮脏的东西。"

子芩一惊，醒了过来，这真是奇怪的事，怎么会睡着呢？子芩起来，开始看报，之前子芩很少看报，"世界正发生天翻地覆的变化，我不关心。那么，我在关心什么？"这一问，子芩呆住了，她觉得这个世界竟然没有什么需要她来关心，即便那些面色灰暗前来咨询的饮食男女，也不例外。他们只是暂时需要，需要一个宣泄的地方，需要有人傻瓜一样聆听。

子芩打开门，周围很安静，夹竹桃花开得浓烈，那边一蓬木槿花也开了，夏天真是个热闹的季节。风里带着植物的清爽的气息，子芩的感觉一点一点好起来。她转身，刚要关门，冷不丁的，忽听身后一个声音："干部，有要卖的报纸吗？"

子芩吓一跳。问："你刚才喊我什么？"

推三轮车的是个中年妇女，经年的风雨侵袭使她的面庞有早衰的迹象，握着车把的双手粗糙，指节粗大，像做多了重劳力的男人的手。子芩像是动了恻隐之心，说："进来喝杯水吧。"

中年妇女愣了愣，忽然明白过来，先推辞着说："我不渴。"接着便进入正题，"干部，你有废报纸卖吗？"

子芩拿纸杯，倒了水，走出来，递给中年妇女。中年妇女显然没有受到过这样的礼遇，她忙不迭地感谢，接过来，仰起头，咕嘟咕嘟喝光，她刚要把纸杯捏扁，子芩接过来，又倒一杯水。然后，她站在里面，招呼着："太阳烫，进来坐会儿吧。"

话题是不经意间展开的，开始时，子芩的角色毫无疑问属于有资格关心别人的那种，嘘寒问暖，从身世到婚姻，到孩子，到生计。忽略情感。确实，在子芩关注的范畴里，对这个叫陶彩凤的情感是不关心的，不是不关心，在子芩的理解里，感情对于陶彩凤来说，是奢侈品，享用不起——这中间，子芩还把那件白色长褂穿起来，又在左胸贴袋里插了一支圆珠笔，就像医生对病人，子芩对这样的角色很喜欢。

子芩像门诊医生，而且是一个比较贴心的门诊大夫，问到健康状况时，子芩甚至拿起陶彩凤的手，右手三个指头，轻轻地按在陶彩凤的脉搏上。她感觉到，陶彩凤这个结实的女子，脉象顺畅，体魄健康。子芩说："你身体很好。"

是突然之间的事，陶彩凤说："我讨厌那事儿。我现在一想起他那里那个东西，都想吐。"

维塔斯的海豚音成为背景音乐，子芩忽然看看窗外，马褂木葱绿，一片一片叶子，像一件件细腰肩圆的旗袍，风吹树摇，满树的旗袍舞动。"是真的，医生。"陶彩凤说，"我已经半年没有让他近我的身了，我讨厌。没有那件事，我的身体就好。"

3

陶彩凤十一点半离开子芩的办公室，子芩翻出所有报纸，新的，旧的，甚至把一些杂志也给了她，因为觉得自己耽误了她收购废品。而陶彩凤却一板一眼地和子芩算钱，当她把乱纷纷的几张零票塞给子芩时，子芩忽然想起陶彩凤说："我一想起要和这个人过一生，恨不得现在就去死。"子芩在一瞬间被陶彩凤的话击中了，她渐渐地明白过来，所谓的性冷淡，是不存在的，冷漠无非是身体有意识的抵触，和生理无关。她不由得羡慕陶彩凤，她可以为捍卫身体抗争，而自己呢？陶彩凤还喊自己干部，也算是一个知识分子了，虚伪着，明明极度厌恶程树青，却不得不在某一个时刻委身于他。程树青满眼鄙薄，程树青热辣辣的身体，子芩想起来便要恶心——这一点上，居然和陶彩凤说的如出一辙。不过，子芩觉得自己不如陶彩凤，陶彩凤可以大声地告诉丈夫："拿开你那个东西。"按陶彩凤的意思，她都懒得动手，她说："拿开你那个东西。拿开你那个东西。"接连说了一个星期，丈夫终于收了心。陶彩凤讲到这里，居然有了斗争取得胜利的欣喜。她用手轻轻地拍自己的胸口，"医生，有话不要藏在这里，说出来就好了，就像打喷嚏，憋着，总觉得痒痒的，阿嚏一下，气就顺了。"

接下来几天，程树青出差，子芩索性休了年假，一心一意在家里待着。作为一个心理理疗师，子芩有职业之外的爱好，刺绣算是其中一样。她对于刺绣的理解，就像其他女人对于着装的爱好，有刺绣，必定有旗袍。说到旗袍，子芩的心就隐隐作痛——去年最合心合意的那一件被程树青用剪子给剪成了碎片，程树青当时那咬牙切齿的模样，子芩后来想起来依旧要打一个冷战。程树青说："在你眼里我都不及一块布？"

手指被针尖碰到，子芩像往常一样，顺势按在手臂上，常常是这样，半天下来，子芩的手臂上总会黏了血渍，血色梅花，孤绝的味道。

程树青这次出差有点突然，倒不像之前的那些日子，出发之前，总想在子芩身上摸索，讨个安慰的做法。对于了无生趣的两个人来说，时间总是被无限拉长，子芩有的时候就在心里数数，七十八，七十九，八十……碰着程树青想竭力尽到丈夫责任的那些次，子芩真是要喊出救命来的。她总是在心里喊："让我死吧，让我死吧。我不要这样活着。"

手机只响一下便没有了声响，子芩看看手机，连号码也没有。子芩再看手机，没有动静，她忽地又想起那个短信来，两个男人的生命，在那个早上消失了，也许这会儿，家属还沉浸在悲愤之中。子芩呆呆地延伸着思绪，那两个失去丈夫身体的女人，在看到自家男人后脑勺一个黑洞时，第一时间想到的是什么呢？灾难是灭顶的吧。

门被敲响，子芩开了门，却是陶彩凤。子芩内心隐隐不快，她本没有想和陶彩凤深交，只是一时好奇，好脾气地请她喝了一杯水，难不成要再有牵绊？她站在门口，一时不知道说什么好。

就在这当口，手机响了，子芩打开铁门，示意陶彩凤进了屋，子芩给自己一个理由让陶彩凤进来，她发现陶彩凤今天换了衣衫，换了发型，皮鞋是新的——权当来了一个不速之客。

子芩接电话，就听程树青的声音："医院说你休息。"

子芩道："嗯。"

程树青顿了顿，说："你就等着我出差时休假。"

子芩无语，尴尬地看看陶彩凤，倒是陶彩凤挥挥手，示意她接电话，"别管我。"

因为不知道说什么，子芩拿着手机却一直沉默。程树青也开始沉默，两个人僵持着。陶彩凤在子芩的示意下坐到椅子上，身子一歪，那张折叠式木椅忽然倒在地上，陶彩凤惊慌失措地爬起来，不知道说什么，开始鼓捣椅子。程树青那边掐了电话。

<h1 style="text-align:center">4</h1>

陶彩凤扬扬信封，说："罗医生，夹在废报纸里，掉在地上，被我家小狗叼出院子，我抢回来看，写着你的名字。"

子芩接过来，信是北方寄来的，看邮戳，似乎有些日子，果然，信封上沾了一些污渍，风尘仆仆的味道。子芩看寄信人地址，北京房山区××镇 3270 教育队。这是一个陌生的地名，子芩从未去过北京，对京都所有的想象只是天安门，有广场，车水马龙，繁华热闹。收信人一栏是富春医院心理理疗室，明明白白写着罗子芩先生。子芩看水笔写就的字，坚韧有力，暗藏了无限的想象。当着陶彩凤的面，子芩撕开信封，抽出信纸，展开信。

"子芩君"。

子芩的心忽地一软，手抖了抖，称呼很特别，子芩忽然不想让陶彩凤参与，仿佛有了一点小心思。她收起信纸重新塞到信封里，漫不经心地说："哦，是患者来信。"她倒了一杯水，递给陶彩凤，道："谢谢你。我经常收到患者的信。"

"要是我也和你说说家里的事，你是不是也会认为我患病了？"陶彩凤没有喝水，而是很诚恳的样子，接着说："我很想和你说说话的。"

"子芩君"，谁会这么称呼自己呢？子芩心不在焉地应付着陶彩凤，陶彩凤洗干净的脸庞细看起来，蛮有女人味。陶彩凤很快进入自己的语境，她开始滔滔不绝地说话，水杯端在手里，她顾不得喝一口。子芩几次想打断她的话头而不得。子芩有些烦躁，终于等到陶彩凤停顿，抓住那当口，利落地说了一句："我一般不在家里看病。"说完便又要给陶彩凤倒水。陶彩凤立马砍断自己的话，站起来，不言不语，径直走到门边，换了鞋，连招呼也不打一个，也没有关门，噔噔噔下了楼，杯子是捏着的。子芩看着她的背影很坚决，一时间不知怎么挽留，就呆着，也不说话。

关上门，子芩回身来到阳台，看着楼下小径上快步走着的陶彩凤，心情有些复杂，怕她回头，不知该用怎样的表情和她面对。好在陶彩凤根本没有那意思，她挎着那只米色皮革坤包，一甩手丢了那个纸杯，杯里的水洒在路面，杯子滚到一边去。陶彩凤连头也不回，步子从容地走出了子芩的视线。子芩想了想，暗自说："倒看不出她是一个收购废报纸的女人。"

程树青是第三天傍晚回来的，拎一个沉重的包，进门换鞋后，连澡也来不及洗，就开始清点包里的物品。小点心，小挂件，还有一只风铃——程树青第一次送给子芩的礼物是一只小小的银质风铃，当时程树青说是藏银的，子芩也喜欢，只是时间一长，风铃也旧了。而藏银的旧和其他物品的旧是不一样的，在子芩看起来，似乎有些肮脏的味道。借了年前大扫除，子芩顺手就扔了。程树青看在眼里，什么也不说，那个风铃是他去天津出差时买的。那时他还是一个有抱负的青年，新婚未到七年，儿子也刚出生，生活呈现出蓬勃的生机。程树青的爱常常要溢出来，想尽法子让子芩舒心，让儿子快乐。在一家小的饰品店，第一眼就看中了风铃。在他的理解里，小巧温顺的子芩，就该有一只风铃在窗口叮叮当当地响，细碎的声音，猫一样叫唤着。但是，一个男人买这个东西到底有些小家子气，趁大家都去塘沽，他谎称还有点事要办，独自行动，打车直奔饰品店。在他的念想里，要是错过这个，怕是很难找到了，就像他和子芩。

子芩看到后，果然喜欢得不得了，觉得这个世界上，只有这个男人是懂得的，心细如发，又体贴入微，于是便更加热烈地爱了。儿子三四岁了，两人依旧还有海誓山盟，而爱人间的海誓山盟总是有些血腥，要生要死的。

程树青拎出风铃，也不和子芩说话，直接走到房间，找到之前挂风铃的那枚小钉子，居然还在那儿。程树青一伸手就挂了上去，这当口，没有风，程树青打开窗口，窗帘没有动。不死心，程树青回转身，搬了那把小电扇，插上电，对着窗口就吹。风铃响起来——都远古的景象了。子芩的记忆一点一点苏醒过来，她有些不忍，看程树青已经摆出和好的架势，总不能太僵持了——毕竟累人。子芩像忽然发觉似的，轻声道："这个声音像是古筝。"

程树青接了话头，这次出差还是去天津，因为天津有他们单位一个分支机构，他们每年都有机会去那里出差。程树青的语调平稳，却不缺乏热情，他又从包里拿出一块手表，说是在塘沽买的，卡地亚的。子芩对手表没有研究，打开盒子来看，倒是吃了一惊，从来没有发觉，腕表也可以做得这么精致。子芩取出来，在腕上试了试，程树青接过去，解开表带，替子芩戴上。子芩抬抬手腕，说："粗犷了点。"程树青握着子芩的手臂左右看了看，道："给儿子的，等他高考结束就算是礼物了。喏，这个才是给你的。"

子芩看到一款同样牌子的女腕表，静静地躺在那个黑色绒面小盒子里。尴尬依然是在的，子芩说："我先去做饭。"

程树青淡淡地说："我们能不能换换口味？"

子芩愣了愣，说："我换衣服。"两个人出门，去了紫竹苑。饭店很小，在富春路一侧的弄堂，闹中取静。他们太熟悉这家饭店了，十几年来，一直都没有改变，饭菜的口味如常。坐下来开始点菜，依旧是程树青拿了菜单，一个一个看过去，偶尔问一句："鞭笋雪菜毛豆肉吃吗？"子芩："嗯。""生菜吃吗？"子芩："嗯。"是忽然之间的事，两个人都发了呆，想起了什么。程树青说："我们换一家吧。"子芩："嗯。"

走出饭庄，他们才觉得那么多年来，居然不知道还有什么地方适合自己的口味，像紫竹苑这样的吃了七八年，都厌烦了——子芩哀哀地想，都要厌倦的。都要厌倦的，活着也一样。子芩四面看看，弄堂外，是喧嚣的大街，车开过来开过去，很忙碌的样子。"吃面吧。"程树青没有任何表示，跟着子芩进了附近一家简陋的面馆。

"子芩君"子芩忽然想起那封信，她没有看完那信，到底是来不及看，还是……这是怎么了呢？她稀里哗啦吃完了面，见程树青正慢条斯理地数着在吃，抑制不住的焦虑。欲言又止，程树青抬起头来，说："等一下去做个头发。"子芩心不在焉地答一句："谁会这么称呼？"程树青正的吃面，没听清，见子芩百无聊赖地坐着，有些愧疚地端起面碗，吃饭一样吞了整碗面。子芩如坐针毡，说："怎么吃那么快……又不赶时间。"

一到家，子芩扑面就感觉到了之前的尴尬，无所事事的两个中年人，做什么呢？子芩坐到木头椅子上，摆开架势，像要赶时间完成一幅重大的绣品。程树青进了卫生间，传来洗澡的哗哗水声。子芩起身，进房间，拉开抽屉，拿起信，一时间想不好放在哪里。真是怪事——像在做贼。都没有看内容呢，就那样心虚。

程树青热气腾腾地出来，干干净净的一个男人。子芩避开程树青的身子，顾自低了头绣花。一针上，一针下，丝线在拉开的棚子上发出空洞的刺刺的声音。程树青进房间，又探身出来，道："我的那条鸭蛋青短裤找不到了。"子芩答应着说，在柜子第三格抽屉里。程树青说："没有。"子芩顿一顿，看看房门口，再看看卫生间被水汽蒙上的磨砂玻璃，松开线，放下针，站起来，走进房间。那条鸭蛋青短裤就躺在床上，平整地展开来，像一个熟睡过去的人。看窗帘已经拉上了，她道，"黑咕隆咚的。"便要去拉开窗帘，程树青一个箭步跨过去挡住子芩，两个人就在窗帘之间斗争。子芩用力很猛，窗帘哗啦啦地拉开，又被程树青哗啦啦合上。一次一次，两个人都不放弃的样子，当子芩再一次伸出手去，程树青一把捏住子芩的手，子芩喊出来，说："放开！你放开！"

程树青一弯腰抱起来子芩，三下两下就把子芩的衣衫脱了去。子芩一阵拍打，无济于事，程树青很快进入了她。

"子芩君"。子芩的耳畔忽然响起一个声音来，子芩的泪水顺着耳根淌下来，流到脖子上，滴在席子上，发出细微的笃笃声。程树青

爱
忧
伤

扇了子芩一个耳光，他的动作凶猛，子芩感觉到了生涩的痛。程树青说："心理医生，你心理有毛病，想从我身子底下逃出去，你为什么总想逃？你要逃到哪里？"

子芩的脸火辣辣的，她一下子松懈下来，这之前，子芩整个身子都是紧张的，收缩的，戒备的。这会儿，缴械一般任程树青由着性子来。她睁着眼睛，看程树青。程树青开始闭着眼睛，工作很卖力的样子，只是因为子芩放松了，反而没有了兴致，但是，又不愿认输，不到最后一刻，总是不放弃。子芩像观看一场电影一样，看程树青认真的模样，居然无比地同情起他来。她看着程树青左侧脖子青筋暴胀，内心里忽然闪过一丝怪异的想法，如果，用绣花的针齐刷刷地在那根暴出的青筋上刺过去，不知会是什么情景。他会很痛吧，血会飞溅着喷出来，那他就是一个受伤的男人了，也许需要卧床休息——我宁愿端饭服侍他。确切地说，只要他不在身体上要求，她是可以忍受着和他度过余生的。这个男人，说到底，也是可怜——是男人，都是可怜的吧，像女人一样。子芩一心一意地替程树青流起眼泪来，她幽幽地说："谁都想逃，你也一样。"

5

一切都安静下来，子芩走到阳台，趴着看街上。刚下过一场雨，路面湿漉漉的，映衬出远处的霓虹，荒凉的感觉。子芩听到了程树青的鼾声，居家的味道，他的需求多么低呀，只是在身体上需要一下，除了手机短信铃声响起来时他会变脸，其他时候他都是安静的。子芩想起第一次和程树青在一起，热腾腾的身子，以为世界就是他们的。活着就只要两个热腾腾的身体黏合在一起就可以了，身外的都是虚幻的，有什么重要呢？也就过去了十七八年，一切都变了，或者说，一切都没有变。程树青那时刚从部队回来，脱下军装，整个人硬朗，充满了无限的活力。单位也很不错，卫生局算是一个优越的地方，他落座的又恰巧是一个肥缺，日子过得饭糯菜香。

直到有一次，子芩做了一个梦。她在梦里哭着，无限悲伤，目的不明，甚至后来她在梦里都知道是做梦，然后问自己，为什么这么伤心，出了什么事吗？然后，梦里就告诉自己，有满腹的委屈。到底有什么委屈，连她自己也说不清。

第二天，子芩觉得有什么变了，首先拒绝的是身体。那时儿子已经在读高中，新上高一，课程不紧张，选择了走读，每个晚上九点五十，夫妻俩准时出发，去学生下车点接儿子。然后一路走回来，走着走着，子芩就落在后面，儿子停下来："妈，不会吧，这点路都走不动了？"

子芩紧赶几步追上去，程树青也会停下来，等子芩，两个人近了，挨着走，程树青会拉一拉子芩。以前这个时候，子芩虽然会甩脱程树青，但到了房间，依旧是要配合的。奇怪的是，后来子芩每一次和程树青在一起，都要流泪，她觉得，是不是非得这样？除了身体，就再也找不到其他方式了吗？以为把身体填充了，就不空虚不落寞，为什么，每一次结束后，却更加地孤寂呢？那个时候，子芩还是出色的外科医生，有一次，当她从手术台上下来后，就开始呕吐，虚妄的感觉整个地把自己淹没了。

后来就是那条短信，"你的身体是鸦片。"其实是一个无聊的短信，白天的时候，子芩和同事闲谈，说到一个电影，到了晚上，子芩忽然想看，但是，又记不得了，然后发了短信问。对方回复：你的身体是鸦片。这当然是一个暧昧的短信，足以调动人所有的想象。而这个短信恰巧又让程树青看见了——手机短信进来时，子芩刚好在洗澡，程树青在门外喊："有短信。"子芩说："哦，放着吧。"

是第一次，也算是最后一次吧，程树青点开了子芩的手机，打开那条短信：你的身体是鸦片。

子芩从卫生间出来的时候，穿了薄薄的丝绸吊带背心，背心宽阔无比的样子，直把子芩的身子衬到了最小和巧。程树青的眼睛冒出了火，他直接掀起子芩的睡衣，不管不顾地把子芩压在了身下。子芩说："你疯了。"

家庭战争程序很简单，先是吵架，然后是辩解，再是闹到了医院

爱
忧
伤

——这一点子芩倒是没有想到，她以为像这样的家事都是可以内部消化的。阴差阳错的事真多，子芩怎么解释得清呢？冥冥之中注定的吧，短信事件追究起来实在简单，子芩问电影片名，女同事正被一个醉酒车祸事件搞得焦头烂额，无暇顾及，女同事让子芩助理给发个短信告诉子芩。这样，理所当然千百张嘴也辩解不清。加上女上司和男下属，这些被演绎得精良的传闻一下子就让子芩的神经卡了壳。子芩后来感叹，要毁掉一个人真的很容易啊——她简直怀疑自己的潜意识了，难道自己的内心其实是渴盼被破坏的？也就是说，她想借用外部力量使自己的人生有所不同？

外科医生到心理理疗师，这个中的曲折和千丝万缕的联系，真的谁也说不清楚。子芩倒也喜欢这样的身份变幻，本来就是世事无常的嘛。

子芩抬头看天空，月亮居然早就在那里了，它活得那么久，那么久——子芩忽然伤春悲秋起来。

"子芩君"，突然想起来那封信，从北京房山来的那封信，她蹑手蹑脚进了房间。程树青睡态憨厚，他到底依然是一个英俊的男人，怎么就不爱了呢。

就着阳台暗淡的灯光，子芩读信。

"子芩君，我在荒原给你写信。"

子芩赶紧看落款，是个陌生的名字，三个字组合起来，成了一个给自己写信的人。看字写得苍劲有力，加上语言格式，大约是个男的。这样的内容很像诗歌。

"子芩君

我在荒原

给你写信"

他说他在服刑——犯了什么事，字里行间没有说明，只是说多年前，他在京城某处看到一幅绣品，极其欢喜，"仿佛默默地在想心事"——他如此评价子芩的刺绣。这让子芩诧异，子芩的刺绣完全出自爱好祖母从苏州过来，和祖父一起在小镇成为裁缝，到子芩母亲这一代，刺绣已经有些落末，父母离异后，子芩便随了祖父母过日子。祖母是个雅致的女人，即便在那些揭不开锅的时光，也会在阁楼上搭个架子，绣一点什么，杯垫，手包……子芩耳濡目染，竟也喜欢挑针引线。祖母却竭力反对，觉得子芩该有别的喜爱，日子宽裕点后，祖母邀约乐器老师，子芩尝试胡琴古筝都不得要领，只要一枚绣针捏在指尖，像是还了魂似的灵巧。如此，祖母便依了她。子芩第一件绣品是祖母绿的锻面上一朵同色系的莲花，有禅意。祖母见此又有悔意，说自己前些时的固执差点阻断了孙女的锦绣前程，便一心一意要教子芩。子芩却又放弃刺绣，学了医，惹得祖母临终前还念叨着子芩的那幅祖母绿绣品。而子芩学医，似乎为了应和青春期必要的反叛，后来当了外科医师，居然也跟剪子镊子细针有关，子芩暗地里觉得自己也在刺绣。只是自祖母过世后，对于刺绣这个行当，子芩便知世间已无知音，默默生活，从不轻言悲喜。

"仿佛默默地在想心事。"信里说。字里行间分明是懂得，明白。这是谁呢？如何打听到了子芩的地址。子芩看落款，只是两个字：荒原。子芩擦擦眼，荒原？我在荒原，给你写信。子芩呆呆看着夜色下的街道，恍若在梦里。

隔天下午，静悄悄的，子芩在理疗室翻阅报纸，戚子善又踱步进来，喝过酒了，显得有些激动，一进门便对着子芩笑，笑得子芩脊背发冷，子芩恨自己没有勇气站起来把这个男人推出门去，见戚子善顾自在那张黑色躺椅上坐下来。子芩说，一会儿有病人要过来就诊。

戚子善扭头看看子芩，忽然说："镇东头有个冤鬼被抓起来了。"

子芩不搭腔，在心里默数数，三十五，三十六，三十七……数到一百他该走了吧。

"你知道他犯了什么事？"戚子善舒服地躺下来。子芩说："那是病人躺的，麻烦你……"

是突然之间的事，戚子善哗啦从躺椅上站起来，说："别跟我装行不行？"

子芩有些紧张，她终究还是跑不掉，要在这里听这个男人碎嘴，"请你出去。"子芩拉开抽屉，里面躺着一封信，拆开过，远方来信，那个人在服役。

子苓合上抽屉，倒水，一百七十八，一百七十九，一百八十，一百八十一……"要是数到两百，他再不走，我便是不客气了。"可是，不客气是怎么样的呢？子苓忽然想起刚刚快递到的一包绣针，她打开柜子，拿出盒子。风掀起窗帘，子苓抬眼看到窗外，密密的鹅掌楸树下，陶彩凤站在她的三轮车边，满满的一车旧报纸。两人的目光交错一下，陶彩凤似乎有些羞涩，笑了笑，有些歉意的味道。子苓走到窗边，招呼陶彩凤。

"进来喝杯水吧。"子苓说。像是远别重逢的旧友，陶彩凤甜甜地笑了笑，小跑着朝这边过来。

子苓拿水杯倒水，等陶彩凤进门，便递过去。陶彩凤接过来，两口便喝光了，子苓说："再倒杯喝吧。"陶彩凤又倒一杯，顾自喝光了。

"这边坐吧。"子苓拉开椅子让坐，陶彩凤才看到保安站在桌子边，三个人都不说话，陶彩凤说："罗医生，你们有事，我先走了。"

子苓轻轻拉住陶彩凤，说："别忙嘛，很久不见，多坐会儿，我们说说话。"

陶彩凤依言坐下，子苓拉开抽屉，拿出一个小香袋，递给陶彩凤，说："给你。"

陶彩凤接过水杯，看到保安的眼定定地盯着，手一抖，说："你们在谈事？"

保安看看子苓，再看看陶彩凤，出了门。

陶彩凤接过香袋，凑到鼻尖闻闻，说："这是什么味道，刺刺的要打喷嚏。"说罢便真的打出一个响亮的喷嚏来。陶彩凤有些难为情地看着子苓，说："啊呀，你看我，对不住，对不住。"

子苓开始跟陶彩凤说香袋里装的是什么："薰衣草、半夏、忍冬，有好几种药材，你挂在三轮车龙头上吧。"说罢又站起来从抽屉找出一个酒盅般大的铃铛，穿在香袋的带子上。陶彩凤看着有些欣喜，幽幽地说："我一个收废品的，哪有这心思。"子苓一愣，像忽然醒悟过来一样，说："我真是多心思，挂个东西在车头，叮叮当当地响……"陶彩凤打断："我看到那个保安躺在这张躺椅上，我讨厌这个人。"子芩一愣："你认识他?"

陶彩凤漫不经心的样子，又看看手心的香袋、铃铛，说："我舍不得挂在车头风吹日晒，这么好的东西，要挂在房间蚊帐里。"两个人又说了一些小家常，比如陶彩凤有个儿子，刚上初三，成绩很好，也很孝顺……"我也不知道会讨厌到这步田地，我每个夜晚睡觉前都准备好跟他打仗，他像老虎一样扑上来扯我——"忽地又说起那个话题来了，陶彩凤指指那张黑色的躺椅，悄声问："能不能也让我躺躺?"

子芩道："跟你家躺椅一样。"陶彩凤道："怎会一样? 我上次看到你在人家脸上蒙一块布。"子芩道："你是怎么知道的?"陶彩凤又有些歉意，道："有一次我从窗缝看到的。"子芩一惊："偷看?"说罢两人开始沉默，风掀起窗帘，两人都朝窗口看，却见保安戚子善定定地站在窗外，子芩站起来，唰一下拉上窗帘。陶彩凤说："他有事找你吧，哦，是不是你说的，患者?"

子芩道："同事。"

在陶彩凤的执意要求下，子芩也给她蒙上黑纱，陶彩凤躺在躺椅上，呼吸平静。

子芩顾自走到一边去，窗帘动了动，会不会是保安? 他到底想干什么?

"罗医生，我给你钱。"陶彩凤说。

子芩一惊："你说什么?"

"你能不能听我说说话?"陶彩凤像个心事重重的妇人，口气里含了祈求。

子芩看了看陶彩凤的劣质秋装，道："你是故意的吧?"

"什么? 你说什么? 真是奇怪，罗医生，我一看到你，就觉得跟你相熟，就像早就认识的。"陶彩凤开始絮絮叨叨地说话，子芩不搭腔，她拉开柜子的门，在挂着的一排衣衫里找出两件，折叠起来，又找出个纸袋装上。她走到陶彩凤身边，捏捏她的手，陶彩凤已经进入了睡眠状态。

"我一直想杀掉一个人，真的，我已经想好了办法，我有刀，这把刀我磨了好几年。"陶彩凤在睡梦中举了举手。

"你要杀谁？"子芩问。

陶彩凤露出洁白的牙齿，无声地笑了笑，说："我这一世过来，不是被人杀，就是去杀一个人。"

子芩不准备让陶彩凤说下去，她站起来，走到陶彩凤身边，却见陶彩凤的嘴唇发乌，脸色煞白，子芩惊恐地扯掉黑纱，道："你疯了。"

陶彩凤一下跳起来，看到子芩，有些陌生的样子，说："你是？"

子芩出了汗，拉开窗帘，保安依然站在窗外，子芩抓起桌上的茶杯，呼啦一下砸到窗外，保安低头躲闪而过。子芩趴在桌上，发出了尖叫。

6

院里组织干部职工休养，子芩推托几次院里不同意。工会干事是个女的，贴心贴肺的样子，"亏你还是心理理疗师呢，这么好的机会还不珍惜。"子芩不说话，又隔些日子，一张名单放到桌上，子芩一看，是一个小岛，黑子岛。子芩当时看了就觉得有趣，说一个岛还有这样一个名字，又推托了几次不成，只得跟了去。

后来子芩重新回想起这次黑子岛之游，还是觉得冥冥之中便有定数。到了岛上，同事大都出去看海，购物。子芩作为一个曾经"有故事的人"，或者"有前科的人"，男同事不敢邀请她，女同事也是略有疏离，这样的格局倒是本次出游让子芩最安慰的地方，她本就带了几本刺绣的书过来，这倒好，换了个地方读读书。除了必须的集体行动，这七八天时间，子芩都在房间度过。有个晚上，子芩坐在台灯下开始写信——似乎早有准备要给那个在荒原之地接受教育的男子回信。她在信里告诉他："这是一个小岛，岛上没有汽车，没有网络，有一条安静的街道，不卖海鲜，坐着晒太阳的老人。你是找不见的，这个岛好像也是荒原。"

子芩在信末尾写道："等我老了，要是还跑得动，不晕船，我想到岛上来晒太阳。"写完这一句，觉得不妥，为什么要等到老呢，现在也可以呀，想想又不对，便丢了纸笔，出门了。

一只小黑狗慢慢地从街边走过，见不到人。不远处一间小屋，透出一点亮光，子芩快走几步，来到小屋前，门楣三个字：出离地。真是有意思，黑子岛，出离地。仿佛有强大的暗喻，暗喻什么呢？子芩站在门外想了想，在心里写信：这是一个陌生的岛屿。子芩入内，即刻便有淡淡的香，辨不清什么味，薰衣草吗？不像。玉兰香？也不是，又似有淡淡的草药味。子芩稍觉头有点晕，便在一张原木桌前坐下。对面墙上，张贴着巨大的世界地图，标注了世界各国的国旗，在中国版图上，更加细致地分出了城市，手工绘制，占据了整个墙面。叫子芩惊叹的是墙面的庞大，子芩又在心里写信：你知道吗？这面墙，仿佛一面大海，真的，像大海。

服务生轻声问子芩需要什么，子芩一惊，说："我有些头晕。"

"第一次来吧。"服务生递了一杯水给子芩，说，"喝口水，你就会清醒一些。"

子芩接过水杯，疑惑地看着浮在水面的花瓣，再抬头，却再也找不见服务生，只见宽阔的墙面之前，嘤嘤嗡嗡地站满了人，子芩放下水杯，正欲站起来，却听一个声音在耳边响起："喝口水，你就会清醒一些。"

子芩惊恐地发现服务生正站在身后，子芩机械地端起杯子，象征性地喝了一口，水温热，没有异样。她站起来，走到墙面之前，呆呆地看着，看着，墙面原来是一面镜子，却见程树青隐约就在墙面之内。程树青神情落寞，身边伴随一个年轻女子，地老天荒的好，子芩的手一把往程树青身上抓过去，她喊："你怎么会在这里？"话音未落，却看见自己就在这镜内，下岛，恍惚，入房，写信……子芩拍拍头，揉揉眼睛，在心里写信：我只觉得像在做梦。真是奇怪，怎么会这样？子芩转身离开墙面，拉开小屋的门，冲出去，却一头撞上了另一面墙，这是一面黑色的木板墙，上面密密麻麻黏满了东西，有字条、羽毛、树皮、佛珠，还有十字架，子芩看到一张黑色的纸片上，

爱
忧
伤

白色的字迹，似曾相识。揭下来看，子芩只觉得头顶轰响，是程树青的笔迹："子芩，路远迢迢从上辈子赶来，只为与你一见，了却前世相约。可我们都太贪心，非得日夜相伴，你不知道，我已经极其厌恶身体，每当我们宽衣解带之际，我都是要抑制住强烈的恶心才能与你肌肤相亲……"子芩拿着黑色的纸片，哭起来。她又在心里写信：此刻，我是多么渴望见到程树青，要是他在面前，我一定告诉他，我们放手吧，可是，我的头好晕啊，我这是怎么了呢？程树青那么苦，我却一直不知道。

子芩走在小街，那只黑色的狗依旧在走路，那么大半天了，它还在走。子芩想上前跟它打个招呼，猛然听见身后有声音，子芩只觉得双眼蒙了尘，她想抓住什么，却感到双手被谁绑住了，她看到陶彩凤在一边踩着三轮车慢慢地过去，车头一个香袋风铃，丁零当啷地过去，只觉得那香味很熟悉，像是自己一辈子都在渴慕着的，她安心地让自己躺下来，躺在那张黑色的躺椅上。

子芩醒来的时候，同事都嘘出一口气，七嘴八舌，"子芩你到底有什么想不开要跳海呢？幸好那只黑狗一直叫，我们才发现你，你怎么了？""子芩，我们一起出来，是个团队，你这么神经兮兮的，差点连累了大家。""子芩，你是受了什么刺激吧，以前的事过去就算了嘛，别放在心上……"子芩挣扎着要起来，才发觉自己的手脚被捆绑在床栏上。

度假回来后，子芩一直被允许在家休息，她的日子恢复到平静。程树青变了很多，也热情了一些，没事总是坐在子芩身边，说些有趣的事。子芩听着甚感无趣，又不想拂了他的心思，便应付着笑一下。这中间，子芩被要求吃点药，不同品种的药片摆在一个小托盘里，程树青总是耐心地劝解子芩，"要吃药，吃了药你就会好起来。"子芩问："我有什么不好？"程树青犹豫着，欲言又止的样子，子芩脱口道："你们当我精神病了吧。"程树青像个老道的医生，道："病人都不愿承认自己有病。"

子芩只是昏睡，直到有一天，子芩对程树青说："我心慌，总觉得有人要杀我。"程树青说："过段时间我送你去医院看看。"子芩道：“我等不及了，你现在就送我去，我知道我病得不轻。”程树青呼出一口气，“这样就好，你自己有感觉，就可以积极配合治疗了。可是这段时间不行，再过半个月吧。”子芩不依，说：“我想早点过去。”程树青坦言道：“这段时间组织在考察我，你知道我已经过了提拔年纪，突然有这么一个机会。”子芩十分理解的样子，说：“那好，听你的，我都听你的。树青，你帮我把铺盖放到大床吧，我一个人睡害怕，以后你不要把门锁起来，我要闻到你的气息，我害怕。”

程树青依言把子芩的铺盖转移到大床上，趁热打铁，程树青热烈地要了子芩，子芩也热烈回应程树青，程树青不停地在子芩耳边说：“子芩，我想要你一辈子。你知道我憋着难受。”子芩抱着程树青的头，睁开眼睛，忽然瞥见窗台上一幅绣品，还没完成，不知道什么时候，程树青把它挂起来了，七八根绣针垂下来。子芩腾出一只手来，想够到那些绣针，够不到，再往前伸一下，还是够不到，如此折腾数次，顿感疲惫，她静静地睡过去。

子芩这天上午像是忽然清醒过来，她忘记了日子，现在是10月？11月？还是已经是第二年的春天了？窗门被程树青用木条封起来蒙着黑色的布。程树青说：“你安心养病，日子都是外面的，跟你没有关系。”子芩想想也有道理，便不再惦记。直到这一天午后，子芩被吆喝声惊醒过来，那声音悠长，却支离破碎的，像穿过枪林弹雨，跌撞着来到子芩的窗前。子芩呼啦掀开被子，开窗，未果，她拉扯蒙在窗上的麻布，拍打窗棂，子芩又搬起一张椅子摔在窗上，玻璃碎了，吆喝声扑面而来，“收废报纸……收废报纸……”

子芩趴在窗口，大声喊陶彩凤的名字。不一会儿，门铃响起来。

子芩呆呆地看着破碎的玻璃，程树青开门入内，见此急着奔过来，说：“我试试这门铃，很久不用，我以为坏了，你是被门铃吓着了吧，都怪我。”子芩看着程树青，仔细辨认窗外的声音，哪里还有陶彩凤的吆喝，有的只是收音机传来的越剧唱腔，那是老人散步时带着的收音机发出的，子芩想，黄昏了。

这个晚上，程树青比以往要快一些，事后，他还说了一些单位人事，他终于被提拔了，很顺利，这让程树青很安慰，他甚至要忽略事后清洗这回事。直到子芩翻身坐起来，他才想起，抱起子芩上了卫生间，细心地帮子芩洗了身子，又抱她到床上，帮子芩料理好被子，说："明天送你去医院。"

子芩听闻，忽地跳起来："树青，我感觉好多了，我不想去医院。"

"你看你看，又任性。"程树青像是嗔怪一个淘气的孩子，拍拍子芩的脸蛋，说："睡吧，我帮你整理换洗衣服。"

子芩一把抓住程树青的手："树青，以后我再也不气你了，我按时吃药。"

程树青坐在床沿，看着子芩，眼神满是同情，道："安心地住一段时间，我会来看你的……"

"树青，我不做绣品了，你相信我，我一定丢掉刺绣的东西，你信我。"子芩这么说时，只是想起祖母担忧的声音："丫头，有几个刺绣的得了好下场？"

"怎么可能不刺绣，那是你的命，我已经跟医院打过招呼了，让他们单独辟出一个地方，给你支绣架，你放心，我不会断了你的喜好的。"程树青把子芩的手塞进被窝，掖掖被角，起身走出房间。

第二天，子芩醒来，不见程树青，起身到客厅，见桌上一张字条：子芩，我出去买早饭，你等我回来。

片刻，陶彩凤的吆喝声远远地传过来，从窗缝挤进来，在子芩家四处流窜，子芩迅速冲进房间，关上房门，从里面落了锁。

7

终于离开血地了——这一切难道都是暗示？手相大师说："你要离开，离开血地，到远方去。"子芩在内心一直抵抗这样的说法，比如那个夜晚，在那个叫"出离地"的小屋子里，在那个小岛上，子芩有充分的时间忘记出生地，更换生活方式。只是她一想到手相大师的说法，便跟自己说，不要信，不要信。这一刻，子芩躺在列车32

号车厢 7 号床铺，听着火车偶尔发出的轰鸣声，连续三个月来所经历的一切，恍若就在眼前，就在她身边，比如程树青愤懑的眼神，"子芩，我到底做错了什么？"现在，子芩躺在狭小的铁床上，薄薄的棉被，散发出陌生体味的枕头，幽暗的空间，子芩居然不可遏止地想念位于名仕花园的家，那个公寓，三层上那个不锈钢花架子，架子上热烈开放着的夜来香、茉莉花，这一切，仿佛都远去了，被丢出窗外，压在车轮底下，碾碎了。"树青，我们都是来还债的，今生我欠你，我欠你一条命，这一条命我带着，我带着你遗漏的我的命去一趟远方。"子芩翻个身，下铺的中年男子咳嗽起来，一下，一下，因为床铺都是连着的，他每一次咳嗽都牵扯到了子芩，子芩的身子随着他咳嗽轻微震动着，忍着，总会到的，快到了，快到了，到哪里呢？

夜色下，子芩能够看到的只是灰暗的铁轨，飞速往后的碎石子，荒草，荒原。"我在荒原，给你写信。""子芩君。"子芩斜卧着，看窗台。窗台，布条铁片封锁的窗户，门铃，陶彩凤，铁锤，破碎的玻璃……"你快走，快跑啊罗医生……我有铁锤，他程树青要拦着你，我敲碎他的头……""子芩，你开门，卫生间缺氧了，你放我出来，子芩，我不送你去医院了，子芩，你冷静一点……""树青，我知道我有病，可是，我不想去医院，你放过我。""子芩，开门哪，再不开门，我就砸了……子芩，你这疯子……""罗医生，你怎么还不走，楼下的三轮车我已经上了油，你下去后，直接坐上去，等我下来，我带你跑，你要到哪里我都带你去……罗医生，你不是恨程树青吗？交给我吧……""不不，不要用铁锤敲他的脑袋，不要砸碎他的手……他是我丈夫……""罗医生，你快跑啊，快啊……"子芩跳起来，头碰到车厢顶棚，沉闷的晕。子芩颓然倒下，下铺中年男人的头伸过来，"你没事吧？"子芩没有搭腔，翻身朝内，只觉得浓烈的咸腥味，她摸一下，黏黏的，就着走廊昏暗的灯光，子芩看到手上的血，顺着指尖滴下来，滴到被面、床单。一只蚊子嘤嘤嗡嗡在耳边飞，子芩一挥手，蚊子黏在掌心，子芩随性摊开手掌，蚊子在掌心挣扎，子芩看着，看着，忽地笑起来，不出声地笑，轻轻地笑，渐渐地响彻车厢。

子芩醒过来的时候，列车已经停在一个小站。站台是一间浅灰色的平房，远古的意味，门楣上三个水泥浇注的站名，"葵花站"，有些年份了，只是这样一个热烈的站名怎么会这样寡淡？子芩弓着身子下了床，踱步到逼仄的走廊，坐在活动椅子上，看窗外，小站孤寂、清寒，子芩把头抵在窗玻璃上……玻璃碎了，程树青砸碎了玻璃，他浑身湿漉漉地追出来，陶彩凤拿着铁锤挡在他面前，"把老婆关起来算什么好汉。"陶彩凤的话让子芩吃惊，她来不及拎包，这一刻，确切地说，在家待了几个月，她自己也不明白是否需要走出家门。外面的世界似乎跟自己无关。只是冥冥之中子芩仿佛听到了什么声音，"子芩君。我在荒原。"她一厢情愿地觉得有一大片荒原在等着自己，子芩呆呆地看着程树青被碎玻璃割过的手指，指尖鲜血淋漓，子芩顿感内心某处被针刺了，是刺绣的针，密密匝匝地在心头飞针走线……她捂住胸口，"树青，你的手出血了。"子芩不由自主要上前，陶彩凤挡在他们夫妻之间，"你到底要不要走哇！"这猛地一声喝，忽地把子芩唤醒了似的，子芩疾步往后退，退到门边，转身跑出去。

　　"子芩，你跑不远的，天下这么大，你跑得出天吗？"楼梯上疾走的子芩，猛地听到程树青的吼叫，忽地停住脚步，转身看去，程树青站在门边，神情平静，看不出挣扎，陶彩凤从他身后追过来，挡着楼梯。子芩听到程树青说："帮她带着，出门在外，身边不能缺钱。"子芩再回头看楼梯，只见程树青正仰天大笑，那种抑制不住的笑，直叫子芩脊背发冷，终于都撒了手。

　　子芩坐在三轮车上，急促地催陶彩凤，"快点，快点，追来了，程树青他追上来了……"陶彩凤回头看时，果见程树青奔跑跟在后面，近了，更近了，程树青的手一把伸过来，子芩发出尖利的喊叫。

　　"你没事吧？"是下铺的中年男子，他拍拍床板，"做噩梦了？"

　　子芩没有吱声，下铺开始倒水，然后，子芩的床边伸过一个水杯，"喝口水吧。"

　　在男子的坚持下，子芩喝了一口，水温适中，居然有淡淡的甜味。子芩把杯子递还给男子，"谢谢你。"男子接过杯子，看着子芩。微暗的车厢中，子芩看得出男子眉眼周正，"说说话吧。"男子说，

赞美诗

"省得你接着做那个梦。"

子芩再细看男子时，居然惊愕地发觉，似曾相识，在哪见过呢？子芩的手心出了汗，他多么像那个死于非命的保安啊，有一个富涵教养的名字，戚子善。子芩一直不明白，明明是自己用一排绣针刺中了保安左侧颈部爆出的大动脉，鲜血飞溅——为什么陶彩凤要说是她杀了戚子善呢？

一直到保安出殡的那天，子芩才闻听到保安的生命轨迹。保安曾经是消防战士，有一次救火时摔伤了，退役后被安排到县卫生局，从科长做起，一直到副局长。有次县里召开大会，排座位时，他把领导位置搞错了，悄无声息地，他从副局级位置上下来，成了司机，车改后他被分流。因为身体受过伤，影响到繁衍下一代，有过三次婚姻，都因为他的不育而分手。说什么的都有，有的说保安其实是一个有抱负的青年，学了七年西医，外科手术大夫，有丰富的临床经验——总之，人一死，说什么都不重要了。子芩记得陶彩凤有次说："这个姓戚的不是个东西，说要我帮他一个忙。罗医生，你们是同事，我不好直说，这么下作的男人少有——你知道他要我帮什么吗？让我当他的试验田，他来播种，看看能不能生。他说他有钱——我虽然是收报纸的，他以为我好欺负……我真想杀掉这个男人，罗医生，我看得出来，你是讨厌他的，你不说，我看出来了。"

子芩承认，"是的，我杀了他。"可是调查组的人完全不信，他们认为罗子芩有良好的素养，跟戚子善没有深仇大恨，她不会也没有必要自毁前程——他们哪里知道，她是如何忍住了恶心，听他一堆堆吐出那些不堪来，"你们相信我，是我杀的。"

但是，陶彩凤自动找到调查组，说："是我杀了这个混蛋，他借口有报纸卖给我，想和我来那个事，我都一年没有做了，我恨透了。我杀了他。"但是，子芩真的一幕一幕想起来，如何在一个停电的夜晚，诱了保安到工作室，先用催眠术让他处于半梦半醒之间，她跟他谈手术，如此聊天，堪比与祖母说刺绣，是知音，尽享愉悦。"他没有痛苦，"子芩说，"痛苦的人是我。"

子芩看着陶彩凤，陶彩凤居然有了胜利者的姿态，微笑着看子芩，似是在说，"你看，我轻而易举就结束了自己。"子芩一直在心里问到底怎么回事，她甚至又去求助手相大师，絮絮叨叨地告诉大师这一切，子芩反复地问同一句话："我有什么理由让她给我背了罪名，我们才认识不久，如何使得她愿意以命相抵，抵死捍卫我呢?"手相大师沉吟片刻，说："佛祖有句话，不知是否适用：这一世，你欠了陶彩凤，下一世，你便要为了还她的命而生。"

子芩问出很多个为什么，问得多了，手相大师摸摸子芩的额头，说："你有点热度，吃点药吧。"

程树青仿佛找到了一个有效的平衡，他按期去那个岛上，虽然子芩不在身边，他还是带回来礼物，对着家里的一只猫说，这次去的是卢旺达。还有一次，他从旅行袋里翻出一件女子的内衣，恍然想起什么来，摇摇头，拨通手机，微笑着说："是故意的吧。"拿起内衣凑到鼻尖，说："是女贞，你熏香了?"说着说着便走到洗手间，顺手丢了内衣，挂手机前补充一句："你还在那岛上等我……你不适合到陆地。"

一阵鼾声响起来，子芩猛地惊醒，中年男人斜倚在床沿上睡了过去，子芩看着男子安然的表情，有些安慰，他还活着，活着就好。

8

换乘好几班车才抵达这里，有些偏僻，子芩看到错落着灰色的房子，电网，高高的围墙，子芩像踩点一样用心熟悉周边环境，山坳，盘山公路。要是步行，估计得一天，子芩看着白底黑字的木牌子，分明告诉她这里面关押着犯人，子芩拿出信封，又一次核对地址，有个穿制服的男子走过来，见子芩犹豫着徘徊在周边，有些关切，说："家属? 报告过了吗?"子芩扬扬手里的信，道："认个门。"男子说："认谁的门? 我看看。"子芩慌忙收起信封，塞进裤袋，跌撞着离开男子。

下山的时候，子芩才开始关心那些默不作声的植物。深秋了，树木已经变幻了颜色，深红、金黄、浅绿、淡粉。一群鸟从山坳起飞，盘旋着从子芩头顶掠过，低语着。子芩抬头看，只是觉得奇妙，这群鸟儿，在这深山，要不是她脱离出生地，颠簸着过来，它们何以会对着子芩叽叽咕咕，窃窃私语着。

在那生机勃勃的山峦之间，这个看得懂刺绣的男子，何以要写出"荒原"两个字来。

那种古绝之感，要不是心如止水，是说不出来的。这个时候，子芩才想起，那么多年，自己都只为了个人活着，所以那样在意，在意男人的言语、身体、情感，在意周遭的眼神、流言。此刻，睡意朦胧的她似乎找到了活着的意义。

子芩开始为狱中的他送东西，一罐干菜煨肉，几个新摘的枣子。这之前，她用三包香烟打通了某些关节——狱警齐小东愿意为她传达，子芩喊他齐警官。这也是他说过的，狱友各有通道，为了打通他们的绿色通道，高墙内外几乎是鸡犬之声相闻。但是，他不需要，他在信里说，他孤身一人，入狱前，他便提出跟妻子离婚，不久，前妻带着十七岁的儿子来看他。前妻哭着说他冤，儿子站在一边不说话，探视时间一到，却迅速架起他母亲，头也不回地走了，从头到尾，他想听到儿子喊他爸爸，没有。后来，他希望儿子安慰自己，再后来，他希望儿子骂他几句，可是，都没有。他们像从未谋面的陌生人，没有目光交集，没有亲人间的默契。子芩坐在出租屋里，一遍遍地看他的信，才理解他会那样写："我在荒原。"

冬天的时候，子芩第一幅绣品已经完成，几乎耗尽她心血，真是不可思议。在江南，子芩每次刺绣，虽然也会辗转反侧，终究没有抽筋剥皮之感。而这一次，这幅有四张八仙桌面合起来那么宽的绣品，针针见了血。子芩把它卷起来，用一块丝绸给封上，她打算带到教育队去，带给他——像是要完成仪式。可是，见还是不见呢。尽管她刻意回避着，陶彩凤的身影却总是要在眼前浮现，在她的出租屋里走过来，走过去，最后站在床边，定定地看着子芩，说："你的爱人在北方，是真的？那个保安你以前就认识对吗？你有什么事瞒着我？"

子芩经不起陶彩凤这样相逼着追根究底。短信事件像一次流感在

爱忧伤

医院扩散，程树青如愿以偿，所有当事人均处于尴尬之境，尤其是助理。程树青利用自己在卫生系统的人脉，轻而易举就让助理放下了手术刀，等待处理，等待安置。子芩向助理道歉，事情不可遏止地扩展到助理家庭，助理的妻子跟寻常女子的做派一样，先是指责子芩，见子芩无动于衷，她便吵着要离婚，就离了。助理的岳丈是卫生系统老领导，人走茶凉，终究敌不过程树青。只是程树青照顾到老领导，让老领导自己定夺，老领导为了"给他点颜色看看"，把前女婿归类到分流之中，毕竟当过他十年女婿，情分是在的，只是他心有余力不足，只得依了局里安排。

听说助理第一天到太平间上班，新做了发型，还在衣服上洒了点香水，牌子跟子芩的一样，范思哲，本就是男品，只是子芩喜欢那气息，便一直用着。都等着看助理的好戏，金牌外科大夫的助理落难到了太平间，要是有点骨气的人，宁愿撞死在太平间让他们直接拉走火化，也忍不下这口气。当初岳丈的意思，那个地方才是真正的出离之地，人都是要死的，顿悟大彻大悟除了在火葬场，便是太平间了。另外，也是瞒瞒生人的眼，到最基层最艰苦的地方去，最多三个月，只要跟那个外科女医生一刀两断，便立马恢复他的工作。偏偏助理一直喜欢子芩——真是俗不可耐的故事，子芩说："别玩这游戏，我老了，怕累。"助理为了表明心迹，婉拒了太平间的工作，他说自己没有修炼到那境界，还是在俗世好一点——他强烈要求到保卫科，保卫科就在心理理疗室边上，他是铁定了心要跟子芩在一起了。助理之前是多么文质彬彬，举手投足之间整个是绅士，待到了保卫科，便彻底颠覆了自我，完全粗放派。子芩真正想要结束一个人的生命，或者他，或者自己，是在那个傍晚。子芩出于愧疚，约了助理喝茶，要在往常，他必定着子芩喜欢的休闲装出现，这次，他却穿了一件圆领汗衫，一条宽裤腿的沙滩裤——他是有意的，有意要让她看到他的不堪，他的不求好。包间很小，要不是子芩把茶杯砸到板壁上，引来服务生帮着自己逃脱，助理是必定要天遂人愿的。他说："全医院的人认定我们睡过觉了，不能对不起他们，不能让他们失望。"他直接将起宽裤管——子芩喉咙口涌上来，涌上来，要吐，又像被什么卡住了，他居然没有穿底裤，他有备而来，他一心一意要践行别人传说的跟子芩有一腿的说法。

这一切，她怎么跟陶彩凤说清楚？即便说得清，陶彩凤信吗？

陶彩凤被判无期，入狱后，程树青很快提出跟子芩离婚。财产不多，房子归程树青，子芩的一半程树青折现给了她，子芩分成两份，一份给儿子——程树青断然拒绝，他的理由很充分。"这点钱都不够你在精神病院住一年，你还有大半辈子时间要在医院度过，你自己留着花吧。"子芩想了想，觉得有一定道理，便留下。另一半钱子芩放着觉得烫手，她找到陶彩凤家，交给陶彩凤的丈夫——子芩想起陶彩凤说："我看到他那个东西就觉得恶心。"子芩看着粗壮的陶彩凤丈夫的手臂，替陶彩凤委屈，替眼前这个要不到妻子身体的男人委屈，一来二去，她蹲在陶彩凤家院子里，痛痛快快地哭了一场。

一切定当，子芩去探望陶彩凤一次，陶彩凤说："到了北方，见到那个男人，你给他两个巴掌吃吃。"陶彩凤幽默一下。子芩大惊。陶彩凤笑笑："你看，为了让你见到他，要陪上我半条命了。"子芩苦笑，说："我见到他，直接把他废了，回来见你，到那时，我会申请跟你住一起，横竖都是判刑。"陶彩凤撸起袖管，撩起衣襟，子芩惊恐地看到陶彩凤身上新鲜疤痕。陶彩凤说："这里比不得你家里，有门铃，有茶几，这里只有刀子。"子芩忍不住又问一次："你为什么要替我担着？"陶彩凤不说话，两人对视，沉默。

子芩跟齐警官交流盆栽植物的养护要点，讨论书本，齐警官说："都在仓库堆着呢，以后别送东西给他了，他只想见你……出事前你们就好上了吧，多久了？"

子芩把卷起来的绣品递给齐警官，说："麻烦你把这个转交给他，我要走了。"

"见见吧。"齐警官说，"要不是为了等你，他半年前就可以出狱了。要说这个男人，我可不待见，为了不着边际的女人，甘愿在牢里等。出去不能等吗？"

又隔了一段时间，子芩采纳齐警官的建议，决定见他。齐警官从一个高度出发，说是挽救他——到底谁更需要挽救，子芩笑笑，说：

爱忧伤

"我想带一碗我做的菜给他，我们家乡的，西湖醋鱼。"

像家属一样，子芩坐在玻璃窗外等着，玻璃窗，破碎的玻璃——子芩看到一个男子从狭长的通道过来，子芩开始紧张，她抓住披肩，往上，再往上，子芩蒙住了头，她像个寡居多年的女人，神情清淡。

他们终于见着了，"仿佛默默地在想着心事"，子芩想起这一句，看了看面前这个男子，露齿一笑。

他完全是她想象和喜欢的那个男人，他们面对面，不说一句话，各自看着自己的手，仿佛掌心住着对方，时间到了，他们站起来，目光慌乱地躲避，转身，各自离开。

9

这个夜晚，子芩睡得特别安稳，待她醒过来，太阳已经跳在窗玻璃上，子芩站起来，打开窗，呼出一口浊气，对自己说："算是了结了——可是，我何苦要挣脱程树青，断绝戚子善，远离故地到此？"子芩想起儿子，因为父母离异他断然休学，离高考还有百来天，学校已经进入百日攻坚倒计时，十七岁的小年青却去了汽车修配厂。子芩那天去看望陶彩凤回来，儿子截住她，骑着单车，帅气，看不出父母离异带给他的阴霾，看着子芩，头一偏，示意子芩上他的单车。子芩犹豫，儿子说："不会摔着你的，上来吧。"子芩颤颤地坐在单车后座，儿子带着子芩，停在一家小面馆门口，"妈，请你吃碗面。"随即又从裤袋掏出一叠钱，塞到子芩手里，羞涩的样子，"发工资了。"

子芩扑到儿子身上："你怎么就不骂我？"

儿子长高了，紧紧子芩的身子，拍拍她的背，"妈，那个人的信文采很好，估计读书时作文写得好。"

子芩大惊，儿子复又拥住子芩，进了面馆。

再去教育队的时候，齐警官告诉子芩，还有两天，他便可以出狱了，教育队为了充分体现人性，晚上安排他们一个房间。子芩慌忙摆手，"别，别，等等，让我想想。"

再见面时，他终于说话了，这是一个多么荒芜的男人啊，看他刚修的面孔，在子芩看来依然杂草丛生，他们开始闲聊，聊服装，聊咖啡，子芩说："你谈的这些，都是资产阶级的生活方式。"他笑笑，有些羞涩，不像在监狱住了十八年的劳改犯，说："以前我的生活很腐朽。"子芩暗想十八年之前，这个男人的生活曾经奢华过。

"不问问我怎么会来这里？"他问，又有些羞涩，红了脸。

"不问问我怎么会来这里？"子芩重复他的话，两人对视，便笑，默契的意思。

子芩没有跟他在那个房间共度良宵，等她从铁门出来时，齐警官截住她，问："你不等他吗？"子芩看着满目青山，呼出一口气，抿嘴笑了笑，对齐警官挥了挥手，说："真是个好地方。"

出租屋被子芩打扫干净，装扮得像个新房，让齐警官转交给他的那幅绣品里，夹了一张收据和出租屋地址，子芩倾其所有替他交了大半年房租，等他出来，入住到那里，他会不会感受到她曾经在这间小房间里百转千回？罢罢罢，不想也罢。子芩摇摇头，却又想起他们有一搭没一搭的对话。

"如果我一直住在这里，你会常来看我吗？"

子芩脱口而出，"到老？"

他点点头。子芩问："为什么？"他看着掌心，沉吟片刻，说："这样不好吗？"

子芩摇头："不好。"

他问："那你觉得怎么是好的？"

子芩说："没有什么是好的。"

他说："我以为可以的。"

子芩说："什么？"

他说："我在墙内，你在外面，我们就这样，到老，我以为是可以的。"

子芩再想起他的话，忧惧渐渐侵袭过来，弥漫到全身，这个世界上，居然有这样一个男人，宁愿摒弃日常，而以非常态的形式度过余生，监狱十八年，难道他不知道余生极短，短到倏忽。

子芩关上出租房，看看手中的钥匙，捏紧了，走到一侧的南瓜地里，她在瓜藤里转悠，停下，把钥匙放到一个新结出的南瓜花上——他应该找得到钥匙，那是他们之间的秘密，她喜欢跟一个陌生男人之间藏着秘密，那样的感觉很好。

天越来越冷了，子芩的风衣太薄，江南的风衣是不适合在北方御寒的，那个体贴的营业员热心介绍多款棉风衣给子芩，子芩看看，试试，终是出了衣铺。刚进车站，子芩看到一面残旧的墙上贴着一张悬赏令，一边还附了一份报纸，子芩咋一眼看到悬赏令上的头像，脑袋轰地炸响，那静静看着某一处的眼睛恰似他们隔着玻璃对视，"仿佛默默地在想心事"，子芩如何想得到这个男人这一次是真的出手了。子芩想起那次，他低沉的声音，缓缓说出自己身陷囹圄的缘由——谁都觉得自己清白，无罪。子芩是愿意信的，可是现在，他为了能使自己的刑期无限拉长，居然夺了齐警官的枪，还伤了狱友的一只眼。子芩路远迢迢赶来，难道只为了要他再一次入狱，这个不计后果的男人，纵然真是知音，又如何？报纸说，可笑的是，这个逃犯居然是为了留住一份爱才屡屡越狱，越狱不成便走了极端——他是真把自己逼到绝路上了。报纸还配发了一篇法治观察员文章，说，类似这样的案例自从有该教育队以来首次出现，观察员推断罪犯还有别的企图，或者跟政府某部门有关，云云。后面又摘录了一些群众访谈，有个男人说，只有鬼才信他的鬼话。

子芩茫然地上车，售票员拦住她要票，子芩呆呆地想了想，复又下车，不知从哪里冒出个齐警官，一把抓住她的手臂，吼道："很有意思吗？你明知道他会这么做对不对？十八年，你知道这十八年他是怎么熬过来的？"子芩惊恐地看着齐警官，齐警官松了手，说："他再也等不到你了，他持枪袭警，拒捕……"

子芩哭起来，车子发动了，子芩看着齐警官，齐警官从身上掏出钱，塞到子芩手心，拥着她的肩膀上了车，摇摇头，说："他在还债，前世他一定欠了你，欠了你一条命。"

子芩看着齐警官下车，背影有些单薄，在北方清寒的早晨，显得孤立，子芩只是觉得每一个人都很冷，哈着白气，白气粘在车窗上，车上居然又是那个俄罗斯歌手维塔斯的声音，久违的。子芩透过肮脏的窗玻璃，看见他——他的手里捏着一把枪，是从齐警官腰间抢到手的吧。子芩慌忙拉过窗帘遮住眼睛，她不敢正眼看这个男人。男人正在车站的角落，猎犬一样用眼神扫视，子芩不忍看，不敢看，用手蒙住眼睛……他已经冲上来了，砸碎玻璃，一把抓住她的手，掐住她的脖子，他的指甲陷进她的手臂，血出来了，顺着手腕流下来，直到指尖，滴滴答答掉落在座椅上。子芩发出了尖利的喊叫，她被围观，"她怎么了？""看她的嘴唇都白了，她冷吧，给她一件衣服吧。""看她的嘴角，在笑呢，在笑，她在笑什么呢？"子芩从指缝间隙看见，车驶进了一座白色的大楼，一个大大的红十字，还有两颗红色的泡沫做的心并排镶嵌在大楼外墙上。子芩想起来，这里和她曾经工作的地方很相似，只是更加温馨了一些。她想起心理学导师说，"每一个病人，只要躺到你的黑色躺椅上，都有归属感，你得跟他们说，'你回家了，欢迎回家。'你得让他们有安全感。"子芩缓缓闭上眼睛，她像一个酣睡的婴儿，明亮，安逸。

谁在那里自言自语

1

快到丁莉莉家那扇破旧的木排门时，原本清冷的街道仿佛热闹起来，像所有双溪镇的闲人都聚集到这里了。冬青跳下脚踏车，避让着三两凑在一起的人群，她原来想象丁莉莉定是端了一只饭碗靠在排门上，等着她，掭一筷头葱绿的韭菜，塞进冬青嘴里，说："我种的韭菜，你吃吃看炒熟没有。"冬青想到这里，忽然温暖起来，不期然地，电线杆上的高音喇叭响起来，"现在播报一个通知，现在播报一个通知，今天晚上录像不放，今天晚上录像不放，每家每户去大礼堂搬回椅子条凳。现在播报一个通知……"没完没了的刺耳的声音让冬青回忆起之前重复播放的越剧唱段。同一出戏，要播放几十遍，那些戏文，整个双溪镇的人都会唱了。丁莉莉因为嗓音婉丽，身姿绰约，被下乡招演员的越剧团相中，按丁莉莉的口鼻眉眼，适合扮青衣，再不济也能混个老旦的角色。丁莉莉喜欢唱戏，心里想着跟了越剧团去，可她对象小铁匠不同意，认为自古以来戏子终归没有好下场。丁莉莉也就图了小铁匠一副好身胚，她家里里外外的事情，几乎让他包干了。这样的人可靠，嫁过去吃饱穿暖是不用愁的。小铁匠家人却不看好丁莉莉，认为丁莉莉屁股小，生儿育女的优良条件不具备，加上手掌心也薄薄的，福气藏不住。但是，年轻人恋爱起来，总是失去理智，柴堆、礼堂、屋檐下、铁匠铺，留下他们卿卿我我的身影。冬青不止一次劝丁莉莉，不要这么快就嫁人，"为什么急着要把自己嫁掉？"丁莉莉只是反问冬青，"你以为女人还能做什么？"

冬青停稳脚踏车，从车篮里取出一个纸包，里面是透明尼龙袋子装着的酸梅汤。刚走两步，胳膊被拽住。冬青回头一看，父亲翟向南使了个眼神道，"回家去。"

冬青甩了甩手，道："我给丁莉莉带的酸梅汤。"

翟向南白一眼冬青，"酸梅汤是喝不到了，她喝农药了——甲胺磷，我就说过，这两个人是前世作孽。一个喝农药，还有一个也喝农药，死都要抱作一团，都开放到这般田地了。"

翟向南抢过那包酸梅汤，看了看，道："酸梅汤？这就确证了嘛，她肚子里果然就有了小铁匠的种。"翟向南咬破一个角，吱吱地喝光了，尼龙袋顷刻之间干瘪，只留下隐约的淡暗红色还黏在两壁。翟向南随手丢掉尼龙袋子，道："回家去。这个样看不得。你妈让我在这儿等，我都荒了半天工活了。"

"不要乱嚼舌头，谁喝农药了？"冬青有点发蒙。

"反正不是我们翟家人，她丁莉莉不想活是她们丁家的事，可惜了小铁匠……走，回家去。"翟向南拉过脚踏车，等着冬青坐到后座。

冬青的意识被清空，清早时还好好的丁莉莉，喝了农药——她居然等不及喝到酸梅汤——丁莉莉瓷白的脸，瓷白的牙齿，红亮的嘴唇，这会儿蹦跳着在冬青面前晃动。冬青呆呆地坐在翟向南脚踏车后座，翟向南回过头来说："跟着婶娘学裁缝。有门手艺总是好的，婶娘做了一辈子裁缝，不收一个徒弟，她倒是中意你……双溪一口气去掉两个人，婶娘的洋车被抬到镇东头，做寿衣去了。铁匠家钱充裕，抢先一步把婶娘接走，丁莉莉的命也真是不济，寿衣来不及做，她娘昏死过去——这种小辈我是看不起的，光顾着自己要死要活，都不想想活着的她爹娘——该她没有寿衣。"

冬青扑笃跳下脚踏车，噔噔噔往回跑，她想看看丁莉莉——冬青总是不相信，这样活生生的人，死掉了。"要是我站在她面前，她就真的不知道了吗？要是她很想喝的酸梅汤放在面前，她也是不屑一顾，不看的吗？"冬青又回转身来，对着翟向南吼："你还我的酸梅汤！"翟向南怎么会理睬，他把脚踏车落了锁，跨过两步就把冬青的手腕捏住了，压低声音道："你少在这里给我丢人现眼，脸皮丢光了，里子也保不住。"一边骂骂咧咧地走回家去。

黎苏在自家院子里喂鸡，见翟向南的脸色，冬青魂不守舍的样子，也不说话，刚要进屋里去，只听院门被翟向南踹一脚，砰一声关上。黎苏端出小方桌，三把椅子，几碟菜，白米粥。冬青推说头痛没有胃口，进了屋里，翟向南把粥喝得稀里哗啦响，黎苏皱了皱眉，开口道："我也只有这一件银器了，你总还以为我有多少陪嫁，多少年，也蚀光了。"

翟向南道："你到今天还以为我相中你家的那点薄产，过了这几十年，还没有捂熟。"翟向南想要发发火，见黎苏面色沉静，忽然没了气息，推开门出去。

冬青刷着碗沿，不知怎么的一只碗就破了，割了冬青的食指，血很快流出来，钻心地痛。丁莉莉有一次颠三倒四地说："冬青，如果活着要很痛很痛，我是宁愿死的。"冬青呆呆地站在灶台边，眼泪涌出来，滴滴答答掉进锅里。黎苏忍无可忍，劈手夺了冬青手里的碗，恨道："眼泪水不值铜钿，偏要掉到锅里，说过多少次了，不要在灶头落眼泪，你就是记性不好。以后的日子，你真是要吃苦的。"

丁莉莉和小铁匠出殡时，那条狭窄的青石板路铺满了纸钱，随着来往的脚步顾自翻飞。家家户户下了排门，有的人家就放一张桌子，桌上摆一些祭祀品——到底丁莉莉和小铁匠还年轻，都替他们惋惜。锣鼓锵锵锵锵地敲打，双溪镇算是热闹了，这热闹中又有凄惨。两个过世的人还没有到二十五岁，终究敌不过家长的阻挡，只得以命相抵。说是后来两家听从了旁人的劝，遂了他们的生前心愿，两个人挤挤挨挨地被放进同一口棺材。冬青站在人群中，心里慌得很，只是觉得做梦一样，是不是他们真的会变成蝴蝶，像梁山伯祝英台一样，在那青山绿水之间追逐嬉戏呢？

人群里戚戚促促地谈棺材里躺着的两个短命人，说丁莉莉已经怀了小铁匠的骨血，誓死要嫁给铁匠。铁匠家里凭着打铁这个营生，来的是现钱，家底比女方殷实，自始至终都不赞成这门亲事。刚巧丁莉莉又有了身孕，男方越发地觉得这个女人太开放，怕半边脸被火烫过落了疤痕的小铁匠收不住她，硬是给小铁匠说了另一门亲事。送葬路上那些妇人叽叽喳喳地说三道四。事情不复杂，但却被说得错综起来，说新给小铁匠说的那户人家，女方只提出要一块手表，一部电视机，其他都不在乎。丁莉莉托冬青去县城买酸梅汤时，女方偏巧来看人家，双方换过生辰八字，合得很，当下就给定了黄道吉日。丁莉莉约了小铁匠出来，两个人从中午开始就不吃饭。丁莉莉的意思，"你家是不是嫌我要的彩礼多了，我不过是多要了一部双卡录音机，你不娶我，我就只有去死了。"小铁匠发誓，"丁莉莉，你死我也死。"起初大约也是闹着玩的，有点山盟海誓的意思。到后来，丁莉莉忽然觉得索然无趣，说："我为什么偏了心思要嫁给你，冬青说得对，我要到外面去闯荡，我不要和小镇的人一样等着老掉死去葬在山上。当初还不是你挽着我了，我才失掉一个去唱戏的机会，越剧团说，我做三年合同工，就可以转正变居民户口——这些你都没告诉家人是不是？我也是牺牲了的。"

　　丁莉莉任性地说着，见小铁匠转身走开去。没有等丁莉莉回过神，小铁匠却已经回转来了，跟着过来的是一个瓶子，瓶子的招贴纸上画着一个鬼骷髅。大礼堂这时很安静，几只麻雀不知忙什么，翻飞着从高高的窗洞钻进钻出。丁莉莉看着礼堂那个台子，木板已经陈旧了，柱子脚上虫蛀得厉害，镂空一样。丁莉莉站起来慢慢地走到台上，幽幽地对小铁匠说："我要是当初去了越剧团，学过老旦，扮过丑角，三年后就可以唱祝英台了。"说着顾自在台上旋转着身子。这边小铁匠毫无预兆地说："丁莉莉，你后悔和我好了是不是？"丁莉莉没有回答，只看见小铁匠拧开瓶子盖就要喝。丁莉莉抢着跑过去——后来那两个在大礼堂躲迷藏的小孩说，丁莉莉跑过去夺下瓶子，自己先喝了，说："我们就做梁山伯和祝英台吧。活着不能在一起，死了让他们把我们葬在一个坟里。"

冬青一路走着，只觉得脊背冷唆唆。她没有送丁莉莉到山上，按双溪镇老底子的讲究，未成婚的女子魂魄小，不宜见着坟坑，怕到时候人回来，魂丢了。冬青只跟了半路，就被翟向南挡在田沿边上。冬青呆呆地看着一口棺材带着一长队人，蜿蜒着往山上走，顿觉得眼睛模糊起来。

回来路过丁莉莉的家，冬青看见丁莉莉一张像挂在堂前，她站着看墙上的丁莉莉，只听得那些下了雨的日子里，丁莉莉甩着水袖唱戏的声音。冬青烧了一些纸钱，风不知什么时候起来的，直把刚烧了的黄裱纸吹起来，喷得冬青满头满脑的灰。

2

过些日子，丁莉莉做五七，冬青随丁莉莉母亲去了坟头，烧一些东西——算命的说，逝者的东西最好都烧了，阴气太重罩着家里不顺。黎苏在家里也翻出一些物件来，大部分是丁莉莉那时送给冬青的，几本书、两副毛线针、一团瘦小的马海毛线、手套，打算去烧掉，冬青却又一样一样地要了回来，翟向南看不过去，几下扯着，塞进网袋。这样，丁莉莉留给冬青的所有记忆，就只有她那些唱熟了的调子，贾宝玉的一句"我来迟了……"把冬青唱得鼻子眼睛酸楚起来，又一句"生不能临别话几句，死不能扶一扶七尺棺……"奇怪的是，冬青倒没有想起梁山伯唱段，似乎梁山伯跟祝英台已经从戏台回归到家里，是两个俗常中的人，一个在家割草，一个打铁，然后一起死了，葬同坟了。刚巧，高音喇叭又开始放越剧，却是冬青和丁莉莉清闲时的保留曲目，《梁山伯与祝英台》。冬青特别喜欢里面胡琴的声音，一开弓，便是那一眼望不到边的寂寥，叫人无端叹息。

中秋前夕，镇上都在传要做戏了，镇上就一条街，一日里突然去了两个人，把双溪镇的元气伤着了。逝者已经埋到了青山，生者还得过寻常日子。按双溪镇老人的说法，要请一个戏班子过来唱一唱，梅花锣鼓敲起来，闹上一闹，人气就又回来了。戏班子一直请不妥帖，不是只会唱一出苦戏的草台班子，就是上了品相的剧团，剧团要价高了些，每家每户都得派饭分摊费用，大家又觉得费用吃不消。

冬青这天回到家里，堂前坐着婶娘，婶娘是这个小镇最好的裁缝，她不止一次对母亲说："你家冬青的手就是拿皮尺的，就是拿画粉的，就是拿剪刀裁出衣样来的。我从来不收徒弟，以后也不会收了，冬青天生是好裁缝，不用我教，她自己会。你相信我。"

还有什么比这更叫人安慰的呢？在这个小镇，对于一个高考落榜的女孩来说，学一门手艺当然是最踏实的出路——历朝历代过来，无论生灵涂炭，还是盛世太平，衣服总是要穿的。

婶娘常常被人家请了去做衣裳，冬青就跟着到那户人家。做学徒须三年，锁纽扣，挑裤脚，扦边，每一个步骤，到自己能够独立操作，大都需要两三个月光景。在日复一日的洋车的哒哒声中，冬青的心气慢慢地定了，终日里看图样，捏针，穿针引线。黎苏看着高兴，有一日，黎苏让她带了两斤白糖过去，到傍晚，冬青又把白糖带回来，"婶娘不吃甜食。"

又有一日，黎苏见了婶娘，算是落了一颗心的意思，说："我就只怕她坐不住，要到外面，她总以为外面有什么。有什么呢？"

黎苏的担忧不是没有道理，看起来，冬青已经沉醉到裁缝里，心底里却有千万头野马在奔跑。而促使冬青决然离家，是那次她亲眼见着翟向南打了黎苏，原来母亲有时候说的不当心撞到墙脚头上起了包这些话，都是诓冬青的。

冬青留下一封信，放在黎苏的枕头底下。信封是自己做的，一张旧的报纸，上面有《人民日报》特约评论员文章。冬青拿一把剪子，十几颗饭粒四边粘一粘，就做好了一个信封。她正儿八经地封了口，信封写上"给黎苏"，蹑手蹑脚进屋子，塞进黎苏枕头底下。

院门吱呀一声，黎苏就睁开眼睛，转过身来，从枕头底下掏出信，饭粒还黏糊着。她拆开信封，读信：对不起，姆妈……黎苏吃不消往下读，折叠好，装进信封，塞到枕头下。眼角有泪水淌到枕头上，顺着纹理流落在床单，黎苏就任它流着，关了灯。

翟向南也早早地起来了，解了手，眼见着黎苏房间黑了灯，径直推开房门。黎苏不说话，任他做一些什么，衣服早就不用脱了，只扯下底裤……刚才落在枕巾上的泪水还没干，黎苏转过头去不看翟向南趴下来的脸——只希望这边过得慢一点，有足够的时间让冬青搭上早班车，去县城——黎苏不知道冬青会到哪里，上海总不会去的，已经没有落脚的地方了。

趁翟向南休息的间隙，黎苏的思绪却飘远了，飘到很多年前，父亲用竹担子挑着她和姐姐从上海弄堂出来，逃难一样在码头等船的情景。三十多年了，这会儿却像是在眼前的事。翟向南在一边呼呼睡去，喷出来的气息浓重，比街上化肥店里的气息还蛮横。黎苏翻个身，起了床。

翟向南进入黎苏房间的时候，冬青已经坐上班车，去往县城。路不远，大约四十来分钟，等翟向南疲沓着身子从黎苏身上下来时，冬青正跳下班车。之前冬青对于县城的理解是有具体参照物的，比如县城的富春镇，比如镇中旁边富春化肥厂门市部飘出的化肥气息，还有街对角那个酸梅汤小摊。现在，冬青呆立车站，看到那些陌生的人，陌生的景物，仿佛来到了天边。

她转身出了车站，迎面来了一群年轻人，叽叽喳喳地说着什么，喇叭裤，吉他，长头发。他们在车站空旷处走走停停，然后就在那地方站好队列，两个人弹吉他，发出悦耳的声音。冬青喜欢这声音，就像一个有磁性的声音在唱"汤里汤外"。很有意思，冬青驻足观看，见两个长发青年边上，另一个人刚好张嘴，不知道要唱还是要喊，小岗亭走出一个人，戴着红袖章，红袖章上写着"纠察"两个字，他呵斥着把这帮人赶走了。冬青只觉得冷，她抖索着嘴唇，到售票窗口，问："同志，到双溪最早的班车是几点？"

冬青回到家的时候，屋子里空空荡荡，倒暗合了冬青羞愧的心情。她在铺开报纸的裁剪板上剪着什么，黎苏进了屋。冬青有些难为情，黎苏过来，看看剪出衣样的报纸，道："婶娘让我带口信给你，今天不用过去。"冬青跟着黎苏进了厨房，道："姆妈……"黎苏不让冬青往下说，道："去补个觉，以后不要起那么早。"

隔了一天，傍晚时分，冬青走在小镇青石板路上，脚步有些匆忙。吉他，阔腿喇叭裤，哦，还有那件白衬衫，他们忽然来到了双溪，此刻也游走在小镇上。说是请了戏班子，原来是他们，以为要唱越剧，却原来是一个叫"热爱余生"的摇滚乐队。想起他们在车站被纠察赶来赶去的情形，冬青就觉得亲切，恍若旧识。

　　远远就听见有人在唱——那是唱吗？是吼着的，原来这就是摇滚？冬青的心怦怦怦地跳着，仿佛是自己在台上唱。

　　我曾经问个不休
　　你何时跟我走
　　可是你总是笑我
　　一无所有

　　回头时，礼堂空了，只留下冬青，倚在礼堂那个大柱子边。她只盯着那个拉胡琴的看，白衬衫在夜晚的礼堂，雪雪地白。冬青喜欢这样的白衬衫，喜欢在翻滚的一阵乱弹乱唱里，偶尔传达出来的一阵胡琴声。冬青一阵脸热着，要是丁莉莉还活着，她也会喜欢的吧。冬青的心酸一下，又酸了一次。白衬衫转过脸，看着她，音调乱了方寸，他对着冬青笑了。冬青看见他洁白的牙齿，齐整的头发，像从天外过来，不知何故落在了双溪的戏台上。冬青的胸口忽然闷闷地，眼睛模糊起来——二十岁原来是这么酸楚的呀！她直愣愣扑在柱子上哭起来。"听个胡琴你都要哭，你也要癫了。"翟向南不知什么时候又回到了礼堂，一把拽了冬青往大礼堂门口走。

　　再一次见到那件白色的确良是在第二天夜晚，冬青去村里的徐郎中家抓药，徐郎中抬头看看冬青，继续给男青年号脉，有点慢。冬青站到一边，看竹筐里的草药。

　　徐郎中看看舌头，翻翻眼皮，又在男青年的耳根用手背蹭了蹭。

　　徐郎中走到竹筐前，弯腰挑拣了一些草药，用一条细草根缚住，递给男青年，道："清水煎一碗，分三次喝——哦，你就是那个拉胡琴的？叫什么？"

男青年点点头，说："孙越良。"

徐郎中沉吟一下，"就在我这煎吧，服三天，就好了。"

孙越良说："可是，我们要回去了。"

徐郎中说："你要是迈得了步，我也不留你。"

"你会做衣裳吗？"孙越良忽然抬头，问冬青，话一出口，大约觉得有些突兀，便红了脸。

冬青呆呆地看着孙越良，屋里飘荡出草药在水里翻滚的气息，冬青说："手艺。"

"都是手艺，我拉胡琴也是手艺。"

这一日，冬青从婶娘家出来，迎面一件白色的衬衫，觉得眼熟，再细看，却是孙越良。居然有远别重逢之感，两个人对视着，孙越良开了口，"我还想在徐郎中家住几天。"冬青道："你不是走了吗？"孙越良说："在县城汽车站，想到你还在这里……"

双溪镇从未有过那样寂静的时刻，清冷的月，谁家的收音机播放着新闻。还有一户人家在放《射雕英雄传》，偶尔传来狗叫声，把夜衬得越发荒凉。临时搭建起来的戏台上，孤零零地停着几只麻雀，仿佛应和了这种寥落。后台的两个年轻人也忽地感受到了一种莫名的虚弱，孙越良看冬青那件民警蓝小军装，不说话，冬青的头埋在臂弯里，轻声抽泣。她一直想和他说，告诉他："你的白衬衫真干净。"

这样毫无预兆的夜晚，月色无处可逃，冬青跟孙越良也无处可逃，都伤感。这种情绪像是积压了很多年，终究要在这样一个用旧木头搭起来的戏台上倾泻。总要有一个安全的去处，这萍水相逢的夜，恰好能承担起他们慌乱的青春。

夜深了，月光照进来，后台鬼影重重，两个人相拥着，谁也不说话。冬青只是抽泣，孙越良越发地抱紧了她，都不知道要怎样去疼惜。他拿出一块手帕，帮冬青擦眼泪，冬青要了过来，捏在手里，又在月光下展开来，白底宽格子。她把手帕蒙在脸上，幽幽地说："你教我拉琴吧。"

3

赵勤富在家也戴着鸭舌帽，穿富春化肥厂的工作服，按他的话来说，劳动布工作服一穿到身上，就是工人阶级了。舅舅这次带来的标准像比前几次朴素，一叠黑白照，相片上的女子带着青涩。前几次照片虽说也是黑白的，却被照相馆上了色，脸是粉色的，嘴唇浮着一片猩红。赵勤富说："他们已经打扮过了，有点假，我就想找个真的姑娘。"

舅舅把照片摊开在骨牌凳上，说："你相中哪一个，就抽出来。"赵勤富一溜扫过去，抽出一张，端详着，笑道："这个我见过。"舅舅说，"这个没有考上大学。"赵勤富说："考不上倒好，我不喜欢大学生。神气活现的。"

舅舅道："见一见？"

赵勤富说："模样合适，身材怎么样？"

舅舅听了心里有气，道："你是谈对象，不是越剧团选戏子，不要光看外貌，心灵美很要紧的。"

舅舅约了翟向南见面，在舅舅看来，他这个外甥是运气不好，撞到了严打。要是现在这个光景，不要说摸了姑娘一把胸，就是两人睡一个铺上，也不过是让派出所喊了去，问问有没有暂住证，有没有结婚证，少一样证，大不了就是罚点钱意思一下。唉，一个人，命定着是否有劳役之灾，要埋怨，就只有埋怨天和地了。坐了十二年牢，个性上有些变化也是说得过去的。头上戴过一顶劳改犯的帽子，又是这个罪名，知晓的人家总不太愿意轻易把女儿嫁过来。舅舅倒不是恨外甥这顶帽子，他只恨他心气高，简直比坐牢之前还要傲气——真不知天高地厚。

可是恨归恨，当舅舅的心里明白着的。三年来，说媒牵线的，都数不清了，舅舅一急，赵勤富便安慰，"我赵勤富一个城镇居民户口，再怎么着也还有化肥厂一份工作在做，拿的是月工资，总不至于要娶一个农民回来。"有了这一条杠，他的终身大事便困难起来。他总是这么说话，"农民胚子不要说给我。"直到有一次，被一个农民姑娘从头到脚奚落了一番，他才算是放下了身段，对舅舅说："要是……合适，小镇上的，户口问题淡化处理。"

然后，翟向南来了。

翟向南这次是下了决心要把冬青嫁掉，往人情世故上说，他这是为父之责。出事后，冬青跳过双溪最深的漩涡，妄想用一把裁剪刀剪断动脉，还不吃不喝地过了七天，也该命大，都死不了。有一次，翟向南火了，数落了冬青几句："你学丁莉莉是不是？那也照她样喝上两口，农药我帮你买去。"没想话没说完，冬青却吐出一堆白沫来，原来她已经喝了一口——这次翟向南发了狠心，只要男方不是癫痫头、天花、麻子、跷脚、折手，是个男人，对方不嫌弃，就算倒贴一点钱也认了。

话是这么说，翟向南有时也懊悔，那一日不该死拉着冬青，让她去上海寻，她要真找得着那个拉破胡琴的，也便得了。问题是，黎苏不割舍。毕竟当娘的细心一些，看出女儿的脸色变了，胃口也变了，还动不动地要去灶头恶心——真是作孽了。原来这两个人，也已经做成了堆——简直跟丁莉莉和小铁匠一样。"时代真的变了吗？冬青，这个时代，男人愿意负责的少，你就认了吧。"黎苏一面劝说冬青，一面央了翟向南打听是哪个男的作的孽。

得知冬青有了身孕之后，翟向南应了黎苏的请求，一定要顺藤摸瓜，找到那个畜生。情愿不情愿的，都已经这样了，好歹让他们成了人家，也罢。这一日，打听到一些消息，他坚信自己的判断没错，必定是上次那帮小畜生！什么摇滚，什么东西嘛！可是那天……他明明准备了车马费去上海找那个拉胡琴的，却被拉进了镇东……输得精光，连车费都没剩下。他也不好意思跟黎苏说，这点现钱，还是黎苏拿一个手镯换得的。后来便不想再提起那件事，又跟黎苏谎称那个小流氓已经成了人家，都是城里的居民，一家人在北京生活得有滋有味的。怪就怪自家女儿骨子轻，黎苏便也只得咽下一口气。

翟向南跟舅舅一拍即合，男急娶女急嫁。翟向南心底喜欢，不说趁嫁女儿赚一笔，连嫁妆都不用出了。但为了保险，翟向南还是跟黎苏要了点钱，准备在嫁妆之余，额外地补偿一点给男方，到底男方是城镇居民户口，就算他犯过事——这边不也犯了事嘛。两两相抵后，终归还是男方占了优势。这在翟向南看来，冬青赚了便宜。

见面约在春江码头，舅舅很直接，掏出一叠钱，说："拿去扯几块布一家子做几件新衣裳。正日里都穿新的，讨个彩头。"

翟向南笑问道："那，酒席……"

舅舅笑了笑，"就这一个外甥，我不会亏待他，你放心，我也不会亏待了……哦，叫什么来着？"

翟向南谦卑地笑道："冬青。翟冬青。"

舅舅道："小囡子怎么就耽搁了年纪？看相片样貌标致……"

翟向南有些心虚，只是支吾着，脸红一阵白一阵，惹得舅舅越发起了好奇心，笑问："以前的对象……总不来往了吧……"

翟向南急着摆手："早断了，她就是心气高……"

回双溪前，翟向南去那户人家看了看，小丫头居然已经会追着狗满院子跑了，见到翟向南，羞怯地躲回屋去，牵着她妈的手，又出来，盯着翟向南看。她妈见到他，神情复杂的样子，翟向南忙堆起笑，"放心，我不是来要回孩子去的，来看看……来看看。"

这对夫妻结婚三年，没有生儿育女，翟向南抱着一个刚剪断了脐带的婴儿送到她门上，问愿不愿意收养。她认定这是观音娘娘送来的，因此她对翟向南终是带了感恩戴德的意味。翟向南走时，她照例将两三只大小不一的竹篮套在一起，让他带回去家里用——这家男主人是篾匠师傅，手头活络铜钱是不缺的——翟向南大都会到街巷去卖掉换得一点钱再回家。他有时还要恨恨地在心里责怪冬青："要是当初一心一意跟了婶娘做裁缝，也不至于心比天高命比纸薄地落得个身败名裂。还有那个拉胡琴的，总有一天，我到上海找到你，把你扔到黄浦江去——江水是黄的罢，呛死你这个负心的东西。"

翟向南习惯性地回忆起那天的情景来，那天，妇女见到孩子，念念有词，"大慈大悲观世音菩萨……"她抱过孩子，让翟向南等一等，这一等就等来了一个红纸包。翟向南掂量了一下纸包，有点厚实。走过墙拐角就迫不及待地拆开来看，果然是一叠五十元面额的钞票，蘸着口水数一数，居然有十张——他倒没有想到这一层，拿外孙女去换钱。

冬青从昏迷中醒来后，听到刚出生的女儿夭折了，又昏死去过。当时翟向南着实是软了心肠要告诉她事实真相的。但是，一想到这以后的日子，冬青自己还都是闺女嘛，拿什么去养小的。"我这是为她好。"翟向南总是这么对自己说。

<h2 style="text-align:center">4</h2>

这三年来，冬青不是没有收到孙越良的信，按照日子算，也是比较密集的。她心里藏了好的，也藏了心酸。喜欢是真喜欢，但心底里也有一份卑怯的情愫，觉得对方是县城里的人，如今又北京上海的跑——自己只是小裁缝。有时她在回信时也会提及此事，孙越良便耐心地告诉她，他在外漂泊，所有经历的风霜，都为了要让冬青以后过上好日子。冬青有一次回信给孙越良：我宁愿你只有一件白衬衫，我帮你洗了晾干了折叠起来放到衣橱里，明天要穿再拿出来，我愿意就这样帮你洗衣服——可是你什么时候回来呢？

趁着婶娘不着意，冬青用零碎布做了一个小口袋，把孙越良的信一封封放进去，又用一根细线扎紧了口。有一次，做完当天的活计，婶娘留冬青吃晚饭，饭毕，婶娘还留冬青在院子里坐了坐。蛙声在田里响成了一片，蛐蛐有一搭没一搭地应和。婶娘摇着芭蕉扇，突然说："冬青，那些信拆了用线缝起来，都可以做一件衣服了。"冬青吃一惊，只是觉得突兀。婶娘又说："只是一件纸衣服，受不了寒，挡不了风，你留着实在是找了个棉团塞塞自己的胸口，平白无故堵起来。总是罚定了的，你这小小身子骨却要早早地被破了。"这时，冬青才知，自己已经怀了一个孩子——一旦确定了这一点，冬青便是更加慌乱更无助，孙越良的信即便是安慰，也像月亮，看得见又有什么用。

孩子当然是留不得的，20岁的冬青怎么懂得忏悔，只是每日里回忆起跟孙越良在戏台的那个夜晚，有幸福，有辛酸，也有无尽的失落。冬青不是没有想过要找孙越良，有一次，打了包裹，像那个早晨一样，走到门外，却见母亲坐在院子里，身上被露水打湿了。冬青扑通一下跪倒在地——那是她第三次试图去寻找孙越良。

　　以后便顺当地跟着黎苏到了邻镇一个小医院，清冷的墙壁，在夏日里泛泛有些孤寂，冬青坐在狭小的走廊上，黎苏进到医生办公室，出来后坐在对面的木头折叠椅子上，母女俩对视无言，像两个陌生的女子。一半是等待，一半是无聊，冬青的手一直在绞一块手绢，孙越良拿这块手绢替她擦泪。这一刻，除了内心里涌起来的跌撞，只觉得时间的无边无际。门帘撩开，医生在门口喊——"翟冬青"。

　　冬青一下从座位上跳起来，黎苏更觉得那声音像是耳光，风驰电掣在她脸上冲撞，"翟冬青"三个字在墙上碰了一鼻子灰后在黎苏听来却成了自己的名字，"黎苏，黎苏，进来，人流室。"她这么一个五十岁的妇人，怎么就要坐在这个逼仄的小诊所，来接受这样的礼遇。

　　冬青看着黎苏，黎苏看着冬青。冬青眼里那些求助被抵了回去，冬青站起来，走两步，便倒在地上，她全身出了冷汗，这个夏天真是冷啊。冰冷的除了水泥地板，还有那些器械，听诊器，还有医生镜片后透出的眼神。

　　"血压偏低。先天心脏供血不足。"医生说，"我倒是希望帮你这个忙，可是，她这身子骨，怕是抵挡不住，还是先让她回去养一养，晕倒在人流室这样的事，总归不妥当。"医生收拾好桌子要走。

　　"等一等。"黎苏说，"等一等，医生。"

　　迷糊中冬青看见黎苏从裤袋子里翻出一个手帕包，一只手扶着冬青，一只手动了动，递过去。

　　"医生，这东西跟了我三十多年，你看看喜欢不喜欢。"

　　医生轻轻推开黎苏的手，叹口气，道："你这个当妈的，也是前世作了孽，你家小囡子刚到二十吧，鸡蛋壳刚剥出来，就要吃这份苦痛。她忍一忍倒是过去了，做娘的，心尖上一块肉却要痛一生了。"

黎苏道："今日我踏进这个地方，你总不能让我就这样回去了。帮着做了吧。"

医生摸摸冬青的脸，冬青闻到浓浓的血的气息，还有铁质的腥味，医生道："要出人命的。这样的体质……你到底是要拿了肚子里的孩子，还是拿了你囡子的命？"

回家，日子照旧。撕去一张日历，再撕去一张。待冬青上楼时，小房间已经摆上了一张裁剪台子。婶娘一边把画粉、软尺、剪刀铺排开来，一边让冬青帮衬，"冬青，把那个椅子移过来。""冬青，到楼下帮我端一碗水上来。"一切都要重新开始的样子。婶娘说："你现在是有身孕的人了，不要任性，少弯腰。"

冬青在婶娘的阁楼上，慢慢地就把肚子养大了，婶娘不再接受外出做活的邀请。隔一段时间，黎苏便过来，带过来一点吃食，米面蔬菜，有时候也有一点钞票。婶娘照例都收下了，日子一路小跑便到了年关，冬青看看挂在阁楼上的日历，对自己说："这一年三百六十五日，怎么的就像过了一世。"

冬青自从怀孕，便再也没有在白天回过家，确切地说，双溪镇上的人这大半年便没有看到过冬青，起始倒常有人问起："黎苏，你家冬青怎么不在家？"黎苏懒懒地说："哦，去她同学家了。"再问起，黎苏便会急急地走几步，道："要下雨了，院里晒着衣服。"便离开。当然也有人捉住了翟向南，翟向南很利落，一句话便回了过去，"我家囡子欠你钱？要你这般地记挂。"问话的便觉无趣，恨不得要扇自己嘴巴子。

这以后，黎苏家算是清静下来，遇见婶娘，也会有人问起："婶娘，你那小徒弟如今怎就不见了？"婶娘从裁剪台子上抬起头来，道："忙着。"再问，便还是那句话，"忙着。"然后就再没人问起。冬青像是消失了一般，双溪镇上再也没人问起，仿佛冬青从来没有存在过——冬青有一次跟婶娘说："婶娘，我跟丁莉莉一样，是死了，葬了。"婶娘忽然把剪子往台子上一摔，道："冬青，这话真不像从你嘴里出来的，丁莉莉是死得其所，终归跟小铁匠葬在一起，你呢？你连这机会都没有。"冬青面红耳赤，再也不提起这事。

年三十的夜，夜色来得早。鞭炮声响起来，急促促的样子，冬青趴在阁楼的小窗洞里，看着外面忽明忽暗的夜色，只觉得肚子像被针刺了，裤子早已湿了一片。冬青害怕，惊惶地从楼上挣扎着下来，楼梯下了一半，婶娘却关了门，拼了力又把冬青扶上阁楼。

　　"平躺着别动，我去喊人来。"婶娘帮冬青盖了被子，又拉上门帘，下楼，出了门。

　　黎苏跟着婶娘走出院子。

　　婶娘说："看日子，一夜是两年，怕是要两头挨着，羊水破了。"

　　黎苏道："才八个月零十一天，早产了。"

　　婶娘道："她这身子骨能撑到这些个日子也是不易。"

　　黎苏道："西街的张破昨日去上村接生，说是难产，今日我碰见她儿子，说还没着家。"

　　婶娘跺脚道："难不成送医院？"

　　"要能送医院，那这两百来天熬在你阁楼又何苦呢。"黎苏把篮子递给婶娘，径直往前跑了去，丢下一句话，"只有让他来了。"

　　婶娘追问："谁？还有谁会这一手？"

　　黎苏摆摆手道："先回吧，我马上就到。"

　　阁楼上，冬青躺在木板搭起来的矮床上，嘴里早已塞了毛巾。等翟向南踮着脚蹿上楼时，冬青已经虚脱了一样，半睁着眼，眼泪滂沱，念叨着："就这样死了也好，死了倒清爽了。"

　　黎苏绞了毛巾敷在冬青额头，便见血水从冬青的双腿间渗漏出来，婶娘的腿一软，摸索着下了楼，她是见不得血的。翟向南一把推开黎苏，道："这会儿了还在磨蹭，烧水去，剪刀，烧酒。"黎苏要退下，冬青却忽地惊叫："妈，让他走！我宁愿死，让我死。"

　　翟向南一把掀开盖在冬青下身的棉被，一双手往两边一分，冬青的腿便被分开，冬青慌忙抓了旁边的布毯子盖住下身："你走，你走。"冬青的声音渐渐地就弱了，直至听不见……

　　冬青醒过来时，身边站着黎苏，黎苏手里捧着一只搪瓷小碗，见冬青动了动眼，便蹲下来，舀了一勺汤水，递到冬青嘴边。"喝口红糖水，你出血太多了。"

冬青眨眨眼，用手摸摸肚子，道："我生了？"

黎苏点头，欲言又止的神情，冬青直直地看着黎苏，逼着黎苏又添一句："等过了月子，你就可以到双溪镇上去走走。大家都惦记着你。"

冬青喏喏地问一句："男孩？女孩……孩子呢？"

黎苏道："你先喝了……"

冬青挣扎着坐起身子，四下看看，阁楼空荡荡的。楼梯咯吱地响起，翟向南上楼来，对着空气说一嘴："山高路远的，不过风水很好。早起就有太阳，日落西山时也能照见个把小时。"黎苏沉默着起来，放下碗，道："冬青，孩子生出来时，已经没有气了。"

冬青哗啦一下站起来，又一个趔趄，摔倒在床上，却见冬青嘴里喷出一口浓血，满嘴满胸地淌。

5

冬青这一躺，便是大半年，做了梦一样，等回过神来，便出落得像新姑娘，皮肤白皙，头发乌黑。婶娘暗自感叹，到底年轻人，底子好，出了一脚桶血，养个半年，便又都回去了。醒过来的冬青忽然对裁剪重新有了兴趣，镇上开始流行草绿色小翻领军装，冬青从镇上老街走过一趟，便记得了那样式，尺寸分离不差。她先给自己做了一件，穿在身上，惹得镇上一些同龄人都效仿着，扯了布料让冬青做一式一样的小军装。秋季征兵工作开始，冬青跟着镇上年轻人去看热闹，那些去体检的小年轻，还以为冬青是部队上下来的，左一个军官好，右一个军官好。煞是满足了冬青的小心思。婶娘后来索性收了裁剪台子，把软皮尺递给冬青，说："你出师了。"

冬青搬回家，翟向南在院子西手边用砖头砌了一间小平屋，放一张裁剪台，一部缝纫机——已经不叫洋车了。双溪镇的小裁缝铺子便开张了。黎苏要放一挂鞭炮，冬青不让，说："这样就好。"

就这样过去了几年，过了二十六岁生日后，冬青忽然成熟起来，也少有笑脸。收到过一封北京寄出的信，冬青哆嗦着从邮递员手里接过来，舍不得拆开来，揣在裤袋子里。待到夜晚，院子都安静了，黎苏跟翟向南也熄了灯，月亮很好，没有云彩相伴，孤寂地挂在院子上空。冬青拿出那封信，看信封正面，背面，放在膝盖上，看看月亮，恍然有些迷糊，耳边只是一些摇滚的声音，隔了这些年，像是旧了。冬青起身，从裁缝铺里拿出裁剪刀，剪开信封，先把信封细细地剪碎了，一丝一丝的，像裁剪衣服的边，待要再剪时，忽又想起什么，进铺子，出来，手里多了一根针，信纸平铺在地上，冬青用针刺出一些小孔，细细密密的，先是一个头型，再是眼睛，鼻子，嘴唇……黎苏夜半起来时，撩起窗帘，从木格子窗棂看出去，冬青的背弓起来。月亮照出的影子，灰蒙蒙的，在地上一耸一耸，黎苏转身问翟向南："那孩子即便真是没了气，你也得先让我看一眼，才找地埋了，用得着这样匆忙？"翟向南正在穿衣，不耐烦地白一眼黎苏，"想看看那个流氓生的是个什么模样是不是？"被呛了一口，黎苏便不说话，只是拿起桌上的茶杯，砸向床上。翟向南来不及穿裤子，光着身子跳起来，对着黎苏捆了几个耳光，又在床上四面地寻找底裤，找到了一把扯起来，骂了一句："都是贱骨头，不识好歹。"

第二日，冬青的铺子里多了一个木头镜框，镶了玻璃，镜框里是一张头像。用针刺起来的，有鼻子，有眼睛，有嘴巴，五官齐全，不会说话。请冬青做衣服的见了怪怪的，问是什么，冬青大多是漫不经心地答一句："随便挂挂。"再问，冬青就拿下镜框，塞到台子底下的纸盒子里。纸盒子里塞满了碎布零料，都是没有用的，待年底打年糕烧旺火时，冬青便捧了纸盒子，到灶底。黎苏用一个火钳子，钳起碎布料，塞进灶膛，火很旺，有烟。

隔了年，就有人替冬青张罗个人问题，冬青回绝黎苏说："翟家这么大一个院子，难不成还容不下我翟冬青？"有一日，婶娘带口信来，让冬青过去台门一趟，冬青换了衣衫，拎了点果品便去了。婶娘撒手皮尺、画粉、剪刀后，仿佛一下子老了，竟然是躺在靠椅上跟冬青说话。拉些家常，后来婶娘便说："冬青，女人总是要跟了一个男人的。"冬青垂了眼，听婶娘说完，站起来，跟婶娘说："婶娘你给定吧。"

回家的路上，月亮一直跟着，她忽然想起丁莉莉有一次说："冬青，我不喜欢月亮，都是假的。"冬青问："世界要是没有月亮，我就去死？"真是叫自己脸红的话。以为自己是浪漫的，终究敌不过婶娘的清眼——"你还不如丁莉莉，丁莉莉还有个小铁匠挨着睡在一起，你呢？何苦为了一个还没有看清面目的人守着日子。"刚进家门，黎苏就递给冬青一沓照片，冬青接过，有些恍惚。翟向南说："有几张相片上的男人已经不算了，人家条件好，早就有人定了。"翟向南指指照片上一个男子，道："这个是居民户口，吃饭这件事不用愁。"冬青随便地扫了一眼相片，就答应下来。

之前，孙越良母亲来到双溪，给了黎苏一点饰品，黎苏刚从田里上岸，裤管上的泥还没有掸尽。孙家母亲见着冬青，十分喜欢，她是接生婆，很会看女人。待她一捏冬青的手，就放弃了让她做儿媳的想法——因为冬青已经是个妇人了。然后，冬青便把信扎起来，让孙太太带着去，不久，冬青收到一个厚厚的包裹，是孙越良退回来的信。这件事，冬青一直不明白，孙家母亲是如何知道了孙越良跟她的事？孙越良告诉她的吗？不像，也或者她自己偷着翻出抽屉里的物件，也包括信件，便看到了孙越良给冬青的信。冬青记得孙家母亲见到自己时，叹了口气："我道是他中了什么魔，一直不肯找对象，原来是这样。"

赵勤富这件事上，黎苏背着冬青跟翟向南红过几次脸，黎苏认为一个人可以犯很多罪，就是不能犯流氓罪。加上赵勤富来过双溪镇化肥厂销售点，目无一切的样子，镇子里的人都是见识过的。"以后这门亲戚是要走动的，他这个样子，我们做父母的以后还去不去看自己的囡子。"翟向南撇撇嘴把黎苏的话顶了回去，道："你可别以为冬青不是我的骨肉我就不上心了。"——他终于还是记得这个由头。记得这个由头的意思便是，黎苏这辈子终究是欠了他的。当年要不是他翟向南，黎苏还不知道会落得个什么下场，虽说当年黎家把祖产大半部分给了翟向南，但这算得了什么，不过让他在赌场惬意了三五回，钱这个东西，终究是身外之物。他翟向南因为替黎苏打了圆场娶了她，才没有另外娶妻生子。他是亏的。黎苏盯着翟向南看，翟向南一五一十把赵勤富的优缺点罗列一番，总体来说，优点大于缺点——谁没有缺点？

　　一桩婚事便定了。这年冬天，冬青穿上自己做的一件大红丹凤朝阳花棉袄。丁莉莉已经不在了，但是伴娘还是有的，屋后的莲珍，镇西头的春仙，还有隔壁的华琴，跟冬青不相上下的年纪，当个伴娘实在是恰如其分地好。前一日，冬青独自去了丁莉莉家，不曾想，丁莉莉的头像早已不挂在堂前，冬青才想起丁莉莉的弟弟娶媳妇了，总不能在那样喜庆的日子里挂着这么个早逝的女人。拿下了便再也没有挂上去。没有了头像的丁莉莉家，冬青忽然觉得自己的到访有些突然，日子一晃便去了五年。这五年，外面世界都已经变了，只剩下自己还生活在触目惊心的往事里。冬青看着曾经挂着丁莉莉头像的地方，贴上了一张年画，农业大丰收，五谷丰登的欢喜，原想着要来告别的，却是觉得可笑，看着丁莉莉弟弟一家三口喜乐乐的样子，再也说不出来，只是掏出一把喜糖，塞给小孩子，便出了门。

　　第二日，迎亲的拖拉机早早地停在院子门口，赵勤富舅舅戴着一顶咖啡色绒面帽子，突然地有些干部气息，让冬青无端有些难受。婶娘替冬青洗脸，修面，编辫子，盘了个发髻。冬青在一片残缺的镜子里左右看看，忽地抽出一个簪子，簪子是黎苏最后的嫁妆，玉质的，祖母绿，不起眼。头发在冬青脑后散落下来，婶娘大惊，一手托住了头发，道："你就要看着自己这样散了发。"母亲叹口气。

　　黎苏的脸看起来依旧白净，保留了上海弄堂好人家的底子，要不是眉眼之间的错愕，几乎没有沧桑感。只是，她从心底里知道黎苏的日子其实并没有她的脸面体现出来的好，主要是隐秘的事情太多。比如，母亲从来不肯说起自己的身世。黎苏听说冬青想到上海读书，先是沉默，后来便掼出来一句："上海的好你还够不到。"

　　"等我好了，我会带你离开双溪的。"冬青没头没闹地说了一句。黎苏摆摆手，问："婶娘，箱底的红纸包是放在左边还是右边？"婶娘一愣，说："我倒忘了，现在都破了这些硬规矩，随便压在箱底就是了。"

嫁妆是备足了的，几个伴娘都夸冬青福气好，拖拉机嘭嘭嘭把一车穿红戴绿的女子装到了县城。商业城旁边的弄堂，已经放了鞭炮，残红满地。赵勤富从楼梯上慢慢地下来。冬青看到赵勤富抽完最后一口烟，踱步过来，早已有人端过一张凳子，冬青就着凳子下了拖拉机，赵勤富像抱了一捆柴火，费力地往二楼走。伴娘们依旧停在拖拉机上，窃窃地说开去："到底是居民，住的是水泥结构的房子，二楼，是单位分的吧。冬青算是嫁到城里了。"

道喜的人三三两两都走了，房间骤然安静下来，只有门上房间那些大红的"喜"字，依然没有从热闹之中回过神来。冬青头上的花不知什么时候已经掉了，发夹一松，盘在后脑的发髻便垮垮地，不像个新娘，倒像个刚起床来不及梳洗的妇人。她站在镜子面前，试图用摩丝把发型重新固定。刚喷了一下，就觉得身子一轻，赵勤富已经把她整个人抱起来。冬青挣扎着说："哎，哎。"话没有说完，赵勤富已经把她放到床上，冬青眼见着她的新婚丈夫松了皮带，解了裤扣，露出小半截身子。冬青手肘一撑，坐起来，她很不适应这样的场景，做梦一般，刚才的喜气此刻重新回想起来，似乎是假的。

不等冬青回过神，赵勤富已经把她推倒在床上，接着冬青听到的是粗重的呼吸声，冬青看着倒过来的层层叠叠的"喜"，一点点回过神来，她已经离开双溪镇，正式成为赵勤富的妻子。这个富春化肥厂工人，有着矮墩而结实的身子，他的粗俗让冬青心惊肉跳。冬青幻想过很多种场景，总也没有现实来得具体，等她半身不遂一般从床上起来，去卫生间清理身子时，赵勤富一个横虎跳起了身，一巴掌打在冬青的下身——火辣辣的疼痛堪比拿刀来回切割。冬青怔怔地看着面红耳赤的新婚丈夫，来不及问出话来，赵勤富的第二个巴掌已经落在冬青脸上，嘴角的血流出来，滴在床单上，很快洇开去，冬青用手指蘸了点血，拿起来看。

赵勤富也用手指在床单上擦了擦，凑到冬青眼前，恨声道："我怎么看不到这个，你的身子被人碰过了？"赵勤富委屈，跳下床来，压低了声音道："我赵勤富好歹是个工人，你一个农民户口，看在你有裁缝手艺的份上，我也忍了，原来你早就不是个干净的身子，一直没有嫁出去是不是就光等着来害我？"

冬青说不出话来，她看着面前赤身裸体的赵勤富，忽然觉得一阵恶心，捂着嘴冲到卫生间，仿佛要把五脏六腑都给吐出来，在水池里洗净了，再装回去。要是能够，冬青也希望把身子也洗净了，即便这辈子都不嫁人，心里也踏实一些。迷糊之中，赵勤富横着又把冬青扛起来，冬青挣扎着喊："放开我，放开我。"

赵勤富顾不得冬青撕咬，用身子又扎扎实实把冬青教训了一遍，一直到粉红色的床单上渗出了鲜红的血水。像个废人，躺着，睡了去，又醒来。天像是亮过一次，又黑了。再亮了，再黑一次，等冬青从昏迷中睁开眼睛，看见母亲站在床前，冬青喊一声："妈。"

黎苏摸摸冬青的额头，道："怎么刚结婚就病了呢？"

"要落泪，让我哭个够，以后，我便再也不要落泪了，我从双溪镇嫁到城里，是来生活的，过好日子的，不是哭哭啼啼叫人看笑话的。"冬青酝酿了强大的委屈的情绪，却发觉没有眼泪，她抬起手来，用手背碰碰眼睛，干涩得很。这才想起，这几天一直做梦，梦里的泪水流淌成了河。冬青忽然对着黎苏一笑，笑得黎苏心里寒噤着手一哆嗦，水洒了出来。

家里很安静，冬青跟母亲坐在客厅吃饭，黎苏问冬青："赵勤富对你怎么样？"

"就那样。"

冬青夹了一筷子茭白给母亲。

"就那样是怎样？"黎苏扒一口饭，道，"我看你是扎扎实实地瘦了，也不是瘦了，像是全身的血都被抽空了，没有精神气。"

冬青看一眼母亲，问："他没来？"

黎苏道："都来了，到半路又回去了，说去看个人，我哪会不知道，上了赌场。"

冬青道："他欠下的那些赌款可都是你帮着还的？我就知道你是打算把后半世的日子都打发了给他……"

黎苏忽然问："是不是他发现了什么……"

冬青一口饭卡在嗓子眼，噎住了，脸涨得紫红，道："……我一个农民……哪能白白地在城里享福，总得要死过一次才能讨得一条命活下去。"

黎苏像是忽然明白了什么，放下饭碗，急急地要回去。冬青也不挽留，走到门边，黎苏忽然说："翟向南不知哪来的钱，前阵子忽然把赌款都还清了。"

冬青定定地看着母亲，道："你要活到一百岁，等着我把日子过好了就来接你。"

黎苏打量一下客厅，道："还是双溪的院子大，我怕是住不惯这逼里逼仄的城里。"

6

赵勤富闷头吃饭，舅舅在一边抿一口酒，看外甥的模样，分明是憋了一口气。到底是过来人，舅舅也不慌张，如今外甥媳妇已经娶进家门，就算半夜梦见早逝的姐姐，也有个交代，赵家没有绝后。舅舅有些感触地看着赵勤富，举举酒杯，道："真戒了？"

赵勤富素来怕舅舅，以前到舅舅家，要是舅舅不在，总要偷偷倒一杯闷口喝了。舅妈有时睁只眼闭只眼，装作不经意地拿几粒花生米放在小碟子里，赵勤富便坐下来，就着花生米喝酒，速度当然很快，他怕舅舅回来见到要生气。当年要不是他喝了点酒犯迷糊去摸女孩的胸，又克制不住性情去扒拉人家的裤子，也不会犯事。按舅舅的意思，你犯罪也得讲究个体面，流氓罪，赵家脸面都给丢尽了。基于这点，在舅舅面前，赵勤富多半要收敛一些。

赵勤富窝了一肚子火光吃白饭，也不就菜，舅妈对眼看了看舅舅，两人会意。舅舅把酒盅一顿，道："你这相做给谁看？"赵勤富忙不迭地开始夹菜，大口吃饭大筷子夹菜，索性又添了一碗饭。吃着吃着，茄子底下翻出一块肉来，一口吃了，又从豇豆底下撬出一块肉来，再一口吃了。等到他从南瓜底下挖出同样大小的肉时，舅舅已经喝罢酒，舅妈端上来一碗饭，舅舅扒拉几口离开饭桌，只留下赵勤富呆呆地看着干菜底下隐约冒头的肉。赵勤富有些拘谨，舅妈索性夹起干菜肉，扣在赵勤富的碗里，道："这日子，不就是青菜萝卜豇豆茄，柴米油盐酱醋茶，外表看着五颜六色，实际都一样，最终就是一块肉。"

赵勤富出门时，舅舅已经离家去上班，舅妈塞给赵勤富一包旧衣服，说："已经洗干净了，回家让冬青剪一剪缝一缝，总能有二三十块尿布。"赵勤富犹豫一下，还是不甘心，说出口来："我一个居民……"舅妈打断赵勤富的话："早点生个儿子才是要事。"赵勤富犹是委屈，道："找个农民我已经低就了，她……"

舅妈直愣愣地问："她怎么了？不就是谈过一个对象……你那年不也破过一个囡子，人家向谁要清白去？"

赵勤富被舅妈劈面问这么一句，像一桶冷水从头顶泼来，居然跟跄一下，抓过舅妈手里的布包，推起脚踏车走了。

赵勤富回到家里，见地上放着一把青菜，三根细长的丝瓜，一边滚着一个蜜瓜，轻轻踢了一脚。冬青道："婶娘地里摘来的。"她没有告诉赵勤富，婶娘也带来一封信。"我想寻个生活做做。"冬青道。

赵勤富看着冬青刚刚洗完未曾吹干的头发，来了兴致，不知是被舅妈兜头浇了水醒悟过来，还是有些不甘，急急地把布包往桌上一丢，抱起冬青。冬青被凌空架起，只是挣扎，说："我还没吃饭，肚子饿。"赵勤富道："那我先让你吃饱。"冬青闻听此言懊恼着咬紧嘴唇，觉得是自己撩拨了他的性情，使他说出这么生猛的话来，越发咬紧嘴唇。赵勤富的嘴闷住冬青的嘴，也不说话，只是求欢，他想起舅妈说的，外表看着五颜六色，最终还不是一块肉。现在，他的肉身压在冬青的肉身上，一瞬间赵勤富有怜惜的意味，他还抽空用手摸了摸冬青的脸，是一把泪水，他只是隐隐地心疼，便用嘴唇去安慰那些眼泪。冬青闻着有些血腥味，十个手指抓在赵勤富后背，指甲抠进皮肤，只觉钝钝地阻碍。她只听得赵勤富在耳边呻吟，然后便松了手。待赵勤富放开冬青，冬青才从一侧大衣柜镜子里看到，赵勤富满嘴的血，还有两人脸上的血，冬青惊恐地拿被角蒙住眼睛。

冬青的疼来自脚底，真是不可思议，这疼痛怎么就蔓延到脚底了呢？冬青踮着脚尖从箱子底部翻出一个手帕包，打开来。白色的信封经由了很多人的手，有些褶皱，边沿也被磨得毛糙。孙越良的字仿佛有了都市气息，还带着体温，婶娘递过信，道："等不等，都是空。"冬青被婶娘的话刺得生痛，任性道："我就不能有个盼头。"婶娘沉吟片刻，道："别留着这东西，白纸黑字的叫人给捏了把柄。"

冬青一边看一边想起那悠长的胡琴声，中药的味道，还有那件白衬衫。

冬青走到窗前，看着灰色的天空。一群鸽子呜呜地掠过，它们有说有笑地从冬青窗前过去了。第一次听到鸽哨的声音，是在一个早晨，赵勤富趴着，看起来睡得很沉。冬青煮了番薯粥，等赵勤富起来。赵勤富在富春化肥厂上班，从仓库背化肥到农用车上，或者从大卡车上背化肥到仓库，干的都是体力活。冬青想想又站起来，拿了两个鸡蛋，放到锅里煮，等鸡蛋熟了，赵勤富迷糊地醒过来，问时间。冬青说："还有半个钟头。"

赵勤富说："我短脚裤呢？"冬青说："在枕头边。"赵勤富躺着不动，哗啦一下掀开被子，冬青惊惶地看着赵勤富裸露的身子。这时一阵陌生的声音在窗外响起，冬青逃难似的奔到窗前，看到一群鸽子飞过去了。赵勤富说："没听到过？"

冬青摇头。

"鸽哨。"赵勤富说。

"能不能……你能不能穿短脚裤睡觉？"冬青拉上窗帘。

"我自己家里，还不能自在一点？"赵勤富没好气地起身，穿衣，进洗手间。

鸽哨。这之后，冬青每听到这声音，便想起赵勤富裸露的身子。坦白地说，要是这个身子不对自己粗暴地侵略，作为男人，还是很健朗的。只是……冬青开始由衷地责备自己，或者自己真的不该结婚，不该拿一个不干净的身子，跟一个强壮的男人的身子去匹配。冬青环顾房间，看到一个未曾剪破的信封，上面有孙越良的地址，冬青拿起火柴，嚓一下点着，房间即刻有烧焦的味道。

有一日，冬青坐下来写信：窗外有鸽哨……写完便觉得无趣，撕了信纸，在房间来回走一走，又坐下来。这一次，一个字也没有，不是写不出，而是太多的事情，不知从何说起。枯坐良久，冬青索性丢了墨水钢笔——她记起来，那支钢笔是孙越良送给她的，那天他们俩坐在溪岸边，孙越良教冬青认野草。野草也有名字，小鸡米草、饭窝头草、盘子草、情恨草——冬青一边在本子上画出草的形状，记录草名，一边问怎么会有这种名字的草？两人对着"情恨草"三个字发呆。

冬青重新把手帕摊开，将钢笔、剪碎的信，还有一只烧了一半的信封，齐整地包起。把手帕包放到箱子底下——她对自己说："我总是在等你，不知有没有这个命。"

院门半开着，冬青轻轻推开，翟向南在矮凳上坐着，手指蘸着口水在数零碎角票分票。抬头见冬青，没头没脑说一句："还差十块七角五分。"冬青来不及放下提包，忙不迭地掏出皮夹，拧了三张十块的递给翟向南，翟向南接过便起身。冬青问："妈呢？"

"在医院。"翟向南指指一侧的厢房，说："不知哪个筋搭错了，从城里回来后，就没进房睡过，闷出病了。"冬青转身出门。

黎苏虚弱地躺着，冬青打了开水，倒了一杯水放到床头柜上，想一想便出了门，走过三条街，到邮电所打电话。拨了好几次才算通了，化肥厂传达室老头说，赵勤富一早就送化肥下乡了，估摸着要傍晚回来。冬青便没了话，待老头追问何事时，她才说："要是他早回来，帮我留个口信，我在镇上住几日再回去。"出了邮电所，却突然想起一个数字，这个数字像长在身上了，或者说已经成了一根眉毛，眨眨眼便有了。021开头，上海号码，010开头，北京号码，孙越良每一封信最后，都留下一串数字，告诉冬青他的宿舍楼下有门卫，他跟门卫关系处好了，"你有空给我打电话吧。你给我打电话吧。"

孙越良应该在北京，最后一封信上说，北京的空气里都是摇滚的味道，没有二胡，有京胡，他说："我很快就会回来的，冬青，我想你，我很想你。"

冬青排队领号打长途，待轮到自己时，却又站住了，后面的人催着快点快点，她便进了隔间。拿起听筒，拨号。听筒那边传来低沉的声音："脎宁。"纯正的上海口音，原来拨出的是上海号码，冬青愣一愣说："我找那个拉胡琴的。"

"侬是傻宁？"对方问。

冬青听不清，顿一顿说："对不起，打错了。"

"侬等一歇。壳托一声。"对方放下话机，隐约的声音传来："孙越良，孙越良，有人找。"

恍然之间觉得是梦境，不是在北京吗？怎么又回到了上海？冬青的手剧烈抖动，拿不稳听筒，咔嗒一下，听筒掉落在地，因为有话线卷曲地牵扯着，听筒又弹跳一下，在半空中晃起来。似有万千波涛，汹涌着奔上来，挤挤挨挨堵住冬青的心口，冬青蹲下来，只听得话筒里断断续续的声音："喂，我是孙越良，哪位找我？喂……冬青？冬青……冬青……"

冬青回到病房，黎苏看看窗外，太阳落在窗台上，翟向南从窗外走过。冬青问："把我说到那户人家，他以前是做什么的？"

黎苏的眼睛瞄一眼窗外，问："赵勤富吗？是不是闻不惯化肥的味道？"

冬青说："这我知道，可他……"

"我也是后来才知道的，都已经这样了，熬一熬，就过去了。"黎苏显然在掩饰什么，她把杯子递还给冬青，身子慢慢地窝到被子底下，传出闷闷的一句："多跑几趟医院，把身子看好，添个一男半女，他再有意见，也会淡。"

母女俩很久没有身子挨着身子睡觉，这万难的事居然在病房实现了，冬青先躺在黎苏脚边，一双眼睛合上张开，张开又合上。黎苏迷糊中握住冬青的手，梦呓一般说了几句："不是我放低你，总归他是居民户口，能在化肥厂上班说明有背景，他舅帮衬外甥。你自己也找个事做，省得闲出毛病来，化肥厂味道是浓了点，总是拿的活络钱。"

冬青本想避开这个话题，她想起那天家里来过一个客人，是个陌生人，说着说着便让冬青听出了不妥，她都不敢相信那是真的。赵勤富刚从牢里出来没多久——那是狱友。好像日子都不好过，狱友问到能不能在化肥上赚点钱，赵勤富现在没有门路，要不到化肥。

"那时你的光景真不好。"狱友强调一句，赵勤富充满感激道："要不是你给罩着，我说不定就死在里面了。"

赵勤富跟狱友的谈话很久都在冬青的心里起着波澜，想必赵勤富在监牢里是吃了苦头的，他身上大小不一的疤痕大约就是在那里落下的，冬青倒是生出一份同情心来。

第二日，安顿好黎苏，冬青把屋子整理一遍，又到小厢房去坐了坐，厢房冷清清的，便听见嘭嘭嘭拖拉机的声音。赵勤富从拖拉机上跳下来，返身又背起一袋化肥，径直走到院子里，把化肥堆到屋檐下，又用塑料布给遮盖好，压上几块破砖头。对着翟向南看看，微微提了提嘴角算是打招呼。倒是翟向南，有些讨好地掏出烟来，赵勤富接过一根，伸手要了翟向南嘴上的烟，就了火吧嗒吧嗒吸了几口，在翟向南看来倒有些受了恩宠的意味。赵勤富说："厂里库存不多，我留了一袋，快要囤番薯了？"

拿化肥看望岳父母，也少见。但是这样的一份心思，冬青却有些触动，当天晚上便坐着拖拉机跟着赵勤富回到商业城楼上的家。

7

一本日历即将撕光，冬青才恍然想起嫁过来快两年了，日子过得真是快。冬青已经准备好了协议，只等赵勤富同意，她便离开，做回农民吧，大概命中注定了要刨地。赵勤富的怒吼还在耳边，对于女人的鄙薄，赵勤富的词汇极其丰富。冬青坐在医院大门边的花坛，茫然地看着四周人来人往，觉得被自己踢出了世界，她的心绪往上升起，从半空中看着自己。这样一个女人，从双溪镇出来，裤管上的泥土来不及洗干净，现在也成了工艺厂的工人，穿着米色长风衣，拿起画笔画屏风，俨然是艺术家了。按赵勤富的说法是："你是工人阶级了，要有工人的样子，不要一天到晚皱着眉。"因为一直没有怀上孩子，赵勤富难得有好心情，好在骨子里赵勤富也不是特别想要孩子，要不是舅舅逼得急，他也不愿拿出工资给冬青采中药。

后来看到邻居家的孩子肉团团的好看，又叔叔阿姨地喊着诱惑到他，他便特别想要个孩子。先是自己偷偷去了趟医院，怀疑自己在里面时被踢伤了，后来又让冬青去医院，再后来听说贵州山区有一种草药很灵，赵勤富辗转联系上了狱友，硬是去了一趟贵州大山。药是要到了，可惜刚跟狱友分手就被偷了钱。再回去找狱友却被告知刚来了辆警车，把狱友给捉了去，说是偷盗的毛病又犯了，像是上了瘾，偷回来的东西装满了一间破屋。赵勤富求告无门，索性拿泥巴糊了脸面，沿路乞讨千辛万苦回到了家。看着那一包草药，冬青下决心，即便是毒药也得吃，夫妻俩也不分你我，熬药熬两份，一人一碗。

整个两年，屋子里几乎被草药气息浸透了，走在屋子楼下，都能闻到楼上溢出的草药味道。那段时间，赵勤富像一头辛勤耕耘的老黄牛，夜夜在冬青这块田里劳作，额前的一撮头发先泛了黄，再过一段时间就白了去。脸色先是红润光洁，渐渐地透出不支，明眼人都能看出房事过度了。冬青终有几次不堪忍受有所抵触，赵勤富便有些咬牙切齿的意味，说："我不过是借你的肚子，别把自己当公主，还碰不得，等有了我的种，看我再来要你不？"

舅妈看不过去，唤了冬青去家里，满满地烧了一桌好菜，算是慰劳冬青。可冬青看到那一碗红烧肉，想到赵勤富的呢喃："不就是一块肉，以为有什么不同。"——冬青想起那些夜晚，居然恶心起来，忍着难受吃了一碗饭。舅妈撕了几张日历，自言自语道："你们这没日没夜地又煎又熬的，都有两年了，是个水塘也要榨干的。"

又隔了些日子，预产期越来越近，冬青打开箱子，翻出那些早已准备好的尿布，一块一块万国旗一样挂满了阳台。再要找几件小孩衣服时，却看到那个手帕包，冬青看着这齐整的被重压到扁扁的小包，隔世之感。看着看着又塞回到箱子底下，冬青摸摸肚子，对着空气写信，有一千年那么长。冬青嘭一下合上箱盖，居然闻到一种陈旧的味道。

赵勤富最近很忙，自从冬青有了身孕，赵勤富整个人变了性情，有时温柔得像只猫，窝在冬青胸前，有时又狂躁，叫冬青难以捉摸。有一次夫妻俩躺在床上，赵勤富照例用手摸摸冬青的肚子，有点满足，忍不住要去听听肚子的反应，突然之间掀掉盖在冬青身上的被子，怒吼："我赵勤富吃大亏了，别让我看到这个绝种的，我把他五马分尸。"常听得冬青心惊肉跳，知道他又在介意冬青之前的恋爱事实。冬青曾经下过决心要离开赵勤富，比如有一次她跟舅妈长谈一次，舅妈算是看过世事的，听冬青诉说便也忍不住落了泪，觉得赵勤富太刻薄了。她撩起冬青的衣衫，背上，腰际，胸前，乳头落满了烧焦的疤痕。"分就分了吧。"舅妈答应冬青的请求，说要是真分开了，她会折中说话，绝不向着外甥，可等到冬青打算离开那间屋子时，怀孕的事阻止了冬青离婚的决心。

孩子出生后大约有半年光景，冬青的日子算是安逸的，赵勤富说："我现在除了背化肥，还可以赚到一点小外快，养得起你母子俩，你只要替我带好儿子就是。"在给孩子取名字的问题上，赵勤富表现出了十分的随和，问冬青："你觉得我们儿子取个什么名字好？"

冬青说："你定。"

"那怎么行？为了生个儿子，你的命都快丢了，你是最有权利的。"冬青从不在赵勤富面前喂奶，倒是赵勤富，每每在冬青喂食的时候凑过来。冬青看着儿子圆溜溜的眼睛，心底柔软，有时也任由了赵勤富的注视。

"安安。叫安安好不好？"赵勤富盯着儿子吮吸的嘴。

冬青放下衣服，把儿子放到床上，给掖好被头，说："安安要睡觉了。"——算是同意了这个名字。

眼见着安安到了两岁头上，已经能够在草地上奔跑，有时冬青看着那些野草，会有片刻的恍惚。她想起多年前的那个春日，安静的下午，孙越良的本子上，画满了野草。

冬青现在有些认命，他看着赵勤富依然贪恋的眼神，再看看儿子安安的小手，觉得日子本来便是如此，几百几千年就这一个样，还想要怎么样呢？冬青渐渐地就不再追问。甚至有一次碰到婶娘，也坦然地说起自己现在过得很踏实，婶娘有些释然，说："你总算醒过来了。"冬青道："这么些年，他没有回来找过我，我是不敢信了。"婶娘欲言又止，终于憋不住，道出真情。说孙越良有一封信写给她，问冬青的事。婶娘说："我没有给回音。"之后孙越良寄来过一封信，说自己在北京陷入一桩案子，现在身陷囹圄，只求跟冬青见一面，死了也情愿。

闻听这些，冬青只觉得是在说远古的事，当婶娘拿出一封被揉得皱皱巴巴的信时，冬青一把抢过来看，才知孙越良被卷进一件私人恩怨的大事，在一个封闭的房间住了一年——冬青的脑海轰地一下，孙越良被囚禁时期，她正尽心尽力吃着那些草药。

冬青又得知，翟向南把孙越良寄来的信和汇过来的钱一并留下了，又寄了一张冬青跟赵勤富的结婚两寸照给孙越良。

"他这么做也没错，"婶娘说，"难不成你嫁人了还想跟他有瓜葛？"

婶娘对这件事的理解，有意无意地让冬青觉得寒心，她一直以为这个世界上，总还是有人懂得她。"婶娘她怎么了？"冬青有些伤感——这之后冬青便不再回到双溪。只是有一天，翟向南忽然找到冬青，犹豫着说有个远房亲戚的女孩可能要来住几天，问家里方便不方便。冬青冷眼看着翟向南，说："要多少？"

"这次我真不是来要钱的。"翟向南有被误解的急躁。

冬青一口回绝了翟向南。

便再没了联络，大都是冬青带点吃食衣裳什么的给黎苏，再后来居然在老街遇见了婶娘，婶娘依旧不会老去的样子，只是言谈之中都是隔了世的恍惚。她说自己活了那么久，真是累了，或者说不想被人家等了，冬青才知婶娘的一个故事，婶娘被一个男子恋了一辈子，那人现在还未成家，只等着婶娘点个头。婶娘不知是看透了痴男怨女，还是别的原因，终究没有答应。之前一段时间，那个男子跋山涉水过来看望婶娘，在婶娘家后山搭了一间木屋，静静地坐着升了天。那时，婶娘陪在一边，两人穿戴整齐，手边一个包裹，放了丧葬费用——婶娘留了一句话给黎苏："姐，连木屋一起埋了。"待过一段时间，黎苏带来一个包裹，是裁缝家什，婶娘被安葬在山湾，跟男子合葬在一起。冬青听到这里，觉得日子突然被拉了回去，想起丁莉莉跟小铁匠的情事来。他们一同睡在棺材里，不知投了胎没？重新投胎后的他们，会不会再有前世的情分？黎苏又说起家里平白多了一个女孩，瘦瘦弱弱的，翟向南说是远方表亲的女儿，家里出了点变故，有点托孤的意味。冬青记起翟向南曾经说过这事，觉得有些疑惑，回去时在院子里看到女孩。清清白白的一个小女孩儿，大约七八岁光景，看着冬青就怯生生地要躲起来。冬青握住女孩的手，女孩便依偎过来，冬青嗅到女孩发梢洗发水的味道，猜测远方表亲该是有家底的，不像很多家里女孩都用肥皂洗头。冬青一手牵着安安，一手牵着女孩，低头问女孩叫什么名字，女孩抬眼扑闪着睫毛说："暖暖。"

"什么？"冬青一下子没有听明白，翟向南添了一句："表姨婆给取的，叫囡囡。"

冬青看着囡囡的眼，想了想，松开安安的手，弯腰抱起囡囡。问："你姓什么？"

囡囡摇头。冬青有说不出的迷惑，做梦一般。

8

黎苏牵着囡囡到供销社棉布柜台，量了一块花布，她打算替囡囡做一套新衣，冬青嫁了，婶娘走了，双溪镇已经没有裁缝。黎苏因着农闲，索性自己动手，凭着早先在婶娘处看到的量裁，硬是替囡囡缝了一套花衣裳。翟向南见此情形，有心要留下囡囡，却又担忧后续问题，以后谁给钱供她念书识字？三病四痛找谁要医药费去？看来终归不是长久之计，可也找不到更好的，只得先拖着，直到黎苏发话。

黎苏原本对囡囡的身世来历有些疑心，过去一两个月，两人过得很融洽，加上囡囡乖巧懂事，从不惹她生气，黎苏也就忽略了囡囡的来处。偶尔也会跟翟向南念叨起，这囡囡家爹妈也放心——她的语气本就犹豫，所以常被翟向南坚定地打断。翟向南说："她家祖上有恩于黎家，你大小姐哪里记得这些。"这么一说，黎苏恨不得把囡囡当作孙女一般对待。

翟向南有几次下了狠心，想告诉黎苏囡囡家父母死光了，这囡囡算是托孤了，养着吧，可一见到厢房那张旧的裁剪板，裁剪板上那些散落的零碎布料，总不忍心这么拖着，终于打算隔天走一趟县城。

可是，没等翟向南搭上班车，黎苏在车站截住了翟向南，黎苏什么也不说，只用眼睛看着翟向南，翟向南被盯着难受，跟在黎苏屁股后面回了家。

一进院门，黎苏便让囡囡到屋后菜地去拔芹菜，囡囡一走，黎苏便把一个布包裹摔到翟向南面前。翟向南疑惑地拆开来看，却是囡囡的初生婴儿服，还有奶瓶，这些东西都是黎苏跟婶娘去别处镇上买的。她清楚地记得那件婴儿毛衫，是她把一堆银手镯换了现钱，买了最好的棉布，交给婶娘做了两件毛衫。那根包布的带子黎苏从箱底翻出来，那时黎家有个丫头专供女工，会织布，会织带子，一团红绿相间的带子黎苏一直带在身边。冬青从邻镇医院回来，住到婶娘楼上后，黎苏便已经准备好了一切，只等待孩子的出生。

翟向南装着迷惑，问："这是什么？"抬头看到黎苏眼里的冷，便说了实情，"没错，是她，是这个孩子。"

黎苏道："你道是有这心肠拿一把刀，剪断脐带。冬青不是你生的，不指望你心疼她。"翟向南粗暴地打断黎苏："我这不都是为了她好？她才多大，养着个孩子，以后怎么嫁人？"

黎苏道："我道是哪里掉下钱来被你捡到，还了四邻的钱，镇西那场子的赌债，你欠了两年，要不是这孩子，你的手早被剁了。"

翟向南虽然承认他拿到一笔钱，可他还是强调他的出发点是好的，他不希望冬青小小年纪就把以后给毁了，只是没想到事情会变成这样。当初那户人家光景很好，男的做篾匠，女的料理家务，谁知这一年不知犯了哪门星宿，病痛不断，家里还常有蛇虫百足出现，算命的说是囡囡犯了星宿。这一家现在不敢再要囡囡了。

囡囡最怕翟向南说出"爸爸""妈妈"这些字眼来，有一次在梦里哭醒，窝在黎苏怀里，说不要回家。黎苏忽然想起自己幼年来到酱油铺当丫鬟，虽然被轻慢，却宁愿这样待着，也不愿回到上海弄堂那个家里，仿佛家里藏了一些咒语，让她感到心惊肉跳。黎苏安抚囡囡道："不回家，跟奶奶过。"

黎苏不是没有想过让冬青跟囡囡相认，她甚至带着囡囡去过县城，一老一小旅途奔波疲惫地来到冬青家楼下，却猛地听见赵勤富的声音。安安在哭，还有锅碗瓢盆破碎的声音，夹杂着扭打的恐慌。黎苏一步步走上楼梯，敲响冬青家门，黎苏喊："小青，小青。"

　　赵勤富忽然开了门，见到黎苏，有些尴尬，站到一边要让黎苏进屋，黎苏哆嗦着说："小青哪里不对你告诉我，我带她回双溪教训好了再送出来。"

　　赵勤富忽然笑了笑，道："这些年，我胸口堵了一口气，像要闷死了。"

　　黎苏便明了赵勤富在指什么，这么多年过去，他还计较这件事。到这个时候，黎苏才深刻地痛恨起翟向南来，要不是他急着把冬青嫁出去，也不至于找到赵勤富。可转念却又摇头，是命，早定好了的。黎苏想起她第一次来看望出嫁的冬青，冬青那被抽干了血的脸色和神情，她想不出要受到怎样的屈辱和刻薄，才可以把一个人折磨成那样。黎苏忽然出手，扇了赵勤富一个耳光，道："这个巴掌，我替小青还你。以后，你要是手痒了想打人，到双溪来，我等着你。"

　　黎苏急忙转过身子，往楼下走，囡囡紧张地看着黎苏，怯生生往下跨了几个台阶，一只手牵住黎苏，黎苏却跌坐在台阶上。赵勤富慌忙下了几个台阶，来扶黎苏，黎苏摆摆手，道："该是她欠你的。"

　　赵勤富怔了怔，犹豫着上楼，进屋嘭的一声关了门。猛听得冬青喑哑着嗓子哭出来，"妈——"黎苏晃荡着站起来，由囡囡搀扶着，下了楼梯。

　　过一段时间，黎苏在厢房搭起一张木板床，安了两床被子，小的那床她新垫了些棉花，囡囡钻进被窝。黎苏喘着气说："奶奶老了。"这样一住便是大半年，到霜降时节，黎苏忽然身体不适，按照翟向南的意思，索性把囡囡送到县城，黎苏不依，两人为此又冷战一场。

　　这一天，赵勤富送化肥到双溪镇代销店，遇见翟向南，翟向南带着囡囡来抓药，说起黎苏的身体。赵勤富心底藏了一些难堪，犹豫一下走几步进了饮食部，买了十只包子，又在水果店买了两斤苹果，托翟向南带过去。翟向南拿出一个苹果递给囡囡，囡囡道："留给奶奶吃。"赵勤富见囡囡懂事，问起囡囡的爸妈，翟向南现成编了个谎言，说是远房亲戚的闺女，人家出去赚钱了，到北京，囡囡水土不服，先托付给他。翟向南随口说起亲戚家出手大方，也给一点生活费，又说起在外面有门路，赵勤富便带着囡囡到了县城。

冬青看到囡囡怯生生的模样，不明白赵勤富何以忽然慈悲为怀，但见赵勤富对囡囡的态度和善，省下心来。五十平方米的家本来就局促，又因赵勤富现在时不时有化肥带回家来，除了刺鼻的氨水味，只觉得挤来挤去都是人。冬青在安安房间搭了一张床，两个小孩子倒也融洽，这样就到了第二年春夏之际。

这一日，冬青已经去上班，赵勤富因闪了腰在家休息，两个孩子在房间折纸鹤，不知怎的赵勤富忽然就把囡囡喊出房间，让她站在自己面前。左看右看，一巴掌拍在桌上，一只茶杯跳起来，掉到地上碎了。这一日起，家里便没有安生过。先是赵勤富口头对囡囡的身世怀疑，吃饭时会突然看着冬青，再看看囡囡，道："吃相一个样。"再是囡囡跟安安闹腾后落泪的神情，赵勤富看得发呆，心里藏了一个天大的秘密，却不知跟谁说去。他趁去双溪镇特地约了翟向南，躲闪着问起囡囡的身世，翟向南恼火，说："你是什么意思？"

赵勤富顿一下，转身便走，走几步又回来，道："这丫头跟冬青小时候一个模子。"

翟向南的手哆嗦一下，一根烟掉地上。他几步跨上前，一把拉住赵勤富，道："你别瞎想，你又如何知道冬青小时候，要是不方便，我这就跟你去县城，把囡囡带回来。"——真的把囡囡给带回了双溪。

夜里行房时，赵勤富忽然打开了灯——赵勤富在牢里，曾经被狱友灼伤了下身，狱友一时起了歹意，在赵勤富下腹处一直到私密处，用烟头烫出一只葫芦来。因此，从第一次赵勤富掴了冬青下身开始，夫妻俩行房事从不开灯，省略了很多不适。此刻，灯忽然被打开，房间霎时亮堂堂了，赵勤富一把掀开被子，两个纠缠四年的身子忽然直面相向，冬青浑身不自在。赵勤富却跪起来，这一跪倒叫冬青大惊失色，她看清楚了赵勤富的下身，该怎么形容呢？因为烟火烫伤过的地方已经变了颜色，而那些颜色又不统一，在冬青看来，仿佛一个怪兽定定地看着自己。冬青赶紧用被角蒙住眼睛，又用一双脚寻找到被子，身子一弓，又钻进了被窝。

赵勤富却重新掀开被子，一双手一下子按住冬青的小腹，来回摸着。

冬青挣扎着拿开赵勤富的手问："你想干什么？"

赵勤富怒声道："你这些条纹，是什么时候开始有的？安安之前，你是不是已经生过了？我只以为你被碰过身子，你倒真的还生出一个来了？"

冬青回到双溪，发现黎苏的枕边床头连柴灶上都贴了《赞美诗》，黎苏想起来就唱一句："我的故乡在天堂。"原来母亲信了上帝。见着冬青，母亲有些呆滞，额头新包了纱布，隐约透出血色来。几个人坐在一起吃饭，谁都没说话，闷闷的，叫冬青忽然觉得家很生疏。去老街买白糖，小店多嘴的售货员告诉冬青，黎苏信了上帝，说话做事都不像双溪镇上的人——有个站着吃柜头酒的老汉说，她本来就是上海赤佬，这二三十年也煨不熟。售货员接着说："冬青，你姆妈也真是的，信什么不好，偏要去信耶稣，听说耶稣是被洋钉钉死的，你说自己都被钉死了手脚，还怎么来拯救？"

冬青付钱拿起白糖要离开，又走进来一个喝柜台酒的闲人，见到冬青，忙着说："翟向南又把黎苏拎起来摔地上了。"冬青慌了神，出门，身后传来议论，"这个黎苏，自从被翟向南推到水里浸了半天，到现在还回不过神来。"

冬青推开院门却见黎苏坐在地上，翟向南在一边气咻咻地吐了一口痰，黎苏双手放在膝盖上，见到冬青也没反应。冬青冲过去，一包糖砸到翟向南脸上，"你凭什么打她？"白糖掉到地上，散开去，几只母鸡踱步过来，细致地啄食着白糖。翟向南飞起一脚，踢中一只母鸡，用力太猛，母鸡的肚子被踢破，只见母鸡摇晃着走几步，栽倒在地。

按理是该哭一哭的，只是被愤怒塞满了胸腔，冬青费了好大劲才咽下一口气，过去要扶起黎苏，却听黎苏轻声哼唱起来。冬青看着蓬头垢面的母亲，第一次目睹她如此狼狈的模样，她喊起来："你为什么要信耶稣，你信他有什么好处？"

黎苏安静地唱完整首《赞美诗》，对着黎苏笑了笑，招招手让囡囡过去，对冬青道："你带着她吧，给她一口饭吃，给她一件衣服穿，你前世欠了囡囡的。"

出门的时候，天色暗下来了，冬青牵着囡囡的手走在老街上，刚到出口，却见翟向南定定地站着，冬青随手拿起一根棍子，无论翟向南说什么，她都会把棍子砸向他。却见翟向南把一包衣衫丢过来，说："收着。"

冬青看着布包疑惑。

囡囡在一边犯困，冬青背起囡囡，翟向南转身离开，说："我不欠你了。是你的，你带回去。"

冬青依然站在那里，定定地看着翟向南。

翟向南回转身子，指指靠在背上睡觉的囡囡，道："从今往后，她是你的了。"

冬青把手里的棍子挥出去，没有砸中翟向南，没有说话，依旧看着他。

翟向南才把那年除夕夜接生，包毛衫，裹粽子包，如何瞒过婶娘跟黎苏到十五里外的邻镇，把囡囡送到篾匠家的事详详细细地说一遍。

冬青摇晃一下，站不住。扶住一边的旧墙，"你是说，这孩子？"

翟向南接着再把那户人家的境况一五一十说了出来，篾匠家如何喜爱囡囡，给囡囡添置了多少新衣服，又因为囡囡跟篾匠爸爸的命相犯冲——这么说吧，篾匠一家逃着躲着去了外地。虽然不是亲生，养了这些年，也是割肉一样地痛。冬青赶紧就着斜坡放下囡囡，待要再问一些具体的事，翟向南已经走远了。

坐了四十多分钟，拖拉机师傅没有额外再收钱，只要了双溪镇到县城的汽车票钱，冬青想要说声谢谢，却见拖拉机已经嘭嘭嘭开走了。冬青背着重新睡过去的囡囡，只是觉得恍惚，见过那么多次，在饭桌上一起吃过饭，却怎么会忽略了她？细看囡囡的眉眼，抿嘴的模样，一个穿白衬衣的青年跳出来，有爽朗的声音，哭泣一般的胡琴，这一切被尘封多年的记忆，潮水一般汹涌而至。

冬青跟囡囡在商业城旁边的家楼下站着，在昏暗的灯影里，风吹来，树叶落在囡囡头上，冬青捏着树叶。忽听得家门吱呀开了，楼梯口的灯亮起，赵勤富的身影从灯光下闪出来。冬青全身汗毛竖起来，脊背一阵阵发冷。"囡囡，我们走，我们走……"一把抱起囡囡，往弄堂深处，亡命一般奔跑起来。

抱着囡囡，冬青穿过市心路，拐过一个路口，居然到了厂门口。路过传达室，传达室老钱喊住冬青，让她辨认辨认这字迹，这封信搁在这里很长时间了，因为收信人的名字模糊不清，不知道是谁的。冬青接过信，邮编，收信人一栏只有钢笔墨水的痕迹，像是被抠掉了字，又像在水里浸过了——总之看不清楚。再往下看，"上海静安寺路 378 号，孙缄。"

"这是情恨草。"春天的山坡上，孙越良手里拿着一株翠绿的野草。

"你说什么草？我怎么从来没有听到过这个名字？"冬青拿出本子，照着孙越良手里的草，画在本子上。"那几个字怎么写的？"

孙越良接过圆珠笔，"我写给你看。"写了写，圆珠笔写不出来，孙越良从上衣口袋拔出钢笔，在本子上写下三个字：情恨草。

"你的字写得真好。"冬青说。

"上海静安寺路 378 号，孙缄。"孙越良的字写得依然很好，只是在冬青看来，像极了暗夜里的幽灵，只在远处，不敢近身，也近不了身。冬青背着囡囡急急地走着，囡囡已经睡着在她背上。富春江的江水清澈，这会儿跟双溪的水一样，映衬出夜晚深蓝色的天。

冬青坐在栏杆上，掏出信来，细致地拆开信封，厚厚的一叠，抽出来，信纸黏在一起。冬青细致地一张一张撕开来，排列在膝盖，轻微的风吹来，先吹走了一张，晃悠着掉到江里，浮在水面。又有一张被吹走，翻飞着往下荡漾，不远处，三两个人正在游泳，夜色里，他们像即将溺水而亡，认真执着地挣扎。冬青学了他们的模样，认真地，执着地，把膝盖上的纸一张一张丢出去。

良　宵

1

苏太太爱干净，拿新剪的棉麻手巾在楼道擦洗扶手，也要穿得上衣是上衣，裤子是裤子，不能容忍衣衫不整出门的人。比如六楼东面的罗太太，常常穿了家居服出门遛狗，苏太太见了，恨不得白送一套衣服，"喏，拿去穿，有点女人的样子行不行。你也算是城里的居民，有点格调行不行!"——苏太太屏住气息克制才不至于有那样的"热心肠"举动。她常常怀了慈悲心看待楼上楼下这些不知道好好过生活的人。包括素芬。

说来难怪，素芬快六十的人了，都找不到一套出客装束，有一回居然穿她儿子在商业城地摊捡来的衣服上门来，"苏秦，苏秦，老陈回家挖了番薯，给你带一袋来。"

嗓门又大，敲门像捶打仇人。要把我羞死——苏太太想，这样的旧同事，真是不知该拿她怎么办。

五十二岁那年，苏太太跟儿子小龙同时拿到证件，小龙移民到欧洲大陆那个被海峡包围的国家——听说那里都是绅士。"真正的贵族来自英伦"——苏太太乐意看到儿子以及儿子的儿子成为贵族。那一年，苏太太拿到的是退休证，她从服装厂退休，本可以再在工会混个两年，获取一些实际安慰，但她不要这些，直接回了家。她是有打算的人，儿子移民过去便成了婚，她得帮衬着拉扯孙子孙女。苏太太也曾劝素芬把儿子送出去，哪怕倾家荡产，也值得。素芬不懂她的苦心，说："苏秦，我们这一代人，不让多生，你我肚皮争气才都有了一儿一女，还把他们送出去，不割舍。"苏太太叹气，又同情，道："主要还是经济上的困难吧。"体贴地跟素芬耳语，"你要是真的铁了心把儿子送出去，我就把陪嫁的那两个玉坠去当了给他垫本。"

苏太太一片赤诚，换得素芬一句话，"送出去吃苦？"

苏太太摇摇头，道："你的头发能不能整理整理，我真是看得难过，头皮发麻。"苏太太穿蓝底薄羊绒短上衣，藏蓝色毛呢长裤，簇新的咖色软底头层牛皮鞋，这些都是儿媳从英国寄来的，说邮寄费高得吓人。苏先生建议以后只打点钱意思意思，不要寄物品，邮寄费太贵犯不着。苏太太不同意，说："苏家人不小器。"儿子移民后的第一笔钱走了邮局汇款，苏太太在小区物业拿到汇款单，忘了带老花镜，让物业小姑娘读出上面的字，包括金额。小姑娘羡慕不已，说："我们好多同学都出去了，只有我还在物业混——"话一出口，便觉自轻自贱了，收了嘴。没过多久，全小区都知道苏太太儿子移民英国，娶了一房英国太太，生了两儿一女。

接过几张汇款单后，苏先生算了一笔账，中医世家出身的苏先生，从分分钱算到时间和空间，直接把苏太太那点虚荣给击垮。"往大了说，是浪费国际资源，往小里讲，是在挥霍儿女的血汗钱。三笔汇款，汇费都可以买一只迷你电冰箱了。"苏太太闻听，一只手捂住胸口，"哦唷，心痛，痛死人了，像被猫抓了一把。"便不让儿子再打钱，说家里不缺钱。慢慢地，儿子应允了母亲的意思，不再打钱，也很少寄东西来。电话倒是常常有，苏太太喜欢听儿子在电话里喊姆妈姆妈——女儿小满在家时，进门喊姆妈，出门前喊姆妈。儿子移民前，只喊一个字"妈"。喊两个字的是"老妈"。到英国却是返古了，"姆妈""姆妈"，直听得苏太太眼泪鼻涕地流。又想起了心肝宝贝似的女儿来，在家时窝在姆妈身边，乖巧孝顺，"都是我啊，要逼她出去。"每每儿子来电话，苏太太想得多的却是女儿，临走前一晚还在吵着，"姆妈，我听你的，就去看看，美国这个超级大国，我是一点也不喜欢的……也就三年……"

听得见儿子在话机里这样那样地说，大都在说自己的生活，也能听到只语片言，断断续续地拼凑出一些信息来，大约是瘦了十二斤，不适应，但是一定要适应。每逢这个时候，苏先生必定要先准备一方藕粉色手捏递过去，苏太太要擦眼泪。把儿女送出去，似乎就为了流流泪。苏太太有一次拿着话机，流了很多泪，这次的主题围绕着儿子，主要是想起儿子小时候的斑斑劣迹，拆散邻居家自行车、砸破小区物业玻璃门、把素芬的缝纫机踩断针。苏太太一边流泪一边找手捏，苏先生递一张纸巾过去，苏太太生气，团起来丢过去，苏先生适时接住。苏太太捂住话机，白一眼苏先生，道："给我拿手捏来，阳光房樟木箱子里。"后来，要接电话时，苏太太会主动放好手捏，准备动情时用。偏偏的，她有所准备的时候，却是她那英国儿媳来电，不会说中文。儿媳也算孝顺，第一时间学会了两个称呼，公公，婆婆。怎么教都不会喊爸爸妈妈，跟她说公公婆婆是书面语言，平时一家人要喊爸爸妈妈。媳妇固执，说，她爸爸妈妈好好地在乡间农场，这边喊了爸爸妈妈，回农场去喊自己的亲父母，觉得不一样了。不同意。

苏先生奇怪，说："他们英语也叫爸爸妈妈的？"儿子说："英语喊'妈舍'，'发舍'。"

"'妈舍'，'发舍'。不冲突啊。"苏先生说。

还是不认同。苏太太批评儿子没有调教好媳妇。

苏先生批评苏太太不能强迫年轻人，"隔了千里万里喊你妈妈，你就这么在意？"批评完了，苏先生也想不通，"你都嫁给我儿子了，都生了三个孩子了，喊我们爸爸妈妈的，就这么难？"背过身去，他给儿子电话，说："你媳妇就是固执。"再问，"你们夫妻关系……正常的吧？"

儿子沉默一会儿，说："又怀了一个……"

苏先生打断，"哦，那就正常。我们放心。"

当然，儿子不会告诉父母，他的英国媳妇挂了电话，都会心有余悸，用一口纯正英语问："你父母为什么每次接电话都重复同样的话？"

这边苏太太也会跟苏先生抱怨，"你这个儿媳妇，除了说'奥凯，也是''奥凯，也是'，就没有别的话了吗？真是的，浪费钱。"闹心一段时间。等蛮荒的时间再一次侵袭，苏太太又开始怀念她之前认为的枯燥对话，喜滋滋地再打电话过去。电话被抢来抢去，儿孙一大帮，用蹩脚的中文喊爷爷奶奶。再是一连串英文，媳妇说英文，儿子翻译。一家人说得累极，慢慢地，苏太太说："电话费贵，少打几个。"

"他们英国人，就不比中国人讲情义。"苏太太总结。

重心转移到布艺，服装厂三十四年，苏秦对棉花的喜欢，有时更甚于一笔没有来由的奖金——从出生到求学再到工作，她未曾离开过小城，虽然不是富裕人家，却从不为钱发愁。小城还是小镇时，苏太太就在那江岸住，被称为小镇土著，有天然的傲慢。后来城市扩展，小镇成为县城所在地，服装厂搬迁到县郊。后来跟有为青年苏瑞瑜结为夫妇，在服装厂成为一段佳话。因为苏太太喜欢棉布、棉花，苏先生在研究中草药之余，忙里偷闲，到服装厂周边荒郊开辟一片地，种上棉花。棉花开时，苏太太拿剪刀去剪来在花瓶里摆起姿势来——这是三十多年前的事，素芬还在为十八块奖金跟财务哭鼻子时，苏秦却已经有了风雅闲趣。

苏秦偶尔也会剪三五枝棉花送给素芬，没有花瓶，拿个刷牙口杯，倒出牙膏牙刷，接水插了棉花盆景放到素芬烫衣服的工作台边上。素芬看得生气，说："你这白惨惨的棉花，灯一样点着，晃得我头痛。"便掐了棉花，撕啊撕，平铺成一块薄棉，又捡些车间的零头布，做成两只棉手套，送给苏秦。惹得爱长冻疮的苏秦感动，要哭，道："素芬，只要有我一口吃的，就少不了你。"

素芬说："我是看不惯你这吓人的爱好，什么花不好看，红的绿的粉的紫的，哪有像你喜欢看白的花？"

苏秦深表同情，道："素芬，我不怪你，因为你还不明白生活的好处。"

素芬说："财务扣了我十八块奖金。"

苏秦回家后，再来时，拿出一只储蓄猪，沉甸甸的，塞给素芬。"素芬，这是我的私有财产。"

素芬说："一只猪，还是假的，又不能杀了卖钱，我不要。"

苏秦佯装生气，素芬便哄她。素芬再生气，苏秦又哄。这样的青春年华，在棉花一样白净的日子里，开出来一朵朵的花。嘻嘻呵呵的就滚到了布料堆里，只听苏秦喊："哎呀哎呀，不得了，脏，脏。"

苏秦跟素芬的情分经得起追溯，那个时候，苏秦出了名地干净，出了名地怕黑，出了名地慢手脚，这种种，素芬给予了恰如其分的包容，为她填补不够数的衣领，从家里带来火把，熊熊地照亮她下夜班经过的小路。

有一天，苏太太站在素芬的裁缝铺门口，叹口气，"服装厂也倒闭了。"

素芬说："我跟你同事那些年……"

罗太太牵了狗远远地来，零散的边上又走来几个人，小区的家长里短，大都经过他们梳理。苏秦忙道："素芬，我出去买点菜。"

素芬的记忆刚被捞起来一点，却见苏太太已走远。

罗太太过来问："素芬，你跟苏太太以前认识？"

素芬看着苏太太背影，沉吟片刻，说："苏太太跟我谈点裁剪上的事，她喜欢布艺。"

苏太太的确懂布艺，出门买点小菜，用的是自己缝纫机上做的月牙白粗布袋子。她现在最操心的不是服装厂倒闭，而是素芬的日子。

素芬曾经有过一个机会能过上好日子，当年老陈在外边有了风声，素芬哭啊撞的要厂领导主持公道。苏秦让工会先找老陈谈话，老陈不置可否。苏秦约老陈，老陈闷声不响，再问他为什么要跟素芬离婚，老陈说："块头太大，在一起过日子，像背了一座山，没有趣味。"苏秦吓了一跳，但忽然间理解了老陈的话外音，再见素芬，问素芬什么想法，素芬说："我们家老陈不是真心要跟我分手，他是被勾引了。"

"被勾引了？"苏秦不明白。

素芬有些赌气，说："你们城里居民，一个个的都白白脖子细细手，白白额头细细脸。"顿一下，说："他嫌我粗糙。"

有些被羞辱的感觉。苏秦生气地关了门，轻声道："你扯哪里去了。跟居民农民的什么关系，还是你们婚姻底子薄，基础差。"

素芬呼啦站起来，"梦里他喊你名字两回了。"

苏秦气得拿起茶杯要往地上砸，忘记刚倒了开水，哎唷哎唷地喊。素芬一个箭步过来，抓过苏秦的手，嘘嘘嘘地吹。忽然想起刚买了一瓶醋，来不及拿回去——老陈爱吃白切豆腐，蘸了醋吃。素芬咬开盖子，一只手拎起苏秦的手，一瓶酸醋倒在她手背上。苏秦哎唷哎唷地喊，说火辣辣的痛。

隔了几天，素芬遇见苏秦，自觉地说出心底的秘密，说老陈嫌她不会哆。"苏秦，哆起来我全身发麻，挡不牢要抽筋，我看还是走开的好。"说完顾自往前走，想一想，又回来，"苏秦，你上次说厂里哪个人一直在等我离了老陈跟他？"

苏秦的手背因了素芬的一瓶醋的良好保护，没有分毫影响，她热切地希望能够还了这份情，真心实意地为素芬好。道："素芬，你可记得厂图书馆的那个闷葫芦？"

素芬吓一跳，"那个知识分子？你轻笑我了吧？苏秦。"

苏秦一五一十地跟素芬道出闷葫芦的心思，这下真的把素芬给吓着了，她小跑着往前，一手抓着拖地的裤管，一手挥了挥手，"罢罢罢，我就不信熬不成婆。"

在苏秦看来，那是一次千载难逢的机会，可素芬偏偏被吓退了。看她目前的生活，苏秦发自内心地操心。

苏太太最见不得素芬头发披散在肩头，随时准备从裤袋里掏出一根皮筋，递给素芬。道："女人不能披头散发，看着不干净。"苏太太比素芬大两岁，素芬五十八岁，十六岁从山里出来，在县城住了四十年，从山村带出来的身份特征从未消散，就像她抹再多防裂膏也无济于事的手掌，皲裂着有时泛出粉色的肉。看得苏太太心惊肉跳。有时她特地从物业的玻璃窗外经过，看玻璃里模糊的老人，皮肤白净，有弹性，唇红齿白，指甲修剪得圆润。便想着要让英国的儿子寄一瓶护手霜来，她要给素芬。

2

苏太太满怀不由分说的同情心，除了素芬的穿着令她心痛，她也见不得素芬咸菜腐乳的应付一日三餐。"素芬，我吃素，可你能不能把素菜烧得像人吃的，哦唷，看得我心里堵。"

午后，太阳正好，温度适中。苏太太从水果店回来，路过车库，透过玻璃门，见素芬裹着条毯子躺在竹椅上打瞌睡。她忍不住推门进去。见昨天留给素芬的胡萝卜和山药鸡腿菇都还搁着没有烧，她从塑料袋里摸出两个苹果，悄悄放在裁剪板上，不小心碰到一只塑料青蛙，青蛙呱呱叫两声，往前蹦跶两步，停下来。把苏太太吓一跳，"哦哟，真是罪过。"看一眼素芬，还沉沉地睡着，苏太太摸摸心口，对自己说，"真是多心，一家有一家的活法，要你操心操事的。"

退出来，玻璃门开了，素芬探出头来，说："想吃肉。"

苏太太有点气，想起那一瓶醋，手腕依旧光滑。可是这素芬怎么就没有进步呢？她啧啧惋惜道："人家英国人，吃得都很少。美国人吃得多，他们是超级大国，要有力气维持世界秩序。"说着，又黯然起来，想起小满在电话里哭过，"姆妈，美国太大，人太少，我慌。"

苏太太捂着胸口，让气息缓和缓和，才迈动步子上台阶。她答应过苏先生，一天三餐调匀，晒太阳、吃水果、睡午觉，不叹气、不回忆往昔，偶尔念经，也在胸前画十字架。念经给小满超度。画十字架，是想跟英吉利海峡那边的儿孙们相对应。

出车库门，绕过花坛，迎面一只小狗冲过来，踮起前爪，搭到她膝盖，认真地看着她。苏太太躲避不及，只得小跑着逃。逃不开，小狗跑得比她迅捷。

"要死了要死了，你这贼狗。"苏太太骂。

罗太太穿着家居服，身材高大，体格健壮，小区里熟悉她的人都喊她罗阿姨。暗地里，苏秦喊她娘姨，"娘姨"是她给起的外号，只有她跟素芬在背地里喊。"穿个花布睡衣，真像个娘姨。"老底子给人帮佣的，大都被喊作了娘姨。苏太太对罗太太随便穿衣有天然的排斥，"谁叫她自轻自贱把自己打扮成个娘姨出门，怪不得我。"

罗太太跟苏太太相仿年纪，烫一头白发，常年穿对襟衫。她小跑着过来喝住小狗。可这只淘气的泰迪却粘着孙太太，刚被罗太太抱在怀里，却又挣脱出来，窜到苏太太脚边。毫无预兆，它抱着苏太太的腿，身子向内缩，屁股一颠一颠——要在苏太太这里撒野。

"你这畜生啊。"

苏太太简直要哭了。这太大的侮辱，苏太太无法忍受。她用力拍打泰迪，边责怪狗主人管教不力。

"没有教养。"苏太太道。

"苏太太，它是狗。"罗太太听到教养这样的说法，不开心，这都上纲上线了。她反击一句，"你有教养，你养只试试。"

要不是苏先生刚巧经过，苏太太定然不肯。苏先生接过太太手里的布袋子，拉了苏太太的胳膊，道："沙锅里炖的牛筋要放盐了。"

苏太太这才找了个台阶下，道："我们这小区，不知什么时候搬了颠三倒四的住户，老苏，你们业主委员会都在干些什么?"

苏先生接口："儿子国际长途，电话机还搁在茶几上，回家接电话要紧。"

两人离开罗太太——这个风骚的女人。苏太太看不惯，跟苏先生数落，"毛六十岁的人了，还染头发，你要染头发嘛，也不是不可以，偏偏染了全白。"

苏先生不搭腔，顾自朝前去，绕过一排白色的栅栏，道："白就白吧，我们小区这些栅栏，要是染了黑，还真不好看。"

那可不一样。苏太太想。人家那英国的白，白得有格调。前次小龙发来照片，白色的屋子，白色的栅栏，白色的车子，像天堂。"你说英国人的房子外面，都有这么一圈白栅栏，种点花花草草的——上回小龙带去的晾干花说没有开花，水土不服吧。"苏太太终于转移话题，苏先生放下心来，看一眼布袋子，道："怎么又买毛豆荚。哦哟，还有番薯藤，都是细工生活。”

再没话。挨着扶手上楼梯，扶手干净，锃亮。出门前，苏太太抹过一遍。公共楼道，上上下下的，免不了有灰尘带起来落到扶手上，偶尔的一根头发，一片纸屑粘着。苏太太都会好脾气地说："总有点灰尘，不怪人家。”

搞起卫生来，苏太太的性子变得平和，罗太太家的狗毛也不那么令人讨厌了。

"这楼道是公共空间，抹一回就差不多了。"苏先生试探说。

苏太太，道："你晓得什么。"

除了被狗欺负到不可忍受，苏太太向来讲究语言干净，就像她对待楼梯。每天用棉麻毛巾抹两遍，上午一次，下午一次，刮风下雨，从不间断。有一回，苏先生闲在家里，毛笔字写了十二张，药典读过七八页，便想做点体力上的事。拿了厕所的抹布把楼道扶手清理了一遍，苏太太上楼梯时，便觉不对劲，紫红扶手上有棉线，有纤维。气咻咻回家一问，果然是苏先生吃得空，抢先把楼道卫生搞了。苏太太发脾气。

"胡琴拉了没？"

"拉过了，整本曲子拉了一遍。"

"就不能再拉一遍梁山伯祝英台？"

"听得人发晕。"

"红楼梦呢？"

"都在哭。"

"那你想拉什么？"

"什么也不想拉。"

苏太太压低声音道："什么也不想拉你就抢我的活路？我抹了五年扶手，你倒是忍心打破我的习惯。"

进门，脱鞋，脱外衣。系围裙，苏太太进厨房，布袋倒过来，毛豆荚落在洗菜篮，番薯藤放到一边。洗布袋子，拿个裤架晒在厨房的窗口。

两人面对面坐，剥毛豆。

"上次小龙打电话来是几号？"苏太太的指甲修剪得干净，剥毛豆有些费劲。

苏先生站起来喝一口茶，茶叶是高山茶，出茶季节，素芬回家去摘青叶炒好带给苏太太。

苏先生从墙上揭下挂历，往回翻了一页，手指指来指去，寻觅一些数字，报给苏太太。

"上个月三号打过一次，刚好你出去做头发没有接到。"苏先生说。

"那次我是懊悔的，头发早点做迟点做，实在不要紧，电话接不到……我是懊悔的。"苏太太说。

"十八号又打过一次，你从我手里抢过去，太用力，拽断电话线。找人修，一个礼拜还没有修好……"苏先生一边指一边回忆。

苏太太生气地丢了毛豆荚，道："不能说点好听的么，尽是些不着调的话。"

苏先生住口，挂了日历画，说："上个月打了四次……的确你都没有听到，可是这个月才十五号，已经打来两次，国际长途很贵的。"

"要你心疼钞票了。"苏太太生气地站起来，洗锅子，开煤气灶，道："知道我皈依了，还说砂锅炖牛筋。好在那罗娘姨也没在意，不然，要出洋相。"放了油，问："几点了？"

"一点五十。"苏先生专心剥毛豆，没有抬头。

苏太太关了火，走过来，坐下，说："胃口变小了。"

苏先生接嘴，"等晚饭一起吃。"

苏太太默认，拉出番薯藤，道："我看看素芬这户人家，以后日子不好过。"

苏先生道："先剥毛豆，再撕番薯藤。"

苏太太继续话题，"没有劳保，没有医保——哦，买药好像便宜了点。没有退休工资，年轻时，我们在一个车间，不愁吃不愁穿。你看她家里，一儿一女，一个在商业城摆地摊，一个在馄饨店做钟点……"

"老陈在造纸厂传达室当保安？"苏先生闲闲地问。

"六十三岁的人了，当保安也不是长久的事——当初要不是你给打电话说情，他连个保安也当不了。"

有一搭没一搭终于把毛豆番薯藤都给收拾完，一看挂钟，才三点光景。晚饭还早，中饭太晚，吃点心又不时不节。倒不是心疼钱，他们有钱。两夫妻有退休工资，存折上每个月总要多出一万多块钱——怎么花得完。

3

花不完的还有时间。

退休后，苏太太觉得家里更富有。之前，她对生活严苛，不允许浪费时间，在服装厂上班那些年，她分秒必争学技术，钻研业务。她争强好胜，跟素芬在一条流水线上做事，她的手艺后来素芬也赞叹，"苏秦，你不像那些娇小姐。"

以前拼了命要节约时间，好像前方有很多很多重要的事要做。就譬如小龙，去英国八年，回国次数寥寥。每次回来就像赶集，说没有时间耽搁，有很多事要做。

苏太太在日常生活中总结出一点，节约下来的时间，就像节约下来的钱，像是多余的。钱比较好打发，比如取出来借给素芬，哪怕她不还，念在那一段同事之情，心底虽有不快，但想想生不带来，死不带去，也就压下了。总归派上了用场。

可时间太难打发，像粘在身上，纠缠不清。

从三楼书房看出去，素芬的裁缝铺——确切地说是玻璃门大开，热热闹闹地挤满了人。苏太太知道这些人都不是素芬的主顾，大半是跳广场舞的闲散人。苏太太的同情心密密匝匝地起来，忍不住念叨一句，"素芬就是不会过日子，这些人闹哄哄地挤在门口，也不见得能进账一分钞票。"

苏先生不搭理，他在书房张罗笔墨纸砚，照例要写两个钟头毛笔字，日程表是这么排的。苏先生的作息时间跟苏太太基本吻合，两个年龄相仿的人，没有时差。一到钟点，你做你的，我做我的。刚退休那两年，苏太太按照英国人的某些优良习惯来比照苏先生，之前不知道，这一衡量，苏太太便觉得不能容忍。苏先生不打呼噜，但是说梦话，基本上是头挨着枕头，嘴就开始唠叨。索性你有精彩的内容吧，也好，第二天可以拿来取笑戏谑一番，然而苏先生的梦境紊乱，完全不知所云。有一个晚上，苏先生在主卧说梦话，苏太太起来，翻箱倒柜终于在客房铺了一张床，当晚就睡在了客房里。第二天苏先生自觉自愿地捧了枕头医书老花镜去了客房，算是分了房。

分床而眠的两个人，感情倒并没有什么影响。苏先生偶尔起了兴致，想重温年轻时那短暂的十三秒，苏太太都不用说话，只消把她的风琴按出几个长音来，苏先生便知晓这已经不可能了。学医的苏先生太懂得，女人绝了那水，生理结构随之而变，往日里的欢畅，到这个时候，是肉身的磨难。无论从生理还是心理，苏先生明白这点，慢慢的便切断了那念想。有时身体不听大脑，要冒出一点冲动来，他一概视为淫邪。会红了脸，羞愧难当，只得加倍依顺苏太太，随她发点脾气，以消减罪恶感。

这个时候，素芬也在做着她的事，基本是讨论晚上的舞步，也有人换了行头来，在大庭广众下秀一秀。苏太太站在窗口看，心里是难过的，这些人啊，裤管上的泥土还没有掸干净，穿什么都不匹配，像是偷来的。在这干净的小区，有这些人叽叽喳喳地聒噪，热闹是热闹了，终究是个不搭调——任你们这么折腾吧，终究是个旁听生。苏太太想。

偶尔有人拎了一条裤子来，素芬素芬地喊，素芬接过裤子，坐下来，缝纫机哒哒哒地开一下，剪刀嚓嚓嚓几下，剪去线头，递过去。

"三块。"

"只有两块五。"

"就两块五。"

这样的日子，要是孙太太来过，"哦唷，这三块五块的收，像个讨饭子，还不如死了。"

苏太太跟苏先生念叨。苏先生提醒苏太太这话只能在家说，出了门不可再说了。

苏太太白一眼苏先生，不说话。

年轻的时候，跟素芬在一家工厂做工，苏太太的父亲是厂党委书记，父亲素来严于律己，给女儿安排的工作一样在流水线。素芬新招进工厂，也在流水线做，钉纽扣。底薪加计件工资她总要比素芬高一些，她也大方，每回发了工资都会请素芬去吃一碗荠菜馄饨。素芬记得她的好，回家一趟带来的都是土货，番薯干，炒玉米，芝麻糕。不消说，这些多半给了她，父亲有次说，这些素芬家自己都舍不得吃。她咬着甘蔗，稀里哗啦的甜，趁空说："不都是地里长的嘛，又不花钱，你还帮她安排工作了。"父亲第一次发怒，说："要不是她家阿婆，你爹我早没命了。"

两家是有渊源的。父亲说过这一次，便不再提起。她也没再追问。见了素芬，倒生出别样感情来，好像素芬侵犯了她家一样。后来，她成家搬出去住，父母相继过世。在苏太太的感情里，素芬就是那个没心没肺的乡下女人，干脆，直率，没有计算。也经得起旁人推搡，苏太太暗地里还是喜欢素芬的。

又隔了些年，服装厂改制，农民工一律清退。苏秦跟厂里商量，"能不能留下素芬，素芬三十年老职工。"人家回一句，"苏书记那个朝代过去了。"

气得她扎扎实实生了一场大病，再回厂里，一切都像没有变，少了一些旧面孔，也多了一些新面孔。机器也换了，她不懂程控，都是大学生在操作。

她忽然觉得，自己的时代过去了。

等儿子跟她商量想出去看看时，她毫不犹豫出手了父母那套房改房，钱不够数，又把之前摇到号没搬进去住的那套经济适用房变了现钱。硬是遂了儿子心愿。待女儿高中毕业后，她又翻出几本存折，国库券，基金，都变了现，还差那么一点现款，她把婆婆留给自己的一块玉给了出去——人家出的价出乎她的预料。事后她说："我女儿有能力把那块好玉给赎回来。"

最后一点细软脱手后，她也病了一些日子。孙先生念叨起往事，说那玉是母亲的嫁妆，传了四五代，都不敢按朝代算，怕惦念先人。有些落寞的气息。苏太太也有一度的逼问自己，到底为什么非得把女儿送出去，私底下觉得，进当铺见朝奉当家私，那就是穷人了。她是过不惯苦日子的。

儿子争气，送去英国没多久，便开了一条路。英国的大学多半不赞成勤工俭学，他们要培养的是贵族。贵族需要养，跟玉需要盘着一样。儿子先在一家华人律师实务谋了份职，可以在宿舍凭借网络工作，修完所有课程后，在一家上市公司谋了一份职。甚至妹妹从美国转去白雪皑皑的加拿大的第二年，他已经可以资助妹妹小满在加拿大生活学习的一应开销了。

孙太太的富足是从两张汇单开始的，儿女各自在他国落定之后，不多久，分别从各自的国家寄来了钱。

苏先生很低调，人家问起，他只说："一点点养老金。"路过素芬车库，素芬说："苏先生，你家儿女真孝顺。"苏先生笑而不答，说："苏秦在家做手工，来嬉啊，来嬉啊。"便走开去。

素芬平时不太上门，给苏太太带点东西也都放在裁缝铺，轻便的东西如一把晒干的紫苏，一袋子六月霜，一个老南瓜，苏先生偕同苏太太下楼来，搭讪着一起搬回家。

"来家里玩啊。"苏太太大抵这么邀请。

素芬嘴里应着，从未来过。每年正月初一，素芬的儿子女儿会烧两碗热腾腾的面条上来，送给苏太太家，小辈对长辈的祝福，万寿无疆。也从不踏进门来，大都是苏太太早已准备好两个红包，分别塞给素芬的这对宝贝儿女。送了三年，素芬女儿不干了，说："这大年初一的，也不让进门去坐坐，就站在门口，塞来一个红包。打发讨饭的。"

妹子这么一说，素芬憨憨的儿子也接口说："好像是的。我也不去了。"

这样，每年正月初一送长寿面的事，就由素芬来做了。素芬不觉得这有什么不妥，你送你的心意，她行她的素礼。计较那么多干什么。"苏太太对我们家一直很关照，我这个裁缝铺，要不是苏太太一年到头的拿些衣服来修修补补，生意哪有这么好。"

女儿反唇相讥："妈呀，人家那些衣服从来没有穿在身上，都放到社区接济山区了。"

"苏太太苏先生好心肠。"素芬说。

有一回，苏太太想吃南瓜，蒸熟了粉粉面面的，素芬从下种开始就许诺，等收了就给你送家里。暮秋南瓜熟透，素芬挑了一担南瓜，到苏太太公寓楼下，苏太太早已等在楼梯口，让素芬放下担子，把南瓜一个个堆在楼道口。

素芬说："我挑上去。省得你动手。"

苏太太不允，道："腰要闪掉的。"

南瓜在楼梯口叠了一堆，个大饱满，样貌周正。苏太太喜欢得不行，夸素芬家土地好，肥沃。素芬搬起两个南瓜，想帮着托上二楼，苏先生在门口接过去。

这样来回几趟，一担南瓜送完。隔不久，素芬正在独眼煤气灶炖豆腐，苏太太拎了一只蹄髈，说："以前同事送来的。我吃素。"

"那时你已经走了，不认识。"苏太太轻描淡写地说，"你可别以为我买的。是旧同事她家里那个杀猪的，给我留了一只。"

素芬不推辞，当即洗干净清炖，两个半钟头蹄髈捂熟。撒上辣椒片，放三根细葱，生姜，香气一直飘到三楼苏太太书房。苏太太关了书房门，拉上窗帘，顾自弹琴，又忍不住撩起窗帘朝楼下看。

素芬把小矮桌子搬到门口，车库太窄，缝纫机、裁衣板、钢丝床，没有回身的余地。素芬儿子女儿过来，素芬招呼孙儿孙女，这一群乡下人，呼啦啦的像个小分队，只半个钟头砂锅就见了底。地上骨头碎末，引得罗太太家吃狗粮的泰迪也腆着脸吃了一些。

苏太太在三楼冷眼旁观，像是有些不快。没有来由的，"素芬这个人，说她命好，真不像。可她膝下闹哄哄的一帮子孙，热切的日子，在儿孙你争我夺的吃饭中凸显出来。这是在跟我叫板。"

第二天，苏太太不从车库门口走，心底里不希望被素芬油腻腻的手拉住了客气，比如蹄髈太大了，吃不完。这蹄髈，怎么的也要百八十块。苏太太不想听这些。心里有了气。

这一日，素芬真的到苏太太家来嬉了。素芬上门的意思很明白，说儿子在商业城摆地摊，马路扩展不让摆了，儿子想在商业城里面租个铺位。苏太太有些复杂，感叹命运，比如她跟素芬同年，素芬要不是农民，当年也不会被清退。虽说下岗后获得少许补偿，终归没了退休金。心里怨怼素芬，谁都知道不跟好朋友借钱，免得伤了情分——难道素芬从来没有把自己当好姐妹？

也不太像。苏太太在心里说。

还是借给素芬三千。儿子女儿从英国和加拿大寄来的钱借给素芬，有意义。小区里谁谁都知道苏太太儿子出息，贵族，至少下一代定是贵族。女儿原来在美国，那是遍地黄金的地方，全世界的人都梦想去美国。可她偏偏不喜欢，说那地方待厌倦了，又去了加拿大。看看人家苏太太的儿子，从一个国家到另一个国家，就像从小区到江边一样，随意。本事太大。

很长一段时间，大家谈论的都是如何把儿女送出去，又如何把父母接出去。大家都来咨询苏太太苏先生，清冷的家里一度热闹起来。苏太太照旧拿出茶点招待，又分别送了自己做的棉麻小袋子，袋子里装了赠品，香水、丝巾、发卡，作为小礼物。罗太太路过苏太太门口，也被喊进去得了一只小袋子，里面是一粒宝蓝珍珠。

苏太太有一次去棉花花衣铺看衣服，店员夸她举止优雅。苏太太轻声说："英国人都这样，我是学不来。"店员便知道这位太太的儿子在英国。店员好奇，问这问那的，苏太太一一跟她们描述，英国的农场、庄园、白色的栅栏、绅士、古堡，她甚至还说到了葡萄酒。说完这些，天色晚了。苏太太猛觉得时间过得有些快，便常常喜欢到这家成衣铺去。去了总要带一件两件回来，回来跟苏先生说的却不是衣服，而是说儿子，儿子的上进，儿子的争气，儿子的孝顺。一说两说，便又惦记起电话来。疑心电话机坏了，苏先生一激灵奔到茶几边检查，翻来覆去看，又尝试给自己的手机拨打，惹得苏太太往死里骂他，说："你占线小龙怎么打得进来。不要占线不要占线。"

苏先生回过神来搁下电话，心有余悸地看着电话机。第二天就换了台新的，说话机太旧了，这边听着还清楚，那边就不一定了，担心有杂音小龙听不清。

苏太太再去棉花花的时候，顺手带了一锅汤，菌菇汤，热腾腾的。店员几个吃一惊，都不敢喝，思量着怕是要让我们打折，几千块的衣服呢，一折就去了三四百。苏太太看透她们的心思，道："只要你们不提价我就满意了。"

女孩喝得稀里哗啦，称赞这汤的好，有个胆子大点的说："当您家儿女太幸福了。"另一个补充，"儿媳女婿的都沾了光。"还有个女孩有了泪，说离家很远，想家。

闲散地聊着聊着，苏太太便觉胸口隐隐地痛，不知什么原因。小龙和小满，哪有这帮孩子有口福。没出国时，她还没退休，作为服装厂的会计，整天算账，比厂长忙，少有时间照料他们。多亏了家里那个，煎炸蒸煮的有一手。只是苏先生那时还在中医院坐诊，望闻问切，治病救人，也没多余时间陪伴儿女。女儿说她不要像妈，女强人，在家也一脸匆忙——"我何至于要活得这样匆忙？"苏太太这会儿想。

又想到这锅汤。儿子电话里说，有一回去中国餐馆吃饭，喝了菌菇汤，想家里那个砂锅了。做娘的马上接口要学煲汤，等儿子回来。

开始那些年，也说了要回来的，说了一年再一年。到后来，从天而降的喜讯说，移民了。移民后，儿子回来过一次，亲亲眷眷的办了几桌。也就几年光景，儿女都成功移民。

"我的小满啊。我的心肝女儿。"苏太太的泪直直地落，都在心里。脸上依然留了长时间闲聊后的习惯性笑容。"这些卖衣服的导购，哪一个抵得上我家小满伶俐。"

伤感。站起来要走，一个女孩扶她，陪她出门，又陪着走了一阵。过马路时，苏太太忽然感到自己很弱小，什么时候汽车变得这样强壮，像要把人压到底下，用轮子来回地碾。苏太太下意识往女孩身边靠了靠，女孩一手拎着孙太太的布袋子，一只手从后面绕过去，挽住她的腰。

眼泪就是这个时候下来的，从心里满出来，满出眼眶。万般自

246
赞美诗

责。小龙有次说恋爱了，女孩大专毕业，学的是服装设计，现给一家服装批发市场当导购。

高材生，年年奖学金，自家小龙前程似锦，一个店员怎配得上。苏太太不肯，儿子自然难过，带了女孩要远走天涯。儿子反叛，做娘的有法宝，跟苏先生合计，躺到医院，又央熟人出病危通知。小龙赶回，拉女孩进病房，跟娘亲介绍女朋友。苏太太客客气气，拉着女孩的手，用力握着，又脱下腕上的镯子，算是默认了这一对。也很融洽，问女孩的情况，一二三四摸了个准。支开儿子，再跟女孩一番话，说得女孩动情动意。待苏太太出院，女孩回老家去"处理一些事就回来"，便再也没了音讯。

对儿子，苏太太自有劝慰，生死两茫茫的意味，陪儿子度过消沉期。儿子恢复元气，提出要出去，苏太太巴不得。信他们是真感情，也经得起汪洋大海的隔阻么。

就出去了。千里万里，终于隔开一桩姻缘。

觉得送了这样一锅汤到成衣铺，看那几个远离家乡的女孩一口口喝下，仿若要赎罪。可我哪里有罪。苏太太想。

进小区，路过素芬的裁缝铺。苏先生闲闲地坐着跟素芬说话，隔了玻璃门，苏先生像是年轻了许多，全然没有在 3 幢 301 室时的呆板。苏太太不允许苏先生闲散地坐，坐要有坐相，站要有站相。

像个乡下人。苏太太不喜欢苏先生的坐相。

苏太太往后退了几步，靠在树干上。这树叫杜英，小龙调皮，曾经在上面刻过一行字，杜英是妖怪。苏太太想着那些年岁，觉得都远了去，就只有玻璃门里那一对男女，喏喏地在说着什么，喋喋不休。像有几辈子的话，都集中到这一刻，专挑了她出门。身上发冷，心里想着要冲进去拿砂锅砸烂他们，又觉得那样的场景自己不该是主角。

去年春季，她报名去了老年大学，书法，绘画，风琴，那都是高雅的。几次老年书画展上，她的作品常常被挂在显眼位置，熟悉的人总说，苏太太不简单，培养一双优秀儿女。电视台有一回还把她请了去，她作为成功母亲录制一台家庭教育节目。播出不久，妇联、团委都来邀请她去讲座，她倒不看重这些。推辞了。

优雅归优雅，心底苍凉一样是有的。她想到以后这几十年的，都要跟那个男人对坐着剥毛豆，都要在漫漫的等待中度过。一阵惊慌。需要一样暴烈的东西，来轰炸自己以及 3 幢 301，打碎惯常。

素芬不该这样。无耻。

往深里一想，便又体谅素芬。她缺钱。就当她在卖笑，付点铜钱买点笑，也不算犯了大错——素芬简直是仁慈。

上楼后，苏太太没有拉开窗帘看楼下车库，虽然听得见车库里传出来一些声音，她觉得是可以忍受的了。她慢条斯理地洗砂锅，又收拾一遍厨房，腰酸背痛。她不会去喊他，就由着他吧——看他浪到哪里去。

进书房，翻开风琴盖子，手指头按下去，揿下去，跳出来一个音，再揿下去，再跳出来一个音。风琴去年开始学的时候就买了，风琴老师推荐的，老年大学有人说买贵了，她不在意，她要的不就是一个贵吗？儿子在英国，过的就是贵的生活。

三分钟后，苏先生回来了。

苏先生换鞋。风琴停了，苏太太站在书房门口，定定地看着苏先生。苏先生脸上还残留着笑容，很陌生，多少年没有看到过了。六十二岁，偏偏藏了年轻人的羞怯与期待。苏太太撩起手边的音乐盒，直直地砸过去，苏先生哎哟一声，一只手捂着额头，一只手还在解鞋带。

他以为房顶灯掉了，抬头往房顶看，血流出来。

心痛是有的。也恨。但看他那模样，又忍不住要笑，苏太太拼命克制了情绪。

"给我拿块纱布，给我拿块纱布。"苏先生喊，"出血了。"

血顺着眼角眉梢流下，穿过脸颊，经了下巴，滴淋淋落到衣襟上。苏太太第一次觉得这个男人的悲切。无措，张皇，夹杂了令人生厌的干净。白净净的手也不再令她着迷。苏太太曾经炫耀过苏先生白净的手，"我们家那个，从来没拿过锄头，不知道麦子几月收割。"有时候，城里人的浅薄被当做炫耀的资本。

苏太太看着男人狼狈，到客厅，从电视机柜翻出纱布，扯开，叠三下，拿开男人的手，压住出血口。苏先生抬头看看苏太太，两人片刻对视，又躲闪开来。

"我知道你心里有气，不舒服。"苏先生语调平和，毫无战争气息。

这更让苏太太生气，"就不能跟我吵一架么？家里真要这样不死不活到老到死么？"苏太太一把夺下纱布，团起来，砸到苏先生脸上。苏先生一惊，忙又用手按住伤口，说："我先在家等，不放心，去楼下接你。打你手机不接，也没跟我说去哪里。我总不能就在路口等，素芬煮了番薯，老陈回来了，他儿子女儿外甥的，都来了。"

"吵死。"苏先生补充一句。

"不是为这个。"苏太太掼过来一句。

"为哪个？"苏先生疑惑。

"不是为这个。"苏太太重复说。

"那……为哪个？"苏先生语气更弱。说："这些年，你总是不高兴。你记挂小满，我是知道的。"

苏太太开始烧菜，一碗白萝卜，不放盐。电饭锅里是中午就炖下的粥。两人默不作声吃完晚饭。苏先生收拾桌子，苏太太由着他把厨房收拾整洁。

她坐在沙发上，闭着眼睛，回想小满在家时，总是窝在厨房，跟姆妈缠三缠四。苏先生擦干净手，出来，忽地看到苏太太片刻的妩媚。有点不知所措，绕过茶几，碰着了膝盖，有点疼。面巾纸盒被碰到地上，苏太太依然闭着眼。鼓励了苏先生。他弯腰抱起苏太太，身子很轻，苏太太手臂挽住苏先生脖子。惹得苏先生触景生情，顿感人活着千万般的不可言说。这八年来，儿女出去后，他们何曾有过这样的时光。苏先生费力抽泣，泪水滴在苏太太脸上。苏太太把苏先生头扳下来，呼应着，抽泣着完成一场倾诉。

晚课照旧各归各，苏太太练琴，苏先生拉二胡，两个小时。楼下，素芬的裁缝铺人渐渐多起来。有人羡慕 3 幢 301，这对老夫妻，儿女出息在国外，钱多得花不完，又是二胡又是风琴。读过书的人感叹，这对老夫妻恩爱，琴瑟和鸣。从来没有人告诉他们，苏太太的女

良宵

儿早三年在加拿大亡故。苏太太苏先生不出声，谁也不知道。

隔些日子，苏太太塞给素芬一件丝绵大衣。素芬不要，说自己身胚大，糟蹋了丝绵大衣。推辞之间却见罗太太抱着泰迪进屋来，苏太太受不得泰迪散发出来畜生的气息，屏住呼吸出了玻璃门。身后，罗太太问素芬："我们小区三千多人，苏太太就只跟你还有话说。"

素芬说："同情我。"

苏太太在门外听见，心里一紧，很不舒服，想回头进裁缝铺，又不忍见到流氓狗。回想起父亲的话，"要对素芬好一点，要不是素芬爷爷开了门把我拉进去，我定吃了红卫兵那一枪。"父亲过世后，苏太太从开始的报恩到现在姐妹一样的情分——说姐妹，好像也不至于，还没有亲到那地步。但素芬在眼前，她心里总归觉得安宁，尤其是素芬跟她借过钱后，她们的感情凭空厚了些。这会儿听素芬这么说，难不成她还不认自己这个旧同事。

过了半年，素芬来还钱，苏太太硬是不收多出来的两百块。道："我们姊妹之间，还要利息，你把我看成什么了？"后来素芬拎了土鸡蛋来，苏太太收下，她跟苏先生说："我要是不收，那就对不起素芬了。"

吃穿不愁，便倍感无聊。"老苏，你说时间……是个什么形状的？"苏太太问。

苏先生吓一跳，放下毛笔，过来，说："我摸摸你额头。"苏太太正趴在地上抹八仙桌桌底，说："你以为我神经出毛病了。"

苏先生说："你这个问题，小龙知道。"

正说着，电话响，苏太太慌忙钻出桌底，苏先生已经在说话了。是棉花花那个女孩，送苏太太过马路。苏太太有一次去留了电话，说："上新款了给我打电话。"

电话就来了。苏太太满心里欢喜，那边去时间好消磨一些。她收拾完地板，打算出门，又觉得心底里哪个地方不对劲。电话里，女孩的声音像小满。

还没去加拿大前，小满在电话里跟姆妈哭诉："姆妈，这个美国佬，还要我再生，我都已经生三个了。姆妈，还是我们中国计划生育好……美国佬空了就缠着我，要我生，要我生……把我当猪啊……"
话没说完，苏太太打断，"能生就生嘛，你说人活着，横竖的都是一
辈子，不就图得个热闹么。三个孩子，长大了，跟鸟一样嘟啊嘟啊飞
走了，只留下你跟美国佬——"说着说着，苏太太愣住了。有什么
不对，一时间说不上来，只觉得堵得慌，猛地提高嗓门，道："你生
个五个八个的，飞了一个还有一个飞了一个还有一个——"越说声
音越大，苏先生赶紧合上窗拉上窗帘。

等挂了电话，苏太太便开始笑，道："补充刚才那个问题的答
案，时间是水，清凉清凉的，往我脖颈里钻往我眼睛里挤还打我巴掌
……"

苏先生说："我陪你去医院看看吧。"

过两天，素芬来敲门。苏太太惊讶，忙要拉素芬进屋，素芬只站
在门口，跟苏太太说那件丝绵大衣卖掉了，得了三百八十块，她送钱
来了。

像一记耳光，把苏太太打得晕晕乎乎。她说："素芬我对不住
你，这个钞票你收好，衣服已经给了你，要杀要剐随了你。"

素芬道："人家开口三百，我好说歹说才提了八十……"

苏太太兀自说："老苏，给素芬盛一碗绿豆汤。"

素芬站着尴尬，转身下了楼。

再路过素芬的裁缝铺，就不停留，直直地路过。开始几天不习
惯，慢慢的便不再觉得这里有个素芬，也忘了父亲的交代——"这
个不识好歹的女人，生生的用我一千五百多块换了三百八。我恨是有
理由的。"苏太太恨了几天，就不恨。不恨也不怨，再便没了感觉。
她轻易就剔除了素芬。

"她这是在打我的耳光。"苏太太想，罢罢罢，都忘了吧。各家
烟囱各家冒烟，吃的是自己锅里的饭菜。

回家跟苏先生说起车库的事，说这户人家太吵，午觉都不让人睡
安生。苏先生说："不觉得，生活里总有这些声音的。"顿一顿，又
说："我们弹琴拉二胡，怕是也叨扰了人家。"苏太太一听这话就气，
说："你吵的是我。你道是我想弹风琴，你那胡琴拉得，哭天哭地的

惨，我是听不下去，才学了风琴，想压一压你的凄惨，你吵得我——还有这一屋子的辰光，你让我怎么打发了。"

苏先生说："你以前不是这样的……"又加一句，"你已经过了那个时期。要稳重一点才好。"

退休第一年，苏太太的情绪便多了起来。欢喜，忧伤，暴躁，黯然，这种种的，在苏先生看来，都属正常范围。而苏太太觉得，一个女人，到了这个关键时期，反而不能太表露，要压抑着。即便有担忧，也要克制着。

后来，性情便越发的变了。不给苏先生说话的机会，不盖一床被，苏先生稍有疑惑，苏太太便说："你就不能让让我，我这更年期，难挨着呢。"

掐指一算，都有八年了，一口锅里吃饭，间或一同出门散步一同回来，却像两个鳏居的老人。偶尔苏先生想摸黑挨着她睡一下，苏太太随手拿起枕头边的发簪，刺啊刺。苏先生觉得自己跟刺猬同眠，直到分房后，他觉得自己才真正解放了出来，居然有种感动。

苏太太认定苏先生护着素芬，没来由的窝囊气，憋也憋不住。只等着有个时机让自己吐吐气。有一次，苏太太在阳台上看到素芬拎了一篮子鸡蛋上楼。她站在门边听，就等素芬敲门，把想好的那些话统统抛出去。"现在鸡蛋也不值钱，听说人工鸡蛋很多，都是激素，吃了犯病。"诸如此类。

然而，胖墩墩的素芬路过 301 门口，径直往上面去。一档一档再一档，到罗太太家门口停下，敲门，罗太太的声音，素芬的声音，鸡蛋鸡蛋鸡蛋。她们亲热的说话，罗太太把素芬拉进屋里，关了门。两人说话声从六楼窗口出来，一直落到三楼苏太太家窗台。

除了这过也过不完的时间，还有素芬和罗娘姨，也让苏太太烦躁。想死的心都有，死了就不会被辰光追赶了。也听不见这两个乡下人叽叽喳喳的声音，像什么样子，穿成那样，还有脸出来见人。那个罗娘姨，就更不说了，一嘴的口红，像更吞了一口血。叫人看了心口堵得慌。

出去买菜，遇见物业的人，苏太太随口说车库的裁缝铺太吵——

"人是好人，就是太吵。"没过几天，素芬的铺子就传出吵闹声，苏太太在楼上听得清楚。业主让素芬搬出去，素芬自然不依。肃静了十几分钟，便听得素芬的声音在底下爆出来。

一句是一句，冲着四邻。

没曾想，平日里奢睡没有脑子的素芬，骂起人来全身像插满了刀子。一句句就像一把把刀子从底下飞上来。嚓嚓嚓，把苏太太家的门戳出了密密麻麻的洞来，那些重金属一般的咒语争先恐后上来，像很多只手替代素芬扇苏太太耳光。

那几天，苏太太用了大力气强迫自己不出门——楼道扶手一定脏了，随它去。

素芬搬走了。苏太太觉得小区空了，只剩下她一个人住着，小区太大，慌。小满在电话里哭："姆妈，美国太大，人太少，慌。"

苏太太扎扎实实哭了一场，横竖素芬也听不见了。难得一次放开，苏先生一块块递手捏。陪着独居。

哭了一场，便更不太下楼，觉得小区所有窗口都是放大了的眼睛，盯着她看。那些楼道是耳朵，都听清楚了素芬的骂。和她的哭。

有几句话绕来绕去，就是绕不出 301，终日在头顶盘旋。全都是素芬的声音，"你是居民，你有钱，你看不起我农民老百姓，跟你十九年流水线做工，都不承认跟我是同事。你命厚，我命薄。你儿女出国挣大钱，我儿女没出息，摆摊要饭……"

隔了不少时日，苏太太便想下楼去走走。这之前苏先生常常一个人去菜场，用的是苏太太的粗布袋子。苏先生说："还是在家晒晒太阳，你又不是真的想下去走。你就觉得冷清吧？"

"不只是冷清。"苏太太说不清。

有一次，苏先生回来，从粗布袋子里捧出一只毛茸茸的小狗狗——不是泰迪。苏太太说过，就算养狗，也要挑一挑，高贵一点的。

苏太太惊呼一声抱住了小狗，问是什么品种，多少时间洗澡，吃什么，晚上睡哪里。原来这么喜欢狗，让苏先生觉得愧疚，早该去抱一只回来了，也省得她空寂。抱了狗狗，下楼去的理由就充分了。

苏先生问："喜欢么？"

苏太太道："喜欢是喜欢。什么品种？"

苏先生说："不要追究这些。"苏先生举例说，"我们家小龙在英国，出类拔萃，人家也不见得问出生什么的。"

苏太太心情好，不在意苏先生拿自己儿子做比较。

折腾着给洗澡，边给小狗取名字。

"叫什么好呢？"小龙。小满。都不合适，选了任何一个都觉得委屈了另一个。

那叫什么好呢？总要有个名字吧。楼上罗太太家的流氓狗都有名字。

苏太太一惊，想起罗太太的一头白发，也不觉得难以忍受了，并且有了一些同情。素芬有一次跟她说，罗太太丈夫教授，在国外作讲座时突然倒地死了。

"算工伤的。"素芬说。

苏太太很生气，"人家是教授，你说是工伤。"过了几天，苏太太再见到罗太太，发自心底的喊："罗太太早。"

"一身白毛，真好看。龙满。就叫龙满。"苏太太说。

"不好听。你喜欢就好。"苏先生清理卫生间，都是狗毛。

当即抱了龙满出门，在楼道里碰到罗太太——更觉得罗太太亲切起来。笑着打招呼，罗太太不计前嫌，适时赞美龙满，眼睛圆，嘴唇薄，毛色光亮。才知罗太太女儿也在国外，北欧。丹麦，定居十七年了，在那个世界上幸福指数最高的国家生活——"有什么办法？她喜欢。"罗太太说。

罗太太不顾念什么，对苏太太落泪，说女儿在那个国家，幸福是幸福，就是回来一趟，像是做客，刚刚心里觉得那是自己的女儿，她便又要走了。

谈到黄昏，还舍不得分开，楼道偶有人上下，苏太太好脾气地让一让。苏先生开门出来，"哦唷，谈天谈天，天要说破了。"接了龙满下去，让龙满养成好习惯，大小便到外面去。苏太太怀里没了狗狗，像少了道具，顿感不能再跟罗太太对话。有些尴尬，返身进了屋子。

等等苏先生不来，下楼去，走过三个台阶，过栅栏。苏先生跟素芬在说话，灰蒙蒙的暮色里，素芬牵了一只大狗，白色的毛，一条大尾巴像烟囱高耸着。才知龙满是素芬家养的狗下的。他们是什么时候勾搭上的，用狗来作掩护。苏太太一口气回不过来，差点倒下。苏先生当即把龙满退还给了素芬。

苏太太在床上躺了个把星期，要吃要喝都是苏先生侍奉着。中间有一天，苏先生也染了感冒，头重脚轻，从厨房到客厅走着走着就摔了一跤。幸好人瘦身子长，一口气扑倒在麻布艺的沙发上，除了鼻子被自己的指甲蹭掉一点皮，有点痛，没伤到其他。苏太太趄在房间的竹靠椅上，眼睁睁看着苏先生趔趄着摔过去的情景，吓得浑身发抖，像是寒冬腊月。等回过神来，又变了性情，听不得狗叫。

这天太阳充足，苏先生搬了把躺椅放到书房的小阳台，苏太太坐下，不禁念叨起龙满来。说只抱了那么一下，就觉得怀里一直在，跟小龙小满在怀里一样。说着说着，苏先生先在那边难过起来。

"不知道人家像不像我们一样，有打发不完的时间。"苏先生说。

"你想下楼去？"苏太太很警惕。

"时间太多了，我只是去坐坐消磨消磨时间。你又不让我去坐诊，中医院打了多少次电话，要我去。"

"我们家不缺那点钱。"苏太太斩钉截铁。"我们这样的人家，还用你出去坐诊。人家以为我们缺钱。"

"不为钱。"苏先生说，"替人看病，积点德。主要是消磨时间。"

"剥毛豆。"苏太太说。

"毛豆剥出来我们又不吃，嚼不动。"

"打毛衣吧要不？"苏太太说。

苏先生开始学打毛衣，眼花了。织起来困难。说："要不我们信耶稣去？做做礼拜，当当义工。"

"我念佛。"苏太太态度坚决。

苏太太也开始打毛衣，两个人很快掌握一些手艺，能够织出整件毛衣。后来越打越娴熟，苏先生织袖子，苏太太织前片后片，四五天时间，就织出整件毛衣。三四个月一过，冬天了，毛线衫堆了一沙发，数了数，有十三件。苏先生叠起来，用多余的毛线编了一根绳子，捆绑成四方四正的，背到社区委托捐出去。

然而毛病来了，肩椎不好，腰部发胀，眼睛终日流泪。苏先生配了一个方子，用药罐熬了汤，两个人喝。

便不再打毛衣。

"或者打麻将，要动脑筋的，不会得老年痴呆。"苏先生笑着征询苏太太意见。

苏太太不搭腔，白了一眼苏先生，道："堕落。"

又隔了一些日子，苏太太跟苏先生一起出去，商量好去花鸟市场看看，有没有鹦鹉八哥，苏太太说："能够说话的，都可以。"

路过小区池塘，残荷满塘。苏太太悲伤，站着不动。一辆电瓶三轮吱吱吱地过来，后座坐了素芬老陈还有几个拖着鼻涕的孩子，闹哄哄的一车人。突然这么碰到，都一愣，老陈拍拍女婿的肩让停了车，下了电瓶车。

搭讪着问到哪里去，素芬也下了车，跟苏太太说话，苏太太一时不知说什么好。素芬问："小龙小满，回来过年么？"

苏太太挤出笑，道："他们在那边好好的，回来做什么？"

素芬说："我就想，你跟苏先生两个人，什么都有了，让我眼红。可是，想想，又觉得，你们什么都没有。"

苏太太道："什么时候轮到你来管我们家事了？"

苏先生尴尬，拍拍老陈肩膀，"我们先走了。"

挽苏太太走。

就走了。

除夕那天，小区热热闹闹的鞭炮响起来，密密扎扎的喜气。熬夜早已不是苏太太的强项，她跟苏先生在沙发上假寐了几个钟头，空调的暖气把屋子里吹得像春天。

闹钟把他们闹醒，打开电视，电视里，全国人民在等待钟声敲响，倒计时，十，九，八，七，六……

主持人说，"电视机前的观众朋友，如此良宵，让我们祝福，祝福我们伟大的祖国繁荣昌盛，祝福我们的亲人平平安安，祝福我们的朋友幸福满满……"

钟声敲响。适时的，电话响起来，是小龙。孙子说完孙女说，再是小龙，媳妇也抢着问候，祝福。过年快乐。新年好。年年有今朝，岁岁得平安。苏太太一并收下，也回了同样的祝福给英国。

挂了电话，只觉得空空的。前几天准备的一瓶红酒，苏先生打开，倒在一个高脖颈玻璃杯里醒着。苏太太拿出另一个瓶子，画着鬼骷髅，一个十字叉叉，触目惊心。

对视。满满的绝望。打开来。气味浓烈，跟红酒的葡萄香混杂在一起。苏太太有些恶心。

再也没有话说，一起回想小满。小满已在加拿大住了两年，工作生活的都顺利，却是犯了病。你说怎么会不犯病，都没有别的颜色，只有白色白色，眼睛都看瞎了。抑郁像鬼魂，在世界看不见的角落飘荡，可为什么偏偏不放过小满？她这么良善，乖巧，孝顺，从不犯错。

苏先生倒了满满一杯红酒，仰了脖子喝完。前年除夕，小满打过来，照例是密集型的祝福，最后告诉苏先生苏太太，她想明白了，再给美国佬生几个龟儿子……那边说着，这边苏太太苏先生却荒芜着。伊里哇啦，两个外甥一个外甥女，说的都是英语，除了哈喽，苏太太听不懂。听不懂也拿着话机，这样的场景许多年来重复，有过期待，甚至暗暗有过恶毒的念头，希望英国人加拿大人把她的儿女们驱逐出来，他们也只有哭哭啼啼回国吧。

他们回国，并且要定居在中国。苏太太想，唯有如此，才算真正拥有儿女。这种念头让她羞愧难当，也会在心里死命地骂自己老不协调。

鞭炮声持续着，空气里全是火药味，密度高。苏太太咳嗽起来。苏先生从抽屉拿出止咳糖浆，倒出 15 毫升，递给苏太太。

苏太太仰脖子喝了。道："都要走了，还喝这个。浪费。"

两个人坐在电话机边，苏太太也喝了一杯红酒。她没有酒量，早先酒精过敏。现在新陈代谢慢了，反应不强烈。苏先生拉了拉苏太太，用下巴朝房门示意。苏太太一门心思盯着电话机。

总是不相信，加拿大这么好一个国家，生个孩子都会把女人生死掉。见不到尸骨，做爹妈的谁愿意相信？之前小满来电话说："姆妈，我马上要生了，可是美国佬还在天上飞，他要去美国谈一笔生意。"

苏太太吃惊。生孩子这么大的事，做老公的还有闲心离开去办事。

小满倒没在意，劝姆妈不要生气，外国都这样。她有个邻居，羊水破了，还自己开车去医院把孩子生下来。

苏太太道："难不成他也要你一个人生孩子？"

"谁知道呢？"小满的确就自己开车去了医院，可是，谁料得到呢，这个该死的国家这么大，连个加油站都看不见。小满在车上就生了，孩子钻出来。小满的身体打开太久。加拿大漫天的雪，就只为了让小满得上抑郁症，产后抑郁症。

这要是在中国，像苏太太这样的家庭，会让女儿一个人生孩子吗？那个国家的人心都不是肉长的。苏太太恨就恨在女儿也认同那种观念，还批评姆妈是中国的老传统。

等不及爸爸姆妈赶过去看她，小满在家里拿一把小刀割了腕。

小满素来胆小，眼见从自己手腕喷出的血，该有多少害怕。哪怕有一个肩膀靠着，就算注定要走，也不至于慌。

小满在车上给苏太太打过电话，声音虚弱，"姆妈，我生了。是个女孩。我想带到中国来养。"再过一会儿，就哭了，"姆妈，我慌。我心慌。"

"我就不相信，定是美国佬在骗我，我的小满一定没事，还在加拿大好好活着。我等了一年，就等着除夕这一晚，是良宵。只等小满打电话过来，跟我说，'姆妈，过年好。''姆妈，新年快乐。''姆妈，姆妈。'"

苏太太翻出电话本。苏先生夺过来，说："苏秦，算了。都是要走的，早晚而已。"

苏太太扇了苏先生一个耳光。

打一个电话过去，那边一个女的接了——"原来之前都是梦，小满这不是好好的嘛。"苏太太喜极而泣。

"小满啊，小满啊。"苏太太喊。

听不懂，全都听不懂。

女婿接了电话，蹩脚的中文喊爸爸妈妈。小满离开后，他花几天清理家里的血迹，马不停蹄地又娶了一房，几个孩子需要妈妈。

那么，小满是真的不在了。那些加拿大血统的孙儿孙女，要多少年后，才会寻找到中国来。永世不得见了。

挂了电话，苏太太倒了满满两杯，气味太难闻，苏太太开始恶心。她举起一杯，跟苏先生的另一杯碰一下，又问床铺好没有，被子够不够厚，杯子里的这个浓度够不够。

小区持续的鞭炮声，让这个除夕显得格外地热闹，苏太太和苏先生喝了一杯，再倒满一杯，再喝。忍着不要吐出来，互相搀扶着躺进被窝。他们已经支撑不住，嘴边白沫多起来，就像加拿大的雪一样多，一样的要灭人——从这个世界夸到那个世界，没想到会这么难受。

苏太太撕扯苏先生，快起来，快起来。这么难过，比活着难过，还是接着过吧。可是苏太太喊不出来，她收了手，抓自己的脖子，脸，衣服，被子。她从来没有这么粗暴过。

她渐渐地没了力气。身边的苏先生比她多喝了两杯，手指甲掐进自己的脸，大腿，终于安静下来，先苏太太一步走远去。

苏太太干净的手背上，全是抓痕，依然拼尽力气抓一切东西。只是不能把喝下去的倒进杯里的液体给抓出来，只觉得在跟瓶子上那个鬼骷髅在打架，夺命，夺回自己的命。

苏太太曾担心素芬不会来敲门。她依稀希望，明天一早，素芬摒弃前嫌，送来两碗长寿面，给他们拜年。今年她也一定会来的吧。只要她来敲门，便会发觉门是虚掩的，只要她进门来，便会看到桌上的信，留给素芬的信。关于早年在服装厂的青春记忆，关于这些年来不明不白的较劲，都在信里写着。不算是遗书。

更早一些时候，她跟苏先生去了律师事务所，把后事都交代清楚。一切都没问题。

信的末尾，关于丧葬费，关于骨灰安葬在哪里，等等的，苏先生整整齐齐用小楷写在纸上。素芬傻是傻了点，不一定看得懂，但她一定闻得到 301 这混杂的气息，就像他们的儿女在国外生死不明的混杂生活。

有一点苏太太很安心，她跟苏先生双双躺着，盖同一床被子。这至少能让世人看明白，他们是恩爱的，他们的离开是体面的。